◀ 周传家

▲ 参加全国艺术研究所所长会议

▲ 在中国艺术研究院首届博士研究生论文答辩会上答辩

▲ 参加北京语言大学中文系硕士论文答辩

▲ 博士论文答辩后，与导师、著名戏曲理论家张庚先生合影

▲ 与南京大学吴新雷教授、苏州昆剧研究所顾聆森研究员合影

▲ 与参加《周传瑛先生从艺六十周年研讨会》同人合影

▲ 参与第十一届文华奖评选

▶ 在台北参加《戏曲艺术的文化意义与展望》学术研讨会

◀ 在苏州昆曲博物馆小戏台前与台湾大学曾永义教授等合影

▲ 参加中国传媒大学博士论文答辩

▲ 参加首届昆曲会

▲ 中国戏曲学院硕士研究生开题会

▲ 与著名京剧表演艺术家孙玉敏等瞻仰盖叫天墓

▲ 中国昆曲研究会主要成员合影

▲ 《昆曲艺术大典》编委会合影

▲ 在台湾复兴大学参加 2012 年戏曲国际学术研讨会

▲ 中国昆剧、古琴研究会理事会合影

▲ 部分著作

学知学术文库

采 菊 集

——周传家文集

学苑出版社

图书在版编目（CIP）数据

采菊集：周传家文集/《采菊集：周传家文集》编委会编. - - 北京：学苑出版社，2015.9
ISBN 978 - 7 - 5077 - 4853 - 6

Ⅰ. ①采… Ⅱ. ①采… Ⅲ. ①戏剧文学评论 - 中国 - 当代 - 文集 Ⅳ. ①I207.3 - 53

中国版本图书馆CIP数据核字（2015）第215322号

出 版 人：孟 白
责任编辑：刘 丰
出版发行：学苑出版社
社　　址：北京市丰台区南方庄2号院1号楼
邮政编码：100079
网　　址：www.book001.com
电子信箱：xueyuanpress@163.com
经销电话：010 - 67601101（营销部）、67603091（总编室）
印 刷 厂：河北鑫宏源印刷包装有限责任公司
开本尺寸：787×1092　1/16
印　　张：18.75
字　　数：315千字
版　　次：2015年10月第1版
印　　次：2015年10月第1次印刷
定　　价：86.00元

《学知学术文库》编委会

主　任：张连城　张宝秀
副主任：唐小恒　贾　方　王　彤　林　强
委　员：(按姓氏笔画排序)

　　　　王　平　王　彤　吕俊杰　劳凤学
　　　　杜剑峰　张连城　张宝秀　张景秋
　　　　林　强　孟　斌　洪　文　赵　卓
　　　　唐小恒　贾　方　顾　军　聂延平
　　　　韩建业　谢永宪　董　媛

本书编委会

主　任： 唐小恒

副主任： 杜剑峰　郑　伟

委　员：（按姓氏笔画排序）

冯　霞　刘文红　吕俊杰

杜剑峰　吴　蔚　李彦东

郑　伟　罗　茵　唐小恒

《学知学术文库》总序

2015年,恰逢北京联合大学办学三十七周年(成立三十年)之际,更是"十二五"发展收官之年,北京联合大学应用文理学院于年初决定编辑出版《学知学术文库》,以资纪念。《学知学术文库》以北京联合大学应用文理学院的学科专业体系为框架,以各学科专业的带头人、资深教授为基本线索,精选他们的科研成果代表作,汇集成册,陆续编辑出版,坚持下去,蔚为大观,或不负"文库"之名。

我们的国家正处于前所未有的振兴时期。今天我们深刻感受到中华民族追求中国梦的民族自信、坚强和力量,其中包含着祖国历史的悠久绵长和民族文化的博大精深,这是我们赖以生存发展的不竭生命源泉。中国特色社会主义伟大实践推动着学术的繁荣与发展、实践的开拓与创新。学术研究作为高校的四大职能之一,重在传承和创新,科学、规范、系统和学科的综合交叉研究,显示出人类社会及其科学文明的不断进步与发展。高校的学术研究更是以推动学校教学工作和学科建设、促进国内外学术交流、适应为国家培养高级专门人才的需要、更好地发挥作用为己任。有历史,社会才有积淀,久而文化生成,人相继,代相传,脉脉承载,根基永固。这即是编辑出版本套文库的宗旨之所在。

编辑学术文库,并不是一件很特殊的事情,各类学术文库说不上汗牛充栋,也是比比皆是,诸如西方学术文库、上海三联学术文库、明清史学术文库、日本学术文库等。本套学术文库之所以用"学知"命名,一则缘于北京联合大学应用文理学院地处首都北京中关村科学城核心区的学知桥畔;二则缘于学院近来探索创建的学知书院;三则所谓"学以致其道,知者识与觉。

大学之道在于明德至善，格物以致知"。"学知"二字蕴含了"学而知之，学以致用，知行合一"的本义，是高校人才培养的基本指归。读书乃孕正气，学问以解国忧。北京联合大学应用文理学院几十度春华秋实，有声有色，有韵有律，以往的记叙不仅有难以忘怀的记忆，更有累代师资在学科专业建设中饱含心血、热情、才智的不懈探索，在科研领域的执着前行。这一切都是值得纪念的，也是不可多得的财富。这种积淀是学院得以发展的潜力和底蕴，是聚集起来继续奋发前行的力量。这套汇聚诸位教授多年研究成果的学术精品，以《学知学术文库》命名，自然是题中之意、缘由所在了。

北京联合大学，是改革开放的产物，是教育部于1985批准设立的综合性普通高等学校，其前身是1978年建立的30多所大学分校。应用文理学院，是北京联合大学下属的一所二级学院，从1978年建立的北京大学分校和中国人民大学二分校始，到1985年并入北京联合大学更名为北京联合大学文理学院和北京联合大学文法学院，再到1994年两院合并为北京联合大学应用文理学院，至今已走过了三十七个春秋。三十七年来，学院传承了老大学优秀的文化基因，在承继北京大学和中国人民大学部分基础性学科专业的基础上，为适应首都北京经济社会发展需要及高等教育大众化的变化，从20世纪80年代开始，开展深入调研和科学论证，探索发展应用文科、应用理科学科专业方向，优化学科专业结构，深化学科专业调整，逐步实现了学科专业由基础型向应用型、复合型的转变。

《学知学术文库》第一辑编辑出版六本文集，是由应用文理学院现有六个教学系各推荐一位学术造诣高、对学科专业发展起了重要作用、已经荣退的知名专家学者，收集他们多年发表的学术论文、研究报告等优秀科研成果，总结归纳，汇编而成。具体包括法学学科刘隆亨教授的《砺行集》、食品科学学科金宗濂教授的《食学集》、地理学学科张妙弟教授的《蓟草集》、新闻学学科周传家教授的《采菊集》、历史学学科孔繁敏教授的《敏学集》和档案学学科贺真教授的《兰台集》。本辑呈现了六位专家学者多年的学术探讨与实践收获，从史事探究、文献辑考，到戏曲文学、曲韵舞律，从史册档案、管理编研，到法治建设思想、制度政策研究，从地理生态研究、北京城市建设，到保健食品功能因子及作用机理研究、基础材料研究，既有宏观概括，又有微观分析,既有深入的理论探讨,也有具体的对策建议,既有基础科学研究,又有应用理论探索。

这套文库的核心与灵魂就是在于真实地展示学院的办学历程、发展足迹与不懈探索。这不仅是应用文理学院学科专业学术研究的成果荟萃,更是北京联合大学学术研究筚路蓝缕的纪念,是学术文脉薪火相递的传承。

《学知学术文库》编委会
2015 年 9 月 北京

序一：朴重其人，纯茂其文
——传家兄新著《采菊集》缀言

传家是我的同乡兄长。

约在1983年春，听说中国艺术研究院有一位戏曲学博士是徐州人，我兴冲冲前去拜望，在恭王府前院一个小小房间见到了他。那是我到中戏读研的第二个学期，有些课与艺研院研究生合开，日后便常可相见。未过多久，传家兄说是得了一笔稿费，盛邀刚下课的我去后海烤肉季。他显然没有什么下馆子经验，烤肉点多了，两个人怎么也吃不完，深深可惜，又不好意思拿走（似乎也没有快餐盒之类），印象殊深。其是我负笈京师后的首场赴宴，多年后闲聊之间，还会忆起这一幕。

20世纪80年代是我们这一辈的学术春天，历经十年动荡和失学之苦，大家极为珍惜来之不易的读书机会，而贫寒尚未远去，多数人面有菜色，诚可谓"苦读"。传家兄便是苦读中的一个。当时嫂夫人齐迎平在外地工作，带着一双小小儿女，亦大不易。传家兄依靠菲薄的薪水，节衣缩食，除吃饭买书之外，悉寄回补贴家用。后来他通过了论文答辩，与繁树一起成为改革开放后国内第一批戏剧戏曲学博士。

在我的印象里，那时的传家兄常常闹点儿不大不小的病，又有着较重的家庭负担。为解决爱人和孩子的进京问题，他不得不放弃进入几家著名教学研究机构的机会，选择了位于远郊的中央文化干部学院；在该院担任该院教务长，又调任中国戏曲学院任文学系主任；后来被北京市文化局"挖"到艺术研究所当所长，再调入北京联合大学任新闻传播系系主任。堪称调动频繁。足迹无定，其间有回归专业的努力，也不无身体状况和照顾家庭的因素。作为家中长子，作为一个由苏北农村考到北大中文系的学子，传家兄必然要比一般人担荷更多。他曾多次讲起衰迈老病的父母，讲到少年艰辛和父母如

序一：朴重其人，纯茂其文

影随形的贫困，讲到两个读书很好、却没能进入大学的妹妹……使我感受到他对家乡和亲人的眷念和牵挂。

我们两个做过差不多一年的同事，准确说，传家兄是我的直接领导。他调至中国戏曲学院时，我已在文学系教书，朝夕相处，更深地认知了他的忠厚诚朴。当时我刚过三十，锋芒过盛，说话不识谦谨圆融，大大得罪了院领导。传家与此公有师生关系，据说也有未来升迁的暗示，仍能实事求是，就事论事，多次为我说公道话，虽被责斥而不改。不久后我请求调离，记得传家兄颇为伤感。再过一二年，他也离开该院。传家胸无机巧，语出直肠，不会随风转舵，常显出几分迂直执拗，常也不为一些领导所喜。否则以他的为人和学术成果，理应承担更大的责任。

性格就是命运。朴重者心无旁骛，在学术上多专一、专注。我们看到，不管工作上怎样变动，传家兄始终对专业不离不弃，由戏曲史论到现当代戏曲，由雅部到花部乱弹，由宫廷大戏到社火傩剧，由戏曲教学到新戏创作和批评，无不在其研求探索的范围之内。三十余年的学术跋涉，传家兄倾注心血和热诚，堪称一步一个脚印，出版刊发了一大批专著和论文，如《李玉评传》、《新花部农谭》、《中国古典戏曲》、《戏曲编剧概论》等，得到学界较高评价，荣获各种奖项。本书是传家兄到联大中文系后所作，年过七十，笔耕不辍，令人钦敬。就在最近一次小聚，我发现老哥哥居然满面红光，脸上那两道深深的"饿纹"（传家兄曾以自谑）也杳然无踪，真为之高兴！

文如其人。传家兄的著作文章，内涵宏富，笔墨醇正，真情络绎，毫无趋奉媚柔之态。如本书纵览篇，将中国戏曲的萌发、形成、繁荣、转变的悠久历史，将戏曲的案头场上、曲韵舞律、四功五法、穿关布景，进而与西方戏剧做比较，非有大功力、大手笔者，甚难驾驭。对喊了多年的戏曲危机，传家兄持豁达乐观的态度，曰：

> 人类文化史上曾出现过很多种古老的戏剧文化，如古希腊悲喜剧、古罗马戏剧、古印度梵剧、古埃及戏剧等，不拘一格，各呈异彩。悠久绵长、博大精深的中华文化则孕育出戏曲这丛阆苑奇葩。任凭韶光流逝，风吹雨打，当其他古老的戏剧大都风光不再、甚至

销声匿迹的今天，戏曲却"风景这边独好"，依然亭亭玉立于世界戏苑剧林，以其独特的色、香、味、形吸引着世人，显示着生生不已的顽强生命力。

这是传家兄的概括，是一个基本的事实，而戏曲危机也是一种客观存在。正是有了一大批像他这样热爱戏曲的学者，一批在戏曲教学、创作、演出、评论等领域不断探索的守望者，戏曲才能够与时俱进，生生不息。

是为序。

卜　健
2015年5月6日

（作者系文学博士，研究员。现任国家清史纂修领导小组办公室主任、国家清史编纂委员会常务副主任，中国艺术研究院特聘教授，中国图书评论学会副会长，北京市文史馆馆员，享受政府特殊津贴）

序二：温文尔雅的学术风采 酣畅淋漓的性情中人
——我眼中的周传家老师

乙未（2015）仲春的一天，我正为"4·23 中华书局读者开放日"活动紧张忙碌着，突然接到久违的周传家老师的电话，他开门见山，邀我为他即将出版的《采菊集》作序。

在我的印象里，一般都是师长为提携鼓励后进而为学生写序，哪有调个个儿的道理？所以开始不免有些迟疑。但周老师态度十分坚决，他认为我们之间既有师生之谊，互相比较了解；又都喜欢戏曲，有较多的共同语言，因此我是他心目中适合为他的文集作序的人选。一番话说得我无言以对，恭敬不如从命，只好答应下来。转过天来，周老师便把《采菊集》书稿全部发给了我。这一来，我不敢再有丝毫懈怠了，连忙抓紧点滴时间，对全部书稿或做逐字逐句的拜读，或做大致的浏览，有的重点段落我还做了笔记。读罢书稿，浮想联翩，勾起许多美好的回忆。透过这些锦绣篇章、珠玑文字，让我再次领略到周老师温文尔雅的学术风采和酣畅淋漓的真性情。

弹指间大学毕业已经十多年了，当初周老师给我们上《文艺学概论》、《戏剧文化》等课程的情景依然历历在目。周老师上课，没有那么多花哨的辅助教学手段，也不大注意形式设计和与学生的互动交流；但他娓娓而谈，追求内容结构的严谨和语言的华美，有时甚至比喻、拟人、排比、对偶等多种修辞手法兼使并用，佳词妙句脱口而出，令人应接不暇。"堆砌辞藻"这个评价用在他的身上，绝无一丝贬义；相反，他用的是那么自然贴切，那么打动人心。

课堂上进入"状态"的周老师，仿佛进入忘我的境界，忘记了身处讲台，而把讲台当作舞台；忘记了课堂上的学生，而把学生当作观众；忘记了是在讲课，而把讲课当作宣叙咏叹……似乎变讲台为氍毹，变黑板为布景，变教室灯光为舞台灯光，好像在为我们演绎一场激情洋溢的"独角戏"。此时的周老师，口若悬河，汪洋恣肆，酣畅淋漓，物我两忘，真性情的一面展露无遗。

课余时，师生间也多有交流，或者一起摆龙门阵，聊京剧、昆曲、话剧、曲艺……或者走进剧场、博物馆、饭堂，共享物质精神文化的大餐……聆听他语重心长的教诲后，我自然受益良多；特别是每当他说到兴致盎然时，更令我难以忘怀。如此看来，周老师的文章之所以能够做到驾轻就熟、信手拈来，其学术水平和知识架构起到了不容忽视的支撑作用，这一点在书中多有显现，以下举几篇文章略做介绍。

如长文《词山妩媚，曲海扬波》，立意高远，论述宏富，全景展现戏曲艺术的无穷魅力，凝结了作者多年来研究戏曲的甘苦和心血，也彰显了他深厚的学术造诣；《男旦艺术的思考》，通过对男旦的由来和流变、基础和特色、现状和未来三方面的阐述，为读者呈现出全面而真实的京剧男旦艺术，为京剧表演艺术的继承、发展和革新提出了真知灼见；《大陆小剧场戏剧的复兴流变与思考》，是对三十多年来大陆小剧场戏剧起步、探索、复兴及流变的梳理，并对小剧场戏剧的定位、特征及功能进行探讨，学术性和资料性兼具。

再如《浅议京剧〈锁麟囊〉与儒、道、释的精神联系》、《青春版〈牡丹亭〉的数字化技巧》、《〈龙凤呈祥〉的礼仪娱乐功能和文化象征意义》、《寻梦春秋六百年》、《不朽的形象 崇高的精神》等文，俱是作者的戏评之作，其中既有对传统戏的体悟与分析，也有对新编剧目的探研与思考。虽是一家之言，却言之有物，发人深思，字里行间更是流露出作者对戏曲的投入、挚爱，甚至是痴狂。

拉拉杂杂说了这么多，其实我一直是诚惶诚恐的。周传家老师不仅是我的师长，更是我的楷模，我会牢记他的教诲，时刻提醒自己刻苦学习，砥砺前行。至于这篇不是序文的"序文"（因为我自己绝不敢称之为序文），实属"赶鸭子上架"之作，如果它能有助于您了解一个真性情的周传家老师，那么我的目的也就达到了。

周传家老师对戏曲的热爱深深影响了我，最后我想引用他书中的一句话作结，也与各位读者共勉：

"戏曲不仅属于中国，也属于全人类；不仅属于过去，也属于现在和未来。"

梁　彦
2015 年仲春于北京

（梁彦，1981 年生，北京人，编辑、评书演员、曲艺史论研究者。现就职于中华书局，任纪委委员、党群工作部副主任）

自 序

我曾出版过三本自选文集，选录了20世纪八九十年代有关戏剧的短篇杂什。现在的这本《采菊集》是我的第四本自选文集，选录了1998年调入北京联合大学应用文理学院以来所发表的有关戏剧、戏曲、文学的部分文章。

北京联合大学应用文理学院坐落在京都蓟门。相传这里是古燕国蓟丘遗址，① 元大都城墙的一角。"树木翁然，苍苍蔚蔚，晴烟拂空，四时不改"②，故曰"蓟门烟树"，明清之际成为著名的"燕京八景"之一。③ 时至今日，仍有耸立在土城之巅的碑碣作为见证。此碑为山字形首，浮雕云纹，须弥座，额有篆书"御制"二字，下为乾隆御笔"蓟门烟树"；碑阴刻乾隆帝行书七律一首，诗云："十里轻杨烟霭浮，蓟门指点认荒丘。青帘贳酒今何少，黄土埋人即渐稠。牵客未能留远别，听骊谁解作清游？梵钟欲醒红尘梦，断续常飘云外楼。"

记得20世纪80年代初，这一带还是田连阡陌、蛙声聒耳；曾几何时，现在却呈现出树影婆娑、楼影参差、道路纵横、车水马龙的繁华景象。乾隆诗中描绘的景观和流露的情调早已不复存在。昔日大都的城墙变成一道苍翠葱茏的土堤。20世纪70年代开掘的疏水渠小月河如同一条玉带飘落堤下。2003年抗击"非典"大捷之时，元大都土城遗址公园改造修建工程竣工。整个公园逶迤数里，沿土城北上而东折，总面积达468000平方米。新建成的城垣怀古、蓟门烟树、蓟草芬菲、银波得月、大都建典、水关新意、鞍疆盛世、燕云牧歌等八个景区，融自然美和人文美为一体，把古典美与现代美巧妙结合，情趣古朴，诗意浓郁，为首都增添了一道靓丽的风景。我们戏称小月河和蓟门风光是学校的后花园，为学校增色颇多。同样，我们学校也成为蓟门

---

① 春秋战国时的燕国，以蓟城为国都，古称蓟城为蓟门，亦作"蓟邱"。见司马迁《史记·乐毅列传》、明沈榜《宛署杂记·古迹》、明蒋一葵《长安客话·古蓟门》。
② 明邹缉题王绂之《燕台八景图》。
③ 朱彝尊著《钦定日下旧闻考》。

的一颗明珠。古老而又充满生机的蓟门见证了她从无到有、从小到大，从稚嫩到成熟的变化，见证了一代代、一茬茬人的探索和拼搏。

我本中文系出身，痴迷于文学，梦想当一位作家，后来半路出家接触戏曲。1978年攻读中国艺术研究院研究生，师从张庚、郭汉城先生，专攻戏剧戏曲学，获得文学硕士、文学博士学位，先后供职于中央文化管理干部学院、中国戏曲学院、北京艺术研究所，以砚田笔耕、著书立说为生，不曾脱离过戏曲研究和教学工作。1998年，我因家庭方面的原因决定调入应用文理学院。我的导师张庚先生是位宅心仁厚的长者，他理解我的处境和选择，并嘱咐我不要丢了自己的专业。但从那时起，我毕竟离开了戏剧圈子，诚无更多精力再去关注曾经为之痴迷的戏剧了。只是积习难改，在完成紧张繁重的教学任务之余，还时不时地向戏剧投去几瞥。那漫不经心的样子，或许和"采菊东篱下，悠然见南山"的陶令有些"形似"吧！这便是本文集取名《采菊集》①的理由了。当然啦，吾乃芸芸俗人，自然难有晋陶令那样的高蹈和飘逸，也不似陶令那样悠悠然。

驽钝如我者，即便是十分专注、投入、到位地从事一种事业，亦尚难精通有成；偏偏我又无玄奘那样的坚定和执着，似这般漫不经心地"一瞥"或者是"几瞥"，怎能登堂入室？！

做学问搞科研不是游戏，不是请客吃饭，不是轻而易举之事。马克思曾经用"站在地狱入口处"来比况和形容进行科学研究必须要有勇气、韧劲和牺牲精神。大凡具有真知灼见的高水准的学术成果，均是心血性情之结晶，人生经验之浓缩，不可能"立马可待"，也难以靠"灵感"唾手而得。必须付出"望断天涯路"的痴情向往和执着寻觅，经受"衣带渐宽终不悔，为伊消得人憔悴"的艰辛历练和不倦拼搏，才能达到"灯火阑珊处"豁然开朗、惊喜发现的境界。科研成果的价值总是与投入的精神、心血、汗水成正比。缺乏博览群书、旁征博引的基础，没有下过深思熟虑真功夫的急就章；就事论事，缺乏归纳和概括，没有自己的独特发现和深刻感悟的应景文，怎能摆脱肤浅、空洞和平庸？！怎能不留下人云亦云、似曾相识之诟病？！我怀着如

---

① 晋陶潜《饮酒诗》（之五）"采菊东篱下，悠然见南山"。唐岑参《五九日使君席奉饯卫中丞赴长水》诗云："为报使君多泛菊，更将弦管醉东篱。""东篱"者，后常借指菊花或种菊之处，此处则转指歌舞戏曲之都北京了。

履如临的敬畏之情,踏着前贤和时贤的足迹,辛勤耕耘,不问收获,不敢说有建树和突破,但求能有一孔之见,一得之功。

在从事戏剧史论研究及教学之余,我还参与戏剧评论,将观剧时的所感、所思、所悟采撷记录下来,经过沉淀,予以梳理总结,发表过200多篇评论文章。张庚先生提出学术研究的"五层次说",即:资料、志、史、论、批评。并认为评论是学术的最高层次,是对戏剧艺术理论具体灵活、创造性的应用,可以上升到哲学、文艺学和美学高度。"五层次说"在理论上标志着远自宋代以降、近自王国维以来的戏剧研究分散、无序的状态的结束,本应使戏剧研究进入自觉的时代,但由于各种各样的主客观原因纷至沓来,当前戏剧批评现状不能令人满意,出现了唯上论、唯权论、唯功利论、唯人情论、唯模式论、唯西洋论、唯评奖论等消极负面现象,造成批评家处境的困窘、身份的矮化、哲学的贫困、含金量的降低,难以充分发挥其独立性、创造性和自由精神。在浮躁心态的笼罩下和急功近利的氛围中,我们往往不能免俗,难以超脱,未曾写出放之四海而皆准、历久而弥新的经天纬地之雄文和披肝沥胆之华章,有愧于时代和"上帝",实感汗颜。

"往者不可谏","来者犹可追"[①]。人生有涯而艺术无涯,我不应仅仅满足于"采菊东篱下,悠然见南山"式的一瞥掠影,而要效仿玄奘那样的坚定和执着,活到老,学到老,力争在有生之年,登堂入室,攀登学术的高峰。

2015年4月12日澳新凯游之前

[①] 《论语·微子》。

周传家小传

逝者如斯,不舍昼夜。似乎在不经意间,我的人生的风帆就已驶入晚霞夕照之中……回首往事,不禁心绪如潮,感慨良多。

1944年冬,我在贫寒与饥饿中呱呱坠地,家乡是苏北平原微山湖畔的一个偏僻的小村庄。尽管儿时生活十分艰辛苦楚,但却留下许多美好的记忆。我的小学是在本村念的,而中学则到附近的镇上去读。随着年龄的增长和眼界的扩大,我渐渐对文学艺术萌发了朦胧而强烈的兴趣。竟带着七彩的梦想和憧憬,从穷乡僻壤来到梦寐以求的首都,跨进北京大学的门槛,1964—1970年就读于北京大学中文系。

农家子弟进京城,有过惊叹,有过兴奋,也有过自卑,有过不平,但细细想来,充溢于心头的主要还是一种拼搏奋斗的精神。就是凭着这种精神,我度过了短暂而美好的大学生活,经受了艰苦的农村插队锻炼,熬过了风云变幻的"文化大革命"。大学毕业在河北工作八年之后,又在儿女成双、拖家带口的艰难境况下,进京攻读研究生,1979—1984年在中国艺术研究院研究生部获文学硕士、文学博士学位。尔后曾任中央文化管理干部学院教务处处长、中国戏曲学院戏曲文学系系主任、北京艺术研究所所长、北京联合大学应用文理学院新闻传播系教授和系主任。曾参与中国艺术研究院、中央戏剧学院、中国戏曲学院、北京师范大学、北京语言文化大学、南京大学的研究生教学及评审,1998年被授予享受政府特殊津贴专家称号,2004年获北京市"优秀教师"称号,2006年获"北京市名师"称号。同时兼任中国昆剧研究会副会长、中国武侠文学研究会副会长暨顾问、中国戏剧文学学会顾问、中国戏剧家协会会员、中国戏曲学会常务理事等。

本人长期致力于戏剧戏曲学的研究及教学,开设《中国戏曲史》、《经典名著选讲》、《戏曲编剧概论》、《文艺学概论》、《戏剧文化》、《外国戏剧》、《中国古代文论》、《戏剧评论》等课程。曾主持完成了"八五"国家社科项目"民族戏剧现状及未来之研究"、北京市"九五"重点项目《北京戏剧通史》、北京市"十五"规划项目《中国小剧场戏剧研究》。承担由中国艺术研究院主持的国家重点项目《昆曲大典·表演卷》主编、由朱耀廷主持的北京市"十五"规划项目《北京文化史·文学艺术卷》主编、由戴逸主编的国家重点项目《清全史·戏剧》主要撰稿人之一。迄今为止,已发表近200篇文章,出版各类著作20余种。其中,主持编写的《戏曲编剧概论》系全国通用教材,获北京市高校优秀教学成果二等奖。专著《中国古代戏曲》获第六届国家图书奖暨畅销书奖,专著《新花部农谭》、《独特的魅力》、《北京戏剧通史》(主编)先后获北京市第三届、第四届、第七届哲学社会科学优秀成果二等奖。论文《你中有我,我中有你》获华北五省市第三届戏剧评论奖。评论《不朽的形象 崇高的精神》获中国第二届曹禺戏剧评论奖。

在我的人生历程中,虽说没有波澜壮阔的场面,没有惊天动地的伟业,也没有大起大落的遭遇,但毕竟经历了几多动荡、几度风雨,阅尽了人世间白云苍狗般的兴衰沉浮。人不可能脱离并超越他所生存的时代和环境,因此我的内心世界也从来不曾平静。平心而论,老实讲来,我曾感激涕零过、虔诚膜拜过,也曾怀疑过、怨恨过;我曾痴迷过、激动过、亢奋过,也曾苦闷过、迷惘过、消沉过;我自认为有布衣傲王侯的胆气和豪情,但也钦羡过荣华富贵、飞黄腾达;我曾以身穿带补丁衣服、足蹬千层布底鞋、吃苦受罪为荣,但也渴望过华衣美食、肥马轻裘、巨室广厦;我有着愤世嫉俗的狂狷,也有着乡愿式的宽容;我神往杜牧、少游狂放、浪漫、潇洒的情怀,只是始终不敢越雷池一步,痛苦地恪守着传统的社会形象;我憧憬着像英雄豪杰、仁人志士那样经天纬地、建功立业,但也欣赏陶渊明、苏东坡的放达自适、随遇而安……

在经历了几多磨炼和比较之后,我选择了所谓"著书立说"的生活道路,笔耕砚田,立说杏坛,培育英才。掐指算来,我平生竟有一半多的时间是在学校度过的——从小学到中学到大学再到研究生,断断续续读了25年书(含因病休学复读一年),曾经在中学、大学教书16年,可以说与教育结下了不解之缘。

北京大学是我的母校,应用文理学院与它有着千丝万缕的联系。因此,1998年春天,我毅然决然地跨进学知路口、小月河畔的应用文理学院的大门,揭开了我生命中新的一页,开始了新的人生征程,尽管这时我已逾知天命之年……

跨入21世纪，应用文理学院有了突飞猛进的发展，取得了有目共睹的成绩。尽管我个人在教学、科研、管理等方面的实绩尚不能尽如人意，但我可以问心无愧地说：我以主人翁的态度积极地参与了，我认真努力地去做了。我深深体会到：做一个人民教师无上光荣，做好一个人民教师委实不易，需要付出全部身心和聪明才智。

面对着无始无终、无边无涯的茫茫宇宙，倍感个人的渺小，众生万物不过是过眼烟云，永恒的只有时间和空间。然而，在相对有限的时空里，信念、理想、社稷、苍生毕竟是沉甸甸的，生命、真情、友谊、创造永远是美丽动人的。一个人不管是男女老幼，也不管他地位高低、能力大小，只要心存七彩梦想，真切诚实地去生活，挥洒心血汗水不停地劳作，那他就没有白来人世一遭，自有其存在价值和发展天地，应当受到尊重和呵护。

古稀之年，对此我更坚信不移。

2015年"五一"前夕

目 录

纵览篇 ·· 1

走进民族戏曲的神奇天地 ······················· 2

词山妩媚，曲海扬波 ······························ 6

展现春秋画卷，描摹世态风情 ················ 16

戏曲的文心诗魂、曲韵舞律、画境书神 ···· 37

神奇的舞台，绝妙的表演 ······················· 61

大雅大俗，雅俗共赏 ······························ 85

戏曲的文化精神 ···································· 113

刍议篇 ·· 133

"寻梦春秋六百年"

———丝绸版《中国昆曲图鉴》序 ········· 134

青春版《牡丹亭》的数字化技巧 ············· 146

悠长的记忆　靓丽的名片

———京剧与北京的不解之缘 ················ 151

男旦艺术的思考 ···································· 170

韩世昌

———北方昆曲的旗帜和灵魂 ················ 181

呼唤梅兰芳的艺术精神 ·························· 201

浅议京剧《锁麟囊》与儒、道、释的精神联系 ···· 205

《龙凤呈祥》的仪礼娱乐功能和文化象征意义 ···· 212

不朽的形象　崇高的精神
　　——京剧《范仲淹》礼赞 ……………………………… 219
京剧改革的里程碑
　　——《曹操与杨修》 …………………………………… 223
谔谔之士　赤子之心
　　——看大型现代越剧《马寅初》 ………………………… 227
大陆小剧场戏剧的复兴流变与思考 ………………………… 229

交谊篇 ………………………………………………………… 245

浅论张庚的治学精神 ………………………………………… 246
"功崇惟志，业广惟勤"
　　——贺丁长荣画展开幕 …………………………………… 254
有感于刘心武"续红" ……………………………………… 260
雅韵唱和 ……………………………………………………… 262

附录：周传家著作及论文目录 ……………………………… 270

纵览篇

走进民族戏曲的神奇天地

岁月悠悠，人海茫茫。古今中外，无论男女老少，也无论贵贱穷达，终其一生从未听过戏、也未看过戏的人不能说没有，但绝对不多。与静态的、平面的、单项的其他文学艺术样式相比，动态的、立体的、综合的戏剧能够营造出身临其境、当场反馈的生活场景，提供丰富的文化食谱和精神配餐，通俗易懂、立体鲜活，与人类关系至为密切。

广义的戏剧艺术几乎是与人类同时出现并同步发展的，它由稚嫩到成熟，由简单到复杂，由粗糙到精致，花样翻新，气象万千，但所体现出来的人类的游戏精神和模仿本能、情感交流的渴望及审美意识的需求则是一脉相承的。戏剧文化是一种包含精神价值和生活方式的生态共同体，在其动态发展过程中，通过积累创建集体人格，通过引导移风易俗，成为人类文化的重要组成部分。

人类文化史上曾出现过很多种古老的戏剧文化，如古希腊悲喜剧、古罗马戏剧、古印度梵剧、古埃及戏剧等，不拘一格，各呈异彩。悠久绵长、博大精深的中华文化则孕育出戏曲这丛阆苑奇葩。任凭韶光流逝，风吹雨打，当其他古老的戏剧大都风光不再、甚至销声匿迹的今天，戏曲却"风景这边独好"，依然亭亭玉立于世界戏苑剧林，以其独特的色、香、味、形吸引着世人，显示出生生不已的顽强生命力。

世界范围内的戏剧主要分为东方、西方两大体系。西方戏剧体系以话剧（英文为 drama）为代表，肇始于希腊，而流播于欧洲大陆乃至世界各地。公元前 5 世纪的古希腊悲喜剧恢弘雄奇，随后的古罗马戏剧如影随形。在长达千余年的中世纪小冰河时期，西方盛行神秘剧、圣迹剧等宗教戏剧，直到公元 15—16 世纪以莎士比亚为旗帜的文艺复兴戏剧才攀登上人类戏剧的巅峰。17、18 世纪之后以至于今，古典主义、启蒙主义、浪漫主义、自然主义、现实主义、印象派、神秘派、唯美派，以及形形色色的现代派、后现代派戏剧观念和戏剧流派交织纷呈、争妍竞秀，将西方剧坛装点得热闹异常。

东方戏剧大多是歌舞剧,以印度梵剧和中国戏曲为代表。中国的戏曲一直在一个相对封闭、基本上自给自足的体系内,不曾间断、与时俱进地按照自身的规律繁衍、蜕变、更新。由于中国历史悠久,文化积淀丰厚,人才济济,藏龙卧虎,不论是创作队伍还是观众队伍都很庞大。加上疆域广袤,便于回旋,为戏曲提供了辽阔的生存空间。戏曲作为中华民族主要的娱乐形式,具有得天独厚的条件,造就出炫目的辉煌,呈现出别样的风采。

早在公元前5世纪,亚里士多德就在《诗学》中表述了对戏剧本质的认识,他认为戏剧是对人的行动的模仿。两个世纪以后,印度的《舞论》也明确指明:"戏剧就是模仿。"19世纪以来,对戏剧本质的认知呈现出众说纷纭的局面。法国戏剧理论家F. 萨塞认为:不管是什么样的戏剧作品,都是为了给观众看的,因而认定观众是戏剧的必要条件和本质所在,断言"没有观众,就没有戏剧"。法国戏剧理论家布伦退尔和美国戏剧理论家J. H. 劳森主张"冲突说",认为"没有冲突就没有戏剧"。英国戏剧理论家阿契尔提倡"激变说",认为戏剧所处理的是人的命运和环境的一次激变,这就是戏剧本质的所在。他还把小说与戏剧相比较,认为小说是"渐变"的艺术,而戏剧是"激变"(crisis,又译危机)的艺术。18世纪法国哲学家德尼·狄德罗把"情境"看作戏剧作品的基础。黑格尔在谈到戏剧的特性时,也曾把"情境"与"冲突"联系在一起,并强调情境的本体意义。存在主义哲学家、剧作家让·保罗·萨特则干脆把自己的剧本称为"情境剧"。20世纪70年代英国戏剧导演彼德·布鲁克强调演员和表演的重要性,认为一个演员走过一个空荡荡的舞台,就构成一出戏的全部。

戏曲属于戏剧的一支,既具有戏剧的一般属性,又有其特殊性。戏曲除了语言、动作之外,还运用音乐、舞蹈、绘画、书法、建筑、武术、杂技、魔术等形式因素,以高度综合的艺术形态体现出博大精深的总体特征,展示中华民族的春秋画卷、世态人情、风俗景观,凸显其精神价值、生活方式和集体人格。

戏曲孕育于中华文化土壤,是民族文化的精彩篇章。它以儒家、道家、墨家、禅宗的哲学思想和美学思想为灵魂,以中华民族的价值观念和道德准则为圭臬,与诗词、书画、园林、建筑等相互融通,并派生出一系列独特的表现手法和审美特点。王国维为戏曲所下的精典定义是"以歌舞演故事",至今无人超越。京剧理论家齐如山以"有声必歌,有动皆舞"概括了以京剧为代表的戏曲艺术载歌载舞的鲜明特点。

不同的文化背景，不同的地域民族，对戏剧本质的认识及对戏剧表现形态的把握存在着差异性，影响并决定了戏剧的观念及面貌。西方戏剧以营造真实的幻觉为最高目标，通过逼真、机械的模仿手段（主要是语言和动作），营造几可乱真的戏剧情境，强调内心真实、外形真实，使戏剧成为现实生活的摹本，习俗的镜子。而戏曲运用程式化、虚拟化、歌舞化、夸饰性、技巧性很强的"四功五法"，假象会意、点到为止地"扮演"，力求实现内容和形式的双美，追求的是意趣神色、意境和韵味。

中西戏剧均承认戏剧的假定性原则，但假定的手段、程度、效果、目的却不尽相同。西方戏剧出于实而用于实，要求演员在心中培养角色的种子，与角色合二为一，以分不清演员与角色的区别，拉不开舞台呈现与生活现实的距离为至高境界。中国戏曲出之贵实，而用之贵虚，所谓"虚戈为戏"，要求演员在舞台上跳进跳出，若即若离，装龙像龙，装虎像虎。

从观演关系来看，西方戏剧在舞台上筑起"四堵墙"（法国启蒙思想家狄德罗提出），这堵墙对观众来说是透明的，对演员来说是不透明的。演员"当众孤独"地表演，观众有"从钥匙孔中偷窥"的感觉；而中国戏曲始终承认是在演戏，强调演员扮演，身上带时、带空、带情、带景，与观众当场交流，调动观众自己的经验，共同参与创造。

从时空观念来看，古希腊亚里士多德的《诗学》中就有了"三一律"（情节、地点、时间的整一性）的雏形，17世纪西方古典主义戏剧更把"三一律"奉为金科玉律。经过18世纪莱辛的倡导、19世纪易卜生社会问题剧的实践，特别是俄国斯坦尼斯拉夫斯基的号召，西方戏剧走向写实的极致，强调时空固定，表现生活的横断面；而中国戏曲是转场戏，坚持自由流动的时空观念，"三五步五湖四海"，"转眼间几度春秋"。

从叙事方式来看，西方强调戏剧矛盾和戏剧冲突，重视人性的剖析，主要运用闭锁式板块结构，力图"再现"，营造逼真写实的"摹象"。中国戏曲运用线性的开放结构，营造能够表达具有强烈主观意识的意境和意象，本质上是一种表意主义戏剧。

真善美是中西戏剧共同的追求，但西方戏剧强调美与真的结合，重视人的命运、个性发展，其悲剧严肃悲壮，悲喜分明，一悲到底，追求情感体验的单纯性和纯净性，令人产生恐惧感，借以净化灵魂，考问人性，探索终极问题。中国戏曲则强调美与善的统一，重视道德伦理，情理共贯，具有入世、乐天的生命意识，其悲剧悲喜相间、苦乐相错，善恶有报，热衷于大团圆结局，追求情感体验的和谐。

戏剧能够代表一个民族、一个城市或一个国家的文化品位和艺术风格。到印度去寻访梵剧的吉光片羽，去罗马聆听著名的意大利歌剧，访伦敦体验汪洋恣肆的莎士比亚戏剧，游东京欣赏带有神秘色彩的日本能乐与歌舞伎，到莫斯科观赏古典芭蕾舞剧，来北京自然要听昆曲看京剧。

以昆曲和京剧为代表的戏曲，形象地表现、生动地阐释着中华文化，是民族个性最鲜明的艺术形式之一，成为华夏文明的靓丽名片和重要载体。戏曲是中国人不可或缺的精神食粮，也是外国朋友不可错过的艺术盛宴。戏曲不仅属于中国，也属于全人类；不仅属于过去，也属于现在和未来。

词山妩媚，曲海扬波

"九曲黄河万里沙，浪淘风簸自天涯。"刘禹锡咏叹黄河的千古绝唱，用来描写戏曲也十分贴切。源远流长的中国戏曲，不就是由源头的涓涓细流，经过山重水复的迂回曲折，才汇聚成浩荡江河的吗？山断续，水萦回。山脉脉，水悠悠。戏曲从纤细走向宏阔，自单纯走向丰富，由稚拙走向精美。元杂剧、明清传奇、花部地方戏犹如三大浪潮喷涌而出，展示出水涌山叠的万千气象。

八音繁会，九畹芝兰。古老的戏曲有百听不厌的千腔万调，有应接不暇的梨园风光。有如本固根深、枝繁叶茂的参天大树，同根异体，同宗多枝，杂花生树，硕果累累，在世界戏剧园地里独领风骚。

一、源远流长

西方戏剧的曙光开始展露于公元前 5 世纪的巴尔干半岛爱琴海一带。当时，古希腊在与波斯的战争中大获全胜，雅典城邦奴隶制日益成熟。荷马史诗、神话故事、伊索寓言广泛流传，建筑业、雕塑业兴旺发达，为古希腊戏剧的产生提供了丰腴的土壤和良性生态环境。古希腊从公元前 534 年开始创办酒神节，人们在群礼性的羊人歌舞及狂欢活动中唱"戴神颂"，跳"羊人舞"，模拟酒神狄俄尼索斯（Dionysus）的蒙难与再生。戏剧之父泰斯庇斯在歌舞表演中加入第一个演员，创造出第一人称代言体悲剧诗体。此后又经埃斯库罗斯、索夫克勒斯、欧里庇德斯三位悲剧大师及喜剧大师阿里斯托芬的创造性继承和发展，使古希腊悲喜剧走向辉煌。

人类学家摩尔根认为，由于所有人类种族的脑髓机能是相同的，所以人类的需求基本上也是相同的。人类经验差不多都是采取类似的路径进行的，人类精神的活动原则也是大体一致的。中国戏曲像西方戏剧一样，同样根植于自然崇拜、图腾崇拜和祖先崇拜的原始宗教活动仪式，同样经历了相似的质朴浑融的初期阶段。远古时期，生产力十分低下，生活环境极其恶劣，生命时时受到威胁，处于蒙昧状态下的原始先民认为万物有灵，主宰着他们的命运。为了趋利避害，迎吉纳福，他们便在原始祭祀和宗教仪式中，创造出各种拟态性、装扮性、象征性的歌舞、表演和游戏，以沟通、取悦于神灵，实现对自然万物的控制与操纵。实用性的宗教祭祀活动催生出原始的艺术，而原始艺术则借助于宗教祭祀活动日渐成熟，并脱离宗教趋于独立，由娱神走向娱人，成为人类戏剧的源头。

中国许多典籍里都有与戏剧相关的记载，各地的史前岩画里也能看到其流变的轨迹。甲骨文里的"舞"字写作"𣌬"，好像一个人在翩翩起舞，双手还拿着犀牛尾巴。比古希腊《荷马史诗》、古印度《古事记》、波斯《古经》早几个世纪的《尚书·尧典》记述了狩猎的舞蹈场面：有人敲打着石头掌握节奏，有人披着兽皮翩翩起舞。这可能是打猎之前的祈祷仪式，也可能是打猎归来后的庆祝活动。进入农耕时代后，许多农事活动被搬演成舞蹈。《吕氏春秋·古乐》篇中记载，在葛天氏部落里，三个人手执牦牛尾，一边踏着节拍起舞，一边唱着八段曲子，颂天地，敬鬼神，祭祖先，祝愿人丁兴旺、草木茂盛、五谷丰登、牲畜满圈……

祭祀是国家的头等大事，中国早在周代就有了由官方主持的大型祭祀活动，如祈求农事丰稔的蜡（腊）祭和驱邪禳灾的傩祭。蜡是在年终时，为了酬谢与农事有关的八位神灵而举行的。百日之劳，一日之乐，普天同庆，举国若狂。傩祭风俗由来久远，饶宗颐先生认为起源于殷商上甲时期，训"易（裼）"为"傩"，写作"𠄌"，形如在室内用兵器击鬼。西周的傩仪有每年季春举办天子率诸侯参加的国傩、仲秋在皇宫举行的天子之傩和腊月举办的大傩。傩祭的专职主角是方相氏，头蒙熊皮，上开四孔为目，黑衣红裤，一手持戈，一手执盾，率百众而口中傩傩有声，已具有固定的装扮形象、程式化的拟态动作，连"不言怪力乱神"的孔子都身着朝服，毕恭毕敬地肃立于阼阶观看。汉代宫廷的傩舞，方相氏率十二神祇和120个十到十二岁的名叫侲子的孩童，他们皆着黑衣红头巾，手持长柄摇鼓（即鼗），驱赶十二恶鬼。参与傩祭的百官都佩戴木制兽面具，还设置桃、苇等辟邪物。宋代的大傩仪规模更为盛大，千余人戴假面，着绣衣，执金枪龙旗，装扮判官、钟馗、小妹、土地、灶神之类。有一年，下桂府（今广西桂林一带）进贡的一副傩仪面具竟有八百枚之多，老少妍陋无一相似重复。

远古以来，自然神崇拜、图腾崇拜和祖先崇拜盛行，民间的祭祀活动也蔚然成风。屈原的《九歌》便是对民间祭祀巫仪歌词的记录整理和加工，歌颂了尊贵的天神东皇太一、腾云驾雾的云神云中君、痴情缱绻的湘水配偶神湘君和湘夫人、掌握寿命的忧郁伤感的大司命、掌握生育的沉默惆怅的少司命，风流多情的河神河伯、神秘情挚的山神山鬼，以及勇于捐躯的国殇亡灵……有故事，有角色，场面宏大，色彩绚丽，营造出神奇悲壮的氛围。所以王国维认为后世戏剧之萌芽，已经存在于原始歌舞之中。那些简单粗糙的原始音乐舞蹈，便是后来完美戏剧的前躯。

原始歌舞与宗教礼仪往往结合在一起，祭中有仪，仪中有戏，并有组织者和执行者——巫。甲骨文的"巫"写作"十"，好似一个人正在旋转。巫分男女，女称巫，男称觋。葛兆光认为"巫"是那个时代最有思想、知识和技术的文化人物。他们了解天地宇宙的结构、变化和征兆，了解人类的生死、繁衍与健康，懂得与神交流的仪式、规则和语言。在各种占卜祭祀仪式上从事迎神、降神、祈神、娱神的歌舞和拟态表演。巫代神示谕，沟通天人之间的联系，成为人和神的中介，又谓之"灵"或"尸"。最初，巫包揽占卜、祭祀、史录、医病、歌舞等多种功能，后来这些功能分别由从巫分化出来的师、古、祝、史、医、优担任。夏、商、周已经有了倡优的踪迹，至春秋战国时期，蓄优成为各国君王的爱好，并形成了风气。

优能言善辩，滑稽多智，具有高超的语言技巧和模仿表演才能，不仅为君王、诸侯、权贵提供声色之娱，而且可以利用特殊的身份、戏谑的语言、反讽和归谬的手段，拐弯抹脚地进行"诡谏"。司马迁《史记·滑稽列传》详细记载了秦国优旃、楚国优孟和优施的事迹。一天，秦始皇忽发奇想，要把皇家苑囿扩充千百里。对此劳民伤财之举，满朝文武谁也不敢阻拦。优旃假装赞成，一本正经地向秦始皇建议：在苑囿中多多放养麋鹿，以抵御入侵之敌。秦始皇听出优旃的弦外之音，当然知道麋鹿是不能抵挡入侵之敌的，于是放弃了扩充皇家苑囿的打算。秦始皇死后，他的儿子二世胡亥竟然荒唐地提出油漆长城以抵御匈奴侵扰。优旃又一次运用欲擒故纵的智慧，打消了秦二世的荒唐念头。优孟是楚国名优。楚庄王心爱的马死了，命群臣前来吊唁，并准备用大夫级别的礼仪成殓埋葬。大臣们不敢阻拦，优孟闻讯，上殿大哭，说仅以大夫之礼葬马规格太低，应以人君之礼葬之。楚庄王听罢，感到有失分寸，于是作罢。

最为脍炙人口的是"优孟衣冠"的故事：楚国贤相孙叔敖清廉奉公，死后家徒四壁。其子穷愁潦倒，不得已去求助优孟。优孟经过悉心模仿，装扮成孙叔敖生前的样子，去参加宫廷宴会。楚庄王见之大惊，以为孙叔敖复生，欲再次委任为宰相。优孟委婉拒绝，借机责备楚庄王不能体恤功臣。楚庄王醒悟，对孙叔敖之子厚加封赏。虽然还不能说这就是演戏，但优孟惟妙惟肖、几可乱真的化装表演，无疑对后世的戏剧产生了直接而深远的影响。因此，有人把"优孟衣冠"的故事看作中国戏曲的雏形，把优孟视为中国最早的演员。

二、迟开花朵

虽然中国的原始歌舞和原始宗教仪式起源于公元前22世纪末的夏代，早于西欧十几个世纪，但由于不同的民族文化背景，不同的生存生态环境，不同的审美追求，中国戏剧和西方戏剧经历了不尽相同的路径和历程。

中国素有"诗国"之称，抒情诗数量最多、成就最高、影响最大，形成悠久、深厚、强大的抒情传统。从先秦、两汉到隋唐的漫长历史时期中，以抒情为主色调的诗、乐、词、赋、歌、舞、文一直十分兴盛而强劲，名家辈出，佳作如林，并总结出一系列规律和经验。如"风、雅、颂、赋、比、兴"，"诗言志，歌咏言，声依咏，律和声，八音克谐，无相夺伦"，托物言志、情景交融等。相比之下，叙事传统及叙事手法则相对薄弱。我国的文学艺术一直沐浴浸润在抒情传统和诗意光辉之中，没有向叙事方向拓展，因而早就孕育的初级戏剧萌芽，未能像古希腊从酒神祭祀歌舞中产生出悲剧和喜剧那样，直接从原始歌舞和原始宗教仪式中升华为以叙事为主调的高度综合的戏曲艺术。文学艺术不以古今论等级的高下，也不以早晚定品质的优劣。中国戏曲孕育得早而成熟得晚，自有其特定的发展衍变规律，说明它与西方戏剧属于不同的戏剧样式，存在着差异性。这是一个民族的审美选择，本身并无对错。而正是这种差异性带来人类戏剧的丰富性和多样性。

进入宋代，坊制废弛，商业日益繁荣，都城汴梁百肆杂陈，店铺林立，经商的人越来越多。社会结构和社会成员的变化，改变着社会心理和审美情趣。一向被视为正宗的诗文逐渐让位于小说戏剧等俗文学，各种民间技艺争妍斗奇，还出现了专门化的商业性演出场所——瓦舍勾栏，吸引招徕了三教九流、五行八作的观众群。瓦舍勾栏不仅满足了市民阶层的审美需求,获得了广泛而稳定的观众,而且使各种技艺得以实现大规模的稳定性聚集。在这里,艺人们能够真切地感受到各阶层的呼吸和脉搏,广泛地吸收姊妹艺术的营养,从而使初级的戏剧艺术形态得到冶炼和提高,逐渐走向成熟。

文体代嬗,音律递变。真正标志着中国戏曲走向成熟的是两宋之际出现并活跃在以温州为中心的东南沿海一带的南曲戏文,又叫"温州杂剧"或"永嘉(温州的别名)杂剧",江湖上则称为"鹘伶声嗽"。由于早期的南戏是在"里巷歌谣"、"村坊小曲"、民间小戏的基础上脱颖而出的,故其结构灵活,形式自由,曲调婉转,不太讲究宫调和格律,主要在民间社火中大显身手。后来,南曲戏文逐渐由乡村流播到城镇和都市,接受到北方杂剧艺术的影响,广泛吸收了唐、宋以来各种音乐歌舞、说唱艺术的营养,加强了叙事功能,形成了包括歌、念、诵、科泛、舞蹈等多种手段的综合性戏剧样式。不仅具有比较完备的结构和体制,而且有比较完整的剧本保留下来。由于大量"书会才人"的参与,对艺术形式和表现技巧进行了革新,整理、创作、保存了大量优秀的剧本,从被称为"戏曲活化石"的《张协状元》,到后来的"荆、刘、拜、杀、琵",即《荆钗记》、《刘知远白兔记》、《拜月亭记》、《杀狗记》、《琵琶记》五大本,其艺术成就可与北方蓬勃兴起的杂剧相媲美。

元末明初,北杂剧急遽衰落,南戏却得到长足发展。"日出江花红胜火",南戏这朵迟开的戏剧之花,充分展示出中国戏曲的成熟之美。

三、三大浪潮

中国戏曲的主流犹如一泻千里的澎湃江河,曾涌现出三大浪潮。公元12世纪,西方戏剧陷入惨淡萧条的中世纪小冰河时期,中国却迎来戏曲史上的第一个黄金时期,掀起第一个翻天巨浪——元杂剧。

一代有一代之文学艺术,汉文、唐诗、宋词、元曲,各绝一时,互不相掩。元杂剧"涛似连山喷雪来",展现出波涛滚滚、云蒸霞蔚的壮丽景观,造就出灿若繁星的戏剧家和一批彪炳千秋的杰作,不愧为恢弘壮美的人类文化奇迹。

元杂剧的崛起与当时的政治、经济、人文环境有关,同时也是戏曲艺术自身积淀、衍变的结果。元杂剧脱胎而来的母体是金院本和院幺。与院本相比，院幺兼有记事和代言的功能，并已经初步建立起正旦和正末为主演的格局，确定了四段体体制。只是还稍显散乱芜杂，不够完整。北曲杂剧艺人在院幺的基础上，吸收借鉴当时流行的一种音乐性很强、又具有叙事内涵的说唱艺术诸宫调的营养，采用一人主唱、四折一楔的格局，拓展了表现生活的广度和深度，从根本上扭转了唐参军戏、宋官本杂剧滑稽调笑、插科打诨的审美倾向，广泛而深刻地反映了元代社会生活。既有军国大事、朝政纷争，也有家庭纠纷、妇姑勃豀，勾勒出元代社会生活的全景图画。对于元杂剧的题材和内容，前人曾有过多种分类，如朱权在《太和正音谱》里把元杂剧分为十二科，即神仙道化、隐逸乐道、披袍秉笏、忠臣烈士、孝义廉节、斥奸骂谗、逐臣孤子、铍刀赶棒、风花雪月、悲欢离合、烟花粉黛、神头鬼面等。

元杂剧或者暴露社会现实的黑暗、荒唐、愚昧、肮脏；或者鞭挞权豪势要的贪婪、疯狂、狡诈、无耻；或者替不堪凌辱、欲告无门的弱者呐喊，倾吐整体性的郁闷和愤怒；或者表现对邪恶的抗争，对忠良、英雄的缅怀，张扬民族精神、复仇意识；或者呼唤友谊、爱情，呼唤清官和法治，表现对非正统的美好未来的憧憬和追求；寄托着黎民百姓的法治之梦、缅怀之梦、团圆之梦，的确是"最自然"、"最有意境"的"活文学"，不愧为"一代之杰作"。

进入公元17世纪，巨人莎士比亚在古希腊戏剧光环的照耀下，冲破中世纪神学的禁锢，达到文艺复兴时期西欧戏剧的巅峰。东方戏剧的劲旅中国戏曲，也积淀吸收了宋元南戏和元杂剧的营养，进入辉煌的明清传奇阶段，掀起中国戏曲的第二大浪潮，主宰了从明初到清后期将近400年的戏曲舞台。从被尊为"传奇之祖"的高明的《琵琶记》，到汤显祖"临川四梦"那样的旷世之作，再到"南洪北孔"两座巍峨的丰碑，将中国戏曲文学、戏曲音乐、舞台表演水平提升到登峰造极的境界。

在此阶段，昆曲脱颖而出，独领风骚。然而，早期的昆山腔只不过是流行于吴中的"清柔婉折"的清曲小唱，到了明代嘉靖、隆庆年间，经魏良辅的锐意革新，精心打磨，才成为流丽动听，出乎弋阳腔、海盐腔、余姚腔诸腔之上的"新声"。剧作家梁辰鱼写出以西施为主要人物的《浣纱记》传奇，把传奇文学与新的声腔及表演艺术综合到一起。昆山腔开始只限于昆山一隅，后来便以经济文化地位居江南之首的苏州府城为中心，向周围地区迅速传播，结合各地的语音、风俗，很快繁衍出常洲、太仓、吴江、上海、无锡等多种地域流派。万历末年，昆曲传入北京，与弋阳腔并称为玉熙宫宫中大戏，当时称为"官腔",受到朝廷的喜好。天启皇帝熹宗朱由校曾在德胜门外回龙观六角亭与伶人高永寿共同粉墨登场,演唱传奇《风云会·访普》。由于昆曲"清柔而婉折",且曲词典丽,备受士大夫的喜爱。纵情声色、观戏成瘾的达官显贵和富商豪绅,纷纷蓄养昆曲家班,每逢聚会宴集,必唱昆曲。巨室查氏在前门外建起戏楼,京郊的庙宇、戏台如雨后春笋,演戏活动十分兴旺。

清初,昆曲曾受到一些挫折。但是到了乾隆朝,由于国力充足,世风奢靡,乾隆又是一个大戏迷,演剧活动再度掀起高潮。内廷演戏机构"南府"的规模有了很大的扩展,补充了不少从江南挑选来的昆曲名伶。演戏纳入朝廷仪典,形成定制。宫廷词臣张照等制作了按时应节的《月令承应》、歌颂祥瑞的《法宫雅奏》和《九九大庆》,以及《劝善金科》(目连救母故事)、《升平宝筏》(唐僧西游取经故事)、《鼎峙春秋》(三国演义故事)、《忠义璇图》(水浒梁山故事)、《昭代箫韶》(杨家将故事)、《封神天榜》(东周列国故事)、《楚汉春秋》(楚汉相争故事)、《兴唐外史》(说唐演义故事)、《阐道除邪》(混元盒故事)、《盛世鸿图》(曹彬下江南故事)等十来部宫廷大戏,每部戏都包括10本,240出左右。不要说北京,就连热河避暑山庄的演戏规模都大得惊人。巍峨的大戏台下可容纳数万人,一个神怪剧目竟然在舞台上出现上千艺人,还不算后台的乐队伴奏和其他杂务人员。

清乾隆年间,高度成熟、全面精致的传奇开始全面衰退。代表着新的审美情趣的花部地方戏从民间兴起,与古典戏剧展开激烈的竞争,揭开了中国戏曲史上"花雅之争"的崭新一页。所谓"雅部",主要指内容和格调高雅的昆曲和后来的昆弋腔,以及用这两种声腔演唱的传奇。"花部"则指雅部之外内容驳杂、色彩炫目的各种地方戏。在"花雅之争"的博弈进程中形成北京和扬州两大戏曲中心,京剧从诸腔杂陈的局面中脱颖而出。京剧是中国的"国粹",博大精深,美轮美奂,迄今已有200年的历史。曾有皮黄、二黄、黄腔、京调、京戏、平剧、国剧等称谓,西方人则把京剧翻译为beijing opera(北京的歌剧),堪称是中国戏曲长河里涌起的第三大浪潮。

四、繁花似锦

戏曲大花园里,姹紫嫣红,繁花似锦。360多个剧种,遍布于大河上下、长城内外、中原边陲。从地域来看，南方的声腔剧种风格轻柔妩媚，多五声音阶，主奏乐器细致柔润，为笛子、二胡、柳琴等。北方的声腔剧种风格遒劲豪放，多七声音阶，主奏乐器嘹亮脆爽，为京胡、板胡、股弦等。然而这只是大致的划分，其实每个声腔剧种各有特色，均不雷同。

众多剧种中，最有代表性和影响力的首推昆曲。寻梦春秋六百年，几多风雨与辉煌。有"水磨腔"之称的昆曲发祥于杏花春雨、莺飞草长的江南三吴一带，是一种集歌唱、舞蹈、道白、动作为一体的综合性很高的戏曲样式，它通过象征虚拟性和程式化的歌舞动作表演故事，刻画人物性格，表达人物心理状态，形成了完整而独特的表演体系。昆剧表演的最大特点是抒情性强、动作细腻，具有极高的技巧性和巨大的艺术感染力。昆曲的表现手段为唱、念、做、打（舞）之综合，歌唱与舞蹈的身段结合得浑然一体，巧妙而谐和。每一段腔，甚至每一个字，都有规定的动作和眼神相配合。而且，在唱、念、做、打（舞）的综合体现方面，昆剧是所有剧种中要求最为严格的，舞台呈现亦最为完美。

昆曲具有慢、小、细、软、雅的总体风格特色。所谓"慢"，是指昆曲轻柔婉折，悠扬徐缓；这既是温柔富贵乡舒缓从容的生活节奏及心理节奏的反映，也是"水磨腔"格律特点和演唱要求所造成的必然现象。所谓"小"，是指昆剧最宜于家宅的厅堂或花园亭榭中演唱，宾客围坐，中间以红地毯覆盖，谓之"氍毹"，昆曲是典型的"红氍毹艺术"。所谓"细"，是指昆剧表演载歌载舞，十分细腻。所谓"软"，是指昆曲说的是吴侬软语，唱的是的"水磨调"，再加上擅演缠绵悱恻的文戏，自然给人以一种软而香的感觉。所谓"雅"，是指昆曲高雅、文雅、典雅和清雅的风格，如同簇簇幽兰，飘洒着淡淡幽香。昆曲从元末吴侬软语、清歌雅韵的吟唱，发展为雄踞明清剧坛400多年的"盛世元音"，成为全国性的主要声腔剧种。如今，被誉为"国之瑰宝"、"百戏之祖"的昆曲，又被联合国科教文组织命名为首批"人类非物质口头文化遗产"。

发端于吴楚、滋养于燕赵、形成于京师、并流布于全国的京剧，是目前全国最大的剧种。它有如国色天香的富贵牡丹，姚黄魏紫，流派纷呈，千姿百态，博大精深，被誉为"国剧"。京剧的崛起和兴盛并非偶然，盖因其得天时、地利、人和之便。如果说"花雅之争"是对京剧的呼唤和期盼，那么乾隆五十五年（1790）清高宗弘历八旬寿诞，以"四大徽班"为代表的徽班进京便是难得的历史契机。徽班紧紧抓住机遇，博采众长，吸收融会，技艺精湛，雅俗共赏，三庆的轴子戏、四喜的曲子、和春的把子、春台的孩子戏，异彩纷呈，受到广大观众的热烈欢迎。在此基础上，又经过徽汉深度合流，催生出京剧。经过咸丰、同治年间的锤炼，京剧至光绪年间渐趋成熟。科班丛出，戏班林立，行当齐全，人才济济，戏馆星罗棋布，演出十分兴盛。进入20世纪，京剧走向鼎盛，一大批风格迥异、富有创造性的艺术家涌现出来。仅生、旦两行的艺术流派就多达十几个，出现了以四大名旦、四小名旦，前、后四大须生为代表的二十多位大师级的表演艺术家，渲染出一派群星璀璨、云蒸霞蔚的繁荣景象。其中，最有代表性的是以梅兰芳为首的"四大名旦"。不仅在国内大红大紫，梅兰芳等还先后两次东渡日本，出访美国、欧洲和苏联，向海外传播京剧艺术，取得巨大成功。

京剧是博大精深的中华文化的结晶，是源远流长的戏曲艺术的骄子，是根植于幽燕文化沃土的国色天香。京剧艺术从诸腔杂陈的局面中脱颖而出，获得系统质和综合美，成为内容丰富、涵盖广泛、形式多样、魅力非凡的集大成艺术。它融文学、音乐、舞蹈、美术、武术、杂技、雕塑、工艺、建筑于一体，具有高度的综合性，体现出中华民族的审美情趣和艺术精神。

京剧按照美的规律进行创造，不遗余力地追求美。京剧表演千娇百媚，美轮美奂。一笑一颦，一招一式都要融入美的氛围之中，不论是夸张的美、含蓄的美、精豪的美、细腻的美、自然的美、抽象的美，都要和谐统一。即使是哭，也要哭得好看，哭得好听。不仅四功要美，脸谱、服饰、化妆也全都追求美。旦角贴片子、擦水粉、梳水头、画眼眉，都要好看。净角脸谱的勾画，既可突出性格，更要讲求美。服饰装扮讲求色彩的美，一花一素，一黑一白，配搭和谐。满台花团锦族，熠熠生辉。

2010年11月16日，京剧列入"人类非物质文化遗产代表作名录"。独树一帜的京剧艺术虽然是亟须抢救、保护、继承的国宝国粹，并非只能像夏鼎周彝、秦砖汉瓦那样作为文物保存。京剧艺术具有沟通古今的现代性，可以与时俱进地焕发活力，从而成为推动历史、影响现实的精神力量。

昆曲、京剧之外，梨园戏、越剧、黄梅戏，同属于梆子系统的秦腔、豫剧、晋剧、河北梆子、川剧、粤剧、评剧、吉剧等也很活跃。八闽大地山媚水秀，人杰地灵，有着八百载历史的梨园戏浑如一株"不贪娇艳，惟赏幽姿"的古梅，展示出清、奇、瘦、劲的独特美韵和温润纯净的古典品格。

由吴越一带的民谣、山歌和秧歌演变而来的越剧，其唱腔细腻柔婉，长于抒情，有如茉莉花般清新芬芳。黄梅戏则长于抒情，善于刻画人物性格，富有浓郁的民间乡土风味，犹如散发着泥土芳香的带露山茶，不仅在国内家喻户晓，也深受国际友人的欢迎，被称为"中国的乡村音乐"。

同属于梆子系统的秦腔、晋剧、河北梆子，音乐唱腔或高亢激越、粗犷豪放，或哀怨缠绵、铿锵跌宕，具有浓厚的抒情韵味，如同带刺的月季玫瑰。豫剧原名河南梆子，俗称"河南讴"、"讴戏"、"土梆戏"，有祥符调、豫东调、沙河调、豫西调等四大流派，有如中原大地的葵花，质朴本色，热烈奔放。

清代乾隆年间在本地灯戏基础上，吸收融汇苏、赣、皖、鄂、陕、甘各地声腔，形成含有高腔、胡琴、昆腔、灯戏、弹戏五种声腔而用四川话演唱的川剧，唱腔美妙动人，帮腔（包括领腔、合腔、合唱、伴唱、重唱等方式）意味隽永，引人入胜。语言生动活泼，幽默风趣，具有鲜明的地方色彩。表演真实细腻，幽默机趣，生活气息浓郁，为群众喜爱。还创造了不少绝技，如托举、开慧眼、变脸、喷火、钻火圈、藏刀等，被喻为怒放的丛丛红梅。

粤剧穿越古今中外，立足南疆大地，广采博取，一唱众和，有"广腔"之称。表演艺术粗犷、质朴，不少名演员都具有单脚、筋斗、滑索、踩跷、运眼、甩发、髯口等方面的绝招。武打以"南派武功"为基础，包括刚劲有力的靶子、手桥、少林拳以及高难度的椅子功和高台功，使人想起灼灼似火的木棉和具有异国情调的郁金香。

起源于莲花落的评剧似说似唱，从容委婉，平白如话，充满平民气息，有似竹篱茅舍的牵牛花。吉剧扎根于白山黑水，俚俗灵动，俏皮幽默，颇多野味野趣。各地民间小戏更是星星点点，如烂漫山花开遍神州大地，成为人类戏剧史上的奇观。

总之，不同的声腔剧种体现出不同的文化积淀和风土人情，成为不同的"精神存在的类型概念"。鲜明的剧种风格不仅是戏曲艺术的重要特征之一，而且是戏曲艺术能够适应多样化需求的旺盛生命力之所在。

展现春秋画卷，描摹世态风情

我国不仅是诗歌大国，散文大国，小说大国，亦是戏剧大国，自古就有"词山曲海"之说。历代艺人置身于万丈红尘，情系苍生，心忧家国，于舞台上歌呼笑骂，谱就春秋画卷，传递时代脉搏。"日月灯，云霞帐，风雷鼓板，天地间一场大戏；汤武净，文武生，桓文丑末，古今人俱是角色。"举凡帝王将相、英雄豪杰、圣贤精英、骚人墨客、士子书生、牛童马仆、三教九流、五行八作，各色人等无不登台亮相，现身说法。既有朝政纷争、军国大事、江湖风波，也有耕读桑麻、田园牧歌、男欢女爱、闺情花柳、家庭伦理、市井风情。至于抒怀说梦，感悟人生，则七情毕具，五味杂陈。即便是花精柳魅、神仙鬼怪，也都通晓世故，富于人性。真是天上人间，应有尽有，好一幅琳琅缤纷、斑驳陆离的三界五行画图。

一、春秋画卷

戏谚云：舞台小天地，天地大舞台。人生如戏剧，宇宙即剧场。白云苍狗，沧海桑田，二十五史乃一大传奇也。戏曲继承了世世代代积累保留下来的大量剧目，其中以历史故事戏数量最多，几乎涵括了中国传统文化中所有的历史、神话、传说、轶事，庞杂纷繁、林林总总，纵贯横连、蔚为大观。真可谓思接千载，视通万里。戏曲历史故事戏具有历史的连贯性和内容的系统性，从封神故事戏开始，"列国"故事戏、"两汉"故事戏、"三国"故事戏、"隋唐"故事戏、"薛家将"故事戏、"西游"故事戏、"残唐五代"故事戏、"杨家将"故事戏、"说岳"故事戏、"水浒"故事戏、"三侠五义"故事戏、"明英烈"故事戏、"三言二拍"故事戏、《聊斋》故事戏、《红楼梦》故事戏，还有那些朝代不清的故事戏，演绎了从尧舜禹汤，经春秋战国、楚汉相争、光武中兴、三国鼎立、隋末群雄逐鹿、残唐五代、宋元明清，直至当今波诡云谲、风雷激荡的历史。视野开扩，内容丰富，多姿多彩地反映

展现春秋画卷，描摹世态风情

了广阔复杂的社会人生，构成一部立体形象的春秋画卷。

在这部浩瀚恢弘的春秋画卷中有很多热点和亮点，按照时序首先映入眼帘的便是家喻户晓的封神故事戏。我们每每为中国没有史诗而遗憾，其实以上古神话和历史传说为题材的封神故事戏本身就具有史诗性质。故事从商代开始，末代君主商纣王荒淫暴虐，残民以逞，到女娲宫降香，竟然丧心病狂地亵渎女娲神像。女娲大怒，遂遣妖败其江山。周武王替天行道，兴兵讨伐。姜子牙及正派的神仙眷侣辅周灭纣，妖魔邪怪则"助纣为虐"，与周为敌。最后正义战胜邪恶，纣王失败自焚。周武王登基，建立了周王朝，姜子牙受命大封诸神。封神故事戏以连台本剧的形式，按照《封神演义》的故事顺序话说从头，以情节曲折，表演火爆，以及机关布景、彩头变幻取胜。

两汉之后的三国故事戏是个庞大的系列，清道光间三庆班所演由卢胜奎改编的连台本戏《三国志》就有三十六本，演述了从东汉末年魏、蜀、吴三国争雄直至西晋统一"三分归一统"的历史。其间发生了不少惊天地泣鬼神的故事，涌现出众多的英雄豪杰。从《三结义》、《捉放曹》、《三战吕布》、《连环计》、《借赵云》、《辕门射戟》、《战宛城》、《白门楼》、《衣带诏》、《青梅煮酒》、《击鼓骂曹》、《古城会》、《三顾茅庐》、《火烧新野》、《长坂坡》等，到《舌战群儒》、《草船借箭》、《蒋干盗书》、《借东风》、《赤壁鏖兵》、《取南郡》、《战长沙》、《甘露寺》、《回荆州》、《黄鹤楼》、《芦花荡》、《柴桑口》、《截江》等，再到《西川图》、《过巴州》、《葭萌关》、《夜战马超》、《单刀会》、《百寿图》、《定军山》、《阳平关》、《祭长江》、《凤鸣关》、《天水关》、《空城计》、《战北原》、《七星灯》等一系列剧目，表现群雄之间的政治角逐与军事对垒，斗智斗勇，波诡云谲，展开纵横捭阖的谋略、金戈铁马的厮杀。充满了智慧、乐观、热烈和惊险的观赏因素，为百姓喜闻乐见。刘蜀集团的创业故事是三国戏的主轴，贯穿着拥刘反曹的鲜明倾向，将人们对圣主明君的期盼和爱戴都集中到刘备身上，将许多美好的品质和高尚的情操都赋予了刘备、诸葛亮、关羽、张飞、赵云一方；同时将憎恶倾泻到曹操身上，强调了他那"宁教我负天下人，休教天下人负我"的奸雄性格。三国故事戏曲目繁多，行当齐全，样式兼备，或重唱做，或重武打，其中表现诸葛亮神机妙算、谈笑却敌的《空城计》最为人们津津乐道。清代宫廷大戏《鼎峙春秋》，自桃园结义破黄巾起，至蜀汉后主宴庆诸葛亮南征凯归止，计10本240出，成为戏剧史上篇幅最长的三国故事戏。

隋唐五代故事戏描写隋末秦琼、罗成、程咬金、单雄信、尉迟恭、薛仁贵、樊梨花、秦英等英雄豪杰，辅佐秦王李世民平定天下的传奇经历。秦琼苍凉豪迈的气度不失英雄本色，尉迟恭御果园单鞭救驾疾恶如仇，薛仁贵从征辽东继而三箭定天山神勇无比，樊梨花英姿飒爽、无人能敌，秦英年少勇武、性如烈火，都刻画得十分生动传神。在改编自唐传奇的诸多爱情故事戏中，既有"春浓花艳佳人胆，月黑风高壮士心"，又有说不尽的哀怨凄婉，十分投合市民情趣。

宋代剧目先后出现了几个热点。第一个热点是从五代末年到北宋初年的征战故事。处于朝代更迭、群雄蜂起、互相征伐的乱世，宋太祖赵匡胤及其身边的名将功臣郑恩、赵普等成为人们瞩目的对象。第二个热点是杨家将故事戏，其内容以杨家三代人北上戍边抗辽为主线，大致可以分为三个阶段：首段以杨继业为主人公，从写他成亲的《畲塘关》开始，接着是《金沙滩》、《七郎八虎闯幽州》、《五郎出家》等，一直到杨继业殉难的《李陵碑》告一段落，最后以将奸臣潘洪被正法的《拿潘洪》、《提寇阴审》作结。第二阶段以六郎杨延昭为主人公，从杨延昭出镇边庭开始，围绕抗敌和遭谗展开，流行戏目有《天波楼》、《三岔口》、《全部雁门关》、《寇准背靴》、《青龙棍》、《杨排风》、《九龙峪》、《挡马》、《孟良盗骨》、《牧虎关》等。中间穿插《四郎探母》、《三关排宴》故事，表现降辽为驸马的杨四郎和杨八郎身处矛盾之中的两难处境，最为牵动人心。第三段以穆桂英为主人公，展现了巾帼英雄群体的飒爽英姿、浩然气度，是杨家将故事里最为光彩的篇章，在民间广为传诵。从《穆柯寨》穆桂英与杨宗保结亲开始，中间有《辕门斩子》、《大破天门阵》、《破洪州》、《穆桂英挂帅》等戏目，把穆桂英的丰功伟绩渲染得有声有色。最后则以佘太君百岁挂帅的《杨门女将》作为杨家将全部故事的结束。"杨家将"故事戏在艺术上具有情节曲折、故事生动、场面恢弘、表演艺术丰富的特点，表现了杨家将前仆后继、英勇抗击异族侵略的英雄业绩，歌颂了他们崇高的爱国精神。

第三个热点是取材于同名小说的水浒故事戏。政治黑暗、民不聊生，义士侠客从四面八方啸聚山林，自称"替天行道"的"绿林好汉"。水浒英雄们以"会盟"的形式推选盟主，既是一种民间社团性质的松散联合，又具备政治和军事组织的特征。他们劫富济贫、除暴安良，抗租抗税，攻城略地，公然向当权者叫板，令统治者深恶痛绝，必欲置之死地而后快，而老百姓却拍手称快，对他们十分拥戴。

常演的水浒故事戏有《山门》、《林冲夜奔》、《翠屏山》、《花田错》、《武松》、《祝家庄》、《时迁盗甲》、《大名府》、《李逵大闹忠义堂》、《神州擂》、《青峰岭》、《庆顶珠》、《艳阳楼》等。被重点表现的英雄人物有宋江、武松、林冲、李逵等。京剧中以宋江为主要角色的戏被称为《宋十回》，主要包括《宋江闹院》、《刘唐下书》、《坐楼杀惜》、《宋江起解》、《大闹江州》、《浔阳楼》等。以武松为主要角色的全本《武松》，亦称《武十回》。故事情节虽时断时续，但武松的性格风神和思想发展脉络统一而贯穿，尽显武松胆大心细、光明磊落的英雄本色。

第四个热点是岳家将戏，讴歌了岳飞等一批坚持抗金斗争的英雄，在塑造岳飞形象的同时，也塑造了包括牛皋、汤怀、何元庆、高宠、王佐以及岳云、张宪等众多的英雄群象，对"撼山易，撼岳家军难"做了形象的诠释。同时，还在更加广阔的背景中，叙述了曾与岳飞并肩作战的宗泽、李纲、韩世忠、梁红玉、陆登、陆文龙等人物的英雄业绩。岳家将戏主要取材于《大宋中兴通俗演义》和小说《说岳全传》，著名的剧目有《东窗记》、《精忠记》、《如是观》、《金蝉子》、《镇潭州》、《九龙山》、《陆文龙》、《徽钦二帝》、《枪挑小梁王》、《两狼关》、《岳母刺字》、《爱华山》、《牛皋招亲》、《栖梧山》（即《三收何元庆》）、《汝南庄》、《牛皋下书》、《挑华（滑）车》、《岳家庄》、《朱仙镇》、《八大锤》、《岳侯训子》、《风波亭》、《满江红》、《扯旨破金》、《疯僧扫秦》、《胡迪骂阎》、《潞安州》、《抗金兵》、《梁红玉》以及连台本戏《降天鹏》、《泥马渡康王》等。

以元代生活为题材的戏目虽然不多，但《窦娥冤》、《串龙珠》、《梵王宫》、《百花公主》知名度很高。反映明代生活的戏曲剧本中，有一批反映明代激烈的党争和宫闱倾轧，褒奖忠义、斥奸骂谗的戏，内容严肃，风格悲壮，如《忠孝全》、《文素臣》、《绿野仙踪》、《大红袍》、《法门寺》（《拾玉镯》）、《四进士》、《一捧雪》、《打严嵩》、《大保国》、《叹皇陵》、《二进宫》、《御林郡》、《蝴蝶杯》、《南天门》、《五人义》等。另有不少戏取材于宋、元、明三代话本或拟话本如"三言二拍"，故事性强，曲折离奇，跌宕起伏，娓娓动人，如《珍珠塔》、《铁弓缘》、《双冠诰》、《金玉奴》、《玉堂春》、《春秋配》、《梅玉配》、《二桃杀三士》、《沈小霞》、《白罗衫》、《玉环记》、《移木埋香》、《水月庵》、《珍珠衫》、《杜十娘》、《梨花簪》、《倩女离魂》、《苏小妹》、《水上缘》、《独占花魁》、《花舫缘》、《宋金郎》、《天缘配》、《移花接木》、《涪江缘》、《白蛇传》等，表现了较为复杂的社会内容，传播甚广。喜剧《辛安驿》则由于在舞台上展现了女强盗的形象，受到人们的关注和喜爱。还有一类戏表现了鸿福艳遇、奇闻逸事，如《胭脂褶》、《遇龙封官》、《永乐观灯》、《游龙戏凤》、《三进士》、《金鸡岭》等，也受到观众的喜爱。

清代戏曲剧目除聊斋戏、红楼戏系列外，一个突出的特征是以施公案故事和彭公案故事为载体的侠义打斗戏、公案侠义戏的激增。在以刀枪剑戟为主的冷兵器时代，个人的武术技巧显得十分重要，既可保家卫国，又可以用来博取功名富贵，即便是统治者也十分看重，经常予以利用。这类戏多以侠客和义士为主人公，他们身怀绝技，大义凛然，扶危济困，不畏强权，路见不平，拔刀相助。施公案故事早在康熙年间就已经开始流传了，彭公案故事产生也很早，在乾隆年间就有了窦尔墩的传说。有关《施公案》的戏目最早载之于道光四年的庆升平班戏目中，该戏目收载有十六出施公戏，内容涉及《施公案》小说的重要关目。咸丰、同治年间，施公案故事开始把清官断案和侠客惩恶的内容结合起来，启公案侠义故事戏之开端。光绪年间京剧公案侠义戏十分繁盛，武生沈小庆曾对这类剧目进行了改造和创新，使其艺术质量产生了质的飞跃。沈小庆还亲自在自己编写的施公案戏中扮演过黄天霸、褚彪等主要角色。

在清代侠义打斗戏和公案侠义戏中，以描写侠客黄天霸协助施世纶擒拿绿林盗贼的"八大拿"系列剧目十分有名，也最具代表性。"八大拿"剧目是以黄天霸为主角的短打武生戏，囊括了如"走边"、"展翅"、"错步"、"踢带"、"旋子"、"飞腿"等各种武打套路和绝活，舞姿优美，表现力强，极具观赏价值，是京剧短打武生类的艺术精品，成为京剧武戏的经典之作。公案侠义戏的完备繁盛，使京剧的武生行当得以迅速发展，成为一个与生、旦并列的重要行当。

"林林生态，莫非傀儡。种种世事，尽属俳优。茫茫今古，何非角觚？"戏曲并非只是演古，也常常捕捉时代风云，直面现实的社会人生。如宋代最流行的官本杂剧《二圣环》、《三十六髻》等，即以滑稽调笑、讽刺戏谑为要旨，运用谐语、隐语、反铺垫、象征、赋形等手段，抨击投降派秦桧只图一己荣华富贵，将社稷江山置之脑后的倒行逆施，嘲讽逃跑派将领童贯"三十六计走为上计"的丑态。从古至今，真正为民请命的高官谏臣寥若晨星，多数人慑于强势三缄其口；倒是那些被视为下九流的优伶们不畏强权，不顾个人安危，嬉笑怒骂，掷地有声，因而获罪下狱者不乏其人。据周密《癸辛杂识》记述，南宋末年，温州府乐清县恶僧祖杰，交结官府，横行乡里，胡作非为，恶贯满盈，竟然将孕妇剖腹，以观男女。然而这个隐藏于伽蓝之中的恶魔，披着袈裟的禽兽，因有官府庇护，一直逍遥法外。有一年，祖杰蓄养美貌女子，令其怀孕，为避人耳目，强令庙中一俞姓和尚的儿子娶女子为妻，继续胡作非为。俞的儿子忍受不了邻人嘲笑，带着身怀六甲的妻子出逃。祖杰恼羞成怒，诬陷俞家私藏兵器，将俞姓全家斩尽杀绝。有不平者为其鸣冤，上告官府。官府受贿，先是不予理睬。后迫于舆论压力拘拿了祖杰，却久拖不断。民间艺人气愤不过，把祖杰的劣迹编成戏文，四处公演，为民代言，终于使这个人间恶魔毙于狱中。

元杂剧中有一大批反映社会现实的社会问题剧和公案戏，《窦娥冤》巧借历史传说故事，融入元代现实生活内容，描绘了吏治黑暗、民不聊生的悲惨图景。表现了被压迫、被蹂躏的窦娥从逆来顺受的精神状态中逐步觉醒，心头燃烧起复仇的怒火，临刑前发出愤怒的呐喊和血泪的控诉，发下三桩誓愿，以表明她的冤枉。窦娥的冤情感动了天地神祇，为之动容显灵。一腔碧血全部洒向白练，六月天居然大雪纷飞，三年大旱后来也都应验。窦娥死后，她的鬼魂继续向黑暗邪恶冲击，不仅要为自己报仇，而且要求掌管刑名的父亲"把金牌势剑从头摆，将滥官污吏都杀光"。关汉卿运用奇特的想象、强烈的情感、泼辣洗练的语言、积极浪漫主义手法，讴歌了窦娥的觉醒和抗争，产生了震撼人心的艺术效果。

明前期的传奇《鸣凤记》，及时且真实地反映了明代嘉靖年间，杨继盛夫妻（"双忠"）和八位义士（"八义"）与严嵩集团前赴后继的斗争故事。经过若干回合终于击败严嵩，迎来"朝阳丹凤一齐鸣"。明万历年间著名戏曲家王衡乃娄东太原王氏家族第十二世，他的杂剧《郁轮袍》演绎唐代"诗佛"王维精通音律，歧王请他到九公府上弹奏琵琶，许诺以状元及第为酬，被他拒绝。有个叫王推的人闻知此事，遂冒充王维前往，因弹奏［郁轮袍］而中了状元。主考宋璟复查试卷，发现问题，改取王维第一，黜落王推。王推恼羞成怒，反诬王维因受歧王庇护而夺魁，结果王维也被黜落。若干年后真相大白，王维才成了无可争辩的状元。但此刻的王维已看透科场，不肯再接受状元名号，毅然拂袖而去，归隐辋川。该剧故事明显是夫子自道，有王衡自身经历的影子，他曾在顺天府府试名列第一，却因父居相位而被疑蒙冤。虽说通过次年的甄别复试证明了自己的清白和真才实学，但莫名的怀疑使王衡深感屈辱，连续十余年拒绝赴京春试，直到父亲解甲归田后才进士及第，授翰林编修。旋即上疏请求终养，卸职回乡。曲折而痛苦的科考经历为他创作《郁轮袍》杂剧提供了依据和体验，遂借剧中人王维之口，一泄满腹郁结之气。

明末清初，以李玉为代表的苏州派剧作家密切关注时代风云，紧贴现实生活，写出了一批反映明、清之际尖锐的民族矛盾和黑暗政治的剧本，如《清忠谱》、《万民安》、《一捧雪》等，开创了戏曲创作的新局面。其代表作《清忠谱》注重题材的真实性和时效性，记录了明代天启年间阉党魏忠贤及其爪牙迫害东林党人周顺昌的残酷事实。魏忠贤派厂卫缇骑到苏州去逮捕东林党人周顺昌时，市民颜佩韦等聚众万余，至府衙请愿，要求释放周顺昌，掀起了一场轰轰烈烈的市民暴动。李玉对史料素材进行了精心的处理，提出犀利的道德批判和历史反思。所写俱是实事，可以当信史来看。

如果说李玉以"词场正史"自傲，孔尚任则更以"传奇《春秋》"自诩。风靡歌场的《桃花扇》所表现的是明清鼎革之际南明小朝廷末世残钟的兴亡悲剧。全剧以复社清流侯方域和秦淮名妓李香君的离合之情为线索，展示了从昏庸荒淫的福王朱由崧被拥立，到马士英、阮大铖结党营私、倒行逆施，江北四镇桀骜不驯、互相倾轧，左良玉以就粮为名挥兵东进，最后史可法孤掌难鸣，无力回天，"六朝金粉之地"弘光小朝廷忽焉兴亡的过程。对于当时的朝政得失、文人聚散，皆确考时地，全无假借。至于儿女钟情，宾客解嘲，虽稍有点染，亦非子虚乌有。基本上是实人实事，有根有据，就如同剧中老赞礼所说："当年真是戏，今日戏如真。"

《桃花扇》成功塑造出几个社会下层人物的形象，最有光彩的是秦淮名妓李香君。她身处卑贱，却关心国是、明辨是非，有着独立高尚的人格。新婚之夜，李香君得知妆奁来自阉党阮大铖后，十分震怒，毅然拔簪脱衣，斥责侯方域不辨忠奸。阉党强迫她嫁给新贵田仰，她一口回绝，头撞翠楼，血溅诗扇，为爱流泪亦流血，以鲜血和生命捍卫自身的清白。红颜薄命，遭逢乱世，爱情和命运像桃花一样勃然绽放又转瞬凋零，但香君自有风骨和操守，她自比击鼓骂曹的祢衡，在酒筵上义正词严地痛斥马士英、阮大铖狼狈为奸的罪行。被打倒在雪地之上，依然骂不绝口，刚烈之气咄咄逼人，铮铮铁骨宁折不弯，有着须眉丈夫的侠气豪情。当经历过国破家亡之后，最终与侯方域相见，毅然斩断情根，抛却儿女情长，标志着女性主体尊严的提升与公义之心的爆发，真正担负起家国的严肃使命。

《桃花扇》对福王朱由崧及奸臣马士英、阮大铖之流则猛烈抨击、痛加贬责。生死存亡之秋，福王朱由崧关心的只是"天子之尊"、"声色之奉"，忘记了为君的职责。而"幸遇国家多故，正我辈得意之秋"的马士英、阮大铖在拥立福王得势后，窃权滥为，只谋一己富贵，招致弘光小朝廷败亡。《桃花扇》对左良玉及四镇总兵和所谓清流文人也不留情面，左良玉虽对崇祯皇帝无限忠心，但骄矜跋扈，缺少谋略，轻率挥兵东下。大敌当前，四镇总兵不顾大局，同室操戈。而杨龙友则是八面玲珑，一副政治掮客的圆滑嘴脸。侯方域风流倜傥，关心国事，却有几分软弱和纨绔气。复社文人们以风流自许，饮酒观灯，听戏品曲，寻访佳丽，出于门户之见揭发阉党余孽，为保护门户请左良玉东下，移兵堵江，致使江北空虚，国家覆亡。

《桃花扇》借离合之情，抒兴亡之感，表现了善恶、正邪、清浊、美丑之间的殊死搏斗，全面评价了南明兴亡的历史。内容宏阔，结构庞大，脉络清晰，浑然一体，通体布局，无懈可击。特别是那把桃花扇，不仅纽结着侯、李的爱情，而且联系着时代的风云，可以说是将南明兴亡，系于桃花扇底。

可以看出，不论是"演古"，还是"唱今"，戏曲历史故事剧均恪守着"兴观群怨"的宗旨，颂英主、歌圣君、赞贤臣、褒清官，斥奸骂谗，为民请命，体现出民族意识、忧患意识、王道意识、批判意识，饱含着家国情怀和历史兴亡之感。

二、世态风情

唐、宋之际，中国文学艺术发生了最为深刻的变化。唐以前是传统诗文的一统天下。宋、元之后，则是戏曲（杂剧）、小说的蓬勃发展。唐以前的文学艺术主流是高雅的、山林的、庙堂的、贵族的，宋以后的文学艺术基调则是通俗的、市井的、平民的。唐以前着重表现的是士人的社会生活和精神风貌，以及与之密切相关的自然山水，宋以后则扩大到各阶层多姿多彩的世俗生活。

宇宙万物，分天地，列乾坤，别阴阳，分男女。一阴一阳谓之道，万物皆由阴阳互动交合而成。人生有限，风月无边。男女之间的爱情不是丑陋、罪恶的情欲，搅心乱性的毒药；而是每一个正常的人特别是青年男女与生俱来、深藏内心、无法抗拒的天性。爱情是包含着对异性肉体的渴望需求及情感精神相互融合的"双重火焰"，是人类既原始而又万代常新的话题，是人世间最为美妙动人的生命之歌。

爱情是人类永恒的主题，也是文学艺术取之不尽、用之不竭的源泉。有道是"藏蕴满怀风与月，吐谈万卷曲和诗"，爱情戏在戏曲中占有绝大份额，"十部传奇九相思"。或郎才女貌，一见钟情；或好事多磨，终成眷属；或鸾镜鸳衾，天伦温馨；或画舫朱阑，好梦难寻；或秦楼楚馆，江湖落拓；或落花飞絮，衰草疏林……"花须柳眼各无赖，紫蝶黄蜂俱有情"。"娉娉袅袅十三余，豆蔻梢头二月初"，"月上柳梢头，人约黄昏后"。人生如戏戏如歌，古往今来有多少旖旎风情、悲欢离合！

元代，由于受女真族质朴民风的影响以及金末儒学观念的松动，舆论对男女私情普遍持有一种宽容的态度。摆脱传统社会妇女所应遵守的"三从"（为女从父，为妻从夫，丧夫则从子）与"四德"（妇德、妇言、妇容、妇功），突破婚姻礼法，成为元杂剧的鲜明主题，塑造出一系列敢于主动追求爱情的人物形象，如《拜月亭》中女主角王瑞兰与蒋世隆在战乱中几经辗转，历经磨难，却矢志不移。王瑞兰的行为，反映出女真人重情浪漫的性格，并带有一定的主动追求意味。《调风月》中女真婢女燕燕更是凭借自己的泼辣和心计，勇敢地争取与汉族小千户的婚姻。燕燕不畏礼法、为达到婚姻的目的不顾一切的精神，颇有现代婚恋色彩。

尤其是元杂剧《西厢记》堪称中国人爱情生活的宝典和百科全书，家喻户晓，尽人皆知。此戏的前身是《西厢记诸宫调》，其开卷唱曲作者自叙云："秦楼谢馆鸳鸯幄，风流稍是有声价，教惺惺浪儿每都伏咱。不曾胡来，俏倬是生涯。""携一壶儿酒，戴一支儿花，醉时歌，狂时舞，醒时罢，每日价疏散不曾着家。"看来作者应是才华横溢、地位不高的下层文人。而杂剧《西厢记》的作者王实甫，经常出入于风月营、莺花寨、翠红乡，和艺妓们交往，为她们写戏。他的杂剧辞藻华丽，韵致优美，士林中无不叹服。特别是他的《西厢记》，更是独占鳌头，成为北曲的"压卷之作"。

《西厢记》摆脱了门当户对、夫荣妻贵的世俗观念，超越了"开口文君，闭口子建"的平庸模式，也不乞灵于"氤氲使者"、"风月仙姑"、"月下老人"的俗套，细腻而真实地描写了张生、崔莺莺历经磨难，对封建礼教和门阀婚姻制度的决裂反叛，对自由恋爱婚姻的主动追求，展示出爱情本身的美好与魅力，颠覆了唐传奇"始乱终弃"的主旨，张扬了"永老无别离，万古常完聚，原（愿）普天下有情的都成了眷属"的爱情理想。从此，男女相爱，外界破坏，最后相爱的男女冲破阻碍，终成眷属，形成了基本的套路。

崔莺莺是中国古典戏曲史上最为动人的女性形象之一，她具有雍容温润的风度，矜持文雅的气质，锦心绣口的才华，缠绵悱恻的心绪，绵中有刚的个性。崔莺莺热烈追求爱情婚姻的自由，不仅内心向往，而且付诸行动：佛殿相逢，她手捻花枝，对张生含情脉脉；月夜联吟，她用"兰闺久寂寞，无事度芳春"的诗句向张生吐露心曲；祭奠父亲亡灵时，还和张生眉目传情；溶溶月夜，她背着母亲来到张生窗下听琴；是她让红娘传书寄柬，但见到张生书信后却又勃然大怒；是她约张生幽会，但等张生如约而至时又突然变卦……经过一番犹疑、痛苦、抗争，最后才克服了矜持、软弱，冲破了封建意识的束缚，做出了被封建礼教目为大逆不道的丑行——与张生幽会结合，实现了自主婚姻的理想。《西厢记》丝丝入扣地揭示了崔莺莺复杂微妙的内心世界，特别是对她的"假意儿"描绘得细腻逼真，笔触达至至隐至深的人性层次。深刻、细腻地展示出闺阁少女崔莺莺追求身体解放、情感自由、人格独立的觉醒过程，成功地塑造出封建礼教叛逆者形象。

张生风流倜傥，儒雅多情，志向远大，且对爱情执着专一。他与崔莺莺一见钟情，一往情深，毅然放弃功名利禄，足见是"性情中人"。他对崔莺莺爱得如醉如痴，神魂颠倒，追求爱情时热烈、直接而大胆，没有半点儿虚假。为了得到莺莺的爱，他诚挚投入，饱受折磨，无怨无悔，表现出纯洁无瑕的个人品行和内心操守。最后，他被迫赴京应试金榜题名后，也没有对异乡花草栖迟流连，实在是一个老实忠厚的"至诚种"。他身上兼有才子气、书生气，和几分"迂呆"、"风魔"的"傻气"，显示出鲜明的个性特征。

红娘聪明伶俐，爽朗热情，机敏果敢，富有正义感和同情心，是一个"忤奴"形象，具有强烈的平民意识。她从奉老夫人之命监视崔莺莺的"行监坐守"，变成崔莺莺的助手和智囊。她曾经善意地嘲笑过张生的寒酸迂腐，当面揭破过莺莺的口不对心；但是，她对崔、张之间纯真的爱情却打心眼里理解、同情，为他（她）们出主意，想办法，传书送柬，热情奔走，促成好事。老夫人拷打逼问，她不慌不乱，动之以情理，晓之以利害，展开了面对面的斗争，终于迫使老夫人认可了张生与莺莺结合的现实。

《西厢记》的故事并不离奇复杂，始终围绕着有情人能否成为眷属这条主线展开，巧妙地将几组矛盾（老夫人、郑恒与张生、崔莺莺、红娘之间，张生、崔莺莺与红娘之间，张生与崔莺莺之间，孙飞虎与张生和崔莺莺之间）扭结在一起，形成前后勾连、宏阔缜密的戏剧结构和开阖相间、张弛有致的戏剧节奏。利用误会、巧合、夸张、抒情、滑稽、幽默、诙谐等艺术手法，造成优雅深沉与热烈爽朗参差错落，轻快泼辣渗透其间的情感效应，构成抒情诗般的喜剧风格，可与印度梵剧《莎恭达罗》、莎士比亚《罗米欧与朱丽叶》等爱情名剧相媲美。

《西厢记》被誉为"天下夺魁"的北曲压卷之作，其版本十分丰富，计有百余种之多，并被翻译成英、法、德、意、俄、日、拉丁文、印地文、越南、朝鲜等文字，赢得国内外广大读者和观众的喜爱和痴迷。《红楼梦》第23回"西厢记妙词通戏语，牡丹亭艳曲警芳心"，写林黛玉和贾宝玉在大观园偷偷共读西厢，心领神会，默默记诵，备感词藻警人，余香满口。第35回"白玉钏亲尝莲叶羹，黄金莺巧结梅花络"中，林黛玉由《西厢记》"幽僻处可有人行，点苍苔白露冷冷"两句诗联想起自己的凄凉身世。《金瓶梅词话》第21回、《品花宝鉴》第11回也都有关于《西厢记》的内容。

英雄美人之恋，令人怦然心动。明代万历年间剧作家周朝俊的传奇名篇《红梅记》（亦名《红梅阁》），演绎的是南宋书生裴禹，与权相贾似道的侍妾李慧娘、总兵之女卢昭容之间曲折复杂的爱情婚姻故事：裴禹游览西湖，李慧娘顾盼生情，由衷赞美一句"美哉少年！"致为贾似道杀害。卢昭容登楼眺望，折梅吟咏，将一枝红梅赠予恰在墙外攀枝的裴生。贾似道欲强纳昭容为妾，裴生为卢母出计，权充其婿，至贾府拒婚。贾似道将裴生拘于密室，慧娘鬼魂得与裴生幽会，救裴生脱险，并痛斥贾似道之凶残暴戾……"钟情若到真深处，生死风波总不妨。"纯洁坚贞的爱情具有超越人鬼、超越生死、超越美丑的伟大力量。剧中描写李慧娘与裴生邂逅、相知、相识的心理情感过程，歌颂了李慧娘与裴生之间超越儿女情长和世俗生死的大爱。剧情曲折离奇，虚实相生，塑造了熠熠生辉的浪漫主义鬼魂形象——李慧娘，不愧是中国戏曲史上的一出富于传奇性的美丽"鬼戏"。

本于《史记》的《霸王别姬》是最能体现英雄美人情结的戏曲经典。霸王那力拔山兮的气概、英雄末路的无奈、得一知己美人足矣的感慨,不知令多少人感叹唏嘘!《霸王别姬》表现的是虞姬和项羽之间感天动地的爱情,霸王悲歌一曲"力拔山兮气盖世,时不利兮骓不逝。骓不逝兮可奈何,虞兮虞兮奈若何"?!虞姬拔剑起舞,自刎殉情,何其悲壮!"相见时难别亦难",项羽与虞姬最后的诀别,成了传唱千古的凄美绝响。这悲情一瞬,已定格在中国文学的字里行间,定格在中国戏曲的舞台上,成为中国古典爱情中最为经典、最为荡气回肠的绚丽传奇。

帝妃之间的爱恋同样令人为之动容,元杂剧《梧桐雨》、《汉宫秋》写尽帝妃之间的情与恋、思与念,雨滴桐叶,孤雁哀鸣,凄凉萧瑟,哀婉欲绝。传奇《长生殿》以李、杨爱情为主线,以"安史之乱"作为穿插,爱情线和政治线交错进行,再现了唐帝国由盛转衰的过程。唱不尽兴亡梦幻,弹不尽悲伤感叹,凄凉满眼对江山,抒不尽"乐极哀来"的幽思和彻骨沉重的兴亡之感。此剧以同情的笔触描述了李、杨之间凄绝哀婉的生死情缘,赞美了"真心到底"、"精诚不散"的爱情理想。

人神、人仙之恋令人神往。《张生煮海》和《柳毅传书》是元杂剧神话爱情戏双璧,充满神奇瑰丽的浪漫主义色彩。龙王公主琼莲热爱人间生活,冲破人神界限,私订终身大事。张羽为寻龙女,跋涉于山崖海角,用仙姑所赠法宝煮沸大海,迫使龙王答应他和龙女的婚事。柳毅古道热肠,千里传书,搭救龙女三娘。三娘虽身遭不幸,并不屈服于命运的安排,终于苦尽甜来。

东汉佚名《古诗十九首》内云:"迢迢牵牛星,皎皎河汉女。纤纤擢素手,札札弄机杼。终日不成章,泣涕零如雨。河汉清且浅,相去复几许?盈盈一水间,脉脉不得语。"根据此诗敷衍的民间传说爱情故事戏《天仙配》(又叫《牛郎织女》、《七月七》、《雀桥会》)流传极广,牛郎织女的爱情朴实而浪漫。

西子湖如诗如画,潋滟空蒙的湖光山色中,演绎过无数的悲欢离合,展露过人世间的美丑善恶,见证了白蛇对爱情的执着追求。《白蛇传》最初的故事雏形见于唐人谷神子的《博物志》,经宋元话本至明天启年间冯梦龙编汇的《警世通言》中的《白娘子永镇雷峰塔》,清嘉庆年间陈遇乾的《绣像义妖传》,虽然基本的故事框架并没有变化,但逐渐淡化了妖气,增强了对白娘子(白素贞)形象的刻画与同情,并加入了端午、水斗、断桥等脍炙人口的情节,使白娘子的形象愈来愈丰满、愈来愈动人,许多花部地方戏甚至包括木偶戏、皮影戏都有了《白蛇传》的演出。

除了上面已经提及的历史故事戏、社会问题剧、公案侠义戏、爱情婚姻剧之外，戏曲中还有大量生活玩笑戏，指以两小（小生、小旦）或三小（小生、小旦、小丑）行当为主，情节单纯、短小精悍，具有滑稽调笑色彩的闹剧、趣剧、谐剧、歌舞小剧。它们与整本大戏相比较而存在，又称"杂戏"。一般很难确定其精确的编演年代，大都与历史悠久的民间技艺，如竹马、花车、花鼓、旱船、顶灯、霸王鞭、驴子会、什不闲、打连厢等有着密切的渊源关系。玩笑戏多演人情世态、乡土风光、逸闻趣事，事不必皆有征，人不必尽可考。备极世间骗局丑态，闺阁拙妇骇男，以及市井商匠、刁赖词讼、杂耍把戏等项，出场的是市井乡野的农夫、村姑、小商、小贩、工匠、艺人，以及酸儒清客、刁徒滑吏、纨绔子弟，一上氍毹，即堪捧腹。玩笑戏没有复杂的情节、激烈的冲突，往往赶一次庙集，观一次灯会，听一次戏，上一次坟，回一次娘家，挖一次野菜，调一会情，顶一阵嘴，逗一阵乐子……就能编成一出妙趣横生的小戏。

如以"借"字打头的《借靴》、《借粮》、《借髢髢》，以"劝"字打头的《劝子》、《劝夫》、《劝赌》，以"卖"字打头的《卖布》、《卖绒线》、《卖元宵》、《卖饽饽》，以"打"字打头的《打樱桃》、《打面缸》、《打花鼓》、《打城隍》，以"小"字打头的《小上坟》、《小放牛》、《小过年》，以及《观灯》、《探亲相骂》、《一匹布》等，感情率真，风格泼辣，生活气息浓郁。玩笑戏的表演极为灵活，在约定俗成的故事框架内，演员可以根据自己的艺术积累和生活体验，视剧场氛围和观众情绪即兴创造：可以摘取搬用其他曲艺段子或戏剧片段，也可以随意删减情节，或者是添白加词；演员可以跳进跳出，或直接化身为角色，或从一旁描绘、评点、帮腔；可以张冠李戴，插科打诨，也可以将天南海北集于一戏，将戏剧性、说唱性、歌舞性融为一体。不断变换手法只有一个目的，那就是始终让观众保持兴奋状态，维系并加强角色之间、演员之间、角色与演员之间、角色与观众之间的直接交流。

玩笑戏多属喜剧和闹剧，追求观赏性和愉悦性，不摆出高台教化的架势进行枯燥的说教和耳提面命式的灌输。运用喜剧的手法、语言，刻画喜剧性格，营造喜剧氛围。经常运用的手法有颠倒、戏拟、对比、调侃、科诨，以及巧用双关、谐音、反语、歇后语、方言土语、谐义、对举、赋形、引譬、重复等语言技巧，创造开心、助兴的强烈喜剧效果，追求滑稽、幽默、机趣之美。拒绝污言秽语，不说脏话脏字，提倡"口清"而忌"口浑"，也不搞脸谱化、标签化，总是运用出色的白口与高超的做派塑造和刻画人物，达到俗中有雅、雅中有俗，脱俗而冷隽的境界。褒扬善良、正义、勇敢、热情、勤劳、乐观的民间美德和纯洁的爱情、美好的情操，辛辣讽嘲邪恶、吝啬、伪善、贪婪、愚昧、迷信等鄙俗和陋习。于笑谑嬉闹中寓讽世警心之意，收正风易俗之功效。

戏曲中还有不少神魔剧，多取材于神话故事和宗教传说，如封神戏、西游戏、佛经故事戏等，虽说以神怪为主角，但却如鲁迅先生所说："神魔皆有人情，精魅亦通世故。"如《闹天宫》刻画出集人性、猴性、仙性于一体的孙悟空形象，他那追求自由、独立、尊严，英勇无畏的斗争精神，受到历代观众的喜爱。

三、抒怀写梦

春秋战国是中国历史上群星灿烂、百家争鸣的时代，这个时代的重要特点就是作为知识分子和意见领袖的"士"的崛起和专业化。尽管当时社会环境剧烈动荡，但思想自由，百家蜂起。诸子游学讲学，相互辩难，涌现出一批雄辩天才。他们以食客、策士身份依附于不同利益团体，为之出谋献策，摇唇鼓舌，游说四方。"言非若是，说是若非"，以达到推销自己政治理想和治国方略的目的。

中国的士从来都不是一个独立的阶级，而是一个依附于不同阶级的阶层。在科举制度下，士人"学成文武艺，售与帝王家"。只有取得功名，进入官场，积极用世，才能实现自己的人生价值。哪怕像陶渊明那样的隐者，也"风流酷似，卧龙诸葛"。所以清人龚自珍赋诗云："陶潜酷似卧龙豪，万古浔阳松菊高。莫信诗人竟平淡，二分梁甫一分骚。"但有元一代，由于惨烈特殊的历史变故，八十余年不兴科举，堵死了大多数文人的仕途。文人失去了昔日的清高和优裕的社会地位，不要说成为天子门生、国家栋梁，出入凤阁台辅；在那视知识如粪土、觑文人如草芥的世道，"堂上书生空白头"，最后竟沦至九儒十丐的悲惨地位。沉沦下僚的尴尬处境让元代文人更能体会到黎民百姓的苦难与不幸，以敏感睿智的心灵感受着时代的风云。他们用贵己重身、任性自适的人格取代了循规蹈矩的依礼而动，用狂放不羁的生活方式排遣着内心的忧愁幽思。传统的诗文难以反映耳闻目睹的现实，精致典雅的吟唱无法排遣和抒发内心深广的忧愤。于是，文人们便结成书会，在戏曲创作中，倾注了个人的生命感慨与主观情怀，逐渐完成了从"诗言志"到"曲言志"的转变。他们走向勾栏瓦肆，躬践排场，面傅粉墨，与倡优为伍，共同创造出具有真情实感并适于演出的杂剧。这种违反儒家教诲的人生抉择，并非仅仅是出于不得已，而是价值观念变化之后的自觉行为。元代早期无名氏的南戏剧本《宦门子弟错立身》就已形象地表现出这种自觉，全剧以一"错"字为遮掩，热情赞颂了贵族子弟背叛家庭、弃绝功名、投身戏曲、以流浪卖艺"立身"的行为。

关汉卿是他们的杰出代表，他生而倜傥，博学能文，风流蕴藉，为一时之冠。他对民间疾苦有着广泛而深刻的了解，生就一副不畏横暴、倔强刚烈的性格。他曾自喻为"蒸不熟、煮不烂、捶不扁、炒不爆、响当当一粒铜豌豆"，可见是个有个性、有棱角的人物。关汉卿是当时大都"玉京书会"的重要成员，他通晓五音六律，擅吟诗填词，会吹拉弹唱，还喜欢粉墨登场。他更是一位高产作家，一生创作了60多部剧本，57首小令，16支套曲。至今尚存的剧作就有18种。因而被誉为"元曲第一家"，被尊为"梨园领袖"、"编修师首"、"杂剧班头"。

关汉卿敢于直面人生，正视现实，以悲天悯人的情怀对黎民百姓特别是妇女的命运给予了深切的关注和同情，形成了豪迈不羁、壮阔激烈的美学品格。如果说元杂剧是黄钟大吕式的时代交响，那么关剧便是其中最为雄壮的旋律了。特别是他的代表作《窦娥冤》更是烁古耀今。关汉卿的剧作题材广泛，风格多样。《窦娥冤》等悲剧有感天动地之悲，《望江亭》、《救风尘》等喜剧有嬉笑怒骂、诙谐辛辣之妙，《调风月》、《拜月亭》等将悲剧性与喜剧性巧妙结合，以轻松的形式表达凝重的感情。此外，关汉卿还创作了大量的历史剧，如《单刀会》取材于三国故事，歌颂关羽临危不惧，镇定自若，驾一叶小舟单刀赴会的满腔豪情、非凡气度、大无畏的民族精神。

元末以至明初，当年的剧坛宿将渐渐老去，新人缺乏前辈的坚韧老辣、落拓不羁，又无"骨鲠在喉，不吐不快"的压抑感和紧迫感，创作主体内在生命力的空疏枯萎，导致杂剧创作的低迷、凝滞和僵化。明中叶王九思、康海，特别是徐渭出现后，方才扭转了颓势。徐渭聪颖早慧，才思超逸，放达不羁，蔑视权贵，鄙夷庸俗文士，堪称旷世狂士奇人。他"行奇、遇奇、诗奇、文奇、画奇、书奇，而词曲尤奇"，被誉为"词坛飞将"。他不拘儒道，随心任性，放荡恣怀，吐纳珠玉之声，舒卷风云之色。其《四声猿》杂剧乃天地间一种奇绝文字。笔力雄健，文辞酣畅，别开生面，独树一帜。在徐渭影响下出现的明清"抒怨写愤"杂剧，悲怨与喜乐错综，沉重与轻松交织。愤激奔放的情感世界里，既洋溢着震撼人心的狂豪之气，又蕴含着浓厚的悲剧意味。

明中期以后，商品经济的发展打破了古老帝国的秩序和平静，萌生出崭新的文化心理、审美心理、价值观念。人的天性、情欲得到充分肯定，放诞佻佻的生活方式成为时尚，冲击了禁锢人性的天理，改变了先儒喜怒哀乐皆中规中节的情感表达方式。汤显祖是明代剧作家的翘楚。他少有大志，磊落尚侠，性格清傲，不肯与权贵同流合污，因而科场困顿，官场失利，郁闷之极。作为时代的敏感神经，他得风气之先，高擎起弃理就情、主情反理的言情大纛。在他的戏剧天地里，不论是现实尘世，还是梦幻之中，是人间红尘，还是鬼界仙班，强调的都是一个"情"字。他笔下的杜丽娘勇敢地选择了要活生生地活着，而不是死一般地活着，要做有情人，而不做活死人的人生之路。通过杜丽娘少女怀春、游园惊梦，为情所困、抑郁而死，死后得到真爱、死而复生的奇幻经历，赞美了"一往而深"，"生者可以死，死者可以生"的至情，肯定了萌发于天性、流动在内心的不可遏止的美好情欲。

明末著名才女、词人、广陵世家女冯小青，整天与《西厢记》和《牡丹亭》为伍，终抑郁而殒，生前焚烧诗稿，其中有"冷雨幽窗不可听，挑灯闲看牡丹亭；人间亦有痴如我，岂独伤心是小青"的凄美诗句。清代邹弢《三借庐笔谈》记载，明代扬州女子金凤钿，性聪慧，喜翰墨，尤爱词曲，读《牡丹亭》成癖，日夕把卷，吟玩不辍，倾情于汤，以身相许，终未如愿。临死嘱咐知心婢女以《牡丹亭》殉葬。清代蒋士铨《藏园九种曲·临川梦》写《牡丹亭》刻本传世后，有娄江女子俞二娘，酷嗜其曲，用蝇头小楷在上面细细批阅，不到二十岁竟怨恨而终。汤显祖闻之，感慨万端，作两首五言绝句为悼。还有内江一女子，读《还魂》而悦之，登门造访，愿为才子妇。汤以年老辞，女子竟投水而死。

男女之爱联着社会，联着世态，联着文化，可以见出人格气质的美丑和精神境界的高下。《牡丹亭》不是一般的爱情剧，而是一部深邃的哲理剧，是人生中壮丽辉煌、令人心驰神往的绮丽梦幻。它故事奇特，内涵深刻，文采斐然，色彩缤纷又扑朔迷离，涌动着不可遏止的生命激情。它挞伐了遏止、扼杀情欲的理学和礼教，表现出对生命意识的认知，对生命活力的张扬，对个体生命的极端尊重，营造出崭新的人生境界，焕发出夺目的光彩和勃勃的生气。在当时就"家传户诵，几令西厢减价"。400多年来一直盛演不衰，今天仍是上演最多的昆曲剧目。对于身陷于物欲浊流和消费主义文化泥淖之中，正渐渐远离艺术的审美、探索和追求，而走向平庸和肤浅的当代人来说，充满诗意光辉的《牡丹亭》，有如一阵清爽和煦的春风，送来生命的气息；有如潺潺的清溪，涤荡着人性中的污泥浊水；有如醍醐灌顶，润泽着人们焦灼枯萎的心灵……

清初，舆图换稿、世变沧桑。不少硕学鸿儒、文人士大夫经历了陆沉鼎革的大变幻和大悲痛，处境尴尬，心态复杂，往往"以曲为史"，把涉及国家兴亡的历史人物与故事作为创作题材。或抒发悲愤抑郁的幽怨哀思，或表达愤懑激烈的情怀，或流露内心难言的隐衷。李玉在剧作中长歌当哭，抒发了积郁心头的兴亡之感。吴伟业的剧作声声血泪、句句饮泣地叩问解剖着痛苦不安的灵魂，流露出无限的追悔和遗恨。洪升和孔尚任的剧作中依然还有激愤和沉痛，但更多的则是生命的苦涩、补天的困惑，以及痛定思痛的哀伤、悲愁和凄凉。

乾隆年间的杨潮观热衷于借古喻今的政治道德主题，其剧作对于官场积弊、民间疾苦多有描写，反映了当时的社会矛盾，表达了对于贤明政治和清廉节操的向往，具有一种高标脱俗的品格。正如他在《吟风阁杂剧》卷首题词中所说："百年事，千秋笔，儿女泪，英雄血，数苍茫世代，断残碑碣。今古难磨真面目，江山不尽闲风月，有晨钟暮鼓送君边，听清切。""借丹青旧事，偶加渲染，渔樵闲话，粗与平章，颠倒看来，胡卢提起，青史何人姓氏香。"

在浩如烟海的剧目中，写梦之作格外引人注目。梦是人类特有的神秘而奇特的生理和情感现象，做梦和艺术创作都是人的精神领域最活跃、最自由的实践形式，有着深厚的文化内涵。人生不只是丽日蓝天，亦有几多风雨，几多阴霾。哪怕在最黑暗、最坎坷的处境之中，也不能没有梦想，没有追求。自古以来，梦就与文学艺术结下不解之缘。楚王梦巫山神女，江淹梦笔下生花，李白梦天姥壮游。落花流水，浮生若梦。元杂剧中不仅《西厢记》有"草桥惊梦"，《汉宫秋》、《梧桐雨》、《倩女离魂》、《西蜀梦》等经典剧目中均涉梦境。在汤显祖的"临川四梦"、李开先的院本《园林午梦》的影响下，戏剧中的梦境尤多。所以有人说戏乃佛家之幻、道家之梦、儒家之学。当代研究者在前贤和时贤研究的基础上，通过对现存的中国古典戏曲剧本的翻检、爬梳、比较，挑出381部"涉梦戏"，458个"涉戏梦"。从入戏方式、题材类型、梦境范型、作用功能、梦境溯源等不同角度、不同侧面，对每一出戏的每一个梦的元素、所占比例都做了认真的索引、登记、提炼、概述，初步建构起中国古代戏剧梦境数据库，并概括提炼出征兆梦、心理情感梦、离魂梦、情人互梦、度脱梦、相会梦、神灵托梦、神庙祈梦、冥判、鬼神托梦等十种比较稳定并具有典范意义的梦境范型。可见戏曲与梦的关系十分密切，值得深入探讨。

四、感悟人生

以古希腊悲剧为代表的西方命运悲剧，实际上是以"崇神"的迷信方式反映了人和社会环境以及人和人之间的冲突，强调命运不可预测，命运难以主宰。表现人的意志与命运的冲突，人被命运摆布的痛苦，歌颂与命运抗争的精神，因而具有强烈的命运感。

命运也是中国戏曲的重大主题和重要内容之一。对待命运有不同的态度，"刑天舞干戚"的勇猛，钟馗"撞柱而亡"的刚烈，屈原上下求索的执着，"兰生空谷，不以无人而不芳"的高洁，以及王粲登楼式的忧愤和怨悱，在戏曲中均有体现。为数甚多的神仙道化戏、度脱隐逸戏，则表现了各阶层人士在生命旅程中的痛苦、郁闷、躲避、顺从、挣扎、抗争和逃脱，透出对命运无常的无奈，对生命短暂、人生多艰的悲悯和感慨，而且更加注重观照人的内心情感世界，感悟人生哲理。

人生是一个短暂的旅程，无论贫富贵贱，都不可避免地会有忧愁烦恼、聚散离合、生老病死。祸福相依，否泰相伏。因缘天缔，造化弄人。官场风云变幻，宦海波诡浪险。奸佞宵小为了升官发财，常常结党营私，朋辈为奸，上下其手，彼此倾轧。卖官鬻爵，鱼肉百姓，滔滔者天下皆是也。具有家国情怀的清高正直之士览千载，观百家，于书无所不窥，足迹遍及天下，心存青云之志，既有"饥食首阳薇"的高洁本性和完美追求，又有"渴饮易水流"的不畏强暴、舍生忘死的精神仰慕。他们不屑沉瀣一气，不肯同流合污，因而怀才不遇，落魄江湖，沉抑下层，郁郁而终。即便进入庙堂，也是仕途多蹇，壮志难酬，栏杆拍遍，忧愤难平。"居庙堂之上则忧其民，处江湖之远则忧其君。"欲进不能，退又不甘，饱受煎熬，徒唤奈何。正是在这生不如死，"死却好，惟死后亦苦鬼"的绝望处境中，他们往往伤春悲秋，悯时叹世，感慨良多，生出烟霞之思、出尘之想。离开声色之乡，逃离名利之场，舍弃腥臭之地，憧憬高蹈出世、俯仰自由、随缘自适、摆脱痛苦的处境，追求潇洒通脱的诗意人生。

"世事洞明皆学问，人情练达即文章。"元明杂剧和传奇中有不少神仙道化戏和度脱隐逸戏，往往以一种隐逸逃遁、超然物外、冷眼观察的视角，俯视白云苍狗般的人世，从生老病死中悟得玄机。大悲之后，不再是痛定思痛、痛何如哉，而是归复平静，抛却是非恩怨和世尘纷扰，以"沧浪之水清兮，可以濯吾缨。沧浪之水浊兮，可以濯吾足"的旷达与世沉浮。以看破万丈红尘，摆脱名缰利锁，"可龙亦可蛇"的人生态度委蛇周旋。在他们看来，"人生似幻化，终当归空无"。譬如令无数士子终生痴迷的科举，不过是引人入彀的骗局和闹剧，正如《琵琶记》中蔡二郎所唱："毕竟是文章误我，我误爹娘。""毕竟是文章误我，我误妻房。"高官显爵、盛名厚利、荣华富贵，犹如过眼烟云，全都是身外之物。真是个"对面儿高车驷马，转回头可早衰草荒坟"。树大招风，钱多惹祸，贪婪引烧身之火，欲望乃无底渊薮。与其戚戚于贫贱，汲汲于富贵，在与生俱来的无边苦海里战战兢兢地挣扎拼搏，何如居安思危，大彻大悟，修身养性，俯仰玩味。像陶潜那样吟诵着"少无适俗韵，性本爱丘山。误落尘网中，一去三十年。羁鸟恋旧林，池鱼思故渊"的诗句，"晨兴理荒芜，带月荷锄归"，"赏春花下酒，傲醉雪余天"。从现实的轮回之苦中解脱出来，在"君闲佛共仙"的境界中寻求不生不灭、不忧不惧的大自在。

过去，总是过多地计较这类戏的消极方面，其实这里的看破、躲避和逃脱，并非一味的消极和虚无，而蕴含着对人性的冷峻审视和深刻理解，闪耀着深邃的哲理和智慧的光辉。柏格森曾说，人的生命本质是无穷无尽的意志、欲望、创造，是实践生活，而不仅仅是沉思、认识和服从神圣的秩序，更不是一种机械模式。诚然，人绝对不能没有欲望，没有欲望就会失去前进的动力、生命的活力而陷入消极幻灭，但是，这只是问题的一个方面。另一方面，人也绝对不能做欲望的奴隶，陷入叔本华所描绘的怪圈：人因有欲望得不到满足而痛苦，为实现欲望而遇到无数的麻烦和困难也是痛苦。就算欲望最后实现了满足，也只是暂时摆脱痛苦，随之而来的还是无聊和空虚。因为旧的欲望刚刚实现，新的欲望又产生了，无休止的循环带来无穷的痛苦与空虚。人非衣冠禽兽，而是有尊严的社会动物，应该拒绝平庸，追慕高尚，有欲而节欲，把握好适当的度。基于物质的追求只不过是一种比较低级且难以达成满足的追求，只有精神追求才是人类形而上的终极追求，不需要附丽太多的外部条件。是真名士自风流，古代的文化人往往在奔波放逐中，也能笑着吟唱唐朝的云、宋朝的风。在品味自己生命的时候，也咀嚼出了历史的滋味。有时，一弯残月，一梢柳絮，或一首小诗、一支乐曲就可以达成一种很高境界的满足和幸福感。面对物欲横流的滚滚红尘，神仙道化度脱隐逸戏不啻是对人类的一个提醒、一个棒喝。而呼唤痛悯众生、大慈大悲的佛法救世，实际上是一种宗教式的终极关怀。

当然也应该看到，隐逸乐道是中国文化意蕴的重要组成部分，与魏晋玄学有着内在的联系，体现出传统文化心理结构的内倾式基本特征，具有深刻的悲剧性意蕴。但这种悲剧性意识没有催动士人征服外界、对抗现实的雄心，反而更深入地返归向内在价值的追寻，寻找一种无往而不乐的文化人格境界，为士人道德、美学合一的精神境界提供了思想基础，从而影响了后世士人文化人格的塑造。

譬如清初标榜"风流道学"的李渔就是一个在当时具有独特地位和另类心态的戏剧家。他随分安命，失意苟且。入清前屡试不第，心境颇为平静，并无磊落不平之气；明清鼎革也没能激起他的家国情怀和民族意识。他受晚明士风影响，讲究美食，喜好美色，精通书画，享受山水园林。不屑仕进，但热衷于浪迹江湖，周游天下，奔走于缙绅豪门，以曲坛健将、艺林高手的身份而扬名四方，靠"打抽丰"过着"日食五侯之鲭，夜宴三公之府"的奢华生活。正统文人耻与为伍，但他却我行我素，自我感觉良好，似乎十分满意自己的生存状态。只见他携女乐一部，来往于三吴一带。在红弦翠袖、烛影参差的氛围里过着神仙般的生活，连愤世嫉俗、慷慨悲歌的尤侗都对他流露出几分钦羡。李渔完全靠自己的智慧、异能在正统之外的边缘夹缝中生存、打拼，似乎也不失为一种活法。

李渔的确精神卑弱，境界狭小，格调不高，甚至可以说有点儇薄无耻，不能与浩然正气的仁人志士、以身许国的功臣栋梁相提并论，但李渔似乎也并不比那些封建卫道士和封建奴才的嘴脸更为可憎。他其实是复杂多面的,也曾有过悔恨,有过自责,有过内心的挣扎,有过"天下何人最潦倒?名媛色衰名士老"的感叹和落寞。不过,他最后还是抛弃了"修齐治平"人生目标,走上非正统的人生道路,终生进不了官场,入不了正传,秉持着人生如梦、及时行乐的人生观,把自己的才华、生命全都给了艺术。他的喜剧风靡一时,他的16卷《闲情偶寄》包括词曲、演习、声容、居室、器玩、饮馔、种植、颐养八部,是天下雅人韵士家弦户诵之书。其精华是对传奇创作和昆曲艺术进行了全面、系统、深刻、独到的总结,并上升到戏曲美学的高度,对后世戏曲产生了巨大的影响。卑琐灰暗的人生毕竟掩盖不住盖世才华和真知灼见的光辉,李渔的名字将永久地镌刻在中国戏曲史上,他的成就和价值也将得到后人的肯定和承认。

戏曲的文心诗魂、曲韵舞律、画境书神

开辟鸿蒙,诗、歌、乐、舞同源共生。墨子曾说:"诵诗三百,弦诗三百,歌诗三百,舞诗三百。"可见诗皆能歌,诗皆能舞,诗、歌、乐、舞从来就是一个难以分割的整体。古人云:词为诗之余,曲为词之余。戏曲以文学为基础,以诗词为魂魄,以曲韵伴舞律,沟通画境书神。优秀的戏曲既要有文学性,又要追求剧场性,而且是一首可供表演的诗,浮动着浓郁的诗意,洋溢着盎然的诗韵,跳跃着鲜活的诗魂。

一、案头场上

戏剧首先是作为文学形态存在的,戏剧文本(即"剧本")是剧作家按照舞台演出的要求而写出来的书面戏剧。一个好的剧本能够提供故事情节、情境氛围、人物形象的种子,以及导表演进行二度创作的契机和触媒,并诱发读者和观众的联想与想象,以保证演出取得成功。所以,剧本乃一剧之本,是戏剧存在的基础和依据。古希腊悲喜剧的辉煌,莎士比亚戏剧的璀璨,元杂剧的壮美,明清传奇的绚丽……都是首先从剧本文学中体现出来的。没有剧本,戏剧就成了建筑在沙滩上的空中楼阁。

宋元之前,我国戏曲处于孕育期,尚未有成熟的戏剧形态出现,所以只有剧码名目的记载,而无剧本的留存。宋代官本杂剧开始有了一定规模,一般由三块组成,即艳段、正杂剧(两段)、杂扮,实际上是四个段落。艳段为开场引子,目的在于招徕观众、安顿剧场。杂扮为送客的玩笑段子。中间两段正杂剧为主体,是经过悉心编排、寓警戒和谏诤于滑稽表演的杂剧正文。宋代还出现了规模较大的连台本系列剧,如《目连救母》就可以连演半月之久。元代杂剧的基本形态是四折一楔子。一折之内是一支完整的套曲,一个相对独立的音乐单元。为了概括全剧主要情节,点明人物故事,元杂剧还有"题目正名",一般是两句或四句韵语,有的放在剧本开头,有的放在剧本末尾。放在前面是为了介绍剧情，放在后面是对剧情进行总结，都能起到宣传广告的作用。明清传奇是明、清两代主要的戏曲文学样式，继承南戏体制，采用灵活的分出形式和曲牌体音乐结构，标志着中国戏曲艺术的高度成熟与全面精致。传奇一般是长篇巨帙，至少也有二三十出，多则四五十出，甚至五六十出。清代的宫廷大戏基本上也属于传奇范畴，每部戏竟达240余出，需十天方能演完。这样的规模，可以容纳丰富曲折的故事内容，组织复杂多变的戏剧冲突，安排文、武、冷、热不同的场子，充分发挥唱、念、做、打各种艺术手段的优势，从容细腻地刻画人物，构成有头有尾、载歌载舞的大戏。明清传奇的节奏缓慢，形式固定。第一出必然是"副末开场"（即家门大意），由末或副末用一首词或两首词略述全剧大意，交代创作意图。第二、三出照例是"生旦家门"，由生扮演的男主角和由旦扮演的女主角先后登场，自我介绍。一般从第四场开始，其他角色陆续登场，展开故事，其中少不了家宴、别亲、应试、赴任、计议、游春、赏秋、闺思、联姻、报捷等情节。还时常穿插绿林占山、蛮夷兴兵等场面。最后总是奉旨完婚、锄奸表忠，或者是入道升仙的大团圆结局，即使是才华横溢的汤显祖亦不能免俗。

花部地方戏兴起后，剧本样式又有了相应的调整。大多采用板腔体唱腔体制，分折分出的形式也有了突破，代之以分场结构。从许多成功作品来看，一般是十场左右为宜。如越剧《梁山伯与祝英台》13场、《西厢记》8场，京剧《杨门女将》8场、《红灯记》11场，秦腔《游龟山》9场，川剧《拉郎配》9场，莆仙戏《春草闯堂》8场。进入当代，戏曲剧本的样式更加多样化，大多数仍为十来场，也有向话剧学习压缩场次的，也有搞无场次转台戏的，不一而足。有话则长，无话则短，把情节精练到最短的程度，以便腾出空间，用夸张的手法，淋漓尽致地描写那些最动人的场景。如越剧《梁山伯与祝英台》，两人同学三载的过程一笔带过，但对"十八相送"一场，则浓墨重彩，尽情描写，大做文章。

亚里士多德在《诗学》中把情节结构放在悲剧六要素之首的位置。中国戏曲尽管各个时期的剧本形态有所不同，但也无不重视戏剧结构。李渔在《闲情偶寄·词曲部》中明确提出"结构第一"的观点，他把结构比作"造物之赋形"、"工师之建宅"。剧作家在下笔之前，必须精心构思，周密布局，把结构放在首要地位。为此，必须了解、把握戏曲剧本结构的基本特征。人们常说：话剧一大片，戏曲一条线。建立在模仿论基础之上的西方话剧，追求逼真性，多采取横断面式的结构，截取生活若干片段，进行深入挖掘。常常运用"回顾"（闪回）等方式结构剧情（有人称之为"闭锁式"结构），有意增加剧情线索的复杂性；而戏曲则基本按照事件发展的自然顺序，采取话说从头的"点线式"结构（有人称之为"开放式"结构），以事件的时间先后为序，通过点与点的连接，由点连成线，做到有头有尾，主线突出。这种结构不追求人物关系的错综复杂，而要求故事线索的单纯明晰；不追求事件地点的高度集中，而要求剧情线索的贯穿完整。这便是李渔所激赏的"一人一事"，一线到底，有如"孤桐劲竹，直上无枝"的线性结构之美。

古人作诗，常说"句中有眼"。眼睛是灵魂的窗户，可以传达出无限的情思。赋诗填词注重"诗眼"、"词眼"，为文讲究"文势"、"气韵"，度曲编戏则重"戏胆"。"戏胆"者，犹"主脑"也。没有主脑，全剧就成了"断线之珠，无梁之屋"。一部戏的"主脑"，大多体现为"一人一事"。所谓一人即主角，所谓一事即中心事件。一部戏，不管有多少人物，都与主角牵连着；不管有多少情节，都是由中心事件直接或间接引发出来的。因此，从实质上来看，一部戏"始终无二事，贯穿只一人"。"一人一事"的主脑，乃是全剧的中心、核心、枢纽、结穴和焦点，必须具有引人入胜的戏剧性、匪夷所思的传奇性、强烈的动作性和浓郁的诗情。

"主脑"既立，就要"思路不分，文情专一"。精减头绪，砍刈旁枝。如果头绪繁杂、枝杈太多，层次脉络就会紊乱，令观众莫名其妙，如坠云雾。再者，戏曲舞台时空有限，如果装得太满，就没有发挥唱、念、做、打和技艺绝活的余地了，也就影响了观赏性。戏曲剧本在"减头绪"的前提下，还要"密针线"，即通过细节安排，使首尾、上下、左右、（幕）前后、（场）内外互相照应，使之成为一个有机整体。西洋话剧有开始、上升、高潮（突转）、结局的变化。戏曲剧本要处理好起、承、转、合的关系，掌握好节奏的变化。如昆曲《十五贯》，第一场"鼠祸"是"起"，第二场"受嫌"、第三场"被冤"、第四场"判斩"、第五场"见都"则是承，第六场"疑鼠"、第七场"访鼠"是转，第八场"审鼠"是合。元代的乔吉（梦符）曾提出戏曲剧本"凤头、猪肚、豹尾"的主张。即要求开头俊秀、精神、漂亮、醒目，"皮薄"，进戏快。中间部分要丰富、饱满、酣畅、浩荡。结尾部分收煞要干脆、有力，或者水到渠成，或者戛然而止，或者余味无穷，像"临去秋波那一转"那样勾魂摄魄。总之，必须巧妙地处理好明暗、虚实、冷热、疾徐、刚柔的关系，运用对比、衬映、悬念等技巧，造成剧情的迂回曲折、摇曳多姿，跌宕起伏，产生引人入胜的艺术效果。

中国戏曲载歌载舞、百伎杂陈，具有高度的综合性和技艺性，可以满足观众群体不同的审美需求：有人偏重于文采，有人偏重于声律，有人偏重于表演身段；但文采、声律、表演身段等等，都不可能孤立存在，必须依托于"戏"——即戏剧性。按照我国戏曲观众传统的欣赏标准，戏剧性首先体现为题材的传奇性，把奇人、奇事、奇闻、奇遇、奇情等作为表现对象。古往今来，冤假错案不计其数，人们见得多了，也就习以为常了。但《窦娥冤》六月飞雪、血溅白练、三年亢旱，感天动地之奇撞击着观众的心灵；男欢女爱，自古亦然，但杜丽娘怀春慕色之情，惊心动魄，且巧妙叠出。谁见过死后化蝶？（《梁山伯与祝英台》）谁见过蛇变美女？（《白蛇传》）谁见过百岁老人还能挂帅出征？（《百岁挂帅》）现实生活中有哪个书生有过一天之内竟被三家强拉为婿、拜了三次花烛的艳遇？（《拉郎配》）没想到金銮宝殿之上，千金之体赵艳容竟敢装疯佯癫，戏弄老父（《宇宙锋》）；难以想象的是孟姜女竟然哭倒长城（《孟姜女》）。再如程婴救孤、昭君远嫁、彩楼择配、木兰从军、玉环香殒、离魂附体、鬼神托梦、人神（妖）相恋、两世姻缘、死而复生、弄假成真、悲欢离合之类，无不以传奇取胜。

喜新厌旧是人之常情，观众总是喜欢看既出人意料之外又在情理之中的新奇故事。当然，"奇"并不等于一味地搜奇猎怪，瞎编乱造，追求荒诞不经的恶趣。"奇"应该是偶然与必然和谐的统一，个性与共性巧妙的结合，"酌奇而不失其贞（真），玩华而不坠其实"。"奇"不仅是罕见的、特殊的、非常的，而且是见人之所未见，想人之所未想，抒人之所未抒，出人意料，高人一筹。物理易尽，人情难尽。哪怕是柴、米、油、盐、酱、醋、茶之类的"家常日用之事"，只要能从中见"前人未见之事"，抒前人"摹写未尽之情"，也能做到"平中见奇"，"不奇而奇"。总之，无奇不传，无戏不奇。

从文学的角度看，剧本是可以阅读的，但其价值并不仅仅为了供人阅读。阅读只是一种功能，更重要的是供舞台演出。无论怎么说，戏曲艺术的生命力及艺术魅力，最终要流泻在活色生香的舞台演出里，表现在与观众的交流反馈之中。所以戏剧仅有文学性是不够的，还要有剧场性，能够搬演于舞台之上，并得到观众的欢迎。古今中外都有不适合舞台演出，甚至根本不能演出的剧本。这类缺乏舞台性的戏剧文本或许具有一定的文学阅读欣赏价值，但也只是案头戏（书斋剧），而不是活色生香的完整戏剧。

关于戏剧的文学性和剧场性的关系，中外理论界曾出现过势若冰炭、严重对峙的局面。中国戏曲史上就有所谓"文采派"和"本色派"之争。"文采派"强调文采、意趣、神色没有错，但如果争一句之丽，斗一字之奇，炫耀才华，掉书袋子，诘屈聱牙，酸迂腐臭，就陷入偏执。这类剧作往往片面追求辞藻文采，不顾舞台要求，不肯向观众妥协，造成剧本与舞台的脱节。"本色派"强调演出也没有错，但有意无意地忽略了文学性，扼杀了艺术想象力，造成平庸和乏味，则走向邪路。双方各执一端，不肯相让，大有揎拳捋袖、决一雌雄的架势，但最后也是不了了之。其实，戏曲剧本应该有文学性和剧场性的双重要求，二者应该协调一致，相辅相成，不可偏废。那种认为可以不考虑舞台的信手涂鸦是难以拿上舞台的；同样，那种认为舞台可以脱离剧本，导演可以随心所欲地另搞一套的观点也是经不起推敲的。强调剧本的文学性，不应忽略舞台性。强调剧场性，也不能以削弱文学性为代价。要将"文人把玩"与"优人搬弄"统一起来，"以临川之笔，协吴江之律"，使汤词沈律"合之双美"。古人所推崇的"场上剧"，就是指既具有文学性，又具有适合舞台搬演的剧场性，既有佳词，又有佳调，可读、可歌、可演、可传的剧本。一句话，文学性和剧场性必须统一，文采派和本色派应该互补。

二、文心诗品

在古希腊，艺术划分为音乐、绘画、雕塑、建筑与诗，戏剧被归入诗的范畴。中国自古就有"词为诗之余、曲为词之余"的说法。从我国文体流变来看，诗经三百篇后有骚和赋，骚、赋难入乐而有古乐府，古乐府不入俗而唐绝句兴，绝句少宛转而后有词。词不适宜北方人的欣赏习惯而后有北曲，北曲不受南方听众欢迎而后有南曲。所以，追根溯源，戏曲乃古诗流变的结果。谢柏梁《中国悲剧文学史》认为中国戏曲中的悲剧肇始于先秦汉唐的诗词曲文音乐提供的悲剧基本元素。如《诗经·郑风、卫风》中的怨、怒诗篇和负心之哭，《王风》中的黍离之悲、怀古之哭，屈原《楚辞·国殇》之沉痛，《哀郢》之咏叹；建安诗歌的苍凉意境，《琴操》"怨旷思惟歌"的哀怨悲苦，汉乐府民歌《孔雀东南飞》，白居易《长恨歌》、《琵琶行》均具有悲剧因素和悲剧意义。

古来诗、歌、乐、舞一体,具有多元综合的文化特性。中国戏曲也是熔诗歌、音乐、舞蹈、绘画、雕塑、舞台美术等艺术成分于一炉的综合艺术,诸多因素在"诗性"的统率之下综合到一起,共同完成了一个美感的传达过程。从某种意义上来说,戏曲与诗、词、曲异构而同质。戏曲就是诗,但又不是一般的诗,而是诗与剧的结合,曲与戏的统一,是戏剧体的诗,是舞台演出的诗,是通过唱、念、做、打等多种表现手段塑造舞台形象的诗。对于戏曲来说,剧是形式,而诗是根本。诗的美学观念便是戏曲美学观念的本源,是戏曲艺术最本质、最深邃的艺术精神。优秀的戏曲作家和戏曲表演艺术家应该是一位剧诗诗人,应该具有诗人的眼光、情怀和气质。一出好戏应该是一首可供表演的诗,浮动着浓郁的诗意,洋溢着盎然的诗韵,跳跃着鲜活的诗魂。吴小如先生在他的新著《吴小如讲杜诗》中,将程砚秋的唱腔艺术与杜诗进行了一番生动贴切的比较、切中肯綮的分析,指出程腔像杜诗一样,有着"沉郁顿挫"的风格。沉郁指的是内容,顿挫指的是表现。程腔有顿挫,但无棱角。顿挫是一层深似一层,不留斧凿的痕迹,把灵魂深处的情愫流淌出来。

戏曲艺术的剧诗品格根植于悠久的中华文化传统和文学传统,是中国以诗为主体的传统审美系统的复杂运动和长期积淀的结果。相对而言,中国文学的叙事传统比较薄弱,而抒情化倾向异常鲜明。中国是一个诗的大国,从先秦的《诗经》、《楚辞》,经汉、魏六朝乐府至唐宋,诗词达于巅峰状态,且被视为文学的正宗。在无比浩瀚而丰富的文学遗产中,最有价值、对后世影响最大的当属抒情诗。戏曲就是在这样的文化背景下和生存环境里孕育形成的,从传统的抒情诗中继承了借景抒情、借事抒情、托物比兴等独特的抒情手段和抒情方法,将抒情性和叙事性完美地结合在一起,从而形成自己独特的艺术表现途径。所以说,戏曲禀持着鲜明的诗学主张,具有独特的韵味和不可替代的地位。

戏曲艺术的剧诗品格也是由它的构成元素所决定的。中国戏曲是一种载歌载舞的歌舞剧,歌和舞的成分在戏曲中占有很大比重。歌和舞本身都具有很强的抒情性和表现性。歌即音乐,是一种富有声律之美和鲜明节奏感的、诗化的感情符号,擅长表现隐秘微妙的情感。舞则是经过提炼了的、非模仿性的意象动作,是对自然生活形态韵律化、诗意化的描摹,同样可以传递和表达一定的思想情感。同样是唱,戏曲的唱不同于西洋的歌剧。西洋歌剧虽然也有咏叹调，但整体以叙事为主。而中国戏曲与其说是在叙述一个故事，不如说是在吟咏一个故事，总是力戒直白化、写实化，凸显唱腔的抒情化、写意化特点。戏曲主要通过唱来揭示人物的内心世界，通过"情"与"声"的巧妙结合，行进过程中的磨折、顿挫、盘桓，将芜乱的世事，纷繁的情感，都沉敛为一种纯然凝远的情感基调，弥漫着纯粹的意境或意绪，并在声腔上寻求相契合的音质与音色。同样是舞，戏曲的舞也不同于西洋的舞。西洋舞剧的舞更多的是阐释性成分，而中国戏曲的舞重在抒情。在搬演故事、展示情节的同时，强化抒情精神，按照情感逻辑改造事件。戏曲史上所有的佳构杰作，莫不充溢着情感，成为情的变幻、情的流淌、情的结晶。

剧诗的诗化品格具有主观性和客观性相统一的特点。剧作家不仅可以借曲中人之口、之心，表达自己对生活的评价，对人物的臧否，而且可以运用"副末开场"、"家门大意"等形式介绍剧情，评价人物；可以运用伴唱、帮腔等形式抒发情感；有时还可以通过上场、下场的引子、对子、独白、独唱、旁白等来表达强烈的主体意识，使主体意识与借助场面流露出来的倾向浑然一体。剧诗诗化品格还有内部与外部统一的特点，着力于人物内心冲突和精神世界的挖掘。戏曲总是调动各种艺术手段，把人物的性格特征、思想活动、精神世界说出来、唱出来、做出来，实现舞台人物内心世界视象化，外部特征特写化，对客观人物形象及其灵魂，进行主观剖析式的艺术表现，有人称之为"剖象"。

诗化品格集中表现在戏曲的人物塑造上。戏曲的人物塑造和话剧的人物塑造迥异其趣，著名导演焦菊隐先生曾把戏曲人物分成两种，一种是外貌的形象，一种是思想感情的形象。戏曲的主人公，不论是男是女、是人是仙，也不论贤愚妍媸，无不具有炽烈的感情和鲜明的倾向。诗化品格要求戏曲艺术在塑造人物时讲究形神兼备、神完气足。形和神是我国古典主义美学的重要范畴。形者，外貌、表象也；神者，神采、精神也。形与神是辩证的统一体。一方面，形似是神似的基础。形具而神出，没有一定的形，便很难体现出风采和神韵。另一方面，中国古典美学更主张"以形写神"，即通过描摹外形，传达神思气韵。抓住事物外部的典型特征，表现内在的精神。

戏曲人物形象塑造首先从形似开始，导演和演员以形似为物质基础和手段，设计出人物的脸谱、身段、动作及唱腔，由外到内，内外结合，随性赋形，创造出诉诸视听的舞台形象。这其间有"附形"的写实成分，但更重的则是追求神似。早在晋代，顾恺之就有"传神写照正在阿睹（眼睛）中"的观点。宋代苏东坡明确提出传神论主张。戏诀云："一身之戏在于脸，一脸之戏在于眼。"许多演员善于通过面部表情和眼神的变化，深刻揭示人物复杂而奥妙的心理活动，显示出善于创造的灵气。眼神常常作为形神的结合点而存在，起到突出重要特征、淡化外貌真实的特殊作用，使人物性格更加鲜明。一般说来，戏曲人物追求形神兼备，二者统一。但有时为了追求神似，不惜变形、离形、遁形、舍形、忘形。变形而守神，离形而得神，遁形而留神，舍形而取神，忘形而获神，"超以象外，得其寰（环）中"。在不似中求似，达到非真而肖真的艺术效果。因此，戏曲界梨园行中才有"活曹操"、"活周瑜"、"活张飞"、"活关羽"、"活武松"、"活包拯"等美誉。

有着"活武松"之称的京剧演员盖叫天曾结合自己的表演实践，对戏曲的夸张变形做过精辟的论述，他说："生活有生活的尺寸，舞台有舞台的标准，两者不可混淆。踩着生活的尺寸，合着舞台的标准，这就叫半真半假，真假结合。武松的亮相就是按照这个半真半假的道理设计的，这样比起真的低起头来打虎要传神、要美了。""有些身段非假不可，非假不真，非假不美，这个假就是夸张变形，即舞台的标准，而非生活的尺寸。"

有的研究者用《庄子》里的话——"乘物以游心"来诠释京剧表演艺术家周信芳的舞台表演艺术。"物"指周信芳在舞台上丰富的戏曲表演手段、扎实的基本功和高深的文化修养。"心"则是指角色之心、观众之心和艺术家之心。科学辩证地将二者结合起来，"乘物以游心"就带来了周信芳精彩独到的舞台表演状态。周信芳扮演任何角色，均强调一切从人物出发，精心体验达到极致，务必弄懂剧情，把握人物。但他绝不是完全自然主义地照搬模仿，而是通过独特、高超、唯美、程式的戏曲元素和语汇体现出来。在表演过程中不仅能做到演员之心与角色之心的完美交融，而且还能做到不陷在角色当中无法自拔，能够理智地处理"戏里戏外"的"跳进跳出"，用惟妙惟肖的表演感染观众，塑造出徐策、萧何、张元秀等艺术典型。

戏曲剧诗的品格还表现在意境的营造上。中国戏曲接受了由《诗经》开始的"赋、比、兴"的传统和手法，即借助客体景物来抒发主体感情，把无情的自然融化到有情的自我之中，使主体情感转移到自然之中，营造出情景交融、物我一体的意境。意境又叫"境界"，本于佛学。最早明确提出"意境"的是唐代诗人王昌龄，他在《诗格》中认为："诗有三境：一曰物境，二曰情境，三曰意境。"清末王国维继承了历代美学思想，并融会了西方美学精神，对意境说进行了深入探讨和精辟阐释，指出意境乃美之本质所在，是衡量和鉴赏文学艺术的最高准则。

意境是由意和境两种元素构成的，是意与境、物与我、主观与客观对立统一关系的产物。由于意与境两种元素之间的构成关系不同，从而使意境有了层次与种类的区别。意境美的最高层次是意与境的交相渗透、天然浑成；其次是或以境胜，或以意胜，两个层次、三种类型。但是，无论在哪个层次、哪种类型中，意与境都只能有所偏重，而不能有所偏废。基于上述认识，王国维从创作及审美的角度出发，把意境分成以我观物、借物抒怀的有我之境，以物观物、物我统一的无我之境，偏重于再现的写境，偏重于表现的造境四种。并进而在《宋元戏曲考》中对意境做出具体阐释："何以谓之有意境？曰写情则沁人心脾，写景则在人耳目，述事则如其口出是也。"这即是说，意境是真实的情感、鲜明的形象、生动的情节，即文、情、景的高度融合。"登山则情满于山，观海则意溢于海。"情得到了表意性的升华，而景也在情的渲染下变得更加唯美而真切。

历代诗文大家和民间才俊对戏曲多有染指，佳作巨著不胜枚举，不论是思想意蕴、文化内涵、人物意象还是文采风流，均可与诗文媲美。戏曲不仅讲究结构之美、情节之美、人物之美，亦讲究词采之美、意境之美。既有"铁板铜琶唱大江"的豪迈，也有"杨柳岸晓风残月"的委婉；有"沧海月明珠有泪"的苍凉辽阔，也有"蓝田日暖玉生烟"的温丽凄迷。

元代的王实甫被誉为"花间美人"，他的《西厢记》才情丰沛，文采飞扬，辞藻华丽，风致幽雅，珠玑满眼，美不胜收。许多曲词巧妙地化用唐诗、宋词，出以新意，营造出情景交融的意境，描摹出人物的微妙心态。如第一本楔子末尾莺莺唱的：

[幺篇] 可正是人值残春蒲郡东，门掩重关萧寺中；花落水流红，闲愁万种，无语怨东风。

曲词简短、绮丽而含蓄，惟妙惟肖地传递出少女寂寞与惆怅的心曲。特别是第四本第三折《长亭送别》的曲词，将张生与崔莺莺的离情别绪渲染得那么哀婉顽艳，真是"词句警人，余香满口"，堪称千古绝唱：

[正宫·端正好] 碧云天，黄花地，西风紧，北雁南飞。晓来谁染霜林醉？总是离人泪。

　　[滚绣球] 恨相间得迟，怨归去得疾。柳丝长玉骢难系，恨不倩疏林挂住斜晖。马儿屯屯地行，车儿快快地随，却告了相思回避，破题儿又早别离。听得道一声去也，松了金钏；遥望见十里长亭，减了玉肌：此恨谁知？

　　[耍孩儿] 淋漓襟袖啼红泪，比司马青衫更湿。伯劳东去燕西飞，未登程先问归期。虽然眼底人千里，且尽生前酒一杯。未饮心先醉，眼中流血，心内成灰。

关汉卿的杂剧则是挟风裹雷、铁板铜琶唱大江的气势如虹，在《关大王单刀会》中，巧妙化用苏轼的[念奴娇·赤壁怀古]，以熟语写出新意：

　　[新水令] 大江东去浪千叠，引着这数十人驾着这小舟一叶。又不比九重龙凤阙，可正是千丈虎狼穴。大丈夫心别，我觑这单刀会似赛村社。

　　云：好一派江景也呵！

　　[驻马听] 水涌山叠，年少周郎何处也？不觉的灰飞烟灭。可怜黄盖转伤嗟，破曹的樯橹一时绝，鏖兵的江水犹然热，好教我情惨切！（带云）这也不是江水，（唱）二十年流不尽的英雄血！

这两支曲子有澄清宇内的盖世豪情，也有历史沧桑之感，既表现关羽视强敌如草芥，又回顾历史征程的惨烈悲壮。其间有嗟叹，有悲悯；有实叙，有幻觉；既慷慨，又低回。天风海涛，开阔飞扬。大气包举，思绪万千。宛如一首沉雄壮丽的史诗，值得玩味、品赏。

马致远不愧是"占文场曲状元"，振鬣长鸣，万马皆喑。尤其是他的《汉宫秋》，"真若孤雁横空，林风肃肃，远近相和，前此惟白香山浔阳江上《琵琶行》可相伯仲也"。剧中通过[七弟兄][梅花酒][收江南]几支曲子，抒发出汉元帝对昭君的眷恋，表现出内心深处幽婉的情感波澜：

[七弟兄] 说什么大王、不当、恋王嫱，兀良！怎禁她临去也回头望。那堪这散风雪旌节影悠扬，动关山鼓角声悲壮。

[梅花酒] 呀！俺向着这迥野悲凉。草已添黄，兔早迎霜。犬褪得毛苍，人搠起缨枪，马负着行装，车运着糇粮，打猎起围场。他、他、他，伤心辞汉主；我、我、我，携手上河梁。他部从入穷荒，我銮舆返咸阳。返咸阳，过宫墙；过宫墙，绕回廊；绕回廊，近椒房；近椒房，月昏黄；月昏黄，夜生凉；夜生凉，泣寒螿；泣寒螿，绿纱窗；绿纱窗，不思量！

[收江南] 呀！不思量，除是铁心肠；铁心肠，也愁泪滴千行。美人图今夜挂昭阳，我那里供养，便是我高烧银烛照红妆。

（尚书云）陛下，回銮吧，娘娘去远了也。（驾唱）

[鸳鸯煞] 我索大臣说一个推辞谎，又则怕笔尖儿那伙编修讲。不见他花朵儿精神，怎趁那草地里风光？唱道伫立多时，徘徊半晌，猛听的塞雁南翔，呀呀的声嘹亮，却原来满目牛羊，是兀那载离恨的毡车半坡里响。

面对眼前深秋苍凉的旷野，想起回宫后空虚的秋夜，汉元帝抑不住痛苦悲伤。车声使他心碎，雁声令他断肠，他知道昭君恐怕再也不会回到他的身旁……这几段曲子把汉元帝忧伤恍惚、缠绵凄切的心境表现得细腻入微。

《汉宫秋》最后以汉元帝梦见昭君逃回、孤雁惊破残梦作结。孤雁象征着背井离乡的昭君，悲剧氛围十分浓郁：

[随煞] 一声儿绕汉宫，一声儿寄渭城，暗添人白发成衰病，直恁的吾家可也劝不省。

情景交融，凄婉感人。浓郁的抒情性，细腻的心理刻画，色彩鲜明的场面，构成《汉宫秋》的剧诗风格，而斐然的文采更令人叫绝。

元白朴《梧桐雨》用 [蛮姑儿] [滚绣球] [叨叨令] [倘秀才] 等四支曲子，描绘了滴在梧桐叶上的雨点声，将唐明皇懊丧、凄凉、惆怅的复杂心境曲曲传出。《桃花扇》第40出"余韵"渲染了故都的残破荒凉，特别是最后一支套曲 [离亭宴带歇指煞]，以见证人的视角回放了短命的南明王朝从兴到亡的一幅幅画面，抒发了"其兴也勃焉，其亡也忽焉"的兴亡绝调。

三、曲韵舞律

戏曲是诗与剧的结合，曲与戏的统一。古代称戏曲为曲，元杂剧叫元曲，南戏叫南曲。写戏叫度曲，看戏叫顾曲，赏戏叫品曲……可见，曲在戏曲中占有多么重要的位置！

所谓"曲"就是音乐。在戏曲艺术里，音乐不仅是表达情感、开展情节、塑造人物的重要手段，而且也是区别声腔剧种和不同风格流派的标志。从某种意义上来说，一部戏曲发展史，首先就是一部戏曲音乐演变史。戏曲音乐以其丰富的形态和色彩，高度的技巧性和程式性，以及深邃的韵味，集中体现了民族音乐的优秀传统，反映了民族心理素质和审美观念。

《乐记》"乐本篇"云："凡音之起，由人心生也。人心之动，物使之然也。感于物而动，故形于声。"神奇、多采、变幻、丰富的音乐来自人的生活、社会实践和大自然，是诉诸听觉的时间艺术和表现艺术。不论多么强烈、复杂、微妙，多么难以捕捉、难以言说的情感，都可以通过音乐语言，丝丝入扣地流露出来，淋漓酣畅地宣泄出来，而且能够产生巨大的感染力和震撼力。孔子在齐国陶醉于韶乐，以至于三月不知肉味。"四面楚歌"瓦解了楚军的心灵防线，迫使一代英雄项羽乌江自刎。唐代是音乐的高峰，玄宗多才多艺，尤知音律，他酷爱"音清而近雅"的法曲，曾亲自制定新曲乐谱四十余支，并亲自指挥排练，"声有误者，帝必觉而正之"，堪称千古一帝。许多梨园乐人在历史上名噪一时，如琵琶圣手雷海青、箜篌妙音张野狐、神笛李谟、方响马仙期、全能音乐家李龟年等。

曲与文学、舞蹈、表演和谐相处，浸润于整个戏曲艺术之中。由于音乐的制约和要求，戏曲剧本的编写、舞台的调度、表演的形体身段动作及整个舞台语汇都必须充分音乐化，使舞台呈现摆脱模拟、超越表象、追求内在的真实和诗意，形成写意性、技术性、形式性的整体戏曲美学独特体系，使整个表演获得浓郁的诗情和鲜明的节奏感。

美学家宗白华曾感叹："音乐领导并把握着世界生命万千气象里最深的节奏起伏。"音乐更是戏曲舞台的灵魂和统帅，唱和念离不开节奏，做和打虽不以音乐形态出现，但却因高度舞蹈化而表现出一种"无声音乐"、"可视音

"乐"的属性，所以也离不开节奏。情节的进展离不开节奏，即便是舞台上亮相的瞬间停顿或片刻静场中也蕴含着节奏。外部形态离不开节奏，心灵情感等内在的东西也需要节奏。锣鼓一响，演员就来精神，浑身上下，从里到外，顿生节奏感和韵律感，自然而然进入表演状态。因此，从某种意义上来说，戏曲表演的核心就是节奏。节奏是使唱、念、做、打诸种艺术手段有机综合的"黏合剂"，是歌舞化和戏剧化的聚焦点，是导演、表演和乐队共同创造的基础。

戏曲艺术的节奏可分为外部节奏和内部节奏。外部节奏指外部的贯穿动作和矛盾冲突，内部节奏则指人物内心的发展变化，它们都需要通过音乐表现出来。因此，无论是戏曲作家、戏曲导演还是戏曲演员，都必须用音乐的眼光、音乐的耳朵、音乐的心灵去感受生活，创造形象。如果离开了音乐，蕴含在深处的韵律和鲜明的节奏就不复存在了，戏曲艺术内在的生命也将随之消失。

戏曲音乐兼有叙事和抒情两种功能。具有抒情功能的唱腔，通常速度较慢，节奏舒缓，字少腔多，词情少而声情多，适宜表达人物内心情感。具有叙事功能的唱腔，则大多速度较快，节奏短促，字多声少，适宜交代情节，叙述事件。两者交替使用，互相补充，互相衬托，并有自由的散板拾遗补阙，共同担当起刻画人物、描绘环境、统一节奏等任务。

从历时形态来看，戏曲艺术的音乐唱腔主要由曲牌联缀体和板式变化体两类组成。曲牌联缀体的基本构成单位是曲牌也叫牌子，是历代留下来的相对稳定的曲调的统称。曲牌联缀体由来已久，经历了单支叠用曲体（如小令、鼓子词）——循环曲体（如转踏）——多曲体（如唱赚、诸宫调）等漫长的演变过程，至宋、元而引入戏曲。从宋、元南戏历元杂剧至明清传奇，均采用曲牌联缀体，特别是昆曲使曲牌联缀体达到顶峰状态，流丽悠远，一波三折，出乎诸腔之上。

戏曲曲牌格律包括：定句数、明字数、别句法、分正衬、辨四声、知用韵、有空格、谱曲情。曲牌联缀体即套曲有长有短，长套可多达20多个乐章，即由20多支曲牌构成，短套可仅由三个乐章构成。但不论长短，均包括引子、过曲、尾声三个组成部分。引子和尾声通常为散板，散起散终。过曲是主体，大致按照慢曲在前、中曲次之、急曲在后的原则排列。引子、过曲、尾声共同形成散、慢、中、快、散的节奏次序，颇似唐代大曲的格局。

宫调（相当于现代音乐的调和调式）是构成套曲的要素，不论套曲长短，只有宫调相同或相近、相通的曲子，才能组成一个套曲。不同的剧情，需要通过不同调性色彩的宫调来表现。对此，元代芝庵在《唱论》中做了细致的描述。

由于地域不同、语音差异，形成南曲、北曲和南北合套等三种曲调系统。南曲以五声音节为主，舒缓、婉丽、妩媚，镂云刻月，善移人情，适合表现缠绵悱恻的内容及场面，抒发人物细腻的情感。如汤显祖《牡丹亭·游园》，由南商调引子［绕地游］接［乌夜啼］，接［仙吕过曲·步步娇］［醉扶归］［皂罗袍］［好姐姐］接［隔尾］七支曲子组成，表现出杜丽娘被"春色如许"的大自然感染后，青春萌动的意态神情。

北曲以七声音节为主，高亢、遒劲、粗犷、沉雄，酒酣耳热，扣壶悲歌，适宜抒发壮美豪情，描绘威武雄壮的场面。如关汉卿《单刀会》，由支曲［双调新水令］接［驻马听］［胡十八］［庆东原］［沉醉东风］［雁儿落］［得胜令］组成，描写了江风猎猎、水涌山叠的江景，抒发出关羽单刀赴会的满腔豪情。

专用北套的剧目一般不用南套，而以南套为主的剧目，在剧情跌宕起伏时，却用北套，于是又有了南北合套和南北联套。南北合套的结构一般是：一支北曲和一支南曲依次相间排列，多用于对唱的场合，如《长生殿·絮阁》中［北黄钟·醉花阴］是由七支北曲和六支南曲组成的。杨玉环发现李隆基眷恋梅妃，别宿翠华西阁，遂恃宠逞强，大发其火，又是查询，又是责问，她所唱六支曲子都是北曲。其他穿插的五支南曲分别由高力士、李隆基、永新分唱；面对杨玉环的怀疑和斥责，他（她）们或掩饰，或躲闪，或劝慰。这出戏的曲牌排列依次是：［北黄钟·醉花阴］［南画眉序］［北喜迁莺］［南画眉序］［北出对子］［南滴溜子］［北刮地风］［南滴滴金］［北四门子］［南鲍老催］［北水仙子］［南双声子］［北煞尾］。

南北联套的结构特点是：南曲与北曲均相对集中，呈前后对应格局。充分利用曲调风格的差异，表现戏剧性冲突和双方性格的变化。如《长生殿·骂贼》，全套十支曲子，前四支为乐工雷海青所唱北曲，排列为：［北仙吕村里迓鼓］［元和令］［上马娇］［胜葫芦］，唱得正义凛然。后六支为安禄山及伪官登场所唱南曲，排列为：［中吕引子绕红楼］［中吕过曲尾犯序］［前腔换头］［前腔换头］［扑灯蛾］［尾声］，群奸唱得得意忘形。

除此之外，曲牌联套体还创造了很多艺术处理方法，其一为赠板，将节奏拉长，使旋律更为华丽，抒情意味更浓。其二是集曲，从若干支曲牌中摘取若干乐句组成新曲，用以表现比较复杂的情感变化，如《琵琶记·高堂称庆》中蔡伯喈所唱［锦堂月］即为集曲，表现了蔡伯喈复杂的内心世界。其三是运用曲牌间格调的对比，将粗、细、急、慢曲子参差错落地搭配运用，以产生区别与对比。其四是运用独唱与合唱对比，在婉丽妩媚的昆曲中，加入威武雄壮、气势浑厚的合唱，或朗诵性强的高腔独唱，或配以旋律性强的帮腔。

板式变化体戏曲音乐又叫板腔体戏曲音乐，孕育于民间诗赞，系说唱艺术。从春秋战国时期荀子的《成相篇》，至唐代的涯词、陶真，及后来的词话、弹词、宝卷、鼓词，到清代的花部地方戏，才形成气候。所谓板式，也就是节拍、板眼。中国传统音乐术语把强拍称为"板"，而把弱拍称为"眼"。板腔体戏曲音乐有着与曲牌联套体戏曲音乐完全不同的结构特征，主要是通过不同的节拍形式的变化来组织唱腔。不同的节拍，便是不同的板式。板腔体戏曲音乐的基本单位是对称的上下句，句法为整齐的七字句或十字句，通过装饰、加花的手法技巧予以变奏：或减慢速度，展宽节拍；或加快速度，简化旋律，紧缩节奏；或将固定的节奏打散，创造出灵活多样的唱腔。板式变化的根据是剧情和人物，剧情不同，人物不同，调式风格、音色音型、润腔方法也随之变化，于是就产生出行当唱腔；并因演员条件的差异和审美趣味的不同而产生出千腔百韵的流派唱腔。板腔体戏曲音乐有着广阔、自由的创造天地和丰富的创作手段，如转调、声腔转换等，不必像曲牌联套体戏曲音乐那样，必须靠大量增加曲牌来丰富自己以增强表现力，而只需借助节奏变化取胜，因此单纯、灵活、通俗、易解、易学、易记，大大提高了戏曲音乐的功能，为戏曲音乐开辟了崭新的天地。

板腔体戏曲音乐的板式形态大致可以归纳为四种基本类型，即一眼板（二拍子），如原板、二六等；三眼板（四拍子），如慢板、快三眼等；有板无眼（一拍子），如流水、快板等；散板类的自由节拍，如摇板、散板、导板等。各种板式的速度和节奏不同，旋律面貌各异，但在综合运用中，通常是由慢到快，由导板起唱，转入慢板、原板、二六、流水，最后再转入散板结束，体现出散——慢——中——快——散的节奏变化程序。

一出戏，甚至每一场戏，都有相对完整的音乐结构，如京剧《四郎探母》之所以具有很强的观赏性，一个重要原因就是它的音乐结构布局非常完整。仅从场与场之间的锣鼓点的衔接和运用而言，就给人一气呵成之感。特别是"盗令"一场，从萧太后内唱〔西皮导板〕上，接唱〔慢板〕开始，直到最后唱完两句〔摇板〕，"大锣滚头子"下场为止，其间穿插公主上场、进殿、请安、拜辞、出殿、用计、诓令等细节，板式安排妥帖，锣鼓接榫紧凑，舞台节奏鲜明，成为百听不厌、百看不烦的名段。

从体现角度来看，戏曲音乐包括声乐和器乐两大部分。元芝庵在《唱论》中说，"丝不如竹，竹不如肉"，"取来歌里唱，胜向笛中吹"。戏曲音乐以声乐为重，器乐为辅，声乐是构成戏曲音乐的主体与核心，是演员进行音乐形象塑造的直接手段。器乐则围绕着声乐而活动，并对其丰富和补充。戏曲声乐包括唱、念两部分，唱的形式有独唱、对唱、齐唱、帮唱及重唱，其中以独唱为主。

声乐固然重要，但器乐也不可或缺。器乐指乐队伴奏，旧时称为"场面"，主要由管弦乐和打击乐组成。管弦乐称为"文场"，打击乐称为"武场"，二者统称为"文武场"。以京剧为例，"文场"乐器有管乐器笛、管、笙箫、唢呐等；弦乐器有三弦、琵琶、胡琴、二胡、板胡、月琴等。"武场"乐器一般有皮革类的单皮鼓、堂鼓、盆鼓；木质类的拍板、梆子、广板；金属类的大锣、小锣、铙钹、云锣、碰钟等。当年百代公司为谭鑫培、梅巧玲、余叔岩灌制唱片时，伴奏乐器只有六大件，即鼓、大锣、小锣、京胡、月琴、三弦，现在场面中常说的"六场通透"即指这六件乐器，当时舞台中尚无专职铙钹加入。在器乐伴奏中，首当其冲的是鼓师。鼓师过去称为"鼓老"，乃是文武场的统领和灵魂，是一台之主，坐在"九龙口"（过去指上场门，现在以三道边幕出场亮相的地方为九龙口）上。场与场之间的转换，唱与唱之间的衔接，节奏的变化，气氛的渲染，情绪的烘托，都由鼓老统摄。所以，鼓老必须对整个文武场了然于心，有全盘的掌握，并要对演员的表演十分熟悉，有良好的修养和高深的造诣，方能得心应手、指挥若定。

戏曲最鲜明的特点是载歌载舞，歌舞并重。"无声不歌"，歌则声声合曲韵；"无动不舞"，舞则动静含舞律。无论是舞蹈性较强的表情、身段、姿势、动作，如旦角的兰花指、官员的四方步、武大郎的矮子步等，还是比较大而剧烈的形体动作和舞蹈性很强的武打格斗，包括徒手格斗、拳打脚踢、翻腾跌扑，以及使用刀枪剑戟、斧钺钩叉十八般武器的开打，或者是单人耍弄，或者是两人捉对儿厮打，都是对生活动作的舞蹈化。譬如京剧《拾玉镯》中孙玉姣上场后的做针线、开门关门、轰鸡喂鸡、"望门"、拾镯，这段表演很生活化，但又不同于生活，同生活原样在似与不似之间。这一段表演要依据锣鼓，在［柳青娘］［海琴歌］的曲牌音乐韵律节奏之中进行。做活儿时的捻线、持线、穿针、系结，都紧扣着［小拉子］和琴弦摹音等欢快的音乐节奏，而且每个身段、碎步以至眼神，都有［小锣一击］为她击节亮相。再如京剧《红娘》中红娘的扑蝶、掐花，川剧《秋江》中的行舟，豫剧《抬花轿》中的抬轿等等动作，也都极富生活气息，是对生活动作进行提炼、美化、升华的结果。此外，如上楼、下楼、开窗、关门、饮酒、吃茶等生活动作，到了舞台上也被节奏化、音乐化、韵律化、舞蹈化了，不再是原始的生活动作，而变成了舞蹈。舞台上与"朗朗读书声"伴随的则是"摇头晃脑"的身体动作。

至于像起霸、趟马、走边、跑圆场，各式上、下场的亮相和造型，各种开打、翻扑等，则是对生活动作进行了较大的夸张、变形、美化的结果，在很大程度上脱离了动作的原开型，已经成为装饰性、写意性很强的舞蹈形态，在戏曲表演中占了很大的比例。如大将出征前的"起霸"，从起式亮相，到整冠、正容、系甲、理袍、紧靠，每个动作单元结束，都有一个神采飞扬的亮相。"趟马"、"走边"在云手、眺望、勒马、鹞子翻身的动态美中，伴随着亮相与造型，把马的驰驱颠踬、人的疾行顾盼、路的崎岖坎坷，全都化为舞蹈语汇或雕塑语言。

戏曲中还有很多独立的舞蹈单元，比如京剧《霸王别姬》中的"剑舞"、《黛玉葬花》中的"花锄舞"、《天女散花》中的"绸舞"、《翠屏山》中的"六合刀"、《当锏卖马》中的"耍锏"等。这些舞蹈不同于一般的舞蹈表演，已经被人物化、剧情化、性格化了，对于增加戏曲表演的可看性起到了不可抹杀的作用，同时也丰富了人物的塑造手段，成为戏曲表演艺术中所特有的组成部分。

可以说，戏曲舞台上的一切动作都是舞蹈化的，不要说像闪、挣、腾、挪、纵、跳、翻、飞、绕、撒、拉、蹉，起霸、趟马、走边、圆场、刀舞、剑舞、枪舞等大的动作，哭头、叫头、甩发、抖髯、掭翎、翻水袖、耍帽翅等感情强烈的动作，就连做针线、轰鸡、喂鸡、闻花、采茶、出门、进门、上楼、下楼等日常生活动作，甚至连不起眼的一戳、一站、一坐、一指、一看、一羞、一怒等处于相对静止状态中的动作，亦被舞蹈化了，融合在音乐的节奏和韵律之中。

　　以戏曲舞台上的"站"为例，须生、武生用丁字步，老生、老旦用八字步，武丑一足在前、足尖点地，旦角一足在后、足尖点地，小生一足在前、亮靴子底……再以戏曲舞台上的"指"为例，生角用柔和的双指，净角用夸大的双指，旦角用盛开的兰花指，小旦用含蓄的兰花指。而且右指必从左起势，左指必从右起势，从手指的姿态到肩、臂、肘的弧度，以及全身各个部位的衬托配合、整个动作的曲线，都是一种舞姿。戏曲舞台上的圆场则包括脚下的碎步、蹉步、赶步、跨步、探步、驴步等各种步伐，以及跑、跳、别、踏、走、蹲、趄、垫、转、控、跪、弹等技巧。特别是手法，被视为"五法"之首，梨园内流行一句谚语："内行一伸手，便知有没有。"讲究手形、手势、手位，有兰花指、兰花掌、兰花拳、伸掌、剑指、握拳、佛手、荷叶手等，样式非常丰富。当年，斯坦尼斯拉夫斯基曾经以夸张的语言赞叹梅兰芳的"手"，说看了梅兰芳出神入化、无所不能的手，俄国演员的手都该剁掉（大意）！川剧把手法称为"指爪功"，竟总结出100多种手势，可以和印度《舞论》相媲美。梨园戏演员在台上的手势、手姿、手语更加丰富，更加神奇。据介绍，梨园戏有一整套代代承传的严格表演科范，其基本动作称为"十八步科母"，尤其手势表演，丰富多彩，细腻独特，与敦煌壁画中人物的手势有异曲同工之妙。梨园戏演员的手"会说话"，可传情，可表意，可放电，有密码，手成为多功能的生理情感器官。

四、画境书神

　　艺术原理是相通的，戏曲艺术在其漫长的汇流衍变过程中，与中华民族的其他艺术形式，如诗词、绘画、书法、工艺、园林、建筑、雕塑等也相互影响，互为滋补。从新石器时代的彩陶，战国秦汉的石雕、陶俑、画像砖石，到魏晋以降的版画、雕塑、壁画、文人画，以及民间的年画、刺绣、印染、服饰、缝制等，林林总总，品类繁多，都与戏曲有着直接或间接的关系。

我国古代素有"叙与画合"、以绘画讲叙故事的传统。南北朝时期兴起横幅卷轴长画卷，为后代说唱艺术所利用，唐代敦煌讲唱伎艺在表演时以变相配合变文。变相是敷演佛经内容而绘成的故事画，一般绘制在石窟、寺院的墙壁上或布帛上，常用几幅连续的画面表现故事的情节，是外来佛教以画像传教的方式与本土文化传统交融的产物，在俗讲和转变中广泛使用。形象生动的故事画是说唱表演的最好帮手，莫高窟至今仍保留有大量古代佛教故事壁画，色泽鲜艳，画面生动。晚清宫廷戏画流传下来颇多，或描绘宫廷戏曲演出场景以备观赏，或记录生、旦化妆扮相，净、丑脸谱，盔头服饰，以及桌椅砌末等，都画得十分细致、真切，很可能是清宫"内学"演戏装扮范本。戏画多为绢本，工笔，设色，但无作者名款和作画年月。所画剧目无非道光、咸丰以来北京的徽班常演戏目。从画的风格来看，当出于内务府如意馆画士之手。这是一批宝贵、丰富的宫廷戏曲活动形象资料。

民间兴起的戏曲年画蔚为大观。年画又称木版年画，是一种运用木板彩色套印在纸上的画种，用以除旧岁、迎新春，美化环境，营造节日喜庆气氛。最著名的当数北方的杨柳青年画和南方的桃花坞年画。此外，山东潍坊、河南朱仙镇、河北武强、广东佛山、陕西雍山、山西晋南等地也都是著名的年画产地。天津杨柳青戏曲年画初创于明末，兴盛于清光绪年间，其样式有整张纸的"贡尖"、三开纸的"三才"、两张纸拼接在一起的"对楼"等。刻工精丽、绘制细腻、色彩绚美，虽为民间木版年画，却犹存宋元绘画遗风。杨柳青年画受北方雕版插图和版画传统的影响也很大，其特点是善于运用象征、寓意和夸张等艺术构思，来表达人们的美好愿望与理想，多取材于戏曲故事、胖娃娃和美女，寓喜庆吉祥之意。作品通俗易懂、构图饱满、造型简练、色彩鲜艳、和谐典雅，富有装饰趣味。

苏州桃花坞戏曲年画亦产生于明末，至乾隆年间渐趋兴盛。清同治、光绪年间，桃花坞的画家纷纷赴上海开设画店，大都集中在上海城隍庙一带。早期苏州桃花坞戏曲年画除戏曲人物外，还画有城池、松柏、龙虎等背景，生动反映了当年徽、京艺人表演飞檐走壁的高难绝技。光绪年间桃花坞的戏曲年画保留至今的大约有30多幅。采用墨线水印，人工着色。色彩有四色、五色、七色之分。画幅有横幅、竖幅两种。

近现代出现的戏画，可以说是绘画艺术里的一个新"行当"，是绘画艺术与舞台艺术结合的产物，既有戏剧舞台的动作美，又有绘画的形式美。20世纪后半期绘画界流传有"南有关良，北有韩羽"和"关良、韩羽、马得三驾马车"的说法。关良长期从事戏画，技艺上已达炉火纯青的地步，他推崇纯视觉的绘画性，画风以稚拙见长；韩羽戏画风格泼辣，奇趣横生，比如《十五贯》，寥寥几笔就将复杂紧张的戏剧冲突凝聚在画面之上：况钟机智老练，娄阿鼠胆战心惊，人物性格刻画得生动逼真，淋漓尽致。《女起解》选择崇公道替苏三卸去长枷这一细节，突出赞扬了崇公道这个小人物的正义行为。马得的画戏，则着重于戏曲中的精彩情节与瞬间神态，含蓄而不晦涩，夸张而不怪诞，简洁明快，洒脱秀丽，文人水墨写意的韵律流贯其间，形成风姿绰约、雅俗共赏的特色。

另外还有瓷画，指在日用瓷器上绘制的戏曲故事或戏曲人物，早在元代就出现了。明清时期，景德镇绘有戏曲形象的瓷器向五彩画发展，以线描的笔法彩绘人物，衬以写实背景，虚实结合，色彩艳丽，人物生动传神。如《西厢记》"佛殿奇逢"，以花木扶疏的佛殿庭院为背景，张生头戴学士巾，身穿素褶子，手拿打开的折扇，痴迷地端详着斜梳高髻，佩戴钗环，长裙曳地，手拈花枝的莺莺，活脱脱一副惊艳的神态。法聪和尚僧衣僧帽，胸前挂一串佛珠，笑口大开，右袖高抬，似乎有意阻挡张生的视线，而自己却目不转睛地看着莺莺和红娘。娇小玲珑的红娘双手指向右方，脸朝身后的莺莺，似乎在说："小姐，那边有人，我们快回去吧。"整个画面把张生巧遇莺莺后的惊喜和莺莺对张生的眷恋描绘得出神入化。

彩塑是民间常见的一种工艺品。以戏曲为题材的彩塑，天津、山东、江苏、山西均有流传，其中尤以天津的"泥人张"和江苏无锡的惠山泥塑著称。天津"泥人张"彩塑始于清道光二十四年（1844），当年京剧名伶余三胜来天津演出，"泥人张"第一代张明山捕捉住舞台上余三胜的神态做了一件塑像，被誉为"活余三胜"，从此张明山的泥塑名声大振，"泥人张"的雅号不胫而走。相传张明山常常一边看戏，一边仔细端详，抓取特征，于人们不知不觉时在袖中暗地摩捏，一出戏未终，戏中的形象就已成形。回到家里，敷粉涂色，饰以衣冠，竟和舞台上的名角惟妙惟肖。张明山曾为谭鑫培、杨小楼、汪桂芬等塑过像，并塑造过《西厢记》、《黄鹤楼》、《春秋配》、《岳母刺字》、《木兰从军》等戏出，现在保留存世的有《断桥》等。

戏曲雕刻是庙宇、祠堂、戏楼、牌坊、民居等建筑常见的民间装饰美术作品，兴起于明代中叶，清乾隆年间盛行，其品种有木雕、砖雕、石雕等。戏曲木雕的范围比较广，保存比较好的有安徽亳州花戏楼戏曲木雕、四川自贡西秦会馆戏楼戏曲木雕、山西襄汾丁村民居戏曲木雕、浙江东阳夏程里乡程氏民居戏曲木雕、上海松江张氏雕花厅戏曲木雕、苏州全晋会馆戏台戏曲木雕、江苏南通县袁灶乡熊伯渊私宅戏曲木雕等。戏曲木雕一般采用浮雕手法，刀工纯熟，线条流畅，人物形象生动传神。戏曲石雕以石牌坊和殿堂石础上比较常见，如四川汉源九襄节孝石坊戏曲石雕、四川雅安上里双节孝石坊戏曲石雕、江苏高淳祠堂柱础戏曲石雕、江西上饶玳公祠《浣纱记》戏曲石雕等。

剪纸和刺绣是我国有着悠久历史的民间工艺品，常用来美化和装饰居住环境。以戏曲为题材的剪纸，在北方农村很普遍。山西的晋南、孝义，河北的蔚县以及黑龙江等地是闻名国内外的剪纸之乡，这些地方的戏曲剪纸以构图精巧、做工细腻、形象传神著称于世。以戏曲为题材的刺绣比较少见，但在山西和吉林民间有所发现，如晋南发现的戏曲刺绣有《双锁山》、《西厢记》、《表花》等，吉林发现了一批幔帐套上的戏曲刺绣，画面有《状元祭塔》、《借伞》、《赶三关》、《打金枝》、《武家坡》、《前世姻缘》、《夙世仙缘》等。

《苏东坡题跋下卷·书摩诘蓝田烟雨图》云："味摩诘之诗，诗中有画；观摩诘之画，画中有诗。"郭熙《林泉高致》第二篇《画意》云："诗是无形画，画是无声诗。"诗画同源，书画异名而同体。绘画乃"以一管之笔，拟太虚之体"，取其意象而淡于写实。"拟迹巢由，放情林壑，与琴酒而俱适，纵烟霞而独往。"中国传统山水诗画的大写意笔法将诗、书、画、印合璧，美妙结合，互相生发。"画印诗书岂雕虫，斐然文化最鲜明。"多项元素融合，从视觉、听觉、触觉等角度，构建起文化心理层面的向心力，熔铸多方各自的优势于一体，给予人更为深刻的感染性。

山水花鸟人物是中国画的主流，不拘泥于对具体形态的描摹刻画，讲究"绘花绘其韵，绘水绘其声"，调动感官的联想生发意境，从而达到艺术的美感。空山鸟语、松风飞瀑、云海远眺、高秋艳阳，其构景虽不像西画那样讲究透视学、色彩学、造型学、材料学,但综合平远、高远、深远之法,营造出或苍郁深秀、或雄伟奇崛、或明净清澈的意境。在技法上,散点透视,移步换景,看似散漫,视角不同。有时骨法用笔,有时水墨融汇,有时色墨相衬,至于像折带、披麻、解索、斧劈、云头、荷叶等皴染之法,更是不一而足。传统美学当中计白当黑、意到笔不到手法的精妙运用,最能恰切展现自然山水变幻与流动的形貌势态。

戏曲中不乏令人难忘的画境:秋江碧波,锦绣西园,热闹花灯、田园牧歌;西厢之月夜,长亭之秋色,郊原之马嘶,雨中之梧桐;牡丹亭之姹紫嫣红,大观园里的潇潇翠竹,滚滚长江东逝水,大漠长河落日圆……故孔尚任在《桃花扇·小引》中说,传奇虽属小道,但诗、赋、词曲、四六、小说家,无体不备。至于摹写须眉,点染景物,则兼有画苑的功能了。他已经充分认识到戏曲与诗、词、曲、赋、书、画之间你中有我、我中有你,相辅相成、相得益彰的缘分。

书法是一种奇特而抽象的艺术,用特制的毛笔,书写形体具有类似绘画美学效果的汉字,是一种以静写动,讲究形式美、抽象美、朦胧美,形与神统一的有意味的形式,被称为"纸上的舞蹈"。有道是"诗为魂,画为骨,书见神"。书法家挥毫泼墨之际,或者横笔勾画,或者欹侧变幻,呈现出不同的章法布局。有的苍老劲健、沉郁淋漓,有的端劲高古、容德皆备,有的超逸入神、雄健清新,有的淳淡婉美、妍丽温雅,有的意气赫奕、光彩照人。路数迥异,气象各别,将书家的人格气质,以及当下的心情体会统统展露无遗。

戏曲与书法颇有异曲同工之妙,戏曲讲究"四功五法",一招一式、一颦一笑、一举手一投足,均有严格的程式。书法的点画表现和结体的形势组合亦有程式,点画的表现有粗细方圆和轻重快慢等,结体的形势组合有大小正侧和离合断续等,点画和结体的墨色表现有枯湿浓淡等。所有这一切以对比方式构成的表现都可以分为两大类型:一类是形,如粗细方圆、大小正侧、枯湿浓淡;另一类是势,如轻重快慢、离合断续。形的关注点从造型到构成,直到空间关系;势的关注点从运动到变化,直至时间节奏。可见书法和戏曲一样,也是围绕着时间和空间展开的,内容与形式的表现是它们最根本的共同宗旨。

沉溺钟情于昆曲和书法的当代名媛张允和曾一针见血地指出,昆曲和书法两种艺术的极境都是"隔"：书法的悬腕"心忘于笔，手忘于书"，是一种"隔"，昆曲的演员与角色之间也是一种悬隔。戏曲像书法一样，十分强调形式美和观赏性。戏曲虚拟化表演是那样含蓄、简约、优美，好像国画中的水墨山水，又像书法中的草书，都是突出事物的主要特征，忽略它的外在形态，显示"唯观神采，不见字形"的空灵和浓郁的诗意。但是戏曲和书法并不排斥内容和情感，它们的形式不是没有灵魂的躯壳，而应饱含着生命的活力和激情，既有时代、社会的投影，还要有创作主体的个性风采。为此，绝不可简单地模仿和抄袭古人的创作经验，而应不断充实内容、激活情感，创造新的形式和程式，在更高层次上强调艺术的整体性和内容形式的统一性。在对传统进行分解和扬弃的基础上，摸索寻找最有时代感和表现力的形式。凸显并强化东方艺术独特的神采风貌。

古时，"琴棋书画诗酒花"并称，都是文人雅士借以传情达意的工具。历史上许多有成就的戏曲表演艺术家也都十分重视文化修养，勤奋地习字学画，一来陶冶情操修身养性，二来借鉴姊妹艺术丰富和提高自身技艺，传为菊坛佳话。京剧名家擅书画者甚多，擅书者如孙菊仙、余叔岩、杨宝森、奚啸伯、萧长华等；书画兼擅者如王瑶卿、时慧宝、俞振飞、姜妙香、李万春、张君秋等，其中尤以梅、尚、程、荀为著名。

梅兰芳好结交、爱读书、善绘画、喜收集文物。他早年师从王梦白学花卉，师从陈师曾、姚茫父学人物画，结识齐白石后，又深受齐氏影响。于书法、绘画，称得上多面手，人物、花卉、山水无所不涉。尤擅仕女和佛像，作品清丽秀雅、神形兼备。书法脱胎于帖学，以行、楷为主，风格娟秀华美，得规中矩、干净利落，含蓄到位，意境深远。

程砚秋自幼随罗瘿公习书学文，得到悉心指导，他曾感慨系之地说："读书能知天地之大，能晓人生之难，也能让人有自知之明，有预料之先，不为苦而悲，不受宠而欢，弃浮华，潇洒达观，于嚣烦尘世而自尊自重，自强自立，不卑不俗……"他的"御霜簃书斋"和"雅歌投壶谈棋说剑之轩"，往来多鸿儒，名气不输给同时期文人名士的书房。他画的扇面成为收藏家的瑰宝。

荀慧生曾下死功夫学习文化，据传他曾从头到尾抄了三遍《红楼梦》。早年与海派书画大家吴昌硕先生交往频繁并正式拜师吴门，早期的绘画风格明显带有吴氏大写意画风特点，绘画题材多是花卉、瓜果。所画芍药设色清雅、笔墨流畅。中年以后又与著名画家傅抱石先生关系密切，受其熏染，醉心于山水画，同时苦学清四僧画家之一石涛（大涤子）的画法，笔墨细致柔和、设色空灵淡雅。荀慧生擅长台上当场作画，每演成名剧目《丹青引》，唱完四句唱词，一幅画就能展现在观众面前，博得满堂彩，堪称一绝。

尚小云也善书画，尤其喜好字画古玩收藏，1959年从北京移居西安后，他将自己收藏的66件珍品捐献给了当时的陕西省博物馆，其中有元代倪赞（元璐）的行书条幅、周之冕的花鸟画，清代石涛的山水条幅、八大山人的草书、郑板桥的书法对联，鉴赏水准之高令人惊叹。

四大名旦之外，与王凤卿、余叔岩并称清末民初"青年老生三杰"之一的时慧宝，在学艺的同时师从魏匏公研习书法，并苦学北魏张猛龙碑，深得魏碑之精髓。他的书法字体清秀俊美、结构紧密精练、气势庄重雄伟，颇受书画界褒赞，被称为梨园界的书法家，墨迹遍布于京、津、沪等地。"九一八"事变后，时慧宝在天津演出《戏迷传》，当场即兴书写了"收复失地，还我东北"八个大字，表达其爱国之心。他还曾为柳亚子、汪笑侬主编的《二十世纪大舞台》杂志题写刊名。当代京剧荀派名家孙毓敏、著名龙江剧表演艺术家白淑贤等，也注意从书法艺术中汲取灵感，丰富升华舞台表演。

神奇的舞台，绝妙的表演

铿锵的锣鼓，悠扬的丝竹，醉人的歌喉，迷人的表演；夸张的脸谱，飘飞的髯口，花团锦簇的服饰，绚丽多彩的行头。凌空驾虚，自由挥洒。马鞭一挥就是千山万水，折扇一开展示万紫千红。衣香鬓影，须眉毕现。柔情似水，佳期如梦。小小舞台即是大千世界，营造出虚虚实实、如诗如画般的大千气象和万般境界，曲尽其妙地呈现出世态人情、时代风貌，实在是美哉妙哉，美不胜收，妙不可言！

一、虚纳万境

"唱字两个曰，曰喜怒曰哀乐曰悲欢曰离合，曰人曰事无妨借口传话；戏字半边虚，虚山河虚社稷虚荣华虚富贵，虚词虚语虚动一场干戈。"

这副在梨园界流传甚广的戏联，十分生动形象地描绘出：神奇的戏曲艺术，遵循无中生有、虚实相生的假定性原则，靠演员舞蹈化、程式化、装饰化和富有节奏感的表演，可以在基本上没有景物道具的空空荡荡的舞台上（至多只有一块"守旧"和简单的道具，如桌子、椅子、酒杯等），营造出别有洞天的虚拟世界，使观众产生身临其境的真实感。如骑马不必有梯，只需一根马鞭；行船不必有船，只需一只船桨；汲水不必有井，上楼不必有梯，赏花不必有花……这样不仅"合乎舞台经济原则"，而且能够调动观众的想象和参与，共同营造戏剧情境。所以戏曲理论家阿甲说："戏曲就像酿酒，是质与形都变了的变形艺术。"戏曲不是简单地模仿生活，而是脱形求神，用经过提炼的美化的抽象的表演来揭示生活现象的底蕴。而且，经历过时间的积淀，戏曲表演距离生活形态越来越远，越具有虚拟性。

戏曲艺术无中生有、虚实相生的假定性原则主要有三种表现形态：

其一是避实就虚，大处落墨，着重营造氛围。运用虚拟化的程式，在空无一物的舞台上表现那些台大莫容、无法展现的空间环境，如广阔的原野、刀光剑影的战场、人头攒动的庙会、五彩缤纷的花园……手执马鞭是马越关山，以桨击水是舟闯险滩。"半个圆场，云月山川千万里；一曲高歌，悲欢离合几多年。"只要"喂……呀"一声，或者用衣袖遮面，作哭泣状，就表示哭泣了，无须声嘶力竭、涕泗横流。谯楼上几声更鼓，表示出时间的流逝，渲染出夜静更深的氛围；几次刀枪来回，代表着一场恶战；念一句"去去行行"，一个圆场就意味着赶了很远的路程。《徐策跑城》通过徐策的唱念、身段、动作，表现出从城楼到朝房的距离；《一匹布》通过演员的表演展示出瓮城内外的双重空间；越剧《十八相送》的演员只是在台上绕来绕去，就让观众想象出沿途风光；黄梅戏《夫妻观灯》只不过在舞台上走了几个圆场，就表示从家门口来到元宵花灯闹市。

其二是藏露相生。舞台上虚掉不必表现的内容，而保留其带有特征性的部分，通过表演引发观众的联想与想象，构成艺术形象，获得艺术真实感。如藏船露桨，藏马露鞭，藏车露旗，藏轿身露轿杆，等等。德国戏剧家布莱希特十分欣赏京剧《打渔杀家》中肖桂英划船的表演，说她的每一个动作都宛如一幅画那样令人熟悉，"小船"、"河流"、"转弯处"，都靠观众想象的再创造。

其三是化虚为实。虚拟化的表演不仅可以虚拟实物，也可以把抽象的、内在的主观情绪和隐秘无形的心理感觉，如梦如幻的心理活动形象鲜明地"摆"在观众面前。如用眼珠的转动表现思考，用颤抖表现生气或害怕，用叨发表示横下心来。京剧《三岔口》在亮如白昼的舞台上，通过演员高超的虚拟表演，使观众感受到伸手不见五指的漆黑，并"看到了"剧中人物在漆黑的旅店内展开炽烈、惊险而幽默的搏斗的全过程，淋漓尽致地体现出戏曲舞台表演的魅力。川剧《秋江》是一折歌舞相兼、妙趣横生的浪漫爱情喜剧，空空荡荡的舞台上没有任何布景，只凭老艄翁和陈妙常两个演员的踱步、蹉步和配合默契的上下高低有规律的虚拟而夸张的表演动作，就以虚代实、以形传神，让观众感到人在船上、船在江中，"河窄、流急、船溜"。白发红颜，青山绿水，不仅有诗意的美、画面的美，而且把陈妙常的急切心情形象传神地表现出来，甚至使在场观众产生晕船的感觉。

戏曲的虚拟表演不苛求形似，而追求神似，重在表现人物的性格特征、内心情感和精神风貌。譬如，《挑华车》中运用趟马表现高宠跃马登山、奋力杀敌的气概；而在《战宛城》中则用趟马来刻画曹操的奸雄本色。《伐子都》中的子都为争功暗箭射死颖考叔后，受到良心的谴责，在庆功宴上精神错乱，发疯暴亡。他的精神状态和心理感受是通过"窜扑虎"、"小翻蛮子"、"乌龙绞柱"、"台蛮"、"云里翻"等一系列高难度的身段动作表现出来的。莆仙戏《春草闯堂》"换轿进府"一场，扮演春草的演员通过抽步、趋步、摄步和矮步等动作，表现上坡、下坡、跳沟、过滩等动作。知府胡进被春草捉弄，气喘吁吁地跟在后边跌、爬、滚、跑。这一系列虚拟表演，既逼真地表现出山路崎岖，又生动地刻画了胡进的颠顶猥琐，此中的特殊意趣是写实表演难以达到的。

戏曲虚拟表演的时空观念自由而灵活，时间与空间流动不居，物理与心理交叉转换，现实与梦境叠印融合，流动中有相对的固定，连续里有相对的中断，伸缩自如，长短随心，表现形式丰富多样。可以"事出天南地北，人来五湖四海"；也可以"运筹帷幄之中，决胜千里之外"。有话则长，无话则短。话长时浓墨重彩，掰开揉碎，不遗余力；话短时争分夺秒，惜时如金。

戏曲的时空组织形式大致有压缩式、延展式、转换式等。压缩式指将时间跨度很大的剧情压缩在很短的时间内表现，不事铺陈和雕琢，多用白描手法，点到为止，以一当十，以少胜多。"三五步五湖四海，七八人千军万马"；一个"圆场"表现走过千山万水；一个"僵尸"，省去死亡过程中的大量细节；一个"急三枪"曲牌中就写毕一封长信；片刻"趟马"表示长途跋涉；一阵"走边"表示夜间急行军。《赵氏孤儿》等一大批历史故事戏，往往在有限的几场戏中浓缩漫长的历史和复杂的事件。京剧《女起解》中，从洪洞县至太原府千余里的路程，舞台上只以苏三的几个唱段、崇公道的几声"走哇"，用了三十多分钟的时间就来到了太原府，真实的时间被大大压缩。京剧《文昭关》中，伍员困在东皋公后花园，因无计出关而愁闷，一夜之间须发皆白，但表现在舞台上不过十几分钟时间。《林冲夜奔》则通过几十分钟的走边、圆场、唱念做打，表明林冲从傍晚到深夜在旷野中翻山越岭地赶了很远的路程。《梁山伯与祝英台》"十八相送"一段，生活中起码要有半天工夫，但舞台上顶多半小时。《千里送京娘》，赵匡胤和京娘走走唱唱，就算完成了千里跋涉。真是"一个圆场百十里，一句慢板五更天"。

延展式指将瞬间的事态或思想活动延展拉长，掰开揉碎地娓娓道来，强化生活中的瞬间，以延长舞台时间。如京剧《拾玉镯》中孙玉姣刺绣一段，边唱边做，边唱边舞，将选线、搓线、穿针、拉线、绕线、绣花等一系列身段动作放慢、夸张、美化，细腻入微地表现出小家碧玉孙玉姣的灵巧、娇媚。《三盖衣》不过是瞬间片刻的事情，但为了表现李秀英痛苦而复杂的情感，极尽渲染之能事。少男少女一见钟情，往往是瞬间极为隐秘短暂的过程，戏曲舞台上却常常尽量夸张、美化，让两人眼神胶着，相偎相依，不失幽默地尽情展现青春激情之热烈、美好。

转换式指时空的相互转换，或者将时间转换为空间，用空间形式表示时间概念；或者将空间转换为时间，把时间的同时性转换为空间的并列性。西方戏剧寓时于空，以空制时；而中国传统的认知方式认为，时空一体，同源同构，时间的流逝与空间的变迁紧密相连，在时空这两种因素中，时间因素更为重要，以至产生了"以时率空"的概念。古典戏曲习惯于从时间出发去表现人物的行动，剧作家组织戏剧冲突、结构情节的出发点主要是人物活动的持续过程，而不是人物活动的空间。一个最常见的例子就是，在表现战争时，用两军厮杀的场面表现战争的过程，将空间转换为时间。通过战场上的追赶，用时间的间隔来表现空间的距离。

戏曲的视觉、听觉形象千变万化，巧妙神奇：或以声代形，或以形代声，或者视听互补，互相转换，综合运用。戏曲舞台可化无形为有形，使不能视成为能视，将内心外化为直观的舞台形象，如秦腔《借扇》，表现孙悟空钻进铁扇公主肚子里的情形。一边是铁扇公主钻心掏肺的痛苦表情，一边是孙行者的辗转腾跃，真是构思奇特，独具匠心。亦可化无声为有声，人欲视者反予听。如京剧《打渔杀家》萧桂英在家中唱父亲萧恩受刑，幕后就传来狱卒"一十、二十、三十、四十"的"搭架子"的吆喝声。

总之，时间和空间是一切物质存在的基本形式，时空运动是宇宙的根本秩序和客观规律，任何形态的演出活动都要在一定的舞台时空中进行。舞台时空的假定性程度及其处理方式，便是区别不同戏剧形态的根本标志之一。

二、规矩方圆

剧本虽然提供了一剧之本，但只有把它呈现在舞台上，才能成为活色生香的戏剧。这种由静态到动态、由平面到立体的转换和呈现有赖于表演、导演、音乐、舞美等方方面面的通力合作和二度创造。

戏曲舞台上的一切，都是通过表演而存在的。时间、地点、空间、环境，均须由演员的唱、念、做、打表现出来。景在人身，戏在人身。离开了表演，其他艺术手段都不可能独立。施叔青在《西方人看中国戏剧》中对东西方戏剧加以比较，认为在本质上"西方剧场是一种剧作家的剧场，剧本是整个戏剧的灵魂，所有的导演、演员、舞台设计，莫不依附剧本的内容才产生灵感……东方剧场，实际是一种演员的剧场"，戏曲以表演为中心，遵循着"带时带空"、"带情带景"、人物和时空一体化的综合原则，演员是二度创造的主体，处于关键和中心位置。

中国戏曲的演剧观念，既不同于体验派和表现派，又不同于间离派，其特色在于：既强调演员对于角色特征的深切体验与融入，又通过鲜明的程式使演员的舞台活动被明确地呈现为角色的表演，所谓"发于内而形于外"。演员与角色时而交替、时而并存、时而连自己都讲不清此时此刻到底是角色还是自己，诚如戏谚所云："看我非我，我看我我也非我；装谁像谁，谁装谁谁就像谁。"戏曲表演将程式、体验和意象三者有机地结合起来，将体验与表现结合起来，既有直觉和下意识，又有理智和激情。戏剧家阿甲先生称戏曲运用的"是体验与表现的双重性和体验的特殊性及心理意象的程式思维"。

戏曲表演兼具"体验派"、"表现派"、"间离派"之长，而且自成体系。戏曲表演集诗、乐、舞于一身，自由洒脱，如同行云流水。同时又有程式化、规范化要求，将自由性规范在一定的范式之内，成为一种"有规律的自由行动"、"戴着镣铐跳舞"的"诗意行动"。俄国著名芭蕾舞表演艺术家伊莲娜·奥丽格珊娜曾说："最美的艺术也是最残酷的艺术。""镣歌铐舞"或许更有压抑下的奔放，含蓄中的炽烈，因而倍加动人。

综合性是戏曲艺术的重要特点，是戏曲艺术发展的动力和成熟的催化剂。戏曲表演手段的多样性和丰富性可以说是无与伦比。演员可根据内容的需要与自己的特长和审美标准的不同，对各种表演手段进行最佳选择和别出心裁的组合。常言道："十戏九不同"，戏曲舞台上没有绝对相同的两出戏。不同艺术手段、不同艺术方式（如衔接方式、交叉方式、融合方式）与构成形态，可以说是不拘一格，千姿百态。

然而，不论戏曲表演吸收的艺术手段和艺术成分多么丰富，也不论戏曲表演构成的形态多么复杂，最终又都显示出多样统一的整体效应，形成一个有序、严整、统一的有机整体。常言道："无规矩难成方圆。"不论哪一种艺术样式，它们都有自己所遵循的规范法式。和格律化的古典诗词一样，戏曲十分讲究"规矩绳墨",具有更加全面、严格、充分的程式性。

所谓程式,就是那些被艺术地重复运用的表现手段,和必须遵循的形式、技术上的规范,是古往今来无数艺人经过反复选择、千锤百炼的结果。程式是戏曲赖以实现自身审美价值的重要手段,是戏曲提炼生活并对之加以变形的一种艺术逻辑和表达方式。程式化是戏曲走向成熟的标志。程式不仅具有严谨的规范性、强烈的节奏性、鲜明的夸张性、高度的技巧性、唯美的装饰性,还具有象征会意性、虚拟模糊性和想象性。演员只要做出许多优美而富于表现力的身段动作和舞蹈动作,就会获得观众的会意和认同,双方达成默契,观众不再追究生活的依据和动作的合理性。这种"默契"是建立在"心理真实"的基础之上的,通过程式化拟态表演取象写意以达到最终的心理真实,这正是戏曲表演的最高追求。所以,程式既是内容,又是形式,是内在与外在的统一。

程式具有广泛的概括性、普遍性和适应性,它是为一切角色存在、为一切角色服务的。程式体现于戏曲艺术的所有要素和全过程。不论是剧本文学、导演、表演,还是音乐、舞台美术等,无不讲究程式,尤其是在表演方面,程式性表现得最为集中而鲜明。

戏曲表演离不开程式,离开了程式,其鲜明的节奏感和舞蹈性就会减色,艺术个性就会模糊。对程式的熟悉程度和驾驭能力是衡量戏曲艺术家水平的重要尺度。戏曲演员必须掌握本行当及相关行当的基本程式和基本技巧,清代黄旛绰等修订的昆曲表演专论《梨园原》(《明心鉴》)中,针对不同角色的不同表情和形体动作提出了"辨八形",即指出区别八种类型角色的神态举止:贵者威容、正视、声沉、步重;富者欢容、笑眼、弹指、声缓;贫者病容、直眼、抱肩、鼻涕;贱者冶容、斜视、耸肩、行快;痴者呆容、吊眼、口张、摇头;疯者怒容、定眼、啼笑、乱行;病者倦容、泪眼、口喘、身颤;醉者困容、模眼、身软、脚硬。还提出"分四状",即区别四种典型的情貌声容:喜者摇头为要,俊眼,笑容,声欢;怒者怒目为要,皱鼻,挺胸,声狠;哀者泪眼为要,顿足,呆容,声悲;惊者开口为要,颜赤,身颤,声竭,体现出戏曲表演程式化特点。京剧针对不同的行当提出不同要求,譬如武生讲究美、帅、脆,武小生讲究英俊、精神、挺拔;小生讲究儒雅、潇洒、柔中有刚;穷生讲究呆、缩、酸;老生讲究端庄、方正、刚毅;青衣讲究严肃、婉和、娴静;花旦讲究媚、活、稚;彩旦讲究泼辣、煞气、撒得开;老旦讲究工稳、慈祥；大净讲究凝重、威风；白脸讲究狠、仰、晃；架子花讲究弓膀、扣腕、运腰、腆胸，眼要顾盼有神，腿要重起轻落；武丑讲究机灵、干练；小丑讲究诙谐、幽默、生动、灵活，矮身形、动作小。跟斗讲究高、飘、美、准、稳；武打讲究大幅大片，四门见线，有紧有慢；戏曲服饰讲究"宁穿破，不穿错"，不能乱来。

严格遵循程式是塑造鲜活的舞台形象的前提，如同戏谚所说："只有练死了，才能演活了。"但戏曲程式并非一成不变，一旦与剧情、与人物结合起来，它就成为"活"的东西。程式有成法而不拘于成法，程式是死的，但运用起来是灵活的。对于富于创造性的演员来说，程式不是束缚手脚的清规戒律，不是缺乏生命意义的艺术符号，而是富有灵魂的艺术手段。就像音乐家运用1、2、3、4、5、6、7等音符可以用来编织创造出千曲万调一样，同一程式在不同的剧目、不同的人物、不同的演员身上，可以有不同的运用，产生不同的艺术效果。一旦把高度繁难的表演程式化为演员的第二天性，进入一种"从心所欲不逾矩"的自由境界，戏曲表演的水平就会大大提高。一套程式可以摹写万种风情，表现百样性格，形成众多流派。

程式来自生活。麒派宗师周信芳是个有心人，他时时处处注意观察研究生活。一次，他和女婿张中原上街，看到一个乞丐坐在马路边，揪着破棉衣捉虱子，由于天气寒冷蜷缩成一团。周信芳停下脚步，打量半天才离去。随后不久，周信芳在卡登尔剧场为名旦冯子和配演《鸿鸾禧》中的莫稽，就把乞丐捉虱子的动作用了进去，效果很好。还有一次，周信芳送客人回宁波来到黄浦江码头，看渔民在黄浦江上撒网捕鱼。渔民动作利落，撒出去的鱼网散成一片，看上去很美。他忽然联想到经常演出的《打渔杀家》，感到肖恩撒网的动作还不够真实，不够美。回去之后，立即做了重新设计和认真修改。尽管舞台上的道具鱼网较小，但他却当作大网来撒，并让女儿桂英到后艄船尾去把舵。运用一系列身段和动作，渲染出肖恩老当益壮的精神状态。伴随着"凤点头"的锣鼓节奏，把风浪中小船的颠簸表现得既真实又美观。

周信芳转益多师，善借他山之石以攻玉。在麒派名剧《坐楼杀惜》中，宋江一时怒起杀了阎婆惜之后，缓缓站起身来，稍稍摇晃了一下，然后右手拾起地上的匕首，并放在鼻子边嗅了嗅，似乎若有所悟。接着做出向前刺的动作，左手好像去抓人，踮起脚尖，连续抓了三次，再小步往前冲。脚步跟跄，眼神恍惚，非常细腻逼真地表现出宋江杀人后内心恐惧、神志恍惚的精神状态。其实前辈艺人在舞台上并没有这段表演，是周信芳从美国电影明星考尔门那里学来的。

有"活武松"美誉的武生表演艺术家盖叫天，有一种"艺不惊人死不休"的执着精神，在许多剧目中都有新的创造。生活是艺术的唯一源泉，昆曲的动作程式曾广泛吸收了鸟飞鱼跃、花开花落、行云流水等充满诗化意境的自然生活现象元素，也大量借鉴了诗词歌舞、书画雕塑等艺术领域众多"美"的形式。盖叫天非常善于观察，师法造化，注意从生活中汲取艺术营养，留下很多佳话。盖叫天喜欢静静地坐在那里观看香炉的轻烟，无风时一线直上，微风过处轻烟迂回盘旋。他从袅袅的轻烟中受到启发，爆发出身段与舞姿的创造灵感，形成盖派特有的形体美。如在《劈山救母》中沉香练斧的表演就是受祭神时焚烧黄表纸的轻烟启示创造出来的。《乾元山》中的舞圈，是他看到车轮脱轴、落地滚动情形后，才想出了办法。他的霸王造型借鉴了偶然发现的门神画像……他还常从飞禽走兽身上借鉴、吸取表演元素。早在中年时，盖为了编演《满清三百年》，曾经亲自驯养过两只老鹰，注意观察老鹰的种种姿态，后来在《恶虎村》的"走边"中创造出用来表现夜行的"鹰展翅"身段，就是从苍鹰展翅的形态演化而来的，舞蹈性、雕塑感都很强，成为武生常用身段。盖叫天还注意观察猫，并有独到的体会。譬如猫见生人时就吃惊，全身收缩，非常警惕地盯着，随时准备逃跑，有时闪身而逃，有时甚至从人头顶窜过。盖叫天将猫的种种神态用到敌我双方对打的表演上，十分生动传神。为了观察鸡，他特地从山东买回大公鸡，观察鸡的动作和神态，融合到表演之中。他还养过仙鹤，从仙鹤与草丛中的花蛇相斗的情景中，演化出一套剑舞，做到剑与身合，身与神合，剑、身、神三者浑然一体。

盖叫天走在街上，从面铺切面机上的面片，联想到武生腰间的大带，对原来的大带进行了改造，并苦练脚上功夫，把大带踢得飘逸潇洒，给人以美感。盖叫天走在湖边，从风中摇曳生姿的杨柳得到启发，加工《乾元山》中哪吒舞枪和乾坤圈的身段动作，既表现出哪吒的矫健，又把"绿柳斜吹阳"唱词的诗情画意表达出来了。盖叫天将平日看到的黑色大蝴蝶展翅飞舞加以变化用到《狮子楼》中，表现武松按捺不住胸中怒火，决心为兄报仇的神情。平日里，盖叫天喜欢收藏各种工艺、古董、佛像、雕塑、香炉、茶壶，家里就像博物馆。一不为投资，二不为敛财，而是用于演戏。他还特别喜欢面人，把用五彩软面捏成的戏人插在院中葡萄架上，逐一研究、把玩。

三、四功五法

　　戏曲表演是一种独特的由多种艺术手段有机综合的"有声必歌，有动皆舞"、载歌载舞的艺术。一般把体现在演员身上的表演艺术因素归纳为唱、念、做、舞（花部地方戏不提"舞"而说"打"）四项，谓之"四功"。唱指演唱，念包括具有音乐性的吟诵和念白，唱与念相辅相成，二者相互结合，构成歌舞化的戏曲表演艺术两大要素之一的"歌"。做指舞蹈化的形体动作，打指武打和翻跌的技艺，二者相互结合，构成歌舞化的戏曲表演艺术两大要素之一的"舞"。若从形体训练和表演的方法技艺来说，则不外乎以演员身体为表演工具的手、眼、身、法（法指意念、法规，手、眼、身都要受意念和法规的指挥）、步，谓之"五法"，统称为"四功五法"。戏曲艺术要求每一个演员必须有过硬的唱、念、做、打四种基本功，和灵活运用手、眼、身、法、步的能力。

　　唱居"四功五法"之首位，是戏曲表演中最鲜明、最直接的音乐因素。戏曲大部分剧目以唱为主要形式，大段大段的唱词往往是全剧的精华。生、旦、净、丑各行当都有自己的重头唱工戏，完全不用唱的剧目是极少见的。戏曲没了"唱"，就等于是宝剑磨钝了锋刃、大鹏折了羽翼，何从展现独有之魅力?!如京剧传统戏《大·探·二》，无论剧本情节还是人物塑造均粗陋至极，甚至连道白、做工都几乎没有，却能以唱腔取胜，演员爱唱，戏迷爱听，成为长演不衰的经典。

　　戏曲的"唱"，要求极严。元代芝庵《唱论》强调"字真、句笃、依腔、贴调"；明代魏良辅《曲律》主张"字清、腔纯、板正"；清代徐大椿《乐府传声》中提出"出字、归韵、收声"的具体法规。首先是遵循"以字行腔"（或曰"依字生腔"、"腔由字生"），"字由情生，腔辅字行"，字正腔圆的原则。字音正、字音准，才能听得清、听得懂。为求字正，首先要了解掌握汉字的结构、发音特点和发音技巧。传统将汉字的发音概括为四呼五音、四声平仄。四呼即针对韵母发音的四种口型：开、齐、撮、合。五音说的是针对声母发音的部位：喉、舌、唇、齿、牙。四声平仄指收声归韵的阴平、阳平、上声、去声四种声调。只有从以上几个方面来共同制约，才能将字音读正、读准。

腔圆就是满宫满调，送远达听，声情并茂。能围绕人物塑造，唱出人物的情感，不仅行腔饱满，圆润自如，悦耳动听，而且有声情，有韵味，具有感染力和欣赏价值。避免荒腔、冒调、凉调、塌调，节奏上的坠拖、走板，呼吸上的横气、憋气、断气等毛病。因此，要特别注意气的运用，掌握一套控制气和运用气的技巧，即所谓气口。唐代梨园的许和子原是江西吉州永新的乐人，进宫后改名永新，"既美且慧，善歌，能变新声"，嗓音清脆嘹亮，极具感染力和穿透力。传说她每歌"必先调其气。氤氲自脐间出，至喉乃噫其词，即分抗坠之音。既得其术，即可致遏云响谷之妙也"。"遇高秋朗月，台殿清虚，喉啭一声，响传九陌。"唐玄宗曾让笛子高手李谟为她伴奏，结果"曲终管裂"，连乐队都盖不过她的嗓音。就是因为她气发丹田，讲究吐字、发声、用嗓、共鸣、润腔的技巧，使声音洪亮达远，且不易损伤声带。昆曲大师吴梅曾盛赞"江南曲圣"俞粟庐的正宗唱法："气纳于丹穴，声翔于云表，当其举首展喉，如太空晴丝，随微风而下上。及察其出字吐腔，则字必分开合，腔必分阴阳，而又混灏流传，运之以自然。盖自瞿起元、钮匪石后，传叶氏之正宗者，惟君一人而已。"

在戏曲唱腔的旋律里，既有严格的规律，又有着因人、因戏不同的微妙灵活性。既有准确的基音，又闪烁着、飞扬着颤音、滑音等各种装饰音，不仅传其声，抒其情，而且散发出浓郁袭人的韵味。如京剧艺人出于表现不同人物性格和特定情感的需要，通过在发声上运用不同的支点和共鸣的方法，创造出龙音、虎音、鼻音、炸音、将音、嘎调、脑后音、水音、云遮月、立音、悲音、啾音等特殊的表现音色。周信芳先生的嗓音条件并不好，音质沙哑，但他善于运用，巧于变化，形成了苍劲有力、慷慨激昂的"麒派"唱腔风格。程砚秋先生同样克服了嗓子的不利条件，创造出幽咽哀婉、如泣如诉的"程派"唱腔。

念白是戏曲表演的主要因素之一，不论是在以念白为主的白口戏里，还是在唱、念俱重的戏里，都起着重要的作用。李渔认为"唱曲难而易，说白易而难"。因为唱有曲调歌谱为依据，有伴奏来衬托，而念白全靠两片嘴唇的功力。说白是工笔，唱是写意，学戏一般先要学念，表演根本要从工笔着手。所以梨园界流传着"千斤白，四两唱"的戏谚。戏曲的念白有别于话剧，它是性格化、音乐化的结合，具有鲜明而强烈的音乐倾向，要求语音美、诗意美、吟诵美。唱遵音律，念白也遵音律。唱有快板、慢板，念白也有轻重缓急。唱要抑扬顿挫，念白也有重音和节奏感。譬如，昆剧字音分南北，北曲北音，南曲南音，区分严格。北守《中原音韵》，南遵《洪武正韵》。昆曲的念白主要是韵白和方言白，韵白在演唱时相沿形成"中州韵，姑苏音"，即采用中州韵演姑苏音。方言白即吴语苏白，有时夹带扬州话。昆白讲究"出声、收声、归韵"的吞吐之法，须辨五音，分四呼，调口声，音韵娴熟，方能不出"倒字"。昆曲大师俞振飞在《念白要领》中，用"音乐性、语气化"来总结昆白的特点。音乐性要求念白抑扬顿挫、高低疾徐，既清晰又好听。语气化要求念白准确生动地表达人物性格和思想感情。

京剧的念白主要包括韵白和京白两种。韵白多用于生、旦、净、方巾丑等行当，采用"湖广韵，中州调"。把湖广一带的语音美充分发挥张扬，吐字讲究"喷口"，分清"尖团"，严守"出声、行音、归韵"，并依照"突阴平，抑阳平，回旋去声，扬滑上声"等处理语音语调的方法行腔拖腔，讲求疾徐顿挫，有腔有调。宣叙清晰流畅，咏叹淋漓尽致，既是一种语言艺术，又是一种准歌唱艺术。京白多用于小丑、花旦、彩旦等行当，运用北京语音，自然生动，干脆利落。京白虽然十分生活化，但又绝非生活语言的照搬，同样是经过千锤百炼，寓韵律感于生活气息之中。在一出戏里，不同角色分别使用韵白和京白，有时同一个角色也交叉运用韵白和京白，从而使语言、形象、性格相映生辉。

戏曲"四功"中的"做"和"打"（舞）都是对生活动作的舞蹈化。"做"偏重于日常生活细节的表现，而"打"（舞）偏重于幅度较大而剧烈的动作。讲究心与意的结合，有人概括为"三节六合"。三节指梢节、中节、根节，六合指心与口合、口与手合、手与眼合、眼与脸合、脸与身合、身与气合（一说"三节六合"指头腰脚、胯膝脚、肩肘手三节为"外三合"。心与意合、意与神合、神与貌合为"内三合"）。戏曲表演在点、线、角、面、体的结构原则和线性流动中，讲究"圆"的法则，讲究子午相和雕塑美。架子花要求"膀如弓、腰如松"；旦角的手势用兰花指，如风摆杨柳；武生讲究猫窜、狗闪、兔滚、鹰翻、鸡步、蛇行、虎扑、龙游；丑角有时要模仿蛙形（如《下山》）、鼠形（如《十五贯》）、蜘蛛形（如《游街》）。

戏曲表演技巧主要有唱、念、做、打，手、眼、身、法、步等"四功五法"的基本功，同时还包括鼎（顶）功、腿功和腰功（合称毯子功）、把子功,及与服饰、化装、脸谱密切结合的水袖功、帽翅功、翎子功、甩发功、扇子功、手绢功、椅子功、跷功、耍素珠、耍牙、变脸、喷火、打出手等高难技巧的绝活,真是琳琅满目,叹为观止。如历史久远、风靡中华大地的目连戏,追求"戏必有技",以绝活"耍彩"(鼓掌),为表现冥间和地狱的恐怖,融入了杂技的爬竿、叠案、绸吊、飞叉、幻术等绝活,以生龙活虎的扑跌打翻飞和变幻莫测的幻术再造虚幻空间和非常情景。

水袖功,指运用水袖的特技,水袖指传统戏曲服饰蟒、帔、开氅、褶子等袖端所缀的一尺上下的白绸。水袖运用姿势多达数十种,花样繁多,主要有抖、投、掷、抛、穿、拂、摔、挥、荡、背、翻、扬、摆、折、迭、搭、勾、撑、冲、拨、打、挑、掸、甩、撩、抓、绕、拧、翻花等。运用之妙全在于肩、臂、肘、手腕、手指各部位的协调配合,用以表现人物的思想情感,增加形象的美感。程砚秋将水袖的基本功归纳为:勾、挑、撑、冲、拨、扬、掸、甩、打、抖等18种。有人统计,他在《荒山泪》中所运用的水袖技巧多达200多种。几乎所有地方剧种的表演中都少不了水袖功,如源于宋元南戏的《王魁负桂英》,先后被移植为很多剧种,形成多种演出版本。无论哪个剧种哪种版本,基本故事框架都是大同小异,均要求扮演敫桂英的演员出色地运用水袖的飘、抛、背、搭、揉、抢、双绕等特技,表现"打神告庙"的情节,刻画敫桂英因王魁负心而悲愤欲绝的心理。

帽翅功,指运用帽翅的特技,又叫"翅子功"、"展功",多用于生角行当。通过纱帽翅的不同方向、不同力度的旋转和颤动,表现人物的情感变化和心理活动。当人物情绪激动、内心矛盾尖锐、焦虑、沉思、慌乱或内心狂喜时,就可耍纱帽翅。一般有单闪、双闪、上下闪、交错闪、回环闪等样式。

髯口功,俗称耍髯口。髯口即胡子,因此也可以叫耍胡子。耍髯口的技巧有搂、撩、挑、推、托、摊、捋、抄、撕、捻、甩、绕、抖、吹等,可以是单项的动作,也可以组合起来使用。要想把髯口耍得漂亮,讲究可不少。每种技巧都有要领,不能光靠手和头的动作,还要靠腰里的阴劲和气功的运送。

翎子功,又称"耍翎子",指运用翎子的技巧和功夫。主要有单掏、双掏、单衔、双衔、绕、涮、抖、摆等,配以各种身段,表达各种感情和神态。其中,掏翎子最为常用,最吃功夫,也最要窍门。必须贴着耳根往上找,注意力全在手上,否则就摸不着。找到之后,要由上往外捋,手臂伸平了才能打弯，不然翎子容易折断。耍翎子的劲头则主要在脖子和头部。几乎所有剧种都有翎子功，但以川剧和梆子的翎子功最为奇绝。川剧单折戏《八阵图》是武生功夫戏之一。陆逊因追赶刘备陷入孔明预伏的八阵图内，左冲右突，不得出阵，因而有"撕飞卡"、"倒硬人"、"抛头盔"及一套"翎子功"。陆逊的两根修长的翎子飘忽不已，瞬息万变，左右双旋成太极图式，被称为"二十四个凤点头"。《议剑》中，曹操有双脚敲翎的特技。梆子戏翎子功常见的程式有"抢月"、"望月"、"托月"、"二龙戏珠"等，《连环计》的"小宴"里吕布的翎子功堪称一绝。

跷功，又叫"踩跷"，亦名"跻功"，为戏曲所特有的绝技。"跷"又称为跷板，一般为木制仿小脚形，分为硬、软两种。硬跷系木制，多用枣木、槐木、榆木，长约三寸，下端前尖后圆中间凹，上端有一段长八寸宽二寸厚两三分形似牛舌头尖、向上斜行的托足板，与平面形成75度的倾角，上系白布跷带，用于武旦、刀马旦。软跷主要用于花旦、泼辣旦，表演时演员双脚各缚跷板一块，外套绣花鞋，用大彩裤遮住真脚，露出的跷鞋宛若三寸金莲。可以走碎步，跑圆场，跌扑翻腾，甚至可以打出手，倍显女性身段的婀娜娇媚。如蒲剧《挂画》中，耶律含嫣在椅子上踩跷，运用单腿独立、单腿下蹲、童子拜佛、凤凰展翅等特技表现少女的喜悦之情。跷功导源于古代妇女缠足陋习，属于保守型绝技，练起来极其艰苦而残酷。辛亥革命后被废止，至今只有少数演员尚通此技。

扇子功，指扇子特技。扇子是特殊的舞蹈道具，有大折扇、小折扇、团扇（宫扇）、羽扇、蒲扇、竹扇、鹅毛扇、芭蕉扇等。小生、花旦、闺门旦使用最多，其他行当如老生、武生、净、丑亦有使用。但扇法各有不同，必须严格遵守。如花脸过头扇，正生当胸扇，旦角扇鬓乳，小丑扇耳朵，一般角色扇颈部或胸部，其动作有挥、转、托、夹、合、遮、扑、扒、抛等，通过扇子动作的各种组合，配合身段，衍生出各种舞姿，表现人物情绪，刻画人物性格。各剧种均有扇子功，但以川剧的扇法最为繁多、细腻、精巧，据说有65种程式，如鱼尾扇、新月扇、画眉扇、落花扇、鸳鸯扇等，扇子功的最高境界是"拿扇如无扇，用扇不见手"。

手绢功，又名手帕巾、耍手绢，源于二人转，多用于小生、小旦、小丑的三小戏。手帕有四角、八角两种。动作有叼、托、转、踢、抛、弹等30多种。普普通通的手绢到了演员手中就成为万千变化的"魔方"，仅抛绢就有平抛、上抛、后抛、转身抛等,只见手绢被抛出去,飞向台口或幕侧,转眼之间又飞回演员手中。一个演员可以同时抛出多块手绢,犹如天女散花一般。由二人转发展而来的吉剧的手绢功,技艺高超,特色鲜明。

椅子功,指利用椅子道具进行的种种表演,技艺繁难。昆曲《钟馗嫁妹》,京剧《打金砖》、《通天犀》中均有精彩的椅子功。川剧艺术家阳友鹤演《荆钗记》的"雕窗",钱玉莲为逃脱继母的逼婚,向前门冲击,但门拉不开。因用力过猛,双手反弹,高腾轻坐,身姿如莲花落地,称为"高坐莲"。她又急转身来到后门,开始雕窗。脚尖立在椅子背上,突然一个高抢背,纵身跃下,动作漂亮而利落。

变脸,一种从脸谱和面具中得到灵感,由川剧艺人首创的神秘莫测的高超技艺。变脸经过漫长的摸索过程,由扯脸到抹脸,到吹脸、退脸、抖脸、垮脸,越来越奇妙。变脸包括整体变脸和局部变脸,整体变脸多用于神怪形貌的骤然变化,而局部变脸则多用于表现人物情绪和面部表情的剧烈变化。其手法主要有抹暴眼、吹粉、扯脸、开眼等,要求密切结合人物的情绪变化,要手疾眼快,不露痕迹。1981年5月,川剧院赴东京演出《白蛇传》,武生王道正饰紫金铙钹,在与白娘子的对打中,次第变出绿脸、红脸、蓝脸、白脸,最后复变为金脸本相。据传日本人用六部摄像机实录三次,测出王道正的变脸时速为270秒分之一,但仍未窥到其中奥秘。川剧化装中还有"踢慧眼"、"打爆眼"等技艺。《梵王宫》"射雕"一场,演少女耶律含嫣邂逅射雕少年花荣,一见钟情,不能遏止。天色垂暮,赶车回家时,竟将留有胡髭的中年车夫想象成花荣。车夫在表演中运用了特技,通过胡髭的变幻,揭示出少女的心灵,也可以说是一种变脸吧!

火彩,表演特技。演员口中衔一圆管,外端燃火,内含松香末。向外吹气时,就会有火花喷出,多用于神鬼妖魔异类角色,可以增强艺术效果。许多传统戏和新编戏都成功地运用了火彩。譬如京剧《李慧娘》"追杀"一场,表现李慧娘奋力救护裴生。已经化为女鬼的李慧娘和前来捉拿裴生的凶手周旋,只见她一跃而起挺立在凶手腿上,俯身吹火;接着又"抢背"落地,"劈叉",走"乌龙绞柱",满台翻滚;然后就地走"跪步旋转",从下场门口急速地旋转到上场门台口,抓住凶手,起身走"前探海",再次俯身吹火。凶手举刀削去,李慧娘急躲,仰面朝天"后探海",然后转向台中,接连不断地用各种姿势吹火,一股股烈焰升腾而起,把紧张的气氛推向高潮……

打出手，又称"打家伙"、"踢出手"、"出手"，指演员用脚、腿，或手中刀枪、背上靠旗等把对方投掷过来的长枪踢回或挡回，常和武打"挡子"相互穿插连接，但又自成格局的武打套数。"打出手"常用于以武旦和刀马旦为主角的神怪斗法，或用以表现武将力拒众敌、乱军中抢夺兵器的情节。《泗州城》、《金山寺》、《杨排风》、《铁笼山》中均有打出手。"打出手"分为"上把"和"下把"。"上把"是角色中心，"下把"为抛扔武器者。他（她）们相互配合默契，做抛、掷、踢、接武器的特技表演，如拍枪、挑枪、踢枪、虎跳踢枪、前桥踢枪、后桥踢枪、乌龙绞柱踢枪、连续起跳踢枪等繁难舞蹈动作，令人眼花缭乱，叹为观止。

特技绝活高难技巧具有险、绝、奇、巧的特色，集动作美、姿态美、雕塑美于一体，是历代艺人心血汗水和聪明智慧的结晶。特技绝活来自生活，是长期艺术实践的积累，又是对生活的提升和美化，具有超越时空的巨大生命力。特技绝活使得戏曲舞台流光溢彩，美不胜收，丰富了戏曲的表演，提高了戏曲的观赏性。

四、云衣花容

"云想衣裳花想容，春风拂槛露华浓。若非群玉山头见，会向瑶台月下逢。"诗仙李白面对着名花、美人，兴会无前，佳句叠出。想起花团锦簇、美轮美奂的戏曲舞台，同样令人逸兴湍飞，思绪翩翩。

戏曲是中华文化的奇葩，是人类戏剧的硕果。它是那样丰饶厚重、博大精深，又是那样空灵含蓄、摇曳多姿。戏曲本质上是一种抒情性、表现性艺术，是生活美与艺术美的交融会合，是美的质与美的形的和谐统一。内容美不能脱离形式美而存在，形式美中包含着内容美。戏曲在追求内容与形式双重之美的前提下，对流光溢彩的形式美情有独钟。

艺术是真善美融合的结晶，戏曲是唯美是求的艺术标本。徐慕云在《中国戏剧史》中指出："单就中国戏剧本质上说，实可称为一种富有美的组织的艺术，故其载歌载舞之表演确可以极视听之娱，耳目之美，使人迷恋而成癖。这样它的娱乐成分便占有十之八九，劝世教人的作用，也不过只居一二而已。"戏曲表演美主要包括听觉之美与视觉之美，是听觉之美与视觉之美的完美结合。从听觉美来说，一记小锣，几声鼓点，一个过门，一句道白，一支清曲，就能点染出难画难描的意境，给人带来听觉上的美感。仅用音乐即可表现恬静的田园村舍、森严的殿堂、喧嚷的闹市、短兵相接的战场，实在是妙不可言。武戏运用浑厚的大唢呐牌子［水龙吟］把将帅的虎帐烘托得威严无比；《拾玉镯》里，清丽的胡琴曲牌［柳青娘］则点染出小家碧玉孙玉姣的闺中情趣；京剧《六月雪》采用曲牌［急急风］［撞金钟］渲染刑场的阴森恐怖；昆剧《烂柯山》里的唢呐大锣烘托出朱买臣高中后的威风，随之而起的小锣轻击则透出崔氏的悲凉凄苦。

同样，一笑一颦、一招一式、一举手一投足，欲收欲止、亦张亦弛，就能让观众从中感受到力度和美感。花旦踩着小锣上场，增添了轻盈之姿。青衣的一个甩袖，配以一记轻锣，就会美上加美。京剧《智取威虎山》的"打虎上山"之所以受人欢迎，很大程度上得力于听觉之美与视觉之美的完美结合：随着一阵紧锣密鼓，响起了铿锵有力、疾风骤雨般的管弦乐和弹拨乐，模拟出骏马的奔腾急驰。接着圆号反复吹奏出激越高亢的音调，形象地描绘出孤胆英雄杨子荣由远而近、扬鞭策马、驰骋于林海雪原的雄姿……

戏曲艺术的声乐不像西洋歌剧那样以男声、女声，高音、中音、低音，及宣叙调、咏叹调等类型进行分类，而是因行当的不同采取不同的表演规范。如扮演中老年男性的老生，一般采用自然而富于变化的真声唱念；扮演青年男子的小生则采用真假声结合、清脆华美的嗓音来唱念；花脸采用真声大嗓，注重胸、鼻、颅腔的混合共鸣，有时还加上宽阔洪亮的炸音，用以表现粗豪刚烈的性格；扮演少女的花旦采用假嗓，嗓音明润婉丽；扮演年长妇女的老旦，采用苍劲宽朗的真声，辅以胸、膛、咽的共鸣；丑行则是灵牙利齿，清脆流利，用以表现性格滑稽的人物。

行当唱腔体现出戏曲音乐的性格化特征，不失为塑造人物的重要手段，但为了克服随之而来的程式化弊病，流派唱腔应运而生。流派唱腔是艺术独创的产物，以鲜明的艺术个性为其特征。譬如京剧"四大名旦"梅、尚、程、荀及"四小名旦"之首张君秋，他们均是旦角演员，师出同门，但却根据自身的条件，充分发挥艺术创造个性，形成了各自鲜明的流派特色。梅派简易平淡，不花不滑，不险不怪，寓方于圆，具有通大路的中和之美。绚烂之极，归于平淡。"豪华落尽见真淳"，凝练中透着醇厚坚实，为观众留下了许多脍炙人口的唱腔。《霸王别姬》"四面楚歌"中虞姬唱的［南梆子原板］，描绘出秋风月夜、寂寥战场的凄凉；"舞剑"时，虞姬伴随着［夜深沉］曲牌载歌载舞，情意缠绵。《宇宙锋》中，赵艳蓉依照哑奴之计金殿装疯斥骂赵高时所唱的［反二黄慢板］，抒发了一腔悲愤。《贵妃醉酒》全场基本上都是［四平调］，梅兰芳以动听的歌喉、委婉的行腔，并结合表演身段，将贵妃在雕栏玉砌、锦衣玉食中幽怨失谐的心态表现得贴切入微。《凤还巢》中，程雪娥眷恋故土，不肯前往镐京避难时所唱的［西皮原板］、［流水］华丽别致，跌宕起伏，行腔吐字犹如珠落玉盘。《女起解》中，苏三离开洪洞县牢狱之前收拾行装、辞拜狱神时所唱的［反二黄慢板］，低回婉转，如诉如怨，被称为"九连环"。《廉锦枫》是梅兰芳20世纪20年代编演的时装古戏，其中廉锦枫潜海取蚌时所唱的［反二黄］，渲染出深海静谧清凉的意境，与刺蚌时优美矫健的舞姿相映成趣。而《花木兰》中所唱的［娃娃调］，高亢遒劲，坚实挺拔，刚柔相济……可以说是无腔不美，无腔不妙。

尚派形成文武相间、歌舞并重、刚健挺拔、浑圆敦重的壮美风格。既有青衣之端庄典雅、花旦之活泼流畅，又有武旦之泼辣豪爽、刀马旦之英挺洒脱。他在《汉明妃》中所塑造的"马上琵琶"、"佳人烈马图"的王昭君脍炙人口。尚小云有一副铁嗓钢喉，其唱腔嘹亮、挺拔、激昂，不尚纤巧，节奏鲜明而强烈，经常运用颤音、滑音之修饰和勒腔、坠腔、润腔之调剂，别具韵味。其韵白字清音朗，似断实连。其京白爽朗明快，流丽大方。

程派寓刚于柔，深沉含蓄，绵里藏针，具有险绝之美。其唱腔巧用"脑后音"、"鬼音"、"绷腔"和"垛句"，创造出以抗、坠、断、续取胜的新腔，音断气不断而意相连，产生出气韵流动如虬龙飞舞，类似书法"飞白"的艺术效果，特别适宜表现缠绵悱恻、凄凉哀婉的情感。其念严守音韵，绝无倒字，且擅用反切发音，以气催音，吐字沉着有力，如斩钉截铁，切金断玉。

荀派妩媚洒脱，明快自然。其唱腔板头灵活，尺寸多变，柔媚婉转，而又流丽俏拔，感情色彩强烈，生活气息浓郁。其念，无论是京白、韵白，皆吐字清晰，语调柔润，生动自然，亲切悦耳，既口语化又不失韵律美。

张派的唱腔及演唱极富魅力，他学四大名旦之腔而不学四大名旦之味，充分利用自己甜美圆润、音域宽广、高低皆宜、宽细皆备的嗓音特长，在传统唱腔的基础上鱼龙变化，研制新腔，展示出"娇、媚、脆、水"的特点，形成华丽柔美、刚健清新的演唱风格。

在中国戏曲史上,男旦格外引人瞩目,堪称是美妙的艺术结合体,奇异的艺术混血儿,独具风采的角色行当。男旦早在唐宋就已出现,此后不绝如缕,明清之际有了长足的发展,涌现出清乾隆年间蜀伶魏长生那样著名的男旦和以他为代表的男旦群。不过,男旦真正的黄金时期是伴随着京剧艺术的产生、发展、鼎盛而降临的,京剧艺术的男旦可以说达到了既空前也可能绝后的巅峰状态。

梅、尚、程、荀"四大名旦"阶段是京剧的鼎盛时期,他们使京剧如鲜花着锦、烈火烹油,并开始走向世界。"四大名旦"及后来的"四小名旦",彻底扭转了京剧以老生为主体的格局,使得男旦上升到极为突出的地位,出现了庞大的男旦群体,形成了异彩纷呈的流派。特别是梅兰芳,博采众长,独树一帜,不愧为"四大名旦"之首,被视为京剧艺术乃至中国戏曲艺术的象征和标志。没有"四大名旦",就没有京剧艺术的无比辉煌。没有"四大名旦",就没有京剧艺术崇高的历史地位。男旦在京剧史和中国戏曲史上写下了辉煌灿烂的一页。但在极左思潮泛滥时期,却成为一个极其敏感而又聚讼纷纭的话题。

男旦是旦行的变体和分支,而不是怪胎异物。男旦是菊苑的一朵奇花异卉,绝不是荆棘毒草。作为由来已久的艺术现象,男旦有其产生的文化背景、艺术土壤和个人因素。从外因来看,封建礼教对女优的禁忌客观上为男旦提供了生发的契机。封建统治阶级一方面虚伪地不允许女优存在,同时又要贪婪地追求声色之娱,于是就只好让男优来扮演女角。这样,男旦应运而生,并成为一些人的职业和谋生手段,甚至是"一招鲜吃遍天"的绝活。

从内因来看,男旦需要得天独厚的生理条件和禀赋气质。但他们并非"超人"、"怪物",他们的艺术来自人类追求新奇的基本天性。不论是男人还是女人,无不对异性充满好奇和神秘感。不论舆论如何贬抑、轻贱妇女,男人总是对女人感兴趣,并往往产生一种追求"禁果效应"的意识和心理。男旦恰恰能够从男人的角度,用男人的眼光观照女人,用男人的心去体察女人,用男人的肢体去表现女人,因设身处地而感同身受。这样,男旦就比一般男人多了一个视角,多了一层人生体验,多了一片情感的天地。更重要的是,这种好奇心、神秘感和深层的体验已经远远超越了生理感官的层面,升华为艺术精神和人格力量。男旦将轻松地游走于性别角色之间视为乐事和快事，引为骄傲和自豪，从而满足了人类的模仿欲、表现欲和创造欲。

由于不同性别所带来的心理、外表、肢体上的差异，无疑增添了男旦扮演的难度。但是，艺术需要距离，有了距离才能产生美感。戏曲艺术重在表意，歌舞化程度很高，与生活的原始自然形态保持着较大距离。不求形似，但求神似，甚至离形得似，以实现陌生化效果和新鲜别致的审美效应的追求，为男旦提供了相当大的自由度和表现天地。

较之坤旦，男旦有劣势更有优势，他们在生理条件、心理素质、理解能力、表现能力、创造能力等方面，往往远远超过女旦，更具魅力，更加迷人。梅、尚、程、荀，李（世芳）、张（君秋）、毛（世来）、宋（德珠），各树赤帜，从者如云，但迄今为止还没有女弟子能够在艺术上超越他们。譬如梅兰芳，一生为人谦恭，处世谨慎，甚至很胆小，但他其实非常有主见，不会随便被人掌控。特别是他对"玩意儿"的追求，痴迷、坚定而执着，极有见地。他经常表白："我上台就得漂亮，就得美！"这句话俨然成了他人生和从艺的信条，他仿佛就是为创造美才来到这个世界上的。正因为有一批像他那样为艺术为美而献身的艺术家，才有了京剧的辉煌。

戏谚云："出门看天色，看戏看角色。"载歌载舞的戏曲艺术靠演员的声色技艺，展示吟诵歌唱的声律之美、身段武打的动作之美、脸谱服装的色彩之美。色艺超群的名角具有超强的艺术魅力和极大的号召力，是吸引"粉丝"的磁铁，是财源滚滚的摇钱树。角儿是核心，是顶梁柱，是领军人；是旗帜，是灵魂，是冠冕、是品牌和门面。没有角儿就没有戏曲的繁荣，没有角儿也就没有戏曲之美。唐宋以来，戏曲艺术家如繁星丽天，辉耀苍穹。他（她）们倾注毕生才情、激情和生命，于一笑一颦，一词一调，一举手一投足之中，创造出千娇百媚、美轮美奂的舞台形象。尤其是那些禀赋超群、戏比天大、引领潮流、创造流派的"角儿大腕"和一代宗师更是功不可没。

戏曲是将音乐、文学、舞美熔为一炉的高度综合的艺术。包括布景、灯光、效果、道具（砌末）、服饰、穿戴、化装、脸谱等人物造型及景物造型在内的舞台美是戏曲美不可或缺的组成部分。有人把舞美功能归结为形象性、交代性、有机性"三性论"，有人归纳为状物、叙事、抒情"三点论"。而胡妙胜在《充满符号的戏剧空间》中，认为舞美具有组织动作的空间，暗示、描绘、再现动作的环境,再现动作的情绪和意义的三大功能。

由于传统戏曲偏重于写意,往往采用以虚拟实、以简代繁、以神传真、以少胜多的手法来表现生活,因而景物造型比较简单。传统戏曲一般不用布景,通常采用一桌二椅的舞台装置,至多再挂上门帘台帐(也称"堂幔",谓之"守旧"),构成了戏曲舞台最基本的、中性化的舞台装置,体现出戏曲艺术虚拟、写意的美学精神,从本质上揭示出戏曲舞台是容纳万境的虚空,但又可以从无中生出万有。

一桌二椅的舞台装置十分灵活,功能多样。具体运用时,可分可合,可多可少。可以撤下不用,也可不局限于一张桌子和两把椅子。它们除代表自身外,还可以代表各种自然和人为的景观,举凡宫殿官衙、闹市乡村、绣楼书房、山川河流、大漠荒野,乃至天宫神府,皆可在舞台上得到展现。甚至还可以通过摆法和色彩表现环境特征、人物长幼尊卑及心理变化。一桌二椅和守旧动静结合,既为演员提供了动作的支点,又提供了活动空间,凸显出演员的主体性,有利于演员发挥唱、念、做、打的才能。朴素的舞台,富有诗情画意的夸张表演,体现出自由开放、千变万化的艺术精神,传递出悠远深邃、质朴淡雅的人文气息。

当然,戏曲也并非没有写实的布景效果,如果说汉代的《总会仙倡》有点遥远的话,那么明末张岱《陶庵梦忆》卷五"刘晖吉女戏"中所记载的明末乡绅刘晖吉家班女戏《唐明皇游月宫》的布景则历历在目:"叶法善作,场上一时黑魆地暗。手起剑落,霹雳一声,黑幔忽收,露出一月,其圆如规。四下以羊角染五色云气,中坐嫦娥,桂树吴刚,白兔捣药。轻纱幔之,内燃赛月明数株,光焰青黎,殆如初曙,撒布成梁,遂蹑月窟。境界神奇,忘其为戏也。"清代宫廷大戏上演于"福、禄、寿"三层大戏楼,活马、真象上台,极尽豪奢之能事。另据清末张次溪《清代燕都梨园史料续编》记载:"艺人张七制砌末多参西法,虽一山一水,一草一木,必求逼真……山色之葱茏,水浪之汹涌,一一毕肖,令观众恍如置身其境。"

景物造型除布景外,还包括灯光、道具、砌末等。随着社会的进步、科学技术水平的提高,戏曲舞台的灯光设备不断更新,从明末的羊角灯,到油灯、白炽灯,后来的高压水银灯和现代电脑灯、天空玫瑰灯,以及各种新光源;从老幻灯投影,到目前的高科技大屏幕投影仪及先进的调光台,灯光设计、运用的要求越来越高。从完成舞台白光的基本照明，到运用灯光语言来揭示主题，营造氛围，突出人物个性，表现风格，灯光开始成为重要角色，甚至成为舞台的灵魂。

戏剧的本质是角色扮演，服饰的本质是装扮，二者是相互关联的。传统戏曲舞美的重点是人物造型，包括服饰、穿戴、化妆、脸谱。戏曲的服饰和穿戴，通称"行头"或"戏箱"，是一个独具特色、绚丽多彩的造型体系，也是对古代生活服饰的汇集和美化。明清昆曲、弋阳腔、花部地方戏的服饰有了很大丰富发展并日益规范化，形成了以明朝服饰为基础，在组织和制造上定人定装的完整服饰体系。以京剧为例，其服饰衣箱组织计有五箱一桌，五箱包括大衣箱、副大衣箱、二衣箱、套头箱、旗把箱，一桌即梳头桌。

传统戏曲对演员的穿戴装扮十分重视，谓之"穿关"，且形成了宜舞性、装饰性、通用性、程式性的独特风格和民族特色。戏曲服装不像西方古典芭蕾服饰那样紧身、裸露，以展示形体之美；而是宽松、肥大，所谓"长袖善舞"。通过服饰的样式别文武、分贵贱、辨忠奸、见人鬼。中国戏曲服装铺锦列绣，色彩绚丽，图案精美，包括五大构成要素，即：款式、色彩、纹样、刺绣、面料。如果说款式是服装的载体，那么色彩则是服装的"灵魂"。戏曲服装主要受儒家色彩观影响，儒家把赤、黄、青、白、黑五色定为正色，象征尊贵。把其他颜色称为间色，即闲杂、不正之色，表示卑贱。正色与间色各自又分若干等级。在等级森严的封建社会，无论是服式、服色、服饰等都有极严格的规定，成为区别高低、贵贱、尊卑的符号。戏衣的色彩选择也基本上遵循了这一原则，有"上五色"与"下五色"之分。"上五色"黄、朱（赤）、绿、白、黑多属正色，为尊贵者所服；蓝色、米色、褐色等"下五色"多为下级官吏或樵夫、店家、渔夫、家院等卑贱者所服。色彩还具有象征人物性格的功能，红色忠正刚毅，黄色高雅尊贵，蓝色儒雅洒脱，白色圣洁脱俗，而黑色威严庄重，多用于刚直豪放性格的人物，如包公画黑色脸谱身穿黑蟒，以突出其刚直不阿的性格；忠烈的关公穿绿蟒，与红脸相映衬，则显示他智勇双全的风采。

纹样不仅体现出"装饰性"美学特征，而且具有象征表意的重要作用。在京剧服装中，应用最广泛的是龙凤图形。龙是皇权的象征，代表着江山社稷。类似龙的蟒象征权威和尊严，还有驱魔避邪的寓意。而与龙和蟒形相呼应的是海水和红日，蛟龙、海水、红日，作为不可分割的画面，同时出现在蟒袍上，既隐喻了穿用者的高贵身份，又充分表现了天地山水、龙腾虎跃的磅礴气势。这是一种大胆独到的构思、突破常规的设计、对中国传统文化意识淋漓尽致的展现。而被誉为鸟中之王的凤纹也是我国古代劳动人民在长期的生产和劳动中创造出来的美好形象，象征吉祥、光明、和平、幸福、喜庆和爱情。凡是皇室女眷的服装，都用凤作为主要装饰图案。另外，结婚用的礼服也大都以凤纹为主，与民间的风俗相吻合，充分体现了中华民族的审美意趣。

戏曲服装既具有装饰生活、概括生活、突出生活之美的功能，又能体现出艺术家的审美追求，如梅兰芳在编演古装新戏时，就借鉴了古代仕女画、龙门石刻、晋祠彩塑、敦煌壁画，大胆改革错彩镂金、雕饰满眼的传统戏衣，创造出由绚烂之极归于天然素雅的新式古装，注重表现女性的形体之美和气质之美。在《黛玉葬花》中，黛玉身着色彩素雅、长裙曳地的美人装，梳盘云髻，略缀珠翠，淡施脂粉，柳眉含黛，星眼流波。只见她情思绵邈地肩扛云锄花篮，迈动莲步款款而出，营造出"花谢花飞花满天"，"一宵冷雨葬名花"的经典场面，和美艳凄绝、落花流水的意境，流露出华丽的悲哀，无限的惆怅。

中国戏曲的脸谱孕育于上古图腾文化，发端于原始歌舞中的"百兽率舞"。从春秋时代的傩祭和傩仪中"黄金四目"的方相氏，汉代《总会仙倡》中的"戏豹舞罴"，到南北朝时期《大面》中的兰陵王，唐代参军戏中的苏中郎，假头假面、脂粉涂面的化妆风俗可谓源远流长。戏曲脸谱经过了由简到繁、由个别到系列的漫长发展过程。宋元时的戏曲化妆还是比较简单的搽灰抹土、描眉勾眼窝，明代开始趋于复杂，采用多种颜色绘成图案，组成比较完整的脸谱。至清，脸谱有了比较精细的划分。近代脸谱成为具有完整系列和民族特色的面部造型艺术，逐渐形成了一套规范的视觉符号系统。张庚先生认为，脸谱是中国戏曲独有的化装造型艺术。从戏剧的角度来讲，它是性格化的；从美术的角度来看，它是图案式的。戏曲舞台上，只有净、丑勾画脸谱。生、旦行当饰演的绝大部分角色则采用"俊扮"即"清水妆"的面部容妆。

以形似为基础的脸谱，后来渐渐从形似发展到神似，突破了自然形态，力求表现人物内在的本质精神和性格特征。为了求得神似，大胆地夸张、变形，甚至遗貌取神，离形得似。就色而论，戏曲脸谱分为主色、副色、界色、衬色四类。每个脸谱都要有一定的主色，以构成人物的基本色调，其他副色则起美化装饰作用。如果说戏衣的色彩偏重指示身份，那么脸谱的色彩则偏重说明人品和性格，寄寓褒贬之意，所谓"公忠者雕以正貌，奸邪者刻以丑形"。这种寓意中既包含着对色彩的生理反应，又包含着对色彩的文化观照。譬如，红表忠勇耿介如关羽、姜维等，紫表刚毅智慧如庞统等，黑表忠勇刚直如包拯、杨七郎等，白表奸诈狠毒如司马懿、秦桧等，蓝表勇猛强悍如窦尔敦等，黄表残暴阴狠如姬僚、典韦等，其他粉、灰、金、银等颜色一般为老年、神佛精怪之类人物或角色，如如来佛、哪吒等。还有那些性格复杂的人物，也有其特定的谱式，例如宋太祖赵匡胤，前半生正义，后半生昏乱，故其脸谱上红下白。约定俗成，不能相混。当然，这只是大体倾向，不可做绝对的理解。

就形而论，戏曲脸谱又有线条与谱式之别，或讲究笔锋犀利，纹理筋节准确；或追求圆润秀气、笔意流畅。谱式即脸谱的基本类型，由眉、眼、嘴、鼻、脑门五部分的色彩、线条、图案的种种变化而组成，与汉字的"六书"（即象形、指事、形声、会意、转注、假借）有相通之处。主要夸张眉、眼、鼻、嘴和脑门五个部位，构图大致可分为整脸、碎脸、歪脸、象形脸、三块瓦脸、花三块瓦脸、六分脸、十字门脸、花脸、碎花脸、老脸、元宝脸、花元宝脸、歪脸、破脸、象形脸、丑角脸、揉脸、神仙脸、僧道脸、太监脸、英雄脸、小妖脸、精灵脸等，大都具有狞厉怪诞之美。

谱式根据人物特征来设计，色彩、线条则可千变万化，使脸谱显得丰富多彩。戏曲脸谱既有高度的概括性和程式性，又能同中有异，同中有辨。"因人设谱，一人一谱。"同是绿林好汉，窦尔墩基本上是蓝三块瓦脸，李逵则是花脸，主色为黑。同是鲁莽豪勇的骁将，张飞不同于孟良。同是北国将帅，金兀术和韩世昌脸谱有别。即使是同类脸谱，取形也不尽相同，色彩、线条、图案各殊，讲究不同的章法。譬如常见的构图语言——眉，就有龙须眉、虎须眉、凤尾眉、飞蛾眉、蝶翅眉、卧桑眉、螳螂眉、牛角眉、孔雀眉、扫帚眉、火焰眉、宝马眉、剑眉、枣核眉、寿字眉、梳子眉、八字眉、通用眉等多种多样，绝非千人一面。因此，戏曲脸谱界名家辈出，流派纷呈。

戏曲艺术追求写意、摒弃写实，重神似、不重形似，追求美、回避丑的特点十分突出。戏曲舞台的审美原则是：对生活中的丑陋形象，必须予以美化，或是予以装饰化，不允许把"丑"的东西直接呈现给观众，即便像战争、疯狂、伤残等现象，在戏曲舞台上也都必须按照美的规律和要求重新设计和表现，不许让观众感受到任何"丑恶"直观的刺激。再如酗酒致醉，呕吐不止，脚步踉跄，本来不雅不美，但戏曲舞台上设计创造出一系列生动逼真的表演程式动作，如"醉言"、"醉语"、"醉步"、"醉舞"、"醉眼"、"醉卧"、"醉打"、"醉骑"等，表现醉酒后的形象和神态，形式上极尽美化之能事。《闹天宫》中，孙悟空喝醉以后，不仅要表现出醉态，还要表现出与人不同的猴子的醉态。《八仙过海》中，李铁拐的表演中，要体现出一个跛足人所特有的动作和舞姿。最典型的是《贵妃醉酒》，贵妃醉酒后做出下腰闻花、卧鱼(云)观景等优美的身段动作，在场的宫女分列在贵妃的两侧，随着贵妃的跪拜东倒西歪，而互相依傍牵扯着，分别向两面节奏鲜明地做着倾侧斜倚的动作，其实这已经是一种配合醉酒的伴舞或群舞了。十分有趣的是在《武松打虎》中，武松用碗喝酒不能尽兴，索性抱起酒瓮狂饮的时候，酒保舍不得从瓮口溢出的美酒流失，遂蹲下身子，以手扶案，仰面张嘴去接饮瓮口漏溢的余沥，而且频频咂嘴啧舌，以示过瘾。这一独特的、对比的艺术夸张手法渲染出武松的豪爽，把酒保平时舍不得喝酒尽兴的市井性格也表现得活灵活现。

大雅大俗，雅俗共赏

历久不衰的"礼乐"文化传统是戏曲取之不尽、用之不竭的源泉，千姿百态的民间艺术为戏曲提供着丰富多彩的滋养。戏曲根植于民间，传播于民间，具有鲜明的民间色彩和世俗化面貌。"山水之美，古来共谈。""仁者乐水，智者乐山。"戏曲艺术同时具有雅俗共赏的包容性和多样性，打破了精英文化与通俗文化之间的壁垒，在雅俗文化的博弈和冲突中相互影响、彼此渗透。文人的参与，促使戏曲向细腻化、精致化、典雅化发展，提高了戏曲的表现力，使戏曲文化与酒文化和茶文化融为一体。

一、庶民之乐

中国是礼仪之邦，礼乐历来十分发达。先秦制礼作乐，以乐事神、以乐崇礼、以乐为乐，礼乐文化具有政治、宗教、农事、经济、天文地理和伦理教育等多方面的功能。汉唐时期，华夏一统，国势强大，气势磅礴，四方来朝，中原文化与外来文化交流频繁，规模空前。汉武帝扩大乐府职能，祭祀名山大川和列祖列宗，意在复兴西周礼乐。唐玄宗设立宫廷梨园、法曲部等，用于内廷宴乐和皇室的娱乐，满足个人的兴趣和爱好，乐的娱神与娱人功能受到同等重视。宋代承平日久，人物繁阜。特别是都城汴京，青楼画阁，绣户珠帘，雕车宝马，金翠耀目，罗绮飘香。柳陌花衢上新声巧笑，茶坊酒肆里按管调弦。垂髫之童，但习鼓舞；斑白之老，不识干戈。时节相次，各有观赏。伎巧则惊人耳目，奢侈则长人精神。朝野上下追求世俗之乐，带来都市物质消费和文化娱乐的强劲需求。元、明、清三代，无论国家兴衰、朝代更替，也无论教坊、南府、升平署等机构如何变动，礼乐文化始终处于不断发展变化之中，一直在为戏曲输送营养，并为戏曲提供着历练成长的机遇。

戏曲的孕育、成长离不开母体"乐"，离不开民间艺术的沃土。以诗赞系和说唱系为主的民间说唱和民间歌舞哺育了中国戏曲，赋予戏曲以鲜明的民间色彩和世俗化面貌。尽管也曾有少数硕学鸿儒、封疆大吏染指其间，使戏曲风靡于宫廷府邸的红氍毹上，但戏曲的绝大多数从业者是门第卑微的"寒士"和沉抑下层的"才人"。戏曲起源于民间，并长期保持着与民间的亲密关系。戏曲的基本观众是识字不多甚至根本不识字的"愚夫愚妇"。与传统的诗词作品相比，戏曲更鲜明地体现出雅俗文化互动的特质。戏曲比诗词更加依赖于观众，一出戏是成功还是不成功，最后由观众说了算，必须得到观众的赞赏才能长期流传。所以，不论从文化精神、思想内涵，艺术形态，还是接受传播来看，戏曲的主流都属于通俗文化。戏曲传承了民间世世代代广泛流播的风俗习惯和行为模式，并因天时、地利、人和等条件成为黎民百姓直接参与的行为文化，因而戏曲在本质上是通俗的民间戏剧。

从内容来看，戏曲热衷于描写历史演义和传说故事，常常不受史实的约束和限制，"随意上下，任笔挥洒"，以张冠李戴、移花接木的方式进行虚构，甚至把子虚乌有的故事附会到历史人物身上去，构成"真人假事"的剧情模式。戏曲中的历史演义故事戏和传说故事戏，多取材于"街谈巷语"、"稗官野史"，往往是三分史实，七分演绎，虚多实少，想象虚构的成分很大，不能看作信史，但却能表达出黎民百姓的取舍好恶。

从形式来看，戏曲的艺术也具有鲜明的民间性。李渔在《闲情偶寄》中把观众分为读书人、不读书人、不读书之妇女、不读书之儿童等四类。认为戏曲不仅为"雅人俗子同闻而共见"，而且"又与不读书之妇人小儿同看，故贵浅不贵深"，主张戏曲要通俗易懂，做到"雅俗同欢"、"智愚共赏"，使"三尺童子""皆能了了于心，便便于口"。

戏曲的"浅显"是整体性要求，表现在主题、结构、人物、语言等各个方面。许多剧目的主题单一明确，尽量避免多义性与复杂性，不但是一望而知的，而且是可以一语道破的。单一而明确的主题把人们的思维引向一个明确的方位，因而很符合普通观众的口味。戏曲的结构模式是"一人一事，一线到底"，通常按照便于记忆的时间先后顺序组织戏剧冲突，既容易看懂，又便于复述给别人听。戏曲人物大多性格单纯，公忠者赋予正貌，奸邪者绘以丑形，好人坏人一目了然。戏曲的语言贵浅显，"少引圣籍，多发天然"。为了突出俗文化品格，招揽看客，戏曲热衷于使用方言俚语，明快热烈、生动诙谐，充满世俗情趣。

戏曲是农业文明的产物，在农村具有广泛而深厚的基础，农民是最大的戏曲观众群体，农村是戏曲的大本营和主要演出市场。乡村的文化娱乐受农时的制约，季节性明显，形式丰富多样。春祈秋报，社火庙会，酬神祈福，禳灾逐疫，祭祖还愿，尤其是约定俗成的民间节日，如春节、元宵、春社、清明、端午、上元、七夕、中元、中秋、重阳、秋社、冬至、腊月、祀灶日、腊日、除夕等，更具有全民性和公众性，官民共庆，老少同乐，妇孺皆与。

名目繁多的民间节日和敬神祈福活动大多有鬼神信仰的背景，且与农事相互关联，在民众生活中占有重要的地位。既是商品贸易的集会，又是文化娱乐的竞赛，也是探亲访友的社交，演戏看戏是其中的重要内容。明嘉靖五年（1526）进士田汝成在《西湖游览志余》卷二十《熙朝乐事》中记述了杭州立春之日，选集优人、戏子、小伎装扮社火，谓之"演春"的活动："前列社火，殿以春牛，士女纵观，阗塞市街。"明万历年间，袁宏道任职吴中，亲历当地迎春社火场面，写成《迎春歌》："东风吹暖娄江树，三衢九陌凝烟雾。白马如龙破雪飞，犊车辗水穿香度。绕吹拍拍走烟尘，炫服靓装十万人。额罗鲜明扮彩胜，社歌缭绕簇芒神。绯衣金带衣如斗，前列长官后太守。乌纱新缕汉宫花，青奴跪进屠苏酒。采莲盘上玉作幢，歌童毛女白双双。梨园旧乐三千部，苏州新谱十三腔。假面胡头跳如虎，窄衫绣裤槌大鼓。金蟒纩身神鬼妆，白衣合掌观音舞。观者如山锦相属，杂沓谁分丝与肉。一路香风吹笑声，千里红纱遮醉玉。青莲衫子藕荷裳，透额裳髻淡淡妆。拾得青条夸姊妹，袖来瓜子掷儿郎。急管繁弦又一时，千门杨柳破青枝。独有闭门袁大令，尘拥书床生网丝。"描绘出当年苏州迎春社火的盛况。地处中原的河南郑县（今郑州）也有类似的记载。晋南一带则流传着"庄稼人要得乐，闹元宵耍社火"的俗谚。从三吴到燕赵，从塞北到闽粤，从中原到边陲，社火之俗如火如荼。

节庆庙会也是重要的民俗现象，包括饮食、服饰、娱乐、礼仪、禁忌等内容，浓缩了民间文化的精华，有似古希腊的酒神祭祀，搅动起民众内在生命的激情。古希腊的戏剧节是全民的节日，我国则有"乞丐也有三天年"的说法。百日之劳，一日之乐。节庆的锣鼓、大戏、鞭炮、烧酒，让辛苦劳碌的百姓有了短暂的轻松，为枯燥的生活增添了生气和希望，迎合了民众渴望热闹的心理和观赏取乐的习惯，对戏曲艺术的生产和消费都产生了积极的影响。"宁舍二亩地，不舍一出戏。"每逢演戏，远近乡民扶老携幼，云集潮涌，如醉如痴。进香拜神，交易货物，会晤亲友，一举多得。庙会戏常常连演数日甚至是十几日，每日早、午、晚三场，有时还通宵达旦地唱"两头红"（指落日和旭日）。在各类演出中，培养出不少戏迷。他们不仅看戏，还利用农闲组织土班（闲散班、同村班、笠帽班）登台唱戏。虽然技艺不精，装扮粗糙，行头简陋（如以硬纸糊成官帽，在平常衣服上贴一方纸则为官袍，用玉米穗须当胡子等），但自己演自己看，自我娱乐，自我表现，倒也别有情趣。

城市是社会的窗口，人口集中，成分复杂，三教九流，五行八作，应有尽有。"有闲有钱"的城里人热衷看戏，城市自然成为戏曲艺人理想的栖居谋生之地。城里节庆花样多，除了元旦、元宵、清明、端午、七夕、重阳、冬至、除夕等民间传统节日外，还有各种祭祀天神、宗教神和名山大川诸多神灵的祀神节，如释迦牟尼佛、玉皇大帝、东岳圣帝、道教天书等，以及以帝王、皇后生日命名的圣节，排满了全年的日程。大型节庆活动一般由教坊等官家机构操持，民间社火参与其间，献艺助阵。北宋孟元老《东京梦华录》卷六"元宵"记载了开封府元宵节演出的盛况：奇术异能，歌舞百戏，鳞鳞相切，乐声嘈杂十余里。万姓皆在露台下观看，乐人时引万姓山呼，出现了"抽簪脱袴满城忙，大半人多在戏场"的万人空巷的盛况。更加热闹的是戏曲打擂比赛，宋代的庄季裕在《鸡肋编》记载了成都戏曲比赛活动：艺人从四方八面赶来，先摇骰子以决定演出次序。看棚环列，棚外摆着高凳。庶民百姓按照男左女右的规范，围得层层叠叠，密不透风，有如山峦。台上插科打诨，妙趣横生，不时激起满场轰笑。每逢这时，就有人在垫子上插上一面青红小旗以示奖励，最后得旗多者胜出。观众不仅观看，而且参与其中。

南宋虽偏安一隅，但奢华娱乐有甚汴京。元夕的临安，翠帘绡幕，绛烛笼纱，遍呈队舞，密拥歌姬，脆管清吭，新声交奏。鬻歌售艺者，纷然而集。中秋节至，王孙公子，富家巨室，莫不登临危楼，凭轩玩月。玳筵罗列，琴瑟铿锵，酌酒高歌，彻夜竞欢。

晚明，昆曲盛极一时。每逢中秋之夜，苏州虎丘千人石上都要举办规模盛大的赏月听曲比赛。檀板丘积，人头攒动。如雁落平沙，霞铺江面。开始时千百人齐唱，雷轰鼎沸，难分上下。经过一轮轮比赛淘汰，人越来越少。一箫一管，缓板而歌，竹肉相发，清声亮彻，令听者魂销。及至夜深，明月浮空，石光如练，箫板全停，一夫登场，四座屏息，声若发丝，裂石穿云，飞鸟为之徘徊，壮士听而洒泪。

有清一代，许多帝王都是戏迷。康熙、乾隆嗜戏如痴，酷爱昆弋，也喜欢花部乱弹，乾隆宫中演剧活动达到高潮。宫廷词臣张照等制作了数百折承时应节、歌颂祥瑞、添寿赐福、祝贺太平的仪式戏。而自从康熙年间就开始编演的宫廷大戏，也上了规模，形成了系列，计有10部100本2400出之多。慈禧太后中年以后纵情于声色之娱，一时间梨园弟子大行其道。能在御前献演，博得老佛爷欢心，动辄名利双收，于是名伶辈出，点缀出纸醉金迷的末世繁华。清廷灭亡后，政局虽然扰攘不安，京剧却一枝独秀，日日红火，正所谓："国事兴亡谁管得，满城争唱叫天儿。"

宋元以来，除了节庆日全民性、公众性的演出外，城乡均有经常性的营业演出，以及各种行业集团性的行会、帮会演出，如医药行的药天会、船帮行的镇江王爷会、裁剪业的轩辕会、屠宰业的张爷会等。另外，以人生为期的个人节日，如诞辰、成年、婚嫁、育子、做寿、升迁、新居落成等，事关天下男女老少，也往往有戏剧演出。

戏曲的演出场所包括从宋元的勾栏瓦肆，到明清的寺庙、广场、酒肆、茶坊、饭庄、妓院，以及晚清以来的戏园、剧场等游艺场所。而且随着时代的发展，设施越来越讲究。有清三百年间，早、中、晚期都有所谓京师"四大名园"之说。早期的四大名园为太平园、四宜园、查家楼、月明楼，是康熙、雍正时期的茶园兼戏园。中期的四大名园为方壶斋、蓬莱轩、升平轩与广和查楼，是乾隆、嘉庆时期的戏园。晚期的四大名园为广德楼、广和楼、三庆园、庆乐园，是道光以后的戏园。清代三个时期的名园多有更变，唯明代富商查氏所建"查楼"（即"查家楼"、"广和查楼"、"广和楼"），能始终列于四大名园之中。康熙年间，京师"内聚班"为剧作家洪升祝寿，曾在查楼演出其名剧《长生殿》，结果惹出一场轩然大波，有人赋诗感叹："可怜一曲《长生殿》，断送功名到白头。"乾隆年间，江南塞北的菊部名优亦多在查楼演出，《宸垣识略》引乾隆年间魏之琇"广和楼观剧诗"云："春明门外市声稠，十丈轻尘扰未休。雅有闲情徵菊部，好偕胜侣上查楼。红裙翠袖江南艳，急管哀丝塞北愁。消遣韶华如短梦，夕阳帘影任勾留。""红裙翠袖江南艳"当指昆曲，"急管哀丝"当指秦腔、梆子及乱弹。四大徽班的名伶都曾在此留下足迹和身影，富连成科班把这里作为学员实习演出场所，梅兰芳11岁（1904）也是在这里第一次登台演出的。

广和楼坐东朝西，四四方方，是一座三面敞开的伸出式舞台，台旁两柱对联为："一声占尽秋江月，万舞齐开春树花。"走进戏楼可以看到，正面戏台台口两柱各挂一副木制油漆楹联，上联是："学君臣、学父子、学夫妇、学朋友，汇千古忠孝节义，重重演出，莫道逢场作戏"；下联是："或富贵、或贫贱、或喜怒、或哀乐，将一时悲欢离合，细细看来，管教拍案惊奇"。拱匾上书："盛世元音。"戏园分为上、下两层，楼下为池座，乃市井细民观剧处，被楼上观众谑之曰"下井"。摆放着长条桌、长板凳，桌上放着茶壶、茶碗，茶房随时来沏茶、续水，观众一边喝茶，一边听戏。观众有的人能正面看戏，有的人则只能背着身或侧着身看戏。楼下亦卖散座，斜视舞台，许多柱子影响视线，名曰"吃柱子"。楼上为包厢，以木板间隔之，每间为一厢，皆衣冠者所坐。舞台后面楼上也卖座，叫"倒观"，那儿的观众就只好看演员的后背了。

清末，北京城有"东富西贵南贱北贫"之说。东城多住巨商富豪，西城多居簪缨贵胄，北城偏僻人烟稀少，南城则是市井百姓，三教九流。特别是前门外西侧的那一块地方，被称作妓女、戏子集中的"京都八大胡同"（指的是陕西巷、韩家潭、石头胡同、胭脂胡同、皮条营、百顺胡同、王广福斜街、大李纱帽胡同），青楼连着酒肆，鼓乐喧阗，笙歌盈耳，歌舞彻夜。附近的天桥游乐场里，除演皮黄之外，还演梆子、评剧、曲艺等，如相声场、三弦拉戏场、拳场、戏法场、摔跤场、落子场、河南坠子场、说书场、跑马卖解场、盘杠子场、说西游卖糖场、高跷戏场、开路耍叉场、双石会场、抖空竹场、耍花坛场、莲花落场、中幡场、大鼓书场、竹板书场、滑稽戏场、练武卖膏药场……这些杂七杂八的技艺表演虽属下九流，却自然形成一系列"明星"，人称"天桥八大怪"。清末八大怪就有：说单口相声的"穷不怕"、"韩麻子"；表演口技的"醋溺膏"；敲瓦盆唱曲的"盆秃子"；练杠子的"田瘸子"；说化装相声的"丑孙子"；用鼻子吹管儿的"鼻嗡子"；以掌开石的"常傻子"。

除了戏园、酒楼、茶楼外，北京南城还有不少会馆演出场所，如阳平会馆戏楼、正乙祠戏楼、三晋会馆戏楼、浮山会馆戏楼、嵩云草堂戏楼、广东会馆（芥子园）戏楼、浙绍乡祠戏楼、梨园会馆戏楼、湖广会馆戏楼，安徽会馆戏楼、江西会馆戏楼等。清廷对戏班演戏规定很严，除注籍于内务府的戏班可以轮流在以上老园子演出外，其他各班则只能在天桥及崇文门外的戏园唱戏。

戏曲的观演环境和观演氛围与西方迥异。西方观众走进金碧辉煌的剧院观赏歌剧，男士西装革履，女士着最好的晚礼服，挽臂而入，优雅得体。而在中国旧时农村看戏，多是露天广场，"看官们"可席地而坐，可站拢围观，可立于高凳之上，也可攀上树梢，还可以在肩膀上叠罗汉，自在随意。置身广场，除了锣鼓铿锵、急管繁弦、演员的演唱外，传入耳中的还有小贩的叫卖、孩子的哭闹、邻里的聊天。开放式的物理空间给了观众足够的自由和开放式的心理体验，即使台上演得酣畅淋漓，台下仍可以边吃边看、边聊边看，想看就看，想走就走，进出自由。

即使是在城市旧式戏园看戏，也很自由随便，娱乐消闲色彩十分浓厚。有人穿梭似地送茶水，卖瓜子，卖戏单，扔手巾把儿，观众边吃边喝边说边笑边看戏，只是在名角上场或演至精彩处时，才会屏气敛息地注视一会儿。戏曲表演是双重的表演，既表演剧中人的行为，又毫不含糊地展示演员的技艺。戏曲的欣赏也是双重交叉的，观众既如醉如痴地入戏，产生共鸣受到感动，又不忘记欣赏技艺和绝活。既表现出对角色的是非爱憎倾向，又有对演技的评价和欣赏。从而将欣赏、教化、游玩、消费、享受结合在一起，把社会欲求和生理欲求统一起来。

当然，戏曲不仅给观众带来欢乐，更重要的是与黎民百姓保持着广泛而深刻的精神联系。戏曲剧目将光明与黑暗、正义与邪恶、纯洁与污秽、高尚与卑琐淋漓尽致地呈现于舞台之上，质朴率真，诙谐生动，传达出黎民百姓对世态人情的热情关注，对历史人物的中肯褒贬，对美好生活的热烈向往。以忠奸斗争为主题的清官戏，以善恶斗争为主题的公案戏，以男欢女爱为主题的爱情戏，以柴米油盐、家常里短为内容的生活戏，分别寄托着黎民百姓的治世之梦、法治之梦、爱情之梦，传达出黎民百姓的心声。

二、藏龙卧虎

戏曲艺人的远祖是倡优，倡优有官家和私家之分，前者称为"官伎"，后者称为"家伎"。他们或是战争俘虏为奴，或者是有罪之家罚而为奴，因必须自相婚配，故其倡优身份世代相传。官伎一般又称为乐人、乐工或乐户，始见于南北朝之北魏。唐宋元明清各代，宫廷都设有专门管辖乐人的教坊（清改为南府和升平署）。乐人的官府承应和民间营业一般包括色、艺两项，因而兼色兼艺，艺妓两栖，只不过在不同的情况下有所侧重而已。后来，还出现了"男色"和"相公堂子"。由于他（她）们靠出卖技艺乃至色相谋生，因此被人轻蔑地称为"戏子"，社会上还流行着"一妓二丐三戏子"的说法。

戏曲艺人地位低下，被称为"贱民"，被视为"不肖子孙"。不得参加科举考试，死后不能葬入宗族坟地，名字不能载入族谱。只有极少数艺人走红，一登场便"缠头千百"，倾倒万人，富比王公，出入上流社会，成为显贵富豪和文人士大夫结交的对象。但梨园是充满喜怒哀乐的名利场，既有风花雪月，又有迷津陷阱；既有鲜花掌声，又有创痛伤痕。"美艳亲王"刘喜奎的痛苦遭遇，令人惋惜之至。"平剧皇后"言慧珠的大胆告白，包蕴着多少爱恨情仇。而"冬皇"孟小冬委身江湖大腕杜月笙的人生结局，更令人感叹唏嘘！有谁知道在喝彩声背后有多少不足为外人道的心酸血泪！而大多数艺人为了饭碗则不得不经年累月地冲州撞府、随处作场，四处流浪，卖艺为生。忍受着"跑码头"的奔波劳碌、"拜码头"的屈辱卑琐、乡约班规和江湖律令的严酷束缚。台上台下、戏里戏外，尽尝人生五味、感慨世道人心。一旦年老色衰，则穷愁潦倒，"沟死沟埋，路死插牌"。

戏曲艺人是个复杂的群体，一部分人当中存在着自轻自贱、自暴自弃的倾向，以及抽、喝、嫖、赌的不良生活方式。但戏曲艺人中也不乏德艺双馨的艺术家，愤世嫉俗、忧国忧民的仁人志士，自尊自重、洁身自好的君子，气质高雅、守身如玉的淑女。他们在恶劣的社会环境和生活环境中，备受摧残和侮辱，用心血、生命、汗水浇灌出戏曲之花，创造出璀璨的戏曲文化。

程长庚是清咸丰、同治年间最大最红的老生演员，作为精忠庙庙首和三庆班班主，他恩威并施，处世公道，人呼为"大老板"，被京剧界尊为"全能全智"的"伶圣"、"鼻祖"。他以身作则，凛遵行规，谢绝了许多请他外串走穴的阔生意，平生少挣了成千上万两的银子。梅巧玲是同治光绪年间最著名的旦角演员，长期执掌四喜班，有古道热肠、扶危济困的"侠"气，当时有"侠伶"之称。同乡好友御史谢梦渔，为官清正，两袖清风，梅巧玲经常送银解困。谢年七十余在北京病逝后，梅巧玲亲往灵前吊祭，将手中3000多两银子的债券投于火中。其孙梅兰芳亦有祖父的侠肝义胆、赤子情怀。日伪统治时隐居于香港，深居简出，中止了一切吊嗓练功和舞台演出活动，蓄须明志以表明自己绝不忝颜事敌的决心。1942年夏，梅兰芳离开沦陷的香港，重返上海定居。杜门谢客，以绘画自娱，以卖房、典当度日，直到抗战胜利。沦陷期程砚秋同样解装归田，绝迹舞台，隐居于京郊青龙桥，"耻歌寇盗学犁锄"，表现了崇高的民族气节，与梅兰芳在上海"蓄须明志"南北辉映。程砚秋不甘受辱，只身勇斗敌特宪兵，赤手空拳御群敌的事迹，一时传为佳话。尚小云大年三十拿出自己住宅的房契作为抵押，借一笔数目不小的钱分给贫困同行们渡过年关，以解燃眉之急。

著名的梆子艺人刘喜奎也是民国年间的风流人物，她面如芙蓉，腰若细柳。娇小玲珑，绰约多姿，"远山之眉瓠犀齿，春云为发秋波瞳；娇羞灵艳妙难数，牡丹能行风能语"。登场一声婉转娇啼，几个身段动作，与之配戏的坤伶们相形之下就都变成了庸脂俗粉。在天津一炮而红后，风头几乎压倒梅兰芳和程砚秋，更直逼尚小云和荀慧生，被誉为轰动九城、颠倒众生的"梨园第一红"。连伶界大王谭鑫培都说："男有梅兰芳，女有刘喜奎，吾其休矣！"因而引起北洋官僚及派系军阀的垂涎，袁世凯与黎元洪多次约请她唱堂会，均被拒绝。曹锟、张勋之流，妄想"明媒正娶"遭到痛骂。梅兰芳向其求爱，喜奎自知已得罪权贵，若应允势必牵累同人，毅然拒绝这一爱情。日本侵略者探知刘喜奎隐居地址，重金礼聘，诱使刘喜奎去日本演出，喜奎严词以拒。但她却经常赈灾义演，将所得酬金，全部捐献。一次安徽水灾，喜奎得知后，立即从自己积蓄中取出二千元银洋赈济，致使当时总统黎元洪的夫人自愧弗如。

梨园界藏龙卧虎，人才济济。太史公笔下的优孟、优施、优旃个个滑稽多智，"谈言微中，亦可以解忧"。唐朝开元年间，宫中优人黄幡绰，精通音乐歌舞和参军戏，被誉为"滑稽之雄"。他在唐玄宗身边说笑调谐长达几十年，相传"玄宗如一日不见，龙颜为之不舒"。一次，玄宗要他写一本关于拍板乐谱的书，他在纸上画了两只耳朵呈上，玄宗问他何意，他说："但有耳道，则无失节奏也。"竟敢调侃皇帝，胆子何其大也。

李可及则是唐咸通年间的宫廷优人，聪颖过人，通晓音律，并擅长歌舞。他博览广闻，伶牙俐齿，爱说笑话，非常风趣幽默，因而深得唐懿宗的欢心，并不顾臣下的一再劝阻，先后授其都知、都都知、威卫将军等官职。有一年，唐懿宗在延庆节期间召来一批和尚、道士宣讲经义，之后又让乐人戏子们表演。李可及身着肥大的儒服，腰系宽宽的巾带，用手提着儒服的下摆，款款登上座位，报出自己的节目《三教论衡》。人们吃惊地看着他身上的奇装异服，不解何为《三教论衡》，李可及解释说，所谓《三教论衡》，就是指他博通三教，可以当场对儒、释、道三教纵横评论。于是，座中一人起身问道："你既然博通三教，那么请问，释迦如来是什么人？"李可及想了想，胸有成竹地答道："是个女人啊！"提问的人一下子愣住了，唐皇和满朝文武也都是一头雾水。那提问者继续问道："你说他是女人，有什么根据吗？"李可及略加思索，一本正经地说："《金刚经》（佛经之一，金刚般若经或金刚般若波罗蜜经之简称）上不是有'敷（夫）坐而（儿）坐'的话么？您想，如果释迦如来不是女人，何劳丈夫坐下后再让儿子坐下？"听完他的解释，人们露出惊讶的神色，唐皇却忍俊不禁地微微而笑。提问者还不甘心，接着问道："太上老君老子是什么人？"李可及干脆利落地回答说："也是女人啊！"不等别人提问，他接着说道："老子在《道德经》里感叹：'吾有大患，为吾有身（怀孕）；及吾无身，吾有何患？'如果不是女人，又何必害怕怀孕（"有身"）呢？"李可及话音刚落，唐皇竟嘎嘎地笑了起来。又有人问："那么文宣王孔子又是什么人？"李可及环顾四周，不紧不慢地说："当然也是女人啦！"当时，孔子的威望和地位远没有后代那么高，还没被神化，所以李可及敢于面对唐皇和满朝文武，不慌不忙地说："《论语》上写着'沽之哉，沽之哉！我待贾（嫁）者也！'孔子假如不是女人，为何要等着出嫁呢？"唐皇这次虽然未笑，但对李可及巧用谐音、串义，机智敏捷，妙语联珠的回答极为欣赏，当场就给了非常丰厚的赏赐……我们暂不去探讨唐懿宗在历史上的是非功过，也不去全面评价李可及其人其事，单说李可及的这场歪批经典、戏说大师的"PK"表演，除具有令人喷饭解颐的喜剧效果外，其中也暗藏玄机，包含着丰富的内涵。把老子、孔子、释迦牟尼说成女人，并非没有一点因由。从大多数佛殿的塑像造型来看，释迦如来和观音菩萨就是属于不男不女（或可男可女）的中性化的。道家鼻祖老子熟谙辩证法，讲究刚柔相济、以柔克刚，"守雌"是他重要的哲学观点。至于孔子，他不是曾大骂"唯女子与小人为难养也"吗？说不定李可及是个"女权主义者"，对孔老夫子的这一观点十分不满，才故意"以其人之道，还治其人之身"！总之，如果不熟悉三教经典，肚里没有点墨水，头脑里没有点机灵，身手没有两下子，焉敢当着皇帝和满朝文武，拿圣人、大师开涮?！胆量来自自信，幽默源于知识和智慧，游戏精神基于超然自由的人生态度，李可及不愧为当时的PK专家、学者型优人、杰出的喜剧大师。

明末江南著名串客彭天锡则有着超群脱俗的深刻和独到，他一肚皮书史，一肚皮山川，一肚皮机械，一肚皮不平之气，串戏妙绝天下，且出出皆有根据和来历，未尝一字杜撰。天锡多扮丑、净异类人物，由于他能设身处地，体验深刻，千古之奸雄佞人经天锡之心肝而愈狠，借天锡之面目而愈刁，出天锡之口角而愈险。实实腹中有剑，笑里有刀，鬼气杀机，阴森可畏。

戏剧是人类最古老的艺术样式之一，最能体现人类的模仿才能、游戏欲望。演剧艺术是以表演为中心的，和编剧、导演、舞美灯光相比，演员往往是最惹人注目的亮点、焦点和热点，但演员也是分层次的。"论才词有欧、苏、黄、陈佳句，说古诗是李、杜、韩、柳篇章。"由于艺人在"声、辩、才、博"上优劣不等，其表演效果也会有天壤之别。要想成为优秀的演员，不仅要有丰富的人生历练，独特的人生况味和崇高的精神境界，而且要知识丰富，根底深厚，肚里宽绰，敏于观察，善于创造。举手投足，一言一行，一笑一颦，不仅惟妙惟肖，而且要美视美听，赏心益智。

不过，即便是再有名的演员也难免台上出错儿，出错并不可怕，但关键要看是属于什么性质的错。是硬伤还是无关紧要的瑕疵？能不能及时巧妙地予以补救？优秀的演员大都具有随机应变的本事和即兴创造的才能，能够出错不慌，挽狂澜于既倒，救危机于瞬间，做到天衣无缝，水过无痕。梨园界流传着很多这类真实而有趣的故事。余三胜是四大徽班之一春台班的台柱子，喜欢读书，思维敏捷，善于辞令，能即境编词，滔滔不绝。有一次他和名旦胡喜禄联袂演出《四郎探母》，他扮演四郎首先登台，但扮演铁镜公主的胡喜禄却偶然因事而迟到，急得后台管事如同热锅上的蚂蚁，坐立不安。余三胜不知此情，照旧念完"引子"，归坐开唱［西皮慢板］，头一句"杨延辉坐宫院自思自叹"，便博得满堂彩声，接着唱"想起了当年事好不惨然"。胡琴正拉过门，忽然后台传来悄悄话："请余老板'马后'（即稍慢、拖延之意）。"这时，余三胜才知道肯定是公主误场了，于是一边听着胡琴，一边琢磨着怎么编词加唱，等着公主上场。唱完原词四个"我好比"的排句之后，观众都等着听下面唱"想当年沙滩会一场血战"转［二六］的那一段，可是余三胜仍然在没完没了地唱"我好比……"好家伙！竟一连唱了70多句！倒是入情入理，押韵合辙，胡琴也托保得严丝合缝，仿佛经过排练一样。直等到胡喜禄起来扮好戏到帘后候场，余三胜才结束"我好比……"，转到"想当年沙滩会一场血战"的原词上来。观众也明知公主误场了，但一来想听余三胜的唱，二来佩服他才思敏捷，艺高德馨，所以不仅没有起哄，还报以喝彩。

京剧老生泰斗谭鑫培聪颖过人，舞台经验丰富，应变能力极强。一天演《黄金台》，谭鑫培因为困倦，正在后台朦胧欲睡，突然听到前台响起鼓点云锣，遂仓皇而起，快步登台，慌忙中仅仅束上网巾，未加纱帽。台下众目睽睽，一片愕然，谭鑫培突然清醒，略假思索，从容念道："国事乱如麻，忘却戴乌纱。"顷刻间，四座欢声雷动，人们纷纷赞道："真是奇才！"又一次，谭鑫培在某宅唱堂会演《文昭关》，慌忙中竟错佩雁翎腰刀，上台后才发觉，但又不能回去换了，遂急中生智，改口唱道："过了一朝又一朝，心中好似滚油浇。父母冤仇不能报，腰间空挎雁翎刀。"顿时，响起一片喝彩之声。还有一次演《辕门斩子》，饰六郎的谭鑫培在台上呼喊焦赞。此刻，饰演焦赞的李连仲正在后台与人闲话，闻声快步跑上，忘记戴髯口。谭鑫培看到，立即装出生气的样子问道："你的父亲哪里去了？快快与我唤来！"李连仲顿时领悟，一摸下巴，奔回后台，挂须复出，满园座客为之倾倒。

戏曲艺人身虽卑贱，却成才不易，所以有"要想台上显粹，须得台下受罪"的俗谚。艺人大多自幼拜师学艺，采取口传心授的教戏方式。拜师先须典身，学艺期间要求极为严苛，任凭师傅打骂，不论经受多少虐待，吃多少辛苦，都不准逃跑。天灾人祸、一切不测，均与师傅无关，出师后还要继续为师傅无偿服务一至数年。真正独立后，则须卖艺为生，摸爬滚打，艰苦砥砺，竞争拼搏，戏比天大，戏比命重，出息一个名伶谈何容易?！真是"三年一状元，十年一戏子"。难怪人们赞颂梆子名伶侯俊山（艺名"十三旦"）："状元郎三年一个，十三旦盖世无双。"

三、阳春白雪

中国戏曲孕育、形成、发展过程中，文人的参与十分重要。唐宋时期，文人士大夫狎妓冶游，歌舞戏噱、诗咏品题成为风气，留下许多佳话。元代，文人仕进无门，更热衷于填词度曲，嘲风弄月。王实甫流连于艺伎们聚集的"风月营"、"莺花寨"、"翠红乡"。关汉卿钟情于粉墨登场，引吭高歌，过把戏瘾。明代，涌现出一茬又一茬曲学世家，一个家族中往往有许多人甚至几代人世代相承地痴迷于戏曲，热衷于填词、度曲、品曲、论曲、审音定律、编纂曲谱、恣意于新声歌舞，有人甚至因痴迷于戏而败家毁业。如众所周知的吴江沈氏家族曲家辈出，族中有沈璟、沈自晋等著名曲家，长期执江南曲坛之牛耳。吴中叶氏家族群星闪耀，族中有叶绍袁、叶小纨、叶时章、叶弈苞等著名曲家，其影响可与吴江沈氏家族相匹。此外，还有吴江顾氏家族、嘉兴卜氏家族、太仓九世王氏家族等。这些家族之间互相还有几代连续不断的姻戚关系，加上其他社会关系，构成庞大的群体，在曲坛造成巨大的声势，引领着戏曲潮流。

文人参与戏曲生产的载体和平台主要是家班。家班又称家乐、家伶，先秦已有，春秋甚夥。两汉六朝时期，私家蓄养家伎普遍，至唐宋渐成风气，而以明代为最盛。家班盛行是昆剧史上特有的现象，是昆曲有别于其他剧种的重要特征。士大夫出于个人爱好或娱乐需要而出资兴办、从属于个人及其家族的戏班，或求自娱以满足声色之好，或作应酬招待宾客。他们或参与戏曲的编创而成为创作主体，或热衷于观赏而做"顾曲周郎"，或一身而二任，两者兼而有之。他们通过家班寄托陶渊明式的桃源理想，效仿"竹林七贤"式的狂放怪诞，追慕曲水流觞的文采风雅，尽显名士精神，"江左风流"。

譬如晚明潘之恒，才情飞扬，却拙于科举，困于场屋，"好客，好禅，好妓"的他遂毅然放弃功名仕进的念头，开始游历天下，恣情山水，流连于昆曲发祥繁盛之地。数十年如一日地"宴游、征逐、征歌、选妓"，"品胜、品艳、品艺、品剧"，饱览、体验、陶醉于昆曲艺术之美。袁宏道大声疾呼："目极世间之色，耳极世间之声，身极世间之鲜，口极世间之谭。"认为"醉月宜楼，醉暑宜舟，醉山宜幽，醉佳人宜微酡，醉文人宜妙令无苛酌，醉豪客宜挥觥发浩歌，醉知音宜吴儿清喉檀板"，昆曲乃是他的最爱。明末《陶庵梦忆》的作者张岱也极擅玩乐，家中蓄梨园数部，日聚诸名士度曲征歌。同时期的阮大铖、冒辟疆、商丘宋氏、常熟徐氏、长洲尤侗等士大夫文人的家班也都享誉一时。这种风气延续至清初，《金瓶梅词话》、《儒林外史》、《红楼梦》、《歧路灯》、《品花宝鉴》等小说均有描写。特别是《红楼梦》中有几十处提到家班，如十八回元春省亲时、五十四回荣国府元宵节盛大夜宴时，悬灯挂彩，燃放烟花，游园观赏，大摆宴席，均有家班演出。当时拥有家班、观赏昆曲不仅是官僚士大夫生活中不可缺少的一部分，甚至成为官僚士人夫身份与地位的象征。仕宦豪门的家班大多规模庞大，行当齐全，设备精良。由于主人文化素养高深，经济基础雄厚，家班在技艺训练、声腔尺寸等方面，丝丝入扣，娴熟精到，服装道具，设计妙出。康熙、乾隆南巡时，不少家班出尽风头，博得皇帝的欢心和赏赐。在昆剧的鼎盛时期，不仅吴中地区的家班如雨后春笋大量出现，全国各地都有家庭戏班，遍及大江南北、长城内外，扩大了昆曲的影响力，有力地推动了昆曲的普及。

家班与职业戏班的重要区别在于：家班虽然有时也会公开演出，但主要是在私人场合演出以满足其主人的日常娱乐与交往所需，而不以赢利为目的。家班不必为生存担忧，更不必迎合大众的审美趣味。家班的唯一目的就是服务于身为士大夫的主人，满足他们征歌逐舞的声色之娱，故只需迎合其主人的口味。士大夫文人不仅出资蓄养，而且每每亲自指导家班优伶们排演，所演之剧也常系主人亲自撰写。如汤显祖就曾"自踏新词寻歌舞"、"自掐檀板教小伶"，排演他的"临川四梦"。家班主人中很多人本身就是戏剧作家、戏剧音乐家或导演，有着深厚的艺术素养。因此，家班的艺术风尚对职业戏班有一种引领示范作用，家班的美学风格对职业戏班也产生了很深的影响。譬如晚明的阮大铖，虽然人品不佳，被称作"小人中之小人"，但却是戏曲的行家里手。张岱《陶庵梦忆》卷八"阮圆海戏"条云："阮圆海家优，讲关目，讲情理，讲筋节，与他班孟浪不同。然其所打院本，又皆主人自制，笔笔勾勒，苦心尽出，与他班卤莽者又不同。故所搬演，本本出色，脚脚出色，出出出色，句句出色，字字出色。"

明、清之际的李渔也是曲中高手，并且是一位集大成者。他既擅长写戏，又精于导戏。他编写的剧本有"前后八种"和"内外八种"，合计为十六种，流行歌场的称为《笠翁十种曲》，其中《风筝误》最受欢迎。结构新颖，关目生动，善于用误会和巧合来组织情节，宾白也通俗易懂，充满机趣。他有自己的家班实践，又具有极高的艺术鉴赏力，在《闲情偶寄·词曲部·演习部·声容部》中全面总结了关于昆曲艺术的教学与舞台演出的经验，如"首重选剧"，要求剧本能"合人情"，"其离合悲欢，皆为人情所必至，能使人哭，能使人笑，能使人怒发冲冠，能使人惊魂欲绝"。他从舞台演出实际出发，主张对剧本"缩长为短"、"变旧成新"、"透入世情三昧"，体现出"天然生动之趣"。他特别重视昆曲演员的"正音"、"习态"——演唱和表演，并要求乐器伴奏与表演相配合，"丝、竹、肉""三籁齐鸣"。他要求按演员的自然条件"配脚色"，"设身处地"地想象角色状态，"装龙像龙，装虎像虎"，"酷肖神情"，"场上生姿"。这些都是李渔从自己的艺术实践中归纳总结出来的经验之谈，既有理论价值，又具有可操作性。

昆曲繁盛时代，家班的演出地点一般是在"冠盖""簪缨"阶层或士大夫文人的私邸园林。匠心独运的江南园林中，水阁花榭，移步换景。水灵动，石嶙峋，花木扶疏，气爽风清，最适宜寻芳觞咏、演唱昆曲。"秦淮水满吹杨绿，画船箫鼓声相属。"万籁俱寂中，箫管悠扬，笙笛并发，流丽婉转的水磨腔穿林渡水而来，令人心醉神怡，为园林增色不少。昆曲的婉转缠绵与江南园林的曲径通幽，异曲同工，不谋而合。所以已故建筑大师陈从周先生认为，昆曲的曲境与江南园林互相依存，"曲境就是园境，而园境又同曲境"。士大夫在自己拥有的园林里蓄养昆曲家班，三五知己或同门同族雅集禊饮，往来唱和，相与论学谭艺。或清唱或扮演，以娱心性，不仅是豪门望族时尚的文娱消费，也是一种高雅的寄托和逃遁。每逢芳筵雅集，凭栏清歌，丝竹交融；侑觞劝酒，娱宾遣兴；观花解郁，听曲消愁；倏然尘外，忘却宦海风波，排遣林下归隐的落寞：既享"归去来兮"的恬淡，又借园林尺幅之地以悠游息心。

士大夫文人观赏戏曲的场所还有巨室大户的私家堂会，也是以文会友的重要场合。一般说来，戏曲有三种基本的演出环境，即开放型广场、封闭型厅堂及专门化剧场，细分则包括有神庙演剧、堂会演剧、勾栏演剧、戏园演剧、宫廷演剧等形式。遍及城乡的堂会演出具有鲜明的礼仪色彩，举凡红白喜事、升迁朋聚、乔迁祈福、禳病消灾、酬神团拜、修谱开店等，都要邀戏班做堂会演出，以显示主人和参与者"知音赏曲"的风雅。有的堂会演出场面恢弘，气氛热闹。"前堂接宾戚，后堂罗青蛾。""红牙檀板纵复横，丝肉交奋梁尘惊。"宾主秉烛欢娱，尽情陶醉。堂会演出具有精美的玩赏性特点，花前裙襦，月下氍毹。花中极品，人间尤物。扬眉举趾，妙舞轻歌，袅袅婷婷有天魔之姿。玉指纤纤，拍按香檀，款款潜潜展婉丽之态。随着精彩的折子或成本大戏轮番上演，高潮迭起。文人陶醉于衣香鬓影里的俊美声容和精妙技艺，兴会勃发，诗文唱和。觥筹交错，浮以大白。性之所至，甚至不甘于只做"顾曲周郎"，还要亲自粉墨登场，过一把戏瘾。正如当时一位诗人所吟咏的那样："华堂良宴会，令节正芳菲。胜地名贤集，雄文大雅归……共信千秋在，谁知六代非。兴酣天主客，烂醉已忘机。""清赏雅玩"的堂会演出不仅满足了士大夫文人自娱、互娱的需求，而且促进了家班、家乐之间的攀比、竞争和持续繁荣。

历来文人与妓女、女戏、女优交往普遍，而戏曲是主要媒介之一。古人云：三十知风，四十晓月，五十蒙雪，六十得月。苦熬七十，全懂风花雪月。士大夫文人中，不乏云雨风骚、雪月弄情的才子。他们在与艺人交往过程中，除了为艺人提供剧本、在艺术上进行指点帮助外，还常常通过诗词酬答，品藻鉴赏艺人的色艺、骨象、才情，甚而"狎旦色"，游"相公堂子"。他们还效仿文人科举形式，入选者荣登"花榜"。晚明以来兴起的这种"品题"之风，至清尤为兴盛。清末张江裁编撰的双肇楼丛书《清代燕都梨园史料》就是这类书籍的集大成者。

除了一般的玩赏外，少数文人还进而对戏曲艺术进行更加广泛的了解、系统的整理、深入的研究，形成专门的"曲学"，其中包括记录、介绍、评点、编选、专著等。这些文人为戏痴迷，登堂入室，往往具有很高的造诣，甚至超越了专业的伶人，被称为串客或票友。昆曲和京剧都有为数不少、水平很高的串客和票友，对昆曲和京剧的发展发挥了举足轻重的作用。

四、酒香茶趣

马克思主义经典作家指出：文学艺术是一种特殊的审美意识形态、特殊的生产方式和特殊的商品。大量的事实说明，人类的审美活动与生理机能的需求存在着密切的关系。日本学者饭冢友一郎在《信息社会与戏剧学》中写道：

> 各种艺术原本就是为追求耳、目、味、触的感觉中某一方面的快感而创造的，只是不能使人在各方面都同时得到满足。剧场艺术之所以悄悄地继续工作到今天，正是为了追求这种全面的满足。满足耳目的快感没有能比得上戏剧的。至于味觉和嗅觉，自古以来看戏同宴会就是分不开的。触觉在戏剧中的应用，毕竟也成了一个应该考虑的新的技术课题。演员同观众的关系并不只是我演你看的关系，这是活生生的人与人的接触……这样，用研究似的诗学、美学和艺术学都已经不能解决戏剧和剧场的问题……而在现实的剧场里，人们却在为追求超越艺术性直观的人性固有的五觉欲求而工作。这便是信息社会的价值观转向最具有人性的复活的一个启示。

大雅大俗，雅俗共赏

人类在审美鉴赏活动中，往往会发生通感联觉现象，这在诗文、书法、绘画、建筑、武术、园林、餐饮的实践和鉴赏过程中均得到验证。为什么说"书法是纸面上的舞蹈"、"建筑犹如凝固的音乐"？为什么朱自清眼中的荷塘月色是视觉、听觉、感觉、心觉的交响合唱，感到"光与影有着和谐的旋律，如梵婀玲上奏着的名曲"？为什么说唐代王翰的七绝《凉州曲》"葡萄美酒夜光杯，欲饮琵琶马上催"，呈现的是一桌色、香、味俱全的盛宴？为什么面对着美景美人常有"秀色可餐"的赞叹？单纯的、平面的诗歌、书法、散文，没有情感色彩的自然现象，尚且具有激发通感联觉的功能，更何况包罗丰富、活色生香的戏曲艺术？王国维早就对戏曲的综合性有过精辟的论述，日本著名戏剧学者河竹登志夫认为，戏剧是人类第七大艺术，兼备了其他六种艺术（诗、音乐、绘画、雕刻、建筑、舞蹈）的一切要素，兼有诗和音乐的时间性、听觉性，以及绘画、雕刻、建筑的空间性、视觉性；而且同舞蹈一样，具有以人的形体做媒介的本质特征。换言之，戏剧是一种凭借人的形体，即在"演员、剧本、观众、剧场"这"四次元"的世界实现戏剧性，通过视觉和听觉来感染人的能动艺术，能够满足人类的多样需求。所以有人发出要饱览祖国山河美景，聆听各地戏曲声腔，尝遍各处风味特产，全面享受人生乐趣的三大志愿。

戏曲不仅与诗、词、歌、赋、音乐、绘画、书法、建筑、园林相通，而且与酒文化、茶文化相融，散发着浓郁的酒香，洋溢着盎然的茶趣。茶是天赐，酒乃人酿，酒河溯源当寻酒祖。酒是多源多元的，酒祖、酒神甚夥，影响最大者，首推杜康，即夏王朝第六代中兴之祖少康。中国酒文化源远流长，不仅有深厚的积淀，而且有丰富的内涵，大至政治、军事、经济、外交、文学，小到老百姓的日常生活，无不与酒有关。无论祭天祀地、迎神祭祖、誓师出征、凯旋庆典，还是婚丧嫁娶、择业升迁、生儿育女、祝寿归天，都离不开酒。

酒在中国民俗生活中扮演着重要角色。尤其在年节、时令之中，酒更是"诚不可缺，缺之为憾"。春节是一年最重要的节日，旧时称为"过年"。腊月二十三有"过小年"之说，要举行祭灶活动。三十晚上要祭祖。这两项祭祀活动中都要在供案上置酒，然后行礼致祭。祭祖后吃"年夜饭"。席间要向长者敬酒，相互间也要举杯祝酒。正月十五是灯节，观灯的过程中要猜灯谜，猜不中要罚酒，猜中了要敬酒。总之，过节就要"闹闹酒"。清明节扫墓时要举行祭祀，在坟前酹酒致奠。端午节要喝雄黄酒、昌莆酒。立秋之日"贴秋膘"，届时一定要有酒来相佐，否则难应秋令。重阳节登高之时要饮菊花酒，冬至时要吃馄饨、水饺，民间有"饺子就酒越喝越有"之说。不仅酒要好，酒肴、酒具、酒令、饮酒环境也要讲究。皇家肉林酒池，烹龙庖凤。富贵人家宴席上罗列着山南海北的珍馐美味、佳酿名酒。追求清新淡雅的墨客骚人则在案上摆放着被称为"仙肌玉骨美人餐"的时蔬果鲜、炙兔烧羊。

旧时观念，认为人生得意之事无非是"洞房花烛夜，金榜题名时。晚年生贵子，他乡逢故知"。欣逢喜事便要"对酒当歌"，或"以酒行事"。"春为花博士，酒是色媒人。"洞房花烛夜要喝交杯酒、合卺酒。"三杯竹叶穿心过，两朵桃花脸上来。"金榜题名时要喝谢师酒、谢恩酒、谢亲酒，同年好友自然也要喝上一杯同喜同荣酒。"晚年生贵子"要喝一杯延宗酒，庆贺后继有人，企盼子孙光宗耀祖。"他乡逢故知"，"他乡美酒故知情"，必然会作长夜之饮，以叙契阔话别情。酒酣耳热，吐露真言，敞开襟怀，增进友谊。人生失意时也离不开酒，摆酒压惊，设酒赔罪，酹酒致奠，泼酒冲悔。酒乃天地之间的尤物，虽然不能充饥，不能解渴，但可作用于人的心神。酒可以促情助兴，解除惆怅，抛掷闲情，排遣内心的积郁。酒烈如火，可燃起希望，激起斗志，以壮声色，以振豪情。总之，"无酒不成席，无酒不成欢，无酒不成礼"。情天酒海，酒海情天。有情就有酒，有酒就有情。"座上客常满，杯中酒不干。"有了酒，人类的生活更加丰富多彩，人类历史更加斑斓多姿，茫茫尘寰便有了无数有趣的风景，短暂人生遂增添了几许悠长的韵味。

"砚海墨波腾酒浪"，文人对酒情有独钟。从纵酒狂歌的竹林七贤，到"天子呼来不上船，自称臣是酒中仙"的李白，到"今宵酒醒何处"的柳永，到"又把桃花换酒钱"的江南才子唐寅，无不嗜酒如狂，把酒作为他们共同的情趣和精神寄托，把饮酒看作良辰美景中的赏心乐事。欧阳修在其散文名篇《醉翁亭记》里吐露心声，"醉翁之意不在酒，在乎山水之间也。山水之乐得之于心而寓之酒也"，表达了追求韵致、标榜旷达的文化观念。无独有偶，西方哲人尼采也把醉酒视为一切审美行为的心理前提和最基本的审美情绪，认为审美状态的醉包含着喜悦、痛苦、崇高、创造及对生命意志的永恒肯定等各种因素。

诗人是人间赤子，诗是天籁之声，酒是心中的便桥。在不同的心境、物境中，酒和诗一拍即合，均能产生火花和灵韵。"长风破浪会有时，直挂云帆济沧海"的豪情;"古来圣贤皆寂寞,惟有饮者留其名"的叹惜;"我醉欲眠卿可去,明日有意抱琴来"的旷达;"肯与邻翁相对饮,隔篱呼取尽余杯"的情谊;"开轩面场圃,把酒话桑麻"的乐趣……杜甫吟诵着"且看欲尽花经眼,莫厌伤多酒入唇"。冯正中则感叹"日日花前长病酒,不辞镜里朱颜瘦"。字里行间弥漫着诗情、画意、文韵、琴魂和酒气。"天生我材必有用","会须一饮三百杯";"黄金白璧买歌笑,一醉累月轻王侯"。李白的饮酒诗更是直抒胸臆,兴会淋漓,震古烁今。酒魂就是诗魂,"诗仙"、"醉圣"李白分明是诗与酒的化身,只有在诗的妙境和酒的芬芳里,他的灵魂、才华、情思才得到最为真切动人的体现和抒发,真可谓"三分剑气,七分酒气,绣口一吐,就是半个盛唐"。

宋陈元靓《事林广记》收录的唱赚"遏云致语"(宴会用)［鹧鸪天］唱道:"遇酒当歌酒满酌。一觞一咏乐天真。三杯五盏陶情性,对月临风自赏心。环列处,总佳宾。歌声嘹亮遏行云。春风满座知音者,一曲教君侧耳声。"可以说是历代文人的生活写照。明清时期的江南文人尤其会享受流连诗酒的生活,他们"或以色,或以饮,或以弈,或以文,或以剧",把追求美味和声色视为人生的真正快乐。

酒魂也是乐魂,美酒飘香歌绕梁。墨客骚人,相聚一堂,俊彩星驰,切磋琢磨,营造出良辰、美景、赏心、乐事"四美俱"的环境氛围,陶醉于一觞一咏之乐。他们不仅是酒中豪杰,而且是诗文泰斗、书画圣手、乐中高人。酒与音乐有着深层的联系。诗、词、曲皆音乐也,很多曲牌直接用酒命名或与酒有关,如［醉花阴］［倾杯序］［醉太平］［醉扶归］［醉中天］［醉乡春］［醉春风］［醉高歌］［醉旗儿］［沉醉东风］［沽美酒］［梅花酒］［醉娘子(又名真个醉)］［醉也摩草］［醉雁儿］等。元杂剧与南戏皆有乐谱传世,杂剧中与酒有关系的曲牌有［醉中天］［梅花酒］［酒旗儿］［沉醉东风］［醉春风］［沽美酒］［醉娘子］［醉扶归］［醉花阴］［醉中天］［醉太平］;南戏中与酒有关系的曲牌有［醉娘子］［醉罗歌］［沉醉东风］［醉翁子］［醉太平］［醉扶归］［醉中归］［劝劝酒］［(北)沽美酒带太平令］［醉侥侥］等。

明、清两代的民歌与小曲十分丰富,如《四季五更驻云飞》、《新编寡妇烈女诗曲》、《玉谷调簧》、《词林一枝》、《挂枝儿》、《山歌》、《新镌雅俗同观挂枝儿》、《新镌千家诗吴歌》、《粤风》、《时尚雅调万花小曲》、《霓裳续谱》、《借云馆小唱》、《白雪遗音》等歌词集和曲谱集皆收有与酒有关的民间歌曲。有的歌名中就有酒，例如《挂枝儿》中的《骂杜康》、《醉归扶·家家扶得》、《酒风》；《白雪遗音》中的《这杯酒》、《酒》、《上阳美酒》、《醉归》、《未曾斟酒》等。在明、清的宫廷音乐中，与酒有关的宴乐占有重要位置。例如清代的宴乐就有《中和韶乐》、《清乐队庆隆舞》、《筋吹》、《番部合奏》、《高丽国徘》、《瓦尔喀部乐舞》、《回部乐》、《卤簿乐》、《丹陛乐》等。

酒与书画的佳话颇多，魏晋时期的很多画家解衣般礴，开创了2500多年前中国最早的行为艺术。"书圣"王羲之微醺之时挥毫而作《兰亭序》，笔兴随酒兴而生，笔力、笔韵随酒力、酒韵而成。气如奔马，逸如惊鸿，遒媚劲健，拨玉点珠，"千古极品"就在酒中问世。而至酒醒时，"更书数十本，终不能及之"。真可谓是"神施鬼役，不可端倪"。唐张旭醉后草书，砚海长鲸，若有神助。思如天马行空，笔如蛟龙戏水。灵感与酒感浑然一体，憩然醺然之中，神品一气呵成。"诗佛"王维好酒，有"不醉不画"的习惯。乘他酒醉后求画，屡屡得手。扬州八怪之一郑板桥，喜在酒中写字作画，"神与物游"，"物我两忘"，"暂借酒力长精神"，画有傲气，字有傲骨，把真性情体现出来。

酒经常与戏曲相遇、联手，成为戏曲中不可缺少的构成因素。有人将晚唐进士王敷的《茶酒论》视为中国最早的戏曲剧本，剧中有三个角色，分别为拟人化的"酒"、"茶"、"水"。通过"酒"和"茶"的论争，反映不同人群的生活态度，通过"水"的调节，表达了希望"和谐"的政治理念。后代不少戏剧家与酒结下不解之缘，如明杂剧巨擘康海归隐后终日以酒为伴，"已弃醒还醉，那论醇与醨"。明传奇作家陆采累试不第，尽弃功名，以诗酒声伎自娱，放浪形骸，歌呼为乐。侑觞佐酒是明清时期昆曲存在的特殊形式，产生了大量宴饮戏。与酒有关的戏剧作品不胜枚举，俯拾即是。如以醉酒为由头构成戏剧本体或关键性情节的剧目，就有《浣纱记》、《鸿门宴》、《青梅煮酒论英雄》、《温酒斩华雄》、《文君当垆》、《醉度刘伶》、《刘伶醉酒》、《打金砖》、《连环计》、《同窗记》、《吕洞宾三醉岳阳楼》、《长生殿》、《贵妃醉酒》、《彩毫记》、《太白醉写》、《薛刚大闹花灯》、《打金枝》、《杯酒释兵权》、《斩黄袍》、《党人碑》、《翠屏山》、《酒丐》、《醉皂》（昆曲《红梨记》）、《醉县令》、《醉战》（又名《让雍州》）、《白罗衫》、《鸣凤记》、《桃花扇》、传奇《郎嘟梦·三醉》、《吟风阁杂剧·罢宴》等。不少水浒戏也是以醉酒为主要情节架构而成的，如《醉打山门》、《黄泥岗》（《生辰纲》）、《武松打虎》、《十字坡》（《武松打店》）、《快活林》（《醉打蒋门神》）、《鸳鸯楼》、《飞云浦》、《蛤蟆岭》等。

有些戏虽然不是以饮酒、醉酒（自醉或由别人灌醉）作为贯穿全剧的主要情节，但却是剧中某一片断中的关键性细节，用作激化戏剧冲突、推进戏剧情节发展的催化剂，或是塑造人物、强化性格、渲染戏剧氛围的有力手段。如《捉放曹》、《群英会》、《草船借箭》等三国戏，《西厢记》、《杨门女将》、《十五贯》、《独占花魁》、《白蛇传》、《盗银壶》、《九龙杯》、《问樵闹府》、《乌盆记》（《奇冤报》）、《连环套》、《四进士》、《望江亭》、《刺王僚》、《贞娥刺虎》、《青霜剑》、《金针刺梁冀》（《渔家乐》）等，或借酒调情，或借酒撒疯，或借酒助胆，不胜枚举。至于在细节、唱词、道白中涉及酒的内容的就更不计其数了。

醉酒有微醺、小醉、大醉、沉醉等不同层次和程度，有真醉、佯醉等不同情况。为了表现醉酒的形象和神态，戏曲演员创造了许多生动传神的表演程式，如"醉眼"、"醉步"、"醉打"、"醉拳"等。"醉眼"的特征是半睁半闭，半明半昏，迷离恍惚，很少正面直视；如果注视，也常常是似见未见，熟视无睹，眼珠乜斜，用斜视的余光打量对方。醉步分为男女两式，走醉步时，须两眼微睁，上肢摇晃，两腿绵软无力，脚步蹒跚，但全身松弛，摆动自然。醉打的关键在于不管打得多么紧张、惊险、火爆，都必须有"醉"的感觉，醉眼迷离，醉步踉跄，身体摇晃，持物不稳等。还常常配有特殊的高难技巧，以增强技巧性、舞蹈性等优美化的审美成分。昆剧传统剧目《醉打山门》（《虎囊弹》之一出）和《太白醉写》（《惊鸿记》之一出）堪称醉酒戏的杰作。《醉打山门》写鲁智深出家之后，厌倦寺院生活，一日下山闲游，遇卖酒人，夺酒豪饮，醉后打坏山门，大闹五台山。通过醉酒塑造出豪爽莽撞的出家人形象。特别是他所咏唱的一曲［寄生草］"漫拭英雄泪，相离处士家。谢慈悲剃度在莲台下。没缘法转眼分离乍。赤条条来去无牵挂。哪里夫讨烟蓑雨笠卷单行？敢辞却芒鞋破钵随缘化？"荡气回肠，一唱三叹。在《太白醉写》中，昆剧传字辈演员周传瑛为了表现李白明褒暗讽杨贵妃、捉弄讽嘲高力士，恃才傲物、不阿权贵的精神气质，提炼出"六个三"即三态、三醉、三咏、三呼、三辱、三笑的要领和身段表演动作，在狂放的外形中透出李白清逸的神韵，达到出神入化的艺术境界。明代著名昆曲家班申班的小旦醉张三，酷爱饮酒，必须酒醉方肯登场。醉酒不仅平添了他的妩媚艳丽，而且"非醉中不能尽其技"，一音一步，居然宛若妙龄女子，实在令人啧啧称奇。

曾经有好事者把汉初鸿门宴、三国江东群英会、青梅煮酒论英雄、杜康美酒醉刘伶、东晋新亭会、盛唐饮中八仙长安酒会、醉打金枝、贵妃醉酒、北宋杯酒释兵权、乾隆千叟宴等列为中国古代十大酒局。其中之一的"醉打金枝"还被搬上舞台，取名《打金枝》（又名《满床笏》、《三多记》、《大拜寿》）。许多地方剧种均有此戏，其中以晋剧《打金枝》最为流行，有"打金枝、骂金殿、曹庄杀嫂、牧羊卷"的俗谚流传。这是一出由家庭酒宴引起的荣华富贵、热热闹闹的庆寿戏，以"安史之乱"后的中唐为背景，演名将郭子仪因平定"安史之乱"、恢复李唐社稷的再造之功，而被唐代宗李豫加封为汾阳王，并把唯一的女儿升平公主嫁给郭子仪最小的儿子（一说系三子）郭暧。升平公主自幼娇生惯养，自恃金枝玉叶，处处以皇家宫规、君臣大礼管束丈夫。譬如只有当公主下令高挂红灯之时，才许可驸马入宫，入宫后必须先行君臣大礼，再叙夫妻私情等等。郭暧虽心有不满，但也无可奈何。适逢郭子仪寿诞之日，代宗特许郭家在朝为官的儿子们一律免朝三日，在家为老王爷祝寿。王府内张灯结彩，喜气洋洋，赛似过年。七子八婿，文武百官及东宫太子均来拜寿祝贺，唯独郭暧妻升平公主不肯屈尊前来。宴席间郭暧受兄弟戏谑，羞愤离席，跑回驸马府中。抬头看见高高挂起的红灯，气不打一处来，劈手扯下，踹了个粉碎。升平公主大怒，夫妻间遂为拜寿之事唇枪舌剑地争论起来。酒是壮胆药，酒是忘情水，酒壮怂人胆，已有了几分醉意的郭暧借着酒劲，把公主拖回卧室饱以一顿老拳。受委屈的金枝立即回朝向父王、母后哭诉，要求惩罚郭暧为她出气。代宗和沈后了解小夫妻争吵原因后，责备女儿失礼。但公主不肯认错，又哭又闹一味撒娇。代宗佯怒要斩郭暧，吓得公主没了主意，反求父皇宽恕。郭子仪闻知郭暧打了公主，绑子上殿请罪。代宗不愿为儿女私事伤了君臣间的和气，不但赦免郭暧过错，还晋升三级以示器重，并责令公主为公公拜寿赔礼。最后，代宗宣谕免除小夫妻之间的一切宫规和君臣大礼，沈后劝导小夫妻和好如初。

《打金枝》虽然没有传奇色彩的情节和惊心动魄的场面，但真实自然，曲折生动，富有温馨的家庭气息和浓厚的人情味。剧本深入挖掘并生动表现了复杂微妙的人物关系，准确地把握住每个人物的身份地位、性格心理，丝丝入扣地展开富有喜剧色彩的戏剧冲突。公主的娇嗔任性、郭暧的年少气盛、唐皇的豁达大度、沈后的贤淑慈善、郭子仪的老道谨慎，均表现得栩栩如生。

这出戏以酒宴为由头，但醉中之意不在酒，而在于君臣之道、夫妻之道、为人处世之道。公主挨了打，心存委屈，故意打碎珠翠，撕破衣衫，进宫告状，数说郭家不是。她不依不饶，无非是想捞回面子，借此机会教训教训丈夫，往后好继续端着公主的架子，但内心深处她又并不愿伤害丈夫。代宗洞察秋毫，心中自有主张。他深知社稷安危事大，收揽臣心事大，看在郭子仪安邦定国的功绩和举足轻重的地位上，当然不会处罚郭暧，冷了老臣之心。所以他一边佯装生气，安慰爱女；一边却原谅了郭暧的鲁莽之举，并让他连升三级。代宗这样做似乎委屈了金枝女，但却赢得了郭氏父子的忠心保扶。在处理小夫妻纠纷的过程中，代宗采取了克制容忍的明智态度，显示出贤君圣主的远见卓识和豁达大度。他真真假假、虚虚实实地"演戏"，在处理家庭事务中表现出极高的智慧和艺术。皇后呢，是慈母又是贤后，既心疼女儿，又要帮助丈夫。她与代宗一唱一和，又怕代宗在气头上言多有失不好回旋，所以时时揣摩代宗的心思，把握好火候，既深明大义，又婉转得体。

郭子仪功高业崇，既富且贵，八子七婿（俗谓七子八婿），俱膺显爵。但当他发现儿子殴打了金枝女之后，并未自视功高而有所懈怠。他深知伴君如伴虎，稍有不慎便会招致祸殃。所以马上绑子上殿，面君请罪，以免主上疑忌。正由于郭子仪一生从不居功傲上、恃功邀宠，总是谨慎小心、隐忍退让，所以"权倾天下而朝不忌，功盖一世而上不疑，侈穷人欲而议者不贬"。郭子仪确实有"二十分才，二十分胆，二十分识"。

家庭是以婚姻和血缘关系为基础的社会生活组织形式，是社会的缩影。表面看去《打金枝》所搬演的不过是帝王之家的家庭琐事、夫妻纠纷，实际上是非常严峻而敏感的话题。民间艺人从平民的视角出发，塑造出一位知情达理、权衡轻重、善于巧妙化解矛盾的帝王，运用"平民意识"演绎他如何驱散阴云、平息风波、密切了君臣关系的故事。皇家家庭公案的"平民化"处理，表现出人民的意愿，包蕴着深邃的生活哲理，引人深思，给人以启迪。

也有一些与酒相关的抒情小戏，如《小放牛》，又名《杏花村》，本于杜牧七绝《清明》："清明时节雨纷纷，路上行人欲断魂。借问酒家何处有，牧童遥指杏花村。"剧本在原诗基础上，将乍晴还阴、乍暖还寒、春雨纷纷的凄迷而又美丽的境界，改造成阳春三月，风和日丽，牧童在南山脚下放牛，远远瞧见穿红戴绿的村姑骑着马正朝自己这边走来。原来村姑要去杏花村沽酒，中途迷了路，前来打问。牧童指点了路径，却趁机要她唱支小曲，如果不唱，就不让她过去。村姑本不想唱，一闪身想从这边走，被牧童机灵地截住；村姑打从另一边走，牧童又在另一边挡住；村姑想从中间走，牧童还是不让过去。村姑没法子，只好唱曲，唱了一支又一支。二人此问彼答，互相唱和。两小无猜，尽兴而别。这是一出小旦、小丑并重的歌舞小戏，没有什么复杂情节，活泼清新，犹如一支田园牧歌。但载歌载舞，情趣盎然，人物性格也栩栩如生。

据曹心泉《前清内廷演戏回忆录》载，《小放牛》源自秦腔，乃是山陕一带乡间儿童喜欢的玩意儿，传到京师后，经众多名家加工，迅速流传开来。深受观众喜爱，并一直保留着一问一答的民歌对唱形式和一些基本唱词，如：

丑：（唱）天上桫椤什么人栽？地下黄河什么人开？什么人把定三关口？什么人稳坐钓鱼台？

旦：（唱）天上桫椤王母娘娘栽，地下黄河老龙王开。杨六郎把定三关口，姜太公稳坐钓鱼台。

这些唱词原系民间流行的盘歌，其中既有神话、传说又有历史及生活常识，内容无所不包，都是为老百姓喜闻乐见的。原来还有表现男女爱情的反复歌唱，借用了"骂歌"的形式，情感真挚鲜明，大胆泼辣。牧童赤裸裸地对村姑示爱，村姑有些害羞，以回骂推拒，一唱一答，风趣幽默，兴味浓郁，后来在演出中删除。

人类喝着酒，吟着诗，唱着歌，从历史的深处走来。走出了蒙昧，步入了文明，走向未来，越来越懂得饮酒须有度有德的道理。酒是好东西，但过度无德地饮酒则属烧琴煮鹤，大煞风景，沦为嗜酒、淫酒、酗酒、失形、失态、失心之酒囊、酒狂、酒癫，甚至是酒鬼、酒棍、酒霸，酿成灾祸，招来"酒色误国"、"酒色乱性"、"酒色诱惑"、"酒色误事"的恶果。戏曲中有很多批判耽于酒、色、财、气的剧目，明传奇杂剧剧本选集《山水邻传奇》所选《四大痴》颇负盛名，其中即有李逢时讽刺酒痴的《酒董》，历来脍炙人口。

大雅大俗，雅俗共赏

人常说：开门七件事——柴、米、油、盐、酱、醋、茶。甚至有人说：民以食为天，民以茶为先。可见茶也是日常生活中不可或缺的必需品。茶的发祥地在中国，发乎神农，闻于鲁，兴于唐，盛在两宋，如今已成为举国之饮和风靡世界的三大无酒精饮料（茶叶、咖啡和可可）之一。茶乃百草之首，万木之花。贵之取蕊，重之摘芽。呼之名草，号之曰荼。中国古代称"茶"为"荼"，唐代"茶博士"（亦称"茶隐"）陆羽撰写《茶经》时改"荼"为"茶"。相传陆羽（名鸿渐）本是个不知所出的弃儿，为释门所收养，在寺庙执茶役，长大后学属文。后离寺出走，以扮演戏中丑角谋生。天宝年间得遇贵人赏识，人生有了转机，渐登士人之阶。安史之乱时，避居湖州，结识诗僧兼茶僧皎然，相互切磋，颇有所获，开始著《茶经》，不胫而走，声名大振。陆羽在《茶经》中改"荼"为"茶"不是一般意义上的改动，其中包含着深刻的意蕴。"茶"字由草字头、"人"及"木"字三部分构成，"人"字在草字头之下，"木"字之上，意为人在草木间，象征着人类回归大自然。草字头与"廿"相似，中间的"人"字与"八"相似，下部"木"可分解为"八十"。"廿"加"八"再加"八十"等于一百零八岁，代表长寿。所以把一百零八岁的老人称为"茶寿老人"。陆羽在唐代即被祀为茶神，《新唐书》将陆羽归入隐逸传。他撰写的《茶经》问世之后，不但使世人益知茶，而且建构了茶文化体系。茶是文化的缩影，儒家规范茶礼茶仪，以助伦序；禅宗以茶冥思，以茶悟道；艺术家以茶书画，以茶诗文；评鉴家以茶审美，以茶鉴赏。茶文化与戏曲文化也有着千丝万缕的联系。

茶饮具有清新、雅逸的天然特性，能静心、静神，开释、舒怀，亦可雅志、励节。有助于陶冶情操、去除杂念、修炼身心，符合儒佛道"内省修行"的主张，具有"清静、恬淡"的东方色彩。因此，历代社会名流、文人骚客、商贾官吏、佛道人士都以崇茶为荣，特别喜好茶艺、茶道、茶趣。唐代的茶文化是由文士、雅士、隐士、僧人领导潮流，讲究名茶、名水、雅器、清境。宋代茶则全方位走向社会各阶层，宫廷"仪茶"，贵族"礼茶"，士大夫"玩茶"，市民"斗茶"。唐代"把酒"，宋代"卖茶"。酒仙渐少，茶翁日多。元代茶风回归大自然，明清迄今，茶缘、茶友、茶欢成为世之美谈，更注重养心、雅志与励节。蔡元培先生曾赠北大同仁白雄远先生墨宝："自扫竹根培老节，愿携茶具作清欢。"茶文化之内涵尽在其中矣。17、18世纪英、法诗人则赞颂茶为"草中的英灵"、"伟大的植物皇后"、"万能的仙药和甘露";是"缪斯的好友,思想的源泉","涤烦的良药",使人"增长智慧"、"得到祈福"、"得到愉悦"的"灵魂殿堂"。

茶宜常饮,不宜多饮。品茶之妙,妙在意境。闲来独坐,沏上一杯热茶,观杯中汤色之美,亦浓亦淡,如酽如醇;看盏中叶芽之美,如旗如枪,若眉若花;赏手中茶具,或古朴大方,或精巧玲珑;香雾缭绕,水气袅袅。细啜慢饮,回味悠悠,只觉清幽扑鼻,齿颊留香。令人心旷神怡,矜持不燥,物我两忘。意渐浓时,情至深处,亦可投壶斗草,弈棋作画,调丝弄竹,抚琴放歌。唐代的李白、皎然、卢仝、刘禹锡、白居易、元稹,宋代的范仲淹、欧阳修、梅尧臣、苏轼、苏辙、黄庭坚、杨万里,元代的耶律楚材,明代的吴梅鼎、冯梦龙,清代的李渔等均有咏茶、赋茶的名篇存世。茶事有雅俗之分,却无高下之别。清代诸帝多是茶人,乾隆有言"君不可一日无茶"。黎民百姓、芸芸众生同样喜茶好茶,广为参与,因而茶饮覆盖全民,影响到整个社会。茶的故乡在中国,中华大地上处处有茶缘。信步九州,总伴随着茗醇茶芳。历代的"茶马互市"不曾中断,草原上酥油奶茶飘香,阵阵马嘶伴随着歌声和诵经声,象征着民族和睦、国家昌盛。

"寒夜客来茶当酒",清茶待客无须酒。茶与酒不离不弃,相得益彰。中国自古便有浅茶满酒之俗。常言道"感情深,一口闷"。酒场上海量豪饮,浮以大白,尽显阳刚之气。茶贵阴柔,讲究浅斟慢饮,宾主之间和谐温馨,展示良好茶德,品味出无边茶趣,释躁平疴、怡情悦性。悟出含蓄、玄妙的茶禅,尽展东方文化的神韵。

由茶催生、与茶关联的艺术丰富多样,有茶文、茶诗、茶赋、茶词、茶曲、茶画、茶歌舞、茶音乐、茶戏曲、茶书法、茶艺表演等,留下了大量的艺术精品。如[打茶调][敬茶调][献茶调],《采茶扑蝶》、《茶之舞曲》等。不少见于记载、流传甚广的经典名戏,以茶事、茶趣为题材和背景。据《全唐文·陆文学自传》卷433记载,早在唐代,"茶博士"陆鸿渐即陆羽"因倦所役,舍主者而去,卷衣诣伶党,著《谑谈》三篇,以身为伶正,弄木人、假吏、藏珠之戏",撰写了"韶州参军"戏。明代风靡歌场的《西园记》的开场词为"买到兰陵美酒,烹来阳羡新茶",浓浓的美酒香味和新茶的芬芳扑鼻而来,把观众一下子吸引到江南特定的温柔富贵之乡。明代的"玉茗堂派"(也称临川派)之所以声名远播,靠的是掌门人汤显祖的文采和情思。汤显祖因嗜茶,故将其临川的住处以名茶之名而名之曰"玉茗堂"。

大雅大俗，雅俗共赏

"临川四梦"中那尖新脱俗的旎思绮语，原来就是在浅啜慢饮中琢磨推敲出来的。清代形成的"采茶戏"更与茶事密切相关，是直接由采茶灯、采茶歌和采茶舞脱胎变化发展起来的，其表演保持着茶歌、灯舞和花鼓载歌载舞的特点，清新明快，活泼优美。所运用的曲调有〔采茶歌〕〔茶黄调〕〔摘茶歌〕〔看茶调〕〔报茶名〕等。〔采茶歌〕等流行于江西、湖北、湖南、安徽、福建、广东、广西等省区，随地而歌，因俗而改，于是就有了广东的粤北采茶戏，湖北的阳新采茶戏、黄梅采茶戏、蕲春采茶戏等等。仅江西一省，就有赣南采茶戏、抚州采茶戏、南昌采茶戏、武宁采茶戏、赣东采茶戏、吉安采茶戏、景德镇采茶戏和宁都采茶戏等。采茶戏与民间的"采茶灯"极其相近，一般为一男一女或一男二女。最初的采茶戏属"三小戏"，是由二小旦、一小生或一旦一生一丑参加演出的。在演唱形式上，保持着民间采茶歌、采茶舞的传统。如抚州采茶戏讲究唱做并举。手势、眼神、身段、步法配合协调。旦角的基本步法有"云步"、"碎步"、"踮步"、"跪步"、"蹉步"、"小碎步"等；生角有"方步"、"蹉步"、"跪步"、"快蹉步"等；丑角有"矮步"、"跳步"。丑角除矮子功外，有时还表演板凳功以及"虎跳"、"前仆"等各种滚翻动作。生、旦有时也要表演"抢背"、"劈叉"、"卧鱼（云）"、"乌龙绞柱"等地毯功。蕲春采茶戏的特点是一唱众和，台上一名演员演唱，唱到句末时，其他演员和乐师和唱"啊嗬"、"咿哟"之类的帮腔。演唱、帮腔、锣鼓伴奏互相交融，使曲调更婉转，节奏更鲜明，风格更独特，也更带泥土的芳香。

剧场是戏剧的要素之一，戏曲的演出与茶馆关系密切。在我国，茶馆早于戏馆，晋已有之。唐代茶馆有"斗茶"之事，谓之"茗战"，一比汤色，二比汤花，很有讲究。茶馆本是专门饮茶的去处，但叫法五花八门，如茶馆、茶楼、茶社、茶坊、茶室、茶肆、茶棚、茶园、茶寮、茗坊等等。多数茶馆还带有其他的功能，例如打牌、听戏、零食等等。只饮茶的是清茶馆，备有棋类的叫作"手谈"馆，还有猜谜语的"笔谈"馆。在北京，兼卖茶水与酒饭的又叫"二荤铺"。为了吸引茶客、服务茶客，从明末开始，茶馆开始演戏，茶园也就成了早期的剧场。明、清时期，凡是营业性的戏剧演出场所，一般统称之为"茶园"或"茶楼"。以卖茶为主，兼顾演戏。只收茶钱，不卖戏票，演戏是为娱乐茶客和吸引茶客服务的。戏曲演员演出的收入，早先也是由茶馆支付的。如19世纪末年北京最有名的"查家茶楼"（广和茶楼）

以及上海的"丹桂茶园"、"天仙茶园"等等，均是如此。这类茶园或茶楼，一般在一壁墙的中间建一台，台前平地称之为"池"，三面环以楼廊做观众席，设置茶桌、茶椅，供观众边品茗边观戏。后来，则以演戏为主，兼营卖茶，并有很好听的名称，如陆羽茶馆、云来茶楼、香茗居、仙来茶楼、春来茶馆、听雨轩茶馆等等，既典雅又富有诗情画意。

　　茶文化与戏曲文化都是人创造的，茶道与戏理相通。好茶需好水，一方水土养一种茶。同样的道理，好戏靠好土，一方水土养一声腔剧种。中国地大物博，茶品无数，如紫笋、蒙顶、天柱、日铸、禹穴、松罗、祁门、六安、武夷、阳羡、乌龙、普洱、五华、龙井、雁荡、建安、团黄、黄芽、石蕊、玉茗、雀舌、碧萝、铁观音等。戏曲声腔也异常丰富，八音繁会，诸腔杂陈。

　　"一沙一世界，一花一天堂。"嘴里含上一口西湖龙井茶，眼前便幻化出江南水乡温柔而秀丽的风光；如果入口的是安溪乌龙茶、碧天峰铁观音，则如同呼吸到山野清朗的气息，看到重峦叠嶂上的蓝天白云。同样，听到一种地方戏，就感受到不同的自然风光、乡风民俗。或黄钟大吕，或清新绵邈，或华丽典雅，或旖旎妩媚，或风流蕴藉，或悲伤宛转，或飞扬亢坠……听昆曲如沐杏花春雨，满眼轻红嫩绿。听粤剧则眼前一派碧海晴光。听秦腔如登黄土高坡，顿感热耳酸心。听河北梆子则热血沸腾，激情澎湃……不善品茗者牛饮，入肚而不知其味；不懂戏曲奥妙者，听戏有如对牛弹琴，说不定会进入黑甜乡中。因此茶盼品者，戏求知音。

　　"天地自然"、"五形和谐"是中国人辩证的自然观。以陆羽为首的中国茶人们把这两种观念都引入茶道、茶艺之中，注重本色，保持真香，不追求玉貌加脂，蛾眉添黛，兼顾色、香、味、形，显示了一种永恒的生命力。戏曲艺术经历了时代风云变幻，也保持着独树一帜的审美特色，迎接着时代的挑战和考验。茶能唤醒人之悟性，纯化人的心灵，启真扬善，端正人的信念与行为，强化道德自律，修心养性，优化人的精神品位。戏曲异曲同工，也可从中获得一份真善美的陶冶。"茶戏一味"、"茶戏一境"。茶耶？戏耶？茶、戏一体也，皆中华文明之载体也。

戏曲的文化精神

艺术是时代的镜子，哲学是艺术的灵魂。长期占据着思想界统治地位或主导位置的儒家思想与释、道、法、墨融会互补，对戏曲艺术产生了巨大、深远的影响。即便是在封建制度链条断裂的元代，儒家的思想文化根基也并未完全破坏，只不过是代之以颠覆、解构性的表达方式而已。在"文以载道"、"道艺一体"的儒家传统规范下，戏曲发挥着"明鉴戒、助人伦、成教化"，"兴观群怨"、善善恶恶的功能和作用，营造出圆通和谐的审美天地。张扬着乐天精神，憧憬着天人合一的境界，构建并守候着民族意识、民族心理和民族精神的家园。

一、道德教化

中国自古以来就是礼仪之邦，十分重视礼乐制度，注重发挥礼乐的道德教化功能。《易经》贲卦象辞云："刚柔交错，天文也；文明以止，人文也。观乎天文以察时变，观乎人文以化成天下。"治理国家者必须洞察天道自然的运行规律，以明耕作渔猎之时序；把握现实社会中的人伦秩序，以明君臣、父子、夫妇、兄弟、朋友等等级关系，使人们的行为合乎文明礼仪，并由此而推及天下，以成"大化"。

先秦"制礼作乐"，习礼必习乐，乐与礼共生。礼取法乎天地的高下有别、四时的轮换有序、六气的相互生发、万物生养各有所宜的原则；乐则是对自然界既合规律又合目的的构成形态和运动变化规律的模拟及感觉。总之，礼乐是对天地万物、自然规律的仿效或体现。礼乐的产生都是为了适应人类社会的需要。礼主要用于"辨异"，以区分个体成员的贵贱等级，使其明确各自的地位、职责和义务。乐主要用于"求和"，调谐人的内在情感，协调不同成员之间的人际关系。礼乐相依似孪生兄妹形影不离，渗透于家国大事，发挥着宗教、政治、军事、教育、伦理等功能，成为一种重要的社会文化形态。

礼乐和道德有着密切的关系，古代帝王功成则制礼作乐，以颂功崇德，告于神明。故《荀子·乐论》说："金石丝竹，所以道德也。"从一统中国的秦代到汉、隋、唐、宋、元、明、清，历代王朝均因循并调整前代礼乐制度，并建立起相应的礼乐文化机构，创制和充实宫廷雅乐，并不断强化其伦理道德意义。

儒家把伦理道德作为塑造中华民族灵魂的主要精神力量，主张"道之以德，齐之以礼，有耻且格"。以伦理道德制约人们的日常行为，调整自己与他人、个人与社会之间的关系，以节制个人欲望的方式来求得自己与他人、个人与社会的和谐。孔子认为一个人可以通过学诗感发和振奋心志情意，进而通过学礼而立身处世，最后通过治乐而尽善尽美，达到成熟。儒家认为人生第一要义便是"立德"，人的价值取决于道德修养水准的高低，体现为德行之厚薄，品格之高下。而要"立德"便要"修身"。"修身"重在"养心"，而养心莫善于寡欲。与儒家学说有着密切联系、对东方文化及人类文明有着重要贡献和深远影响的佛教也有相似的观点，认为佛法广大无边，平等圆融，通上彻下，只要平心静虑，少欲知足，舍己为人，一切苦恼就会熄灭。因此，快乐不在外界，幸福在自我心中。

儒家把善与恶作为道德的基点和依据，孟子和荀子关于人性善与人性恶的争论，最终殊途同归，全都指向"善"。善与恶始终占据着戏曲的中心位置，成为戏曲永恒的主题之一。其矛盾冲突大体上呈现出善与恶的二元对立模式，舞台人物形象主要是由善与恶、忠与奸、正与邪两大类别构成。戏曲总是态度鲜明地褒善贬恶，颂忠斥奸，扶正驱邪，激（击）浊扬清。表现中华民族对爱情、自由、平等、幸福的憧憬，对真善美的热烈追求，歌颂了中华民族仁人志士"富贵不能淫，贫贱不能移，威武不能屈"，杀身成仁、舍生取义的牺牲精神，以及见弱兴怀、扶危济困、坚韧不拔、任劳任怨、忍辱负重的优良品质。同时无情地揭露并鞭挞了各种黑暗、腐败、丑恶的社会现象，抨击了民族败类、害群之马和社会蟊贼。

儒家的道德教化哺育出一批效忠封建制度的"忠臣义士"，造就了许多令人景仰的民族英雄。像胸怀大义、临危不惧、存亡继绝的程婴、公孙杵臼，严操守、重气节的王昭君、苏武、李香君，抵御外侮、精忠报国的岳飞、文天祥、杨家将等。他们养"沛然莫之能御"的"浩然之气"，犹如"孤生之松"迎风挺立,具有无私无畏、不屈不挠的斗争意志,死而无憾的"殉道"精神。在昏君当、奸臣贼子横行无忌之时,不屑牵藤结蔓、攀龙附凤,不愿做低眉顺眼的乡愿,敢于犯颜直谏、为民请命;国难当头之际,置个人生死于度外,挺身而出,为真理、为民族大义而献身;强敌压境、外侮临头的关键时刻,毅然走上疆场,甘洒热血,挽救民族危亡……戏曲舞台上上演了一出出令人感叹唏嘘、荡气回肠的好戏。在儒家思想的引导和影响下,戏曲具有鲜明的伦理道德色彩,闪耀着儒家思想的光芒。

正是从道德教化出发,戏曲艺术富有批判精神和"怨愤"特色,从《史记·滑稽列传》记载的优孟谏楚庄王欲以大夫之礼葬马,优旃谏秦二世欲油漆长城、扩大苑囿,且终于促使他们改变了荒唐主意的故事,到宋代《二圣环》、《三十六髻》、《无量苦》等官本杂剧,再到元杂剧、明清杂剧传奇和花部地方戏中的大量社会问题剧、公案戏,无不把批判的矛头指向昏庸的封建统治者和黑暗的社会现实。特别是元杂剧对权豪势要的鞭挞极为大胆、猛烈而深刻。权豪势要中既有皇亲国戚,也有泼皮无赖,他们极其凶恶、无耻、下流、愚蠢,整天饱食终日,无所事事,四处寻衅滋事,成为社会的毒瘤。

特别值得一提的是坚守伦理道德、表现妇女命运的婚变戏即负心戏。科举制取代门阀制固然是一种社会进步,但其负面效应也很惨烈。在寒门子弟获取仕途机会的同时,也在不断上演"富易交,贵易妻"的家庭悲剧。从《赵贞女》、《张协状元》、《王魁负桂英》、《三负心陈叔文》、《李勉负心》等早期南戏,到元杂剧《潇湘雨》(一名《潇湘夜雨》),传奇中的《琵琶记》,花部地方戏中的《女审》、《秦香莲》、《金玉奴》等,可以说是一脉相承、不绝如缕。"富贵易妻"是封建社会司空见惯的现象,一批出身贫寒的下层文人,通过科举考试,"朝为田舍郎,暮登天子堂",得以跻身上流社会。统治集团为了巩固和扩大自己的势力,千方百计地予以拉拢;而发迹变态的新贵为站稳脚跟也乐于结交权贵。于是背亲弃妇、重婚权门的现象不断发生,家庭破碎的悲剧一再上演。戏曲艺术家通过编演负心戏,强烈谴责了新贵们背信弃义、以怨报德的行为,对被侮辱与损害的妇女给予深切的理解和同情。揭露了新贵们薄情寡义的丑恶嘴脸和扭曲的内心世界,并从伦理道德、社会良知的角度出发,对他们的罪行给予了批判和严惩。戏曲舞台成了公正的道德法庭、庄严的社会大学堂。

对于大多数观众来说,看戏并非单纯的欣赏,同时还从演出中获得审美愉悦，特别是伦理道德、民族意识和历史知识的陶冶和教育。荀子认为艺术不仅具有感人至深的魅力，而且有"化人也速"的功能。《管子·内业》中说："止怒莫若诗，去忧莫若乐。"司马迁看重俳优借谈笑讽谏，认为在他们的谈笑中，就可以轻松地化解矛盾和纠纷。杜甫是一位感性与知性兼长并美的"诗圣"，他的诗沉郁顿挫，表达了"穷年忧黎元，叹息肠内热"的情怀，执着于"致君尧舜上，再使风俗淳"的宗旨。《琵琶记》的作者高明强调戏曲的教化功能，说"不关风化体，纵好也徒然"。就连倡情反理的汤显祖在《宜黄县戏神清源师庙记》中也认为戏曲"可以合君臣之节，可以浃父子之恩，可以增长幼之睦，可以动夫妇之欢，可以发宾友之仪，可以释怨毒之结，可以已愁愦之疾，可以浑庸鄙之好……老者以此终，少者以此长，外户可以不闭，嗜欲可以少营。人有此声，家有此道，疫疠不作，天下和平。岂非以人情之大窦，为名教之至乐也哉"。李渔在《闲情偶寄》中把戏曲比作"木铎"，强调用戏曲实现"劝惩"人心之目的。他还用"药人寿世之方，救苦弭灾之具"形象生动地概括了戏曲的作用和功能。

  明人陶石梁议论道："每演戏时，见有孝子、悌弟、忠臣、义士，激烈悲苦，流离患难，虽妇人、牧竖，往往涕泗横流，不能自已。旁观左右，莫不皆然，此其动人最恳切、最神速，较之老生拥皋比、讲经义，老衲登上座说佛法，功效百倍。"他清醒地认识到，戏曲的教育功能和认识作用不是孤立进行的，而是"寓教于乐"即寓于赏心悦目的娱乐性之中。"台上一声啼，台下千人泪；台上一声笑，台下万人欢。"娱乐渗透于一切方面，包括感官享受、情感宣泄、心灵的净化和知识的丰富，使观众受到感动，从而发挥移风易俗的作用，有似日本古代妙龄尼姑慈门的"以歌止盗"。

  由此，表现人民群众的生活形态和伦理道德观念的戏目往往成为最受观众欢迎的重头戏，王宝钏、秦香莲等形象成为不朽的艺术典型，长期地、反复地出现在舞台上，存活于百姓心目中。《明公断》把同情完全给予了弱者秦香莲，以死刑惩处了获得高官之后忘恩负义的恶丈夫陈世美，态度何其鲜明！同题材的《赛琵琶》得到清代经学大师焦循的盛赞，说它"其词直质，虽妇孺亦能解。其音慷慨，血气为之震荡"。戏刚开始的时候，如坐凄风苦雨之中，抑郁之气难申。待看到弱女子秦香莲踞于高堂之上，厉声痛斥、庄严审判匍匐阶下的恶丈夫时，"真久病顿苏，奇痒得搔，心融意畅，莫可名言"。《红鬃烈马》表现了相府小姐王宝钏打破门第观念，绝不嫌贫爱富，不仅乐与乞丐结亲,而且甘于寒苦,守身如玉,独居寒窑十八载。这种理想化的操守和品格,体现出平民百姓的道德理想。女真族作家石君宝《曲江池》、《秋胡戏妻》等剧作均选取了古代作品中义烈女子的形象进行演绎,歌颂了刚直执着而又忠贞义烈的精神,体现了一种超脱传统贞节观念的崭新的价值判断。《清风亭》中的以打草鞋磨豆腐为生的张元秀一对贫苦老夫妻,出自善良的天性,救养了一个可怜的弃儿,取名张继保。没想到张继保高中居官后竟天良丧尽,把救命恩人视同乞丐。张元秀夫妇在愤怒、后悔中一头撞死,负心儿郎张继保遭到雷殛。《清风亭》采用强硬的方式,甚至不惜呼唤鬼神的力量来惩处忘恩负义之人,维护平民百姓的道德准则。对张元秀夫妇的内心痛苦有着深切体验和由衷同情,对张继保狗彘不如的行为表示出强烈的义愤,显示出民间艺术家们鲜明的立场和态度,具有惊心动魄的悲剧震撼力。

儒家要求文学艺术从属于封建政治,为宣扬儒家的政治伦理原则服务,成为"载道"的工具。统治者可以通过文艺观风俗、知得失,从作品中看出政治之良窳、风俗之正邪;而对于被统治者来说,则可从中接受道德教化。儒家坚持"温柔敦厚"的诗教,认为衡量文艺作品好坏的标准是纯正的"思无邪",凡不符合这一标准的作品皆为"不正"、"淫邪",绝不可放任自流、听之任之,必须利用行政手段予以排斥和禁毁,以凸显正统意识形态下的道德教化功能。

统治者不能容忍亵渎帝王圣贤、宣扬好勇斗狠,及"诲淫"、"诲盗"等有乖风化的戏曲作品存在。当民间通俗戏曲有碍统治者利益,有碍道德教化的时候,为了正人心厚风俗,统治阶级就要提倡忠孝节义的理念,通过官方的控制和人为的干预使戏曲"趋正归雅"。对于歌功颂德、宣扬义夫节妇、孝子顺孙、劝人为善及欢乐太平的戏大力提倡。最典型的例子是朱元璋对宣扬"全忠全孝"观念的《琵琶记》的喜爱和提倡,他说:"《五经》、《四书》,布、帛、菽、粟也,家家皆有;高明《琵琶记》,如山珍、海错,贵富家不可无。"并且"日令优人进演"。

儒家认为为政者的道德水准决定社会的治乱兴衰,为文者的道德状况决定作品的价值,即所谓"诗品出于人品"。"人品不高,用墨无法。"人品不高,俗病难医,谈何境界?!故历代画论主张"澄怀观道",提倡"清心地"、"善读书"、"却早誉"、"亲风雅"、"不可有名利之见",不能"沉湎于酒,贪恋于色,剥削于财,任性于气"。故"学画者先贵立品。立品之人,笔墨外自有一种正大光明之概。否则，画虽可观，却有一种不正之气隐约毫端"。为此，儒家以"人道"为本位去拟构充满伦理精神的"天道"，用兰、菊、梅、竹、松比照气节和情操，着力弘扬清正高洁的人文品格。

二、中和之美

"和谐"是重要的美学范畴之一，其概念包容了"中"、"和"、"中和"与"中庸"。"中"本是华夏先民测天的仪器，从宇宙的观察中，得出"中"的空间概念，遂将自己生活的地域称作中土、中州、中国，体现出主体意识的历史性觉醒。成书于先秦战国时期的《周礼·考工记》设计都城蓝图，即"择中立宫"，对称布局，"左祖右社，面朝后市"。

"和"最初用以表述通过听觉、视觉、味觉所获得的美感，在先秦典籍中，"和"的概念首先用于声音，指声音的协调和谐，如《虞书·舜典》云："诗言志，歌永言，声依永，律和声。八音克谐，无相夺伦，神人以和。"由于任何可感、可见、可闻的事物，都是由多种不同的要素构成的，这些不同的要素和谐地共处一体，才会给人以一定的美感（色、声、味），所以郑国的史官史伯认为："声一无听，物一无文，味一无果，物一不讲。"无论是声音、物体还是味道，单调了都缺乏美感；只有丰富和谐了才有魅力。后来，"和"逐渐发展为一个广义的通感美学观念，凝聚为心觉美的重要观念，并将"和"引申到国家的政治教化。早在殷、商时代，就有了"和"、"同"之辩，提倡"和而不同"，强调从多样化、多元化走向"殊途同归"。

在西方，从古希腊哲学家、数学家毕达哥拉斯和赫拉克利特，到近代美学奠基人鲍姆嘉通及欧洲古典美学集大成者黑格尔，也都对"美是和谐"这一命题做了肯定和阐述。不过，西方美学家几乎都是着眼于审美对象的外部特征，或者认为"和谐"是"数的比例"合度，或者认为"和谐"是"比例适当，颜色悦目"，或者认为"和谐"是"对称、整一"等等。而我国先哲则将和谐美做了包括外部形式和哲学与心理的阐释。认为"和"是造化的力量，宇宙的法则和秩序。孔子进一步将"和"的概念引申到政治生活和人际关系之中，主张"礼之用，和为贵，先王之道，斯为美"。以和谐为美，不仅表现为外部形态，而且是哲学观念、社会理想和艺术审美标准。戏曲中有些作品直接反映了文化融合的趋势，比如女真族作家李直夫创作的以女真族历史事件及文化风情为题材的作品《虎头牌》,就是以汉文化"忠孝"和"法制"的主题为依归的。

"中和"是中国特有的美学观念,来源于儒家"中庸"的哲学思想和以艺求道的行为方式。由于中国传统文化是几种文化殊途同归的汇合,经过兼收并蓄、融会贯通、多样统一的途径,儒家学派着眼于这种现实,提出了"致中和"的观点。《礼记·中庸》云:"喜怒哀乐之未发,谓之中;发而皆中节,谓之和。中也者,天下之大本也;和也者,天下之达道也。致中和,天地位焉,万物育焉。""中和"首先被作为人的感情规范提出来,后来,儒家学派又以孔子之口提出"发乎情而止乎礼","乐而不淫,哀而不伤","温柔敦厚"的"诗教"和"乐教",设置了"中和"之美的范本——《诗经》,对后世中国文艺学美学产生了深远的影响。

中和精神不仅是中国古代社会典范的心理模式和思想道德模式,而且成为中国人生之主调,被视为审美的最高境界。所以,无论是宇宙模式之象的太极图、城市格局与建筑造型,还是文字结构、词语构造、文学艺术等,无不体现着中和之美。中国古典艺术大都具有在尖锐矛盾中通过奇妙的变通结合以达到和谐的特点。譬如在诗词领域里,既有格律结构的刻板法则,又有"言外之旨"、"韵外之致","不着一字,尽得风流"的自由驰骋之地。在绘画中,泼墨写意和工笔细描融合互通。气无烟火的水墨和冷暖兼备、金碧辉煌的装饰重彩交相辉映。园林建筑里,规模巨大、形式对称、格局森严的封闭建筑体系,和虽由人作、宛自天开的园林艺术各有千秋。曲脊飞檐与宽阔台基相衬映,显得安定踏实、舒适实用,协调美观。

"和"不仅表现为"中和",还表现为"中庸"。中庸者,有节有度,不偏不倚。过犹不及,合乎分寸,适度得体之谓也。中国古典审美理想是崇尚执中适度,要求多样、对立因素协调互济,相反相成,达到情与理的和谐统一,导致中正和平的境界,避免各种极端形式主义、神秘主义等等。譬如酒,西方的酒神精神放浪恣肆,而中国酒即便是烈酒,饮之犹如烈火烹油,让人热血沸腾,但也是水的形态、火的性格,是水与火的统一。茶亦如此,水与火是两种根本对立、难以相容的事物,但在"茶博士"陆羽看来,水与火在茶道、茶艺中可以相容相济,因此和谐也成了茶文化的灵魂。

哲学是艺术的灵魂。处于中国文化核心和主流地位的儒学深刻而全面地影响着戏曲,使中国戏曲十分注重内容,戏曲舞台成为社会人生的缩影和时代的镜子，演古证今，搬演春秋，吐露人民心声，抒发作者情怀，浸润着深厚的人情味和强烈的道德意识。在"文以载道"、"道艺一体"的精神指导下，戏曲艺术发挥着"明鉴戒、助人伦、成教化"，"兴观群怨"、善善恶恶的作用，营造出中和、和谐的审美境界。

戏曲艺术整体地沐浴在和谐美的诗意光辉之中，和西方写实戏剧迥然有别。它不追求逼真的再现与模仿，不追求时间和地点的一致性，而是以写意传神为目标，运用流动、自由、富有弹性的时空体系，通过多层次、立体交响的艺术处理，以有限的舞台来表现无限广大的时空形态和丰富的生活。戏曲采取虚拟化、程式化的表现手法，通过舍弃、集中、变形、夸张等艺术手段，以独特的舞台逻辑和心理时空观念，展开丰富的想象，假中求真，达到"不似之似"的艺术真实。这种艺术的真实，不仅能够反映表现出生活中本质的内容，而且具有含蓄不尽的美。

我国传统美学从来都注重恰如其分，讲究刚柔相济，"秾纤得中，修短合度"。古代理想的美人即是"增之一分则太长，减之一分则太短。着粉则太白，施朱则太赤"。杰出的戏曲表演艺术家总是善于充分调动各种艺术手段，掌握好分寸，做到不繁不乱、不温不火、不平不过，不听任感情的泛滥，不在台上"洒狗血"。如同梅兰芳所说："只要做得好看，合乎曲文，恰到好处，不犯过与不及的两种毛病，就全是好演员。"道理很简单，如果笑则捧腹喷饭，哭则涕泗横流，骂则唾沫飞溅，真实倒是真实了，但剑拔弩张就失去了内在的含蓄与和谐之美。老子谓"治大国若烹小鲜"，戏曲艺术家演戏，也好比是做一道菜，非要色、香、味、形恰如其分地调和才能吸引观众。

以圆为美，是古希腊毕达哥拉斯学派的著名观点。"圆"也经常在"圆满"、至美（无憾）的意义上为佛家所广泛运用。中国戏曲表演总体上也呈现出一种"圆"的状态，"万变不离其圆"。戏曲表演是以圆为美的艺术，在圆的大小、虚实、重叠、变幻、重组、律动中，处处成圆，非圆即弧，浑圆一体。从内容与形式的结合上追求圆象、圆满、圆融、圆通、圆转、圆活、圆成、圆浑、圆熟、圆照的全方位的平衡和谐之美。"圆"中不仅包含着戏曲含蓄的韵律风格，更深入到戏曲表演的身段动作和意境之中，散发出独特的韵味。

以"圆"为美是中国古典文化的极致理念，由古代《易》理中的太极图相生而来。太极图是以黑白两个匀称且相互交感、涵容的鱼形纹组成的圆形图案，俗称阴阳鱼。博大精深，玄妙幽邃，宛若一部无字天书，形象化地表达了阴阳轮转、相反相成是万物生成变化根源的哲理。太极图是原始的，又是现代的；是神秘的，又是科学的；是中国的，又是世界的。从太极图中我们可以直观地看出，任何事物都是由两个相反的对立面组成，二者的相互转化处于一个动态过程中，同时它们又组成了一个统一、平衡的体系。太极图是图式最简单、内涵最丰富、造型最完美的图案，直观地揭示了万事万物发展变化最根本的哲理，是适应于自然界万物的普遍法则。暂且抛开其深邃的内涵，仅从它所展现的互相转化与相对统一的形式美——圆形的美、曲线的美、对称平行的美、和谐有序的动态美，都在戏曲艺术中得到淋漓尽致的体现。诸如戏曲中经常出现的"喜相逢"、"鸾凤和鸣"、"龙凤呈祥"等以一上一下、一正一反的形式所组成的生动优美的吉祥图案，就是在太极图的基础上衍生出来的，深受民间欢迎。再如旦角优美的"卧鱼（云）"这个姿势造型，以腰为轴，全身倾拧，如龙盘柱，似螺旋转，不就是圆的精彩体现吗?!

最能体现戏曲中正平和风貌的莫过于京剧大师梅兰芳。回眸京剧艺术200年发展史，梅兰芳不愧是一块仰之弥高的丰碑，一座博大精深的艺术殿堂。梅兰芳年方弱冠，便成了举世瞩目的明星，开创了京剧旦角的新纪元，并逐步形成了独特的旦角流派——"梅派"，最后确立了无可争议的"四大名旦"之首及花国状元的历史地位。梅兰芳的出现既是中国戏曲史上的奇迹，又是时代发展之必然。他一辈子不论是做人还是从艺，都讲究中正平和；不论是在舞台上还是在现实中，他都知道什么是过犹不及。梅兰芳对中国传统文化精髓和传统美学原则有着极其深刻的体悟和十分独到的呈现，他所创造的梅派艺术以雍容华贵、端庄凝重、意境和美、深沉含蓄著称，充分体现出中国戏曲对于礼乐理想与中和之美的终极追求，彰显出鲜明的民族审美特色。德艺双馨的梅兰芳，性格外柔内刚，处世外圆内方。温婉优雅的外表里蕴藏着坚忍执着的内心。他不肯与世沉浮、同流合污，不屑卑躬屈膝、攀高结贵，不向邪恶黑暗势力低头让步，抗日战争时期的蓄须明志更表明了他的高风亮节和胆略气魄。梅兰芳一辈子做人从艺所追求的就是"分寸"，或者说"度"。对于"分寸"和"度"的拿捏控制，既是他的天赋，更是在传统文化熏陶培养卜长期锤炼的结果，是梅派艺术博大精深之所在。

三、乐天精神

在亚里士多德的《诗学》中，悲剧和史诗并列为正统的文学经典。西方戏剧以悲剧为冠冕，认为悲剧最能表现内在的生命运动，展现无限恢弘的宇宙苍穹，通过有限的个体表现人类无坚不摧的伟大，因此悲剧的价值高于喜剧。

早期的古希腊悲剧大多是命运悲剧，来源于希腊神话和荷马史诗，后来的西方悲剧则有着复杂的基督教文化背景。基督教视人生为罪恶，认为人类始祖亚当和夏娃经不住毒蛇的诱惑，偷吃了伊甸园里的"禁果"，犯下了"原罪"。罪恶与人生俱来，人生便是罪恶渊薮。因此，人类必须抛弃世俗生活和对肉体的眷恋，使灵魂得救，升入天堂与上帝结合，到来世天国享受永生的幸福。因此，死亡并不可怕，乃是一种崇高的德行，是救赎世人的重要途径，钉在十字架上的基督便是充满牺牲精神的伟大的殉道者的形象，象征死亡的残酷刑具十字架就成为基督教的信仰标志。所以，西方悲剧通常以英雄人物的死亡和美的毁灭作结。主角大多是地位很高的上层人物或半人半神的巨人或英雄。西方悲剧多取材于神话传说和英雄史诗，距离现实生活较远，弥漫着非现实主义的超自然氛围。巨大的时空距离容易唤起神秘感和惊奇感、激烈的感情冲突、无尽的探求和深重的命运感，使人产生怜悯与恐惧，情感得到净化和升华。

中国的传统悲剧与西方的悲剧有着不同的文化背景，来自不同的戏剧传统，经历了不同的发展历程。双方在创作意图、戏剧观念、题材类型（人物、事件）、结构方式、表现形式、文化内涵、审美感受、审美效果等方面均有明显差异。中国戏曲最初的萌芽也像希腊悲剧、喜剧一样，与宗教祭祀有关。但秦、汉以降，宗教祭祀活动出现了分化，民间祭祀活动重在娱人而非娱神。于是，中国戏曲便开始向世俗的方向发展。中国悲剧大都取自现实生活，关注普通人的生存境遇，反映人生苦难，包含更多人间烟火。中国古典悲剧是个十分宽泛的概念，差不多可以把所有痛苦、悲壮、悲惨、凄婉、哀艳、灾难等等含悲的内容都囊括进去。悲剧主人公不一定是英雄、巨人，更多的是小人物或平民百姓。

"不如意者常八九，能对人言仅二三。"每个人都是在悲境意识中成长起来的，艰辛、挫折、坎坷、忧患、失败，一生中难以避免。对生命的恐惧，对未来的迷茫，对事业的焦虑，对岁月的无奈，无时无刻不在煎熬着内心。但悲境之感促使人寻找安乐，悲境之心促使人奋发图强，悲境之情更促使人寻求寄托。故古人把悲视为一种美，把能够体现悲境的作品视为文学之美的极致。中华诗论以悲为美，认为悲境几乎是文学作品的最好题材，也最能引起人性情感的共鸣。那些被人们称为优秀的、能够流传千载而不衰的作品，大多都带有人性的悲境情感在里面。

中国悲剧按照现实生活把喜怒哀乐各种情感熔于一炉，伦理色彩浓，道德感强，总是给人以精神世界的和谐满足，最终在现实世界或幻想天地得到理想结局，而这个结局往往以善恶有报的大团圆或复仇的方式来实现。靠这种办法涂上亮色，冲淡悲剧主调造成的悲哀感和压抑感，使观众不致过度沉溺在感伤里。这样的结局既符合儒家的中庸之道，也符合道家的中和思想。道教认为人的生理状态与心理状态密切相关，过分的忧伤或过度的兴奋，都会有损于健康。强烈的悲喜刺激，都容易使人"神灿"——情绪激动，而情绪过分激动对健康是不利的。如果亦悲亦喜，悲喜中节，则造成心静神和、心平气和的心理状态，这种心理状态对健康长寿极为有益。这样一来，儒家的入世、进取、慎独，和道家的守雌、退让、逍遥、纵情相互调剂，东方的日神精神和东方酒神精神也得到结合。

上述审美崇尚反映在戏曲结构上就是悲喜沓见，离合环生，亦悲亦喜，悲喜中节，始自以悲，最终结之以喜。只有这种结构模式才能造成心平气和——既不过分悲伤，又不过度兴奋，但最终又轻松愉快的心理状态。这样的结局也符合佛家忍受今世苦难以求来世得到好报的理念，是温柔敦厚、不走极端，调和矛盾，获得虚幻精神满足的最佳方式，体现了中国人崇尚圆满的世俗心理与乐天精神。

就结构模式来说，西方传统悲剧的大体脉络是"悲－欢－离－死"，讲究风格的前后一致，主张以大悲结局。中国古典悲剧的大体脉络则是"悲－欢－离－合"，讲究结尾的"团圆之趣"。显然接近于亚里士多德所说的"双重"结构，即所谓"始于穷愁泣别，终于团圞宴笑"。西方人认为他们的悲剧结构是比较完美的"第一等"结构，而善恶有报的结构则是不够完美的，属于"第二等"结构。

在人物命运结局的安排上，西方人爱看伟大人物的死亡和美的毁灭，中国观众则很难接受好人遭殃、坏人得志的结局，爱看恶人受罚、好人好报。由于佛、道二教因果业报观念的盛行和对神明报应如影随形的笃信，戏曲悲剧习惯于以"善恶到头终有报"的道德情感作为出发点和归结点，力挺善的形象，不管他（她）们面临多么险恶的环境，遭受到多么沉重的打击，最终总是苦尽甘来，柳暗花明，很少在英雄人物死亡或美好事物毁灭的节骨眼上让戏戛然而止。如果情节本身不能导致"大团圆"，也要以虚幻的方式或具有心理补偿、抵消悲剧气氛的方式结束，最后往往要加上一个"光明的尾巴"，或死而复生，或冤魂复仇，或死后幻化为蝴蝶、鸳鸯等美丽的精灵，总之就是要变悲为喜，补缺成圆。像《窦娥冤》的三桩申冤昭雪、《赵氏孤儿》的报仇雪恨、《汉宫秋》的梦境团圆、《琵琶记》的一门旌表、《精忠旗》的阴府讯奸、《清忠谱》的锄奸慰灵、《长生殿》的蟾宫相聚、《雷峰塔》的雷峰佛圆、《娇红记》的最后仙圆，无不以大团圆结尾。

李渔《闲情偶寄》称戏剧结尾为"大收煞"，要求它须"有团圆之趣"。但触目皆是民间疾苦，世上疮痍，现实生活中事事遂意者少之又少，所以只能是人为的"团圆之趣"。于是，"补恨传奇"大量涌现，大团圆结尾长盛不衰。清代诗人、剧作家周乐清因对历史上著名人物如屈原、荆柯、诸葛亮、岳飞等人的最终结局不满，竟先后撰写了八个"补恨传奇"，名为《补天石传奇》，为上述人物设计出"始于悲者终于欢，始于离者终于合，始于困者终于亨"（王国维《红楼梦评论》）善恶果报的人生结局，为他们翻案鸣冤。令人遗憾的是这样处理虽然满足了观众善良的期待心理，却违反了生活逻辑和历史事实。

必须承认，大团圆的结局以及善恶有报的安慰，的确对戏曲的悲剧精神起到了消解、淡化的消极作用。对此，胡适立足于思想进化和社会改良的立场，在1918年所写的《文学进化观念与戏剧改良》中慷慨陈词："这种团圆的迷信乃是中国人思想薄弱的铁证……他闭着眼睛不肯看天下的悲剧惨剧，不肯老老实实写天公的颠倒惨酷，他只图一个纸上的大快人心。这便是说谎的文学……这种团圆的小说戏剧，根本上说来，只是脑筋简单、思力薄弱的文学，不耐人寻思，不能引人反省。"

鲁迅先生在《学界的三魂》中分析了"中国人的心理，是很喜欢团圆的，……所以凡是历史上不团圆的，在小说里往往给他团圆；没有报应的，给他报应，互相骗骗。——这实在是关于国民性的问题。"进而猛烈地批判道:"中国人的不敢正视各方面,用瞒和骗,造出奇妙的逃路来,而自以为正路。在这路上,就证明着国民性的怯懦、懒散而又巧滑……中国人向来因为不敢正视人生,只好瞒和骗,由此也生出瞒和骗的文艺来,由这文艺,更令中国人更深地陷入瞒和骗的大泽中,甚而至于已经自己不觉得。"

五四新文化运动的精英们颠覆儒道、反叛传统,主张从价值观念到话语模式进行全面转型。但思想批判的过激之语不能视为学术定论,也不能因此就抹杀了中国悲剧内涵的价值及悲剧文体的客观存在,只能说明中国古典戏曲是缺乏严格意义上的符合西方悲剧理论标准的悲剧样式而已。同为地球居民的中国人同样有喜、怒、哀、乐的情感体验,有中国自己的悲剧,但表现形态不尽相同。中国人追求自然和谐,不欣赏冲突分裂。中国的悲剧更重情感体验,更重道德感,更具世俗性。因此对悲剧的考察不应仅仅着眼于结局安排是毁灭性的还是补救性的,更应体味全剧的精神、基调、格调、情境和氛围。中国悲剧具有强烈关注现实、反映百姓不幸命运的悲剧精神,主要反映下层人民特别是下层妇女的血泪和苦难,加上中国戏曲抒情化特点,遂形成凄苦哀怨的悲剧基调、荡气回肠的悲剧格调。中国悲剧的悲剧性内涵不仅表现在人物的悲惨遭遇上,而且也表现在悲剧性情境及氛围的营造上。

中国悲剧"悲而有时"(顺时而哀)、"悲而有地"(因地而哀)、"悲而有节"(哀而不伤)。不欣赏大喜大悲,不推崇极怨极怒。表面看去,缺乏西方文艺作品中那种强烈、深刻的悲剧性。中国古典悲剧虽然大多数是大团圆结局,但其过程充满了苦难和凄凉。而且,中国戏曲中最常见的大团圆并不都属妥协型、调和型,而大多是惩恶扬善型。虽然悲剧主人公历尽艰辛、遭到毁灭,但他们是正义的化身,道德的楷模,深受百姓景仰。尽管现实中常有作恶者一世亨通、为善者终生受窘的情形,但观众不希望在舞台上看到正义无法伸张、坏人永远当道的状况,而是希望通过善恶有报的方式实现他们正义必将战胜邪恶,真、善、美终将代替假、丑、恶的生活信念。可见,中国戏曲悲剧民族化特色十分突出,美学品格十分独特,与西方悲剧迥异其趣,不宜用西方悲剧的标准来裁定、用西方悲剧的模式来硬套,更不应因有大团圆结局而否定它的存在价值。大团圆结局有着深远而复杂的历史原因,既有民族文化审美心理的投射影响,也有中国戏曲自身表现形式的作用因素,应进行客观审慎而科学的分析和评价。

中国的悲剧理论也是在不断发展的。如王国维先生在借鉴西学评论《红楼梦》时还认为中国没有悲剧，但随着他对元杂剧研究的深入，逐渐认识到中国悲剧的个性和风采，试图建立中国式的悲剧理论，他用黑格尔式的悲剧观来解释中国古代戏曲，认为悲剧的特征是主人翁的自由意志不得伸展造成的。他说："明以后，传奇无非喜剧，而元则有悲剧在其中。就其存者言之：如《汉宫秋》、《梧桐雨》、《西蜀梦》、《火烧介子推》、《张千替杀妻》等，初无所谓先离后合，始困终亨之事也。其最有悲剧之性质者，则如关汉卿之《窦娥冤》、纪君祥之《赵氏孤儿》。剧中虽有恶人交构其间，而其蹈汤赴火者，仍出于其主人翁之意志，即列之于世界大悲剧中，亦无愧色也。"

况且，中国戏曲中也有像《桃花扇》那样见不到任何"大团圆"的影子，没有涂抹希望的亮色，有的只是悲怆、凄凉、迷茫的悲剧。《桃花扇》的悲剧结构的核心不是"结"和"解"——即灾变的发生和最终的解决，而在于通过一连串或大或小、或远或近的事件，一步步地把那种无可奈何花落去的悲凉气氛积聚起来，推向高潮，可以说是一种情境悲剧。《桃花扇》的悲剧事件不再是局部的、偶发的巧合事件，而成为整个社会悲剧的浓缩点和聚焦点。《桃花扇》的悲剧氛围早在故事发端之前就已酝酿产生，到故事结束之后仍然余波荡漾。在这个总的悲剧背景下包括三层悲剧内涵：一是亡国易代之痛，二是异族入侵之愤，三是封建制度的日益腐朽残败，明王朝逐渐从衰败走向灭亡的历史过程，大厦将倾、不可救药的末世景象。在这个大背景下产生的《桃花扇》悲剧，自然而然地被置于一种彻底悲观绝望的世界图景中，人物的痛苦和悲剧性命运成为无可避免的必然。

中国悲剧所表达的是乐观主义世界观，这种乐观主义世界观来源于儒家的入世态度和道德观念，也来源于道家的生死观。儒家的入世态度和"立德、立言、立功""三不朽"的人生哲学尽管有着较强的功利色彩，但无疑是积极进取、乐观向上的。道教在如何对待生与死的问题上，态度既与西方不同，亦与佛教的涅槃反其道而行之。道教继承了先秦以来的神仙方术，主张以肉体的长生不死作为解脱方法。儒家的入世态度和进取精神与道家的主生乐天精神成为中国文化的主流和突出特点，深刻地影响着戏曲的面貌，制约着戏曲的结构布局，使得中国大多数悲剧的悲剧情节从本质上来看不过是一个或一系列继发的巧合事件，也就是说悲剧是由于某种后起的原因而从无到有地发生，悲剧主人公因此而由顺境转入逆境。正是这种悲剧事件的继发与巧合性质，决定了悲剧不过是偶然发生于特定人物的命运转折。而且悲剧的主人公——英雄或良善总能够大难不死，他们所遭受的苦难、所经历的伤感经验，最终都要被证明属于偶然的或局部的现象，而只有他们所代表的善良、正义、乐天、长生才是永恒的。中国悲剧留给读者和观众的不是悲恸欲绝的无望，不是"瞒和骗"，而是阴霾中的一缕晴光，残酷中的一个梦想，是对美好未来的渴望。说到底，中国悲剧张扬的是一种典型的中国传统的乐天精神。

四、天人合一

瑞士籍德国思想家、著名文化学者卡尔·雅斯贝尔斯（1883—1969）在《历史的起源与目标》一书中第一次提出"轴心时代"的理论。他认为以公元前500年为中心，东、西方同时或独立地产生了中国、印度、巴勒斯坦和希腊四个轴心文明，并出现了一批重要的思想家，如西方的苏格拉底、柏拉图、亚里士多德，印度的释迦牟尼，中国则出现了诸子蜂起、"百家争鸣"。这一时期产生的思想，大大推动了人类文明的进程，经过两千多年的发展，已经成为人类文明的主要精神财富。

发生在中国大地上的轴心文明，其背景是夏、商、周三代的礼乐传统，体现出中华民族的思维方式，达到了中国思想最辉煌的顶峰，完成了东方理论体系建构。譬如，中国古代宇宙解释系统阴阳五行太极说以及太极图，就用新的宇宙观代替了上帝神学，提出了科学的东方创世说，进而衍生出艺术发生学。太极包含着中国古代哲学思想，它以一个大圆环、一个S线、两个小圆圈并黑白二色分界。太极图外圈的圆象征元气混一的宇宙空间，S线隔开的阴阳两个鱼象征着自然界两种对立和相互消长的物质规律。黑、白二鱼象征着阴阳，二鱼环抱相生，阴阳交合，既对立又统一，从而衍生出刚柔并济、对称和谐的审美原则。外圈内转的特征，体现着回旋、均衡的运动模式以及人与自然宇宙的圆融合一。其中就涉及艺术美学中的天人关系、美善关系、文质关系、道技关系、言意关系、诗乐关系、古今关系等范畴，至今仍是包括戏曲艺术在内的华夏民族艺术的宝典和圭臬。

归根结底，戏曲是"人学"，其根本宗旨是表现人生、揭示人性，促进人性的全面发展和不断优化。自古以来，全人类就一直面临着三大问题，即人和自然的矛盾，人与人（自我与他人或人与社会）的矛盾，人自身的矛盾。随着时间的推移，上述问题越来越尖锐地摆在人类面前，引发出自然生态危机（生态失衡、水土流失、资源枯竭、气候反常、物种退化消失、自然灾害频发）、社会生态危机（全球和区域间的利益、资源掠夺，加剧了东西矛盾、南北矛盾、发达与发展之间的矛盾、贫富分化和社会矛盾）、精神生态危机、文化生态危机（自然生存危机所带来的精神生态危机和文化生态危机的连锁反应已经日益明显地对人的精神文化产生作用：人性扭曲、道德沦丧、心态失衡、异己感和孤独感等）。所有这些都直接关系到建设"和谐社会"与实现人类社会的"和平共处"。如何解决三大（或四大）矛盾？东、西方回答迥异。西方的思维模式从轴心时代的柏拉图起就是以"主—客"（即"心—物"或"天—人"）二元立论，把精神和物质看成是各自独立、互不相干的，因此其哲学以"外在关系"（"人"和"自然"是互不相关的二元）立论，其思维模式以"心"、"物"为独立的二元。而早在轴心时代的东方，中国的儒家以"天人合一"、"人我合一"、"身心合一"这三个哲学命题，为解决上述三大矛盾提供了睿智的思路和切实的可操作性。

  人类生存离不开自然界，人类最初遇到的问题就是"人"与"自然界"（天）的关系问题，所以中国古代一直都在关注"天人关系"问题。儒家经典之一的《周易》就是一部研究天道（天的规律）和人道（人、社会的秩序）会通道理的书。儒家主张"天人合一""天"离不开"人"，"人"也离不开"天"，"人"是"天"的一部分，两者并不对立。因此，"人"不仅要"知天"（认识并合理地利用自然），而且应该"畏天"（敬畏自然界，并把保护自然界作为神圣的责任）。破坏"天"就是对"人"自身的破坏，"人"就要受到惩罚。"天"在中国古代意指"上天"、"神明"，更是生态自然的化身。中国人是龙的传人，中国文化以两河（黄河、长江）流域的土地文化和农耕文明为根，认为人在自然中可嬉、可游、可玩、可赏、可饮、可卧。"天人合一"是中国古老的哲学命题，是儒家思想的基石，同时也是人类社会需要不断给予新的诠释的命题。现在人们过分地崇尚"科学主义"（科技万能），只强调"知天"，"用天"，征服"天"，以至无序地破坏"天"，而不知对"天"应有所敬畏。否定了"天"的神圣性，从而也就否定了"天"的超越性，使得人类的生存环境遭到极大破坏，人文精神失去了依托。虽然不能奢望儒家"天人合一"思想直接具体地解决当前人类社会存在的一个个"人与自然矛盾"的问题，但是，"天人合一"作为一种思维模式，无疑会从哲学思想上为解决"天"、"人"关系提供富有积极意义的思路。

与亨廷顿提出的旨在为西方强势文化张目的"文明的冲突论"迥异其趣,中国传统文化的最高理想是"万物并育而不相害,道并行而不相悖"。儒家提倡"人我合一"的观念和以"爱人"为基础的"仁学",主张以"和为贵"为基础的"和而不同",对于造就"人与人"之间,扩而大之国家与国家、民族与民族、地域与地域之间的和谐,有着重要意义。在由"不同"到相互"认同"的过程中,不是一方消灭一方,也不是一方"同化"一方,而是坚持正义原则,保障每一种民族文化独立自主,并能够按照其民族的意愿发展的权利;坚持团结原则,要求对其他民族文化有同情理解和加以尊重的义务。这样,不同的民族和国家就可以通过文化的交往,在对话(商谈)和讨论中取得某种"共识",在两种不同文化中寻找交汇点,形成互动中的良性循环。

儒家用"合天人"的思想解决人与自然之间的矛盾,用"同人我"的思想解决人与人之间(自我与他人)的矛盾,而用"一内外"的思想来解决人自身的矛盾。随着现代化进程的加快,人自身的矛盾愈演愈烈。按照现代社会学创始者韦伯的观点,现代化发生于启蒙(reason)时代即理性时代,直接导源于17世纪的"科学革命"。尽管世界范围内的现代化的途径、过程和层次、模式不尽相同,但其本质是一致的。从启蒙时代起,讲究效率的功利主义即个人主义和实用主义就开始大行其道,现代化时代更是把功利主义奉为圭臬。这一方面大大增强了理智化和效率化,丰富了物质成果,同时也不可避免地带来欲望的释放和传统道德观、价值观的转变乃至沦丧,对传统礼俗和民族文化的继承造成巨大的冲击和破坏。处在种种内外压力之下的现代人,身心失调,人格分裂,心理扭曲,道德滑坡,终日在欲望的煎熬中痛不欲生,已经形成一种社会通病,严重影响了社会的安宁。儒家主张用做人的道理来规范、调节人自我身心内外的矛盾,即通过"修德"、"讲学"、"改过"、"向善"等途径使人自我身心内外和谐,精神境界得以升华。

当然,儒学并非绝对真理,更非万应灵药。儒学在某些方面也存在着内在矛盾性和历史的局限性,即便是其中的精粹部分,也往往需要给予现代的诠释。儒家思想并不全都适应现代社会的要求,也不可能悉数解决当今存在的所有问题。但在全球化的今天,走出"中西古今"之争,会通"中西古今"之学,温习阐发轴心文明之儒家的思想和理念,发掘其中对当今人类社会有意义的资源,充分展示中华文明的辉煌成就与独特魅力,含英咀华虚心吸纳其他文明的精华，以实现不同文化之间的沟通交流、共存共荣，乃是别无选择、造福人类的明智之举。在这个过程中，民族戏曲应该有所作为。

结　语

四大古老戏剧文化在世界戏剧舞台上此起彼伏，人类戏剧的交流不绝如缕，从未中断。早在公元前3世纪，亚历山大大帝曾数次挥师东征，在两河流域大败波斯军队，接着又乘胜南下印度，在东起印度河、西至尼罗河与巴尔干半岛的辽阔地域建立起亚历山大大帝国。亚历山大大帝东征过程中，有数以千计的戏剧演员随军从事演出活动，使古希腊文化和古希腊戏剧流播到世界东方亚洲印度一带。

从公元前3世纪到公元10世纪，印度梵剧乘势而起。就其源流而言，印度梵剧固然是印度本土的产物，但其孕育、形成过程中得到过古希腊文化和古希腊戏剧的滋养。同时，梵剧也与佛教相生相关，有着不解之缘。印度佛教从汉代就开始流播中国，与中国本土的儒教融为一体。20世纪初叶，著名跨文化研究学者许地山就曾指出中国戏曲与古希腊戏剧及印度梵剧有着密切的渊源关系。而波斯的学者瑞师德丹丁经过严密的考证后认定：当年成吉思汗的儿子继承大统后，曾有中国的戏剧演员来到波斯，表演一种藏在幕后说唱的戏剧，证明古老的中国影戏，已成为"具有世界性的东西"。

1984年诺贝尔和平奖得主南非大主教图图曾有一句富有深刻哲理的朴素名言："我们为差异而欣喜。"他认为文化上的差异，绝大多数构不成冲突，因而表示为差异而欣喜，以差异并存为美，以消除差异为丑。无独有偶，1990年12月，在就"人的研究在中国——个人的经历"主题进行演讲时，我国著名社会学家费孝通先生总结出了"各美其美，美人之美，美美与共，天下大同"这一处理不同文化关系的十六字"箴言"。世纪老人周有光先生也认为，随着全球化时代的到来，应及时转换视角，冰释误会，互相沟通，鉴古知今，他山攻错，共创、共有、共享人类一切优秀文化成果，这其中当然包括戏剧。

中西戏剧各有特色，各有价值。戏曲艺术是农业文明的产物，属于古典美的范畴。但是戏剧美并非凝固不动，而是始终处在不断演进、嬗变和发展的过程之中。处在传统文化和国际现代文化的"双文化"时代背景下，戏曲既需要传承和延续，也需要重构和创新，绝不能"以不变应万变"。重要的不是文化复古，而是文化更新。不是以传统替代现代文化，而是以传统辅助现代文化。古人云："穷则变，变则通，通则久。""变则新、不变则腐；变则活、不变则板。""诗人随世运，无日不趋新。"戏曲艺术必须立足于传统，按照艺术发展规律，去探索和突破。通过新的综合，实现新的"生态平衡"，达到新的和谐，创造出新的戏曲美。

戏曲不是徒唤奈何的迟暮美人，更不是所谓"夕阳艺术"，只要能够抓住天时、地利、人和，它仍会风生水起，活在流光溢彩的舞台上，而不是被送进博物馆束之高阁。相信富有智慧和才华的戏曲人，能够以民族文化的自觉精神，建立民族文化自信，确立民族文化自主地位，处理好继承与创新的关系，以历史的陈酿为底蕴，用新酿的时代美酒添豪情，为人类戏剧的繁荣再谱新篇。

刍议篇

"寻梦春秋六百年"

——丝绸版《中国昆曲图鉴》序

　　古老而又年轻的戏剧艺术，几乎与人类同步产生，并伴随着时代的推移、社会生活的更新而不断衍变发展，在世界范围内形成了双峰并峙的东、西方两大戏剧体系。

　　进入公元16世纪，东、西方两大戏剧体系同时迎来了自己的黄金时期。以巨人莎士比亚的悲喜剧为代表的英国戏剧，在古希腊戏剧光环的照耀下，冲破中世纪神学的禁锢，达到文艺复兴时期人类戏剧的颠峰。而东方戏剧的劲旅中国戏曲，也在积淀吸收宋元南戏和元杂剧营养的基础上，进入辉煌的明清传奇阶段。昆曲如异军突起，独领风骚。

　　昆曲不仅是中国戏曲合乎规律的发展，而且是中国古典审美意趣的综合结晶。她融歌、舞、剧、技于一体，与书、画、琴、棋、乐、艺、园林、建筑异曲同工，成为民族经典文化的重要组成部分。昆剧艺术有着雄厚的文学基础，体制宏大，形态自由，诗意浓郁，意蕴深邃，而且雅俗共赏。她的行当齐全，表演身段丰富细腻，舞姿优美，念白生动自然，唱腔及演唱技艺炉火纯青。昆曲艺术还是中国戏曲史上一种高度自觉自明的文化，昆曲艺术的全部活动和进展，都伴随着清晰的逻辑表述和理性监督，始终享受着智力点化和精神指引。它拥有一大批集理论与实践于一身的活动家和实践家。从某种程度来说，中国戏曲理论宝库中绝大部分最珍贵的建树实际上是昆曲理论。[①] 昆曲艺术具有普遍和永恒的古典美，不愧为罕见的奇迹、完美的典范，因而被誉为"国之瑰宝"、"百戏之祖"。

　　昆曲发源于江苏省昆山一带，从元末吴侬软语、清歌雅韵的吟唱，到今天被联合国教科文组织命名为"人类非物质口头文化遗产"，已经历尽600余

[①] 《余秋雨谈昆曲》，始作于1992年。同年有与白先勇有关昆曲之美的长篇对谈，首发于台湾《中国时报》。后收入余秋雨散文集《笛声何处》，苏州古吴轩出版社，2004年6月第1版。

年的沧桑。"却顾所来径，苍苍横翠微"（李白）。寻梦春秋六百年，几多风雨与辉煌。

一、昆山腔的兴起

昆山腔属于南曲的一个支派，其发祥地是江苏省昆山千灯。千灯旧称千墩，位于长江三角洲，隶属江苏省昆山市，东接上海，西邻苏州，已有两千五百年的历史，至今仍保留着"水陆并行、河街相连"的棋盘式格局和水巷、河埠、廊坊、庭院的江南水乡古镇风貌。

据魏良辅《南词引证》记载，元末千墩出了个民间歌手顾坚（1279—1368），自号风月散人，精于南词，善作古赋，他把流行于昆山一带的南曲原有腔调加以整理和改进，称之为"昆山腔"，在当地传唱。元朝扩廓帖木儿闻其善歌，屡招不屈。另据周玄（元）暐在《泾林续记》中披露，明太祖朱元璋曾在南京召见昆山老寿星周寿谊，问道："闻昆山腔甚嘉，尔亦能讴否？"据此可以推知，到了明朝初年昆山腔已名扬四方，所以才引起明太祖朱元璋的注意。另据当时杭州人瞿佑（1341—1427）在［一萼红］《西厢待月》中写道："艳曲新腔，至今唱满吴娃。"可见这种新的戏曲声腔已在当时的吴语地区普遍开花。

二、由昆山腔到昆曲

早期的昆山腔只是流行于吴中的"清柔婉折"的清曲小唱，到了明代嘉靖、隆庆年间，北曲清唱家、江西豫章（南昌）人魏良辅（1368—1644）（字尚泉、一字上泉）流寓太仓南关（元代时昆山所辖）。他不满于昆山腔的"平直无意致"，便与善吹洞箫的张梅谷、工撅管的谢林泉，以及张小泉、周梦山、季敬坡、戴梅川、包郎郎诸人结成在艺术上有共同见解的创作集体，在老曲师过于适和北曲弦索名家张野塘的参与下，吸收海盐腔、弋阳腔、余姚等其他南曲的长处，借鉴北曲结构严谨的特点和抑扬顿挫、索纤牵结、停声偷吹、依腔贴调等润腔手法，对昆山腔进行了彻底的改革。沈宠绥在《度曲须知》中记载道："魏良辅者，流寓娄东鹿城之间，生而审音，愤南曲之讹陋也，尽洗乖声，别开堂奥，调用水磨，拍捱冷板，声则平上去入之婉协，字则头腹尾音之毕匀,功深镕琢,气无烟火,启口清圆,收音淳(纯)细。所度之曲,则皆'折梅逢使'、'昨夜春归'诸名笔;采之传奇,则有'拜星月'、'花阴夜静'等词。要皆别有唱法,绝非戏场声口,腔曰'昆腔',曲名'时曲',声场禀为曲圣,后世倚为鼻祖,盖自有良辅,而南词音理,已极抽秘逞妍矣。"(见明沈宠绥《度曲须知》"曲运隆衰"条,《古典戏曲论著集成》(中国戏剧出版社,1959年)五册,第198页)

改革后的昆山腔,采用中州韵系,依字声行腔,讲究吐字、过腔、收音等技巧。同时对伴奏乐器也进行了改革,除原有的箫、管等主要乐器外,增添了"弦子"(即昆曲及弹词中所用的"南弦")。弦子与曲笛、怀鼓、提琴并为昆曲的特色伴奏乐器,并与管、笙、琵琶等乐器集于一堂,伴奏昆腔的演唱,形成清柔婉转、细腻优雅的风格。经过魏良辅的精心打磨、锐意革新,昆山腔更加流丽动听,成为出乎弋阳腔、海盐腔、余姚腔诸腔之上的"新声"。然而,尽管它"流丽悠远,出乎三腔之上",但仍属清唱,尚未能体现剧本,形诸舞台。

三、由昆曲到昆剧

昆曲由清唱搬上舞台,成为昆剧,是从梁辰鱼的《浣纱记》开始的。昆山梁辰鱼(1519—1591),号少白,又号仇池外史,精诗词,通音律,他十分认同魏良辅改革后的"水磨腔",经常设特大坐榻和桌案,教人歌曲,学者列序两旁。当时的歌儿舞女如没有得到梁的亲授,皆自以为不祥。梁辰鱼认为魏良辅的新腔不应只局限于曲坛清歌,必须扩展到舞台之上,占有更广阔的天地。于是与精通音理的郑思笠、陈梅泉、唐小虞诸人,"考订元剧,自翻新作",写出以西施为主要人物的《浣纱记》传奇,借助于锣鼓之势与舞台之场面形态,第一次将昆曲搬上剧坛,从音乐方面弥补了水磨调"冷唱"的不足,把传奇文学与新的声腔和表演艺术综合到一起,标志着原始的昆山腔在发展成为昆曲之后,又登上舞台,成为昆剧。

雷琳在《渔矶漫抄·昆曲》中说:"昆有魏良辅者,造曲律,世所谓昆腔者,自良辅始。而梁伯龙独得其传,著《浣纱》传奇,梨园子弟喜歌之。"昆山腔的兴盛使得文人创作如春潮般涌起,名家名作层出不穷,如汤显祖的"临川四梦"(《牡丹亭》、《南柯记》、《邯郸记》、《紫钗记》)、沈璟的《义侠记》、高濂的《玉簪记》、周朝俊的《红梅记》、汪廷纳的《狮吼记》、徐复祚的《红梨记》等。在唱论方面，主要有魏良辅的《曲律》和《南词引正》，沈宠绥的《弦索辨讹》和《度曲须知》，沈璟的《词隐先生论曲》，特别是王骥德的《曲律》堪称是中国戏曲史上第一部全面、系统、具有独创性的理论著作。在表演论方面，昆剧评论家潘之恒（1556—1622）在《鸾啸小品》、《亘史》中论述了昆曲的流派，记载评价了苏州、杨州、金陵、安徽、浙江、上海、北京、西湖、山东等地的演员，发表了不少关于昆曲表演的见解。

四、流播四方，扎根京师

昆曲的演唱本来是以苏州的吴语语音为载体，曲白音色亦遵依吴侬软语为准则，昆剧演员多是苏州人，戏班也以出自苏州的为上乘。"四方歌曲必宗吴门"（徐树丕《识小录》，《涵芬楼秘笈本》卷四"梁姬传"），苏州的昆腔成为传奇剧本的标准唱腔，以至于昆腔戏又称为"吴剧"、"苏腔"、"苏州戏"。

昆山腔开始只限于昆山一隅苏州一带，后来便以经济文化地位居江南之首的苏州府城为中心，向周围地区迅速传播，结合各地的语音、风俗，很快繁衍出常州、太仓、吴江、上海、无锡等多种风格流派。明潘之恒在《鸾啸小品》卷三"曲派"中指出，"吴音"（昆腔）有三派，昆山魏良辅立昆腔之宗；吴郡邓全拙为并起，称为"吴腔"；无锡另为一调，宗魏良辅而"艳新声"。在《鸾啸小品》卷二"叙曲"中进而勾勒出昆腔的演变："长州、昆山、太仓，中原音也，名曰昆腔。以长州、太仓皆昆所分而旁出者也。无锡媚而繁，吴江柔而湎，上海劲而疏，三方者犹或鄙之。而毗陵（常州）以北达于江，嘉禾以南滨于浙，皆逾淮之橘、入谷之莺矣。远而夷之，勿（无）论也。"

万历末年，昆曲传入北京。据明沈德符《万历野获编·补遗》卷二记载："今上（按：指神宗）始设诸剧于玉熙宫，以习外戏，如弋阳、海盐、昆山诸家俱有之。其人员以三百为率。"昆山腔与弋阳腔并称为玉熙宫中大戏，当时称为"官腔"，具体由钟鼓司、教坊司承应。秦兰徵的《天启宫词》还生动地记载了天启皇帝熹宗朱由校在德胜门外回龙观六角亭与伶人高永寿共同粉墨登场、演唱传奇《风云会·访普》的情形（秦兰徵《天启宫词》："驻跸回龙六角亭，海棠花下有歌声。黄葵云字猩红辫，天子更装踏雪行。"）由于昆曲"清柔而婉折"，且曲词典丽，所以"士大夫禀心房之精，从婉娈之习者,风靡如一"(明顾起元《客座赘语》卷九"戏剧条",中华书局校补本)于是,"京师所尚戏曲,一以昆曲为贵"(史玄《旧京遗事》)。达官贵人、豪绅富商和士大夫蓄养了不少昆曲家班,每逢他们聚会、宴集,必唱昆曲,纵情声色,观戏成瘾。巨室查氏在前门外建起戏楼,演戏蔚然成风。除了宫廷戏班和家班之外,明末北京还有数量可观的职业昆班。在京郊,庙宇、戏台如雨后春笋,层出不穷,演戏活动也十分兴旺。

明清易代的变幻风云似乎并未对昆曲产生太大的影响,雄才大略的康熙,大力提倡汉文化,对昆曲表现出强烈的兴趣和高度的重视,北京再度成为全国的戏剧中心,演剧活动频繁,且以昆曲、弋阳腔为主。康熙二十二年(1683),"特曾发帑币一千两,在后宰门(今地安门)架高台,令教坊(梨园)演《目连(救母)》传奇,用活虎、活象、真马上台"(董含《莼乡赘笔》,转引自周贻白《中国戏剧史纲要》,人民文学出版社,1960年版,第561页)。康熙五十二年(1713),康熙六十寿辰大演昆曲,有《康熙万寿图》为证。康熙年间,著名文人、诗人洪升、孔尚任先后来到北京,北京剧坛腾起两颗巨星,他们的剧作《长生殿》和《桃花扇》轰动京师,堪称是两座高峰,两块丰碑,历史剧的双璧,对后世戏剧产生了巨大而深远的影响。

五、晚明清初江南昆曲的兴盛

明代中期以后,江南三吴一带的社会生产力有了比较显著的发展,商业发达,城镇繁荣,奢侈享乐之风日盛,刺激了社会各阶层对声色之娱的追求,民间草根阶层的昆曲活动异常红火,盛况空前。很早就有的游乐集会的唱曲习俗,发展为一年一度的虎丘山千人石上的曲会,"檀板丘积",歌吹沸天,令人叹为观止。而每逢春祈秋报,乡民们则醵钱演剧,男妇聚观,熙熙攘攘,热闹非常。

在社会上层,除掉少数道学家之外,居住在应天(南京)、素、常、松、杭、嘉、湖及上海等各府县地区的官僚、士大夫、地主、富豪们广蓄声伎,遍征梨园,几乎都有家庭昆曲戏班,称为家乐。这些家庭昆班,自购戏衣行头,自请艺师教习女乐或优童,于厅堂、画舫的红氍毹之上轻歌曼舞,浅酌低唱,以乐侑酒,自娱为主,兼待宾客。有些技艺高超的出色家班,还可以公开献艺,与职业昆班一比高低。

从万历年间一直延续到明末清初的苏州"上三班"名噪江南,包括申时行家的申班，拿手戏是《鲛绡记》；范长白家的范班，拿手戏是《祝发记》；另外还有一个徐班，位居第三。明亡后，申班仍继续演出，而且艺事兴旺，分设大班、中班和小班。申府小班名伶金君佐，清世祖顺治十二年（1655）九月到南京演出《葛衣记》和《七国记》等剧目（见《王巢松年谱》）。顺治十八年（1661），申府中班又应邀到太仓王时敏家演出李玉的《万里圆》（见《王巢松年谱》）。直到康熙初年，申班仍有演剧活动，可见其声势之强劲。

再如明嘉靖朝刑部尚书潘恩之子潘允端，不仅长于文墨，而且钟情于昆曲，他所居上海豫园的乐寿堂便成了昆曲演出的重要场所，几乎"无日不开宴，无日不观剧"。他在《玉华堂日记》里称赞："吴门梨园，众皆称美。"

明亡之初，由于受到清兵南下带来政治经济诸多因素的冲击，家班一度消歇。但到了顺、康之间，局势趋稳，苏州的家班便又开始活动，著名的有吴县洞庭东山朱必抡，以布衣而蓄养女乐，"筑楼教其家姬歌舞"，诸姬十二人，内中以紫云最出色。吴三桂的女婿王永宁自云南回苏州，置宅于拙政园，养了一班家乐女优。康熙十年秋，戏曲家余怀、李渔曾在拙政园观赏王氏家班演出的《牡丹亭·惊梦》和《邯郸记·舞灯》诸剧。清初的戏曲家尤侗，在苏州葑门内尤氏旧宅新建"看云草堂"戏厅，培养了十多位歌童组成家班，演出自编的剧作。《红楼梦》作者曹雪芹的祖父曹寅出任苏州织造期间，自办家庭昆班。其妻兄李煦继任苏州织造长达三十六年之久（自康熙三十二年至六十一年），为康熙皇帝选拔"内廷供奉"的昆伶，在康熙南巡时安排接驾演出。同时蓄养曲师优伶，自办家班，其子李鼎性奢华，好串戏，更是沉溺迷恋于昆曲，不仅花费巨额资金添置服饰行头，还亲自粉墨登场。

由于三吴一带人烟稠密，物阜民丰，交通便利，酒肆茶楼栉比鳞次，因此也就成为职业昆班异常活跃的地区。明末清初，苏州、扬州、杭州、上海等地的著名的职业昆班数以百计，如兴化班、华林班、寒香班、凝碧班、妙观班、雅存班等。这些职业昆班常年冲州撞府，奔波忙碌，既需要应付社会上喜庆宴会的召唤，还要参加岁时节令的寺庙、广场演出。为了生存和发展，它们争奇斗妍，促进了昆曲的繁荣，出现了"家家收拾起、户户不提防"（"收拾起"指李玉《千钟戮·惨睹》[倾杯玉芙蓉]的首句"收拾起大地山河一担装"。"不提防"指洪升《长生殿·弹词》[一枝花]首句"不提防余年值乱离"）的兴盛景象。

明末清初，江南剧坛上涌现出以李玉为代表的苏州布衣作家群，是继以汤显祖为表率的临川派和以沈璟为代表的吴江派之后的最大的一个戏曲流派，创作出大批风行歌场令观众喜闻乐见的剧目，扭转了明末传奇创作的颓势。李渔则是著名的戏曲作家兼戏曲理论家，他的《闲情偶寄》全面总结了昆曲和传奇艺术，包含着戏曲创作论、导演论、演员论、观众论、舞台效果论及戏曲教学论诸多方面的内容，事实上已构成一部颇具规模并初见体系化的戏剧学著作，试图从戏曲的总体艺术规律及创造方法上创立理论框架，并用深入浅出的方法进行论述，具有结构严整、紧密联系艺术实际、通俗易晓的特色。

六、盛世元音

清雍正皇帝即位后，整饬吏治，禁止外官蓄养戏班，昆曲受到一些挫折。但是到了乾隆朝，由于国力充足，世风奢靡，乾隆又是一个大戏迷，演剧活动再度掀起高潮。内廷演戏机构"南府"的规模有了很大的扩充，由南长街南口迁至景山西北隅观德殿后，俗称苏州巷。补充了不少从江南挑选来的昆曲名伶，激增到八九百人，一度甚至多达一千五六百人（鄂尔泰、张廷玉等编纂《国朝宫史》卷十二）。演戏纳入朝廷仪典，形成定制。每逢新年、万寿节（清帝及太后寿诞）、端阳节、中秋、冬至等重要节令，以及册封后妃、皇子出世，均有与之相应的戏剧演出。宫廷词臣张照等制作了按时应节的《月令承应》、歌颂祥瑞的《法宫雅奏》和《九九大庆》，以及《劝善金科》（目连救母故事）、《升平宝筏》（唐僧西游取经故事）、《鼎峙春秋》（三国演义故事）、《忠义璇图》（水浒梁山故事）、《昭代箫韶》（杨家将故事）、《封神天榜》（东周列国故事）、《楚汉春秋》（楚汉相争故事）、《兴唐外史》（说唐演义故事）、《阐道除邪》（混元盒故事）、《盛世鸿图》（曹彬下江南故事）等十来部。每部戏都包括10本，240出左右。宫廷大戏联缀改编了大量杂剧、传奇等传统戏，其中约有十之七八用昆曲演唱，余则兼用昆、弋腔演唱。不要说北京，就连热河避暑山庄的演戏规模都大得惊人。巍峨的大戏台下可容纳数万观众，一个神怪剧目竟然在舞台上出现上千艺人，还不算后台的乐队伴奏和其他杂务人员（参见赵翼《檐曝杂记·大戏》，中华书局，1982年5月第1版，第11页）。

上有所好，下必甚焉。由于内廷频繁的昆曲演戏活动的影响和清廷的倡导，北京民间的昆曲演出也十分红火热闹。当时著名的保和三部专演昆曲，宜庆、永庆、萃庆、太和、端瑞、吉祥、庆春、庆宁、庆升、庆和、万和、庆云、金玉、乐善、松寿、金升、翠秀等则兼演昆、弋两腔。"昆乱不挡"是名伶必备的条件,"六场通透"为优秀乐工的看家本领。因此,各种戏班里都保留了不少昆曲剧目。如著名的徽部四喜班就以排演昆曲《桃花扇》而享誉京师。

昆曲被誉为"盛世元音",成为全国性的主要声腔剧种。乾隆十二年,由庄亲王允禄领衔,乐工周祥钰等分任编辑,并有大批艺人参加编纂的《九宫大成南北词宫谱》付梓。这部八十二卷的煌煌巨著,内容丰富,论列精审,囊括了南曲的引曲、正曲、集曲,北曲的只曲、套曲。曲谱中详细列举了不同宫调的各种体式,分别正、衬字,注明工尺、板眼、句读、韵格,使得很多濒于失传的曲格、曲词得以保存而传世。《九宫大成南北词宫谱》成为学习、研究昆曲音乐的重要文献,为昆曲填词度曲、吟诵演唱明确了规范,推动了昆曲演出活动的发展。

七、乾嘉风范的形成

清代中叶以降,由于偏重曲词的欣赏,忽视作品的内容,传奇创作题材范围日益缩小。加之格律严格,文辞古奥,艰深晦涩,令人费解,昆剧创作走向下坡路。但若从演唱实践角度着眼,却又呈现出极其热闹兴盛的局面,并形成"乾嘉传统"、"姑苏风范"。

就昆曲表演而言,"乾嘉传统"、"姑苏风范"主要体现于从全本戏转型为折子戏,并将折子戏的演艺定型化的过程之中。之所以出现这种转型,是因为昆曲舞台演出面临着案头、场上的困境。由于传奇多是长套大制,搬演全本耗时费力,往往难以终场。"所以,搬演全本或节本固然有之,但愈来愈多的情形则是'串折'或'摘出'。尔后,在长期'花雅之争'的短兵相接中,雅部昆剧以'精致化、规范化、深度化'为原则,高度淬炼折子戏的表演技艺,并重视'表演格范'的传承,力抗花部诸腔'通俗化、函容化、革新化'的庶民性格,为戏曲开创了两种截然不同的审美视角。"(陈芳《花部与雅部》,台湾"国家出版社"印行,2006年,第200—251页)

"乾嘉传统"、"姑苏风范"的主体是以乾隆年间苏州集秀班等四十一部、扬州盐商七大内班为代表的职业昆班,它们"在形式上'精研折子',在表演上'重艺轻色',在效果上'强调实践'……舞台演出的规范化和程式化就此定型"。"经由职业昆剧演员如金德辉等之精心琢磨,折子戏'声律之细,体状之工',卓然成家。声口腔格可上溯徐大椿《乐府传声》、叶堂《纳书楹曲谱》,下启俞粟庐父子《粟庐曲谱》、《振飞曲谱》;身段做表也日渐丰富,形成各家流派的本工戏。《昆曲身段谱》(一名《昆弋身段谱》)、《审音鉴古录》都留下了翔实的记录。"(陈芳《花部与雅部》,台湾"国家出版社"印行,2006年,第200—251页)

随着表演艺术日趋成熟,行当分工越来越细致,全本传奇的演出越来越少,而折子戏演出越来越多。删除了软散的场子,选出剧中的一些精彩的段落加以充实、丰富,使之成为可以独立演出的短剧,以其生动的内容,细致的表演,多样的艺术风格,弥补了全本冗长、拖沓、雷同的缺陷,给昆曲舞台演出带来生机与活力。大江南北的昆曲折子戏演出盛况空前,苏州、广州、扬州、北京更是如火如荼。出现了一批生、旦、净、丑本行为主的应工戏,特别像生角的《琴挑》、《断桥》、《小宴》;旦角的《游园》、《惊梦》、《痴梦》;净角的《山门》、《嫁妹》,副、丑的《狗洞》、《下山》等,都被锤炼打磨成观众百看不厌的艺术精品。

乾嘉时期的昆剧理论也十分兴旺,及时总结了当时的艺术实践。一为昆剧创作学,包括昆剧创作原理、度曲规律、戏剧评论。二为舞台表演学,包含昆剧演唱、表演及演员评论。由清代黄旛绰首创、其朋友庄肇奎(胥园居士)增补、其弟子俞维深和龚瑞丰等修订的昆曲表演专论《梨园原》(《明心鉴》)是昆剧理论史上唯一一部专论表演的著作,它汇集清代民间艺人舞台经验,对昆曲演出技巧进行了总结与概括。《审音鉴古录》是较早的身段谱,记录了演出较多的100多出折子戏,如《浣纱记——寄子》、《宝剑记——夜奔》、《鸣凤记——吃茶、写本》、《牡丹亭——闹学、游园、惊梦、寻梦、拾画、叫画》、《玉簪记——琴挑、秋江》、《渔家乐——藏舟、刺梁》、《长生殿——定情、酒楼、絮阁、惊变、哭像、闻铃、弹词》等。三为昆剧史料学,包括剧目的整理、传统笔记式的曲话。

演唱是昆曲表演的重要内容,历代十分重视演唱技巧的总结。明代昆曲改革家魏良辅主张曲调要做到"字清、腔纯、板正"之"三绝"。此期的徐大椿的《乐府传声》堪称度曲论的巨著,系统地阐述了唱曲方法,对后世叶堂、金德辉、俞粟庐、余振飞等都产生了巨大而深远的影响。与此同时,各种曲谱应运而生,如乾隆十一年(1746)编成的《九宫大成南北词宫谱》,乾隆五十四年(1789)编成的《吟香堂曲谱》,乾隆五十七年(1792)编成的《纳书楹曲谱》等。

如果说明末清初昆曲达到兴旺鼎盛主要表现为原创精神的高扬、剧作大量出现的话，那么，"乾嘉传统"、"姑苏风范"则标志着昆曲的高度成熟和全面精致，凸显出唯美是求的美学品格，并一直延续到今天。昆曲体现出中国戏曲唱、念、做、打（舞）高度综合和写意性的基本特征。从综合性来看，昆曲歌舞合一，唱做并重，演员通过"四功五法"塑造出众多"美"的造型，将人物内心细微的思想感情托付于形体动作当中。观众不仅得到视觉上的美感享受，更得到一种心灵深处的共鸣。从写意性来看，昆曲的舞台表演不追求对生活表象的精确模仿，而贵在高度凝练、含蓄、夸张、富于想象地突现其本质特征；重神似、重意境，顺乎自然又超乎自然，在似与不似之间突破生活自然形态的囿限，而达于真与美相统一的理想境界。

为此，昆曲将生活中人的形体、行为、表情以至环境的自然形态提炼为具有典型意义的艺术程式。昆曲继承了南戏的角色行当体制，同时兼收北杂剧之长，以生、旦、净、末、丑、外、贴七行为基础角色，实现了角色行当的精细化和系统化。昆剧的各个行当都在表演上形成自己的一套程式和技巧，用以刻画人物性格、表达人物心理状态、渲染戏剧性和增强艺术感染力，从而构成昆曲完整而独特的表演体系。

昆剧表演抒情性强、动作细腻，具有极高的技巧性和巨大的艺术感染力。昆曲的表现手段为唱、念、做、打（舞）之综合，歌唱与舞蹈的身段结合得浑然一体，巧妙而和谐。每一段腔，甚至每一个字，都有规定的动作和眼神相配合。而且，在唱、念、做、打（舞）的综合体现方面，昆剧是所有剧种中要求最为严格的，舞台呈现亦最为完美与出色。昆剧在长期的演剧历史中形成了载歌载舞的表演特色，唱中有做，做中有唱，唱做融合，歌舞一体，积累了丰富的说唱与舞蹈紧密结合的经验。其舞蹈身段大体可以分成四种：一是为了适应叙事写景的需要而创造的许多偏重于描写、具有很强故事性的舞蹈表演；二是为了适应抒情性和动作性而创造的许多抒情舞蹈表演；三是为了配合和强化唱念而设计的辅助身段、手势和姿态；四是在武术、杂技基础上形成的武打动作。昆剧不仅要求演员掌握说唱歌舞技巧，更要吃透生活，理解剧情，熟悉人物，悉心揣摩，塑造出栩栩如生的人物，表达人物性格特征。

八、燼火不熄

自昆曲流播全国后，不断与当地的方言和民间曲调相结合，在艺术风格上演变出多种不同的昆腔流脉，构成了丰富多彩的昆曲腔系。其中除了以苏州、上海、南京、杭州一带的"南昆"为正宗外，流播到河北、北京的称为"北昆"，流播到湖南的称为"湘昆"，流播到四川的称为"川昆"，流播到温州永嘉的称为"永昆"。此外还有"徽昆"、"滇昆"和"晋昆"等支派，腔调略同，且各具特色。譬如流播北京的昆曲，早在明万历年间，就采取昆、弋（高腔）合演的形式，谓之"昆弋大戏"。到了清初，昆、弋（高腔）合演的戏班、剧目大量出现，演出盛况空前。由于接受了弋腔的沁润，加上北方语音的影响，北京的昆曲呈现出与南方昆曲不同的韵味和风貌，占据着昆曲半壁江山。

但是，"乾嘉传统"、"姑苏风范"所赢来的昆曲折子戏的黄金时代并未能延续很久，伴随着"花雅之争"的逐步深入，京剧如异军突起，昆曲日趋衰落。清咸丰、同光年间，在太平天国的冲击下，代表南昆正宗的苏州昆曲"四大名班"——"大章"、大雅"、"全福"、"鸿福"，离开根生土长的热土苏州，转移到上海演出，企图靠"恪守苏昆规范"守住阵地，保住生力军。但苦苦挣扎了十几年，终于没有抵挡住皮黄的冲击。到了民国初年，兵荒马乱，时局动荡，硕果仅存的"全福"文武班已是溃不成军，气息奄奄。北昆、湘昆等全国其他地方的昆曲也是同样的处境和命运。

就在存亡绝续的关键时刻，苏南一批深爱昆曲的有识之士——知识界名人贝晋眉、张紫东、徐镜清、穆藕初，联合昆曲界艺人，在昆曲的故乡苏州"五亩园"创办起"昆剧传习所"，从 1921 年到 1922 年春陆续招收 50 名学员，各行人才分别以"金、玉、花、水"为名（外、末、老生、净以"金"字旁标志；小生行以"玉"字标志；花旦行取"草"字头；副、丑以"水"旁标志）。"全福班"老艺人口传心授，辛勤培育。他们学戏三年、帮演二年，五年师满，演出于苏州、上海、杭州等地，开始了"传字辈"的"新乐府"时期，后又改组为"仙霓社"，辗转城乡，艰难度日。1937 年抗日战争爆发，日本帝国主义的飞机在上海狂轰滥炸，"仙霓社"的戏箱化为灰烬，"传字辈"的多年辛苦所得（戏衣行头）葬于火海，"仙霓社"苦苦挣扎十余年后终于解体，但"传字辈"艺人劫后余生，如燼火不熄，留下火种。

九、枯木逢春又遇甘霖

新中国的成立，使古老的昆曲艺术枯木逢春，濒临衰亡中恢复了生机。1956年，浙江昆剧《十五贯》进京演出，引起巨大轰动，"满城争说《十五贯》"，"一出戏救活了一个剧种"（1956年5月16日《人民日报》）。紧接着，上海青年京昆剧团、北方昆曲剧团、江苏省苏剧团、郴州湘昆剧团相继成立，全国昆曲队伍达到六七百人。党和政府对昆曲一贯十分重视，倡导、扶持不遗余力。在"百花齐放，推陈出新"方针指引下，全国昆曲剧院（团）无论在抢救遗产、培养人才、建设队伍、创演新剧，还是理论研究方面，都做了大量的工作，取得了骄人的成绩。

昆曲是明朝中叶至清代中叶影响最大的声腔剧种，更是中国戏曲史上具有最完整表演体系的剧种。由于它的基础深厚，遗产丰富，蕴含着巨大的生命力，至今苏州、南京、北京、浙江（含温州）、上海、湖南仍有独立的昆曲剧团继续演出，京剧、越剧、川剧、湘剧、赣剧、婺剧、祁剧、桂剧、柳子戏等，都受其深刻影响，仍保留着昆曲的部分剧目、声腔和曲牌。2001年5月18日，具有"百戏之祖"和"中国戏曲之母"雅称的昆曲艺术又被联合国教科文组织以全票通过，命名为"人类口头遗产和非物质遗产代表作"称号，成为全人类宝贵的文化遗产。

在数百年的风雨历程中，昆曲有过辉煌，也有过低谷；积累了经验，也留下了教训。面对着全球化时代的机遇和挑战，昆曲八百壮士正沐浴着东风甘霖，以崇高的使命感和喷涌而出的艺术创造力，在继承、保护的前提下，去创造昆曲艺术的辉煌！

（原载于丝绸版《中国昆曲艺术图鉴》，
中国戏剧出版社，2008年8月出版）

青春版《牡丹亭》的数字化技巧

在第二届昆曲国际学术研讨会暨青春版《牡丹亭》研讨会上，有人感慨系之地说：四百年前出了一个汤显祖，在传奇创作的高潮期为世人捧出了兼具"神、色、意、趣"的超一流杰作《牡丹亭》。四百年后出了一个白先勇，在昆曲存亡绝续的关键时刻，他怀着敬畏和热忱，联合两岸的同道和知音精心打造出青春版《牡丹亭》。如果说没有汤显祖，就没有《牡丹亭》；那么也可以说没有白先勇，就没有青春版《牡丹亭》。因此，在昆曲艺术的发展承继史上，将镌刻上汤显祖和白先勇这两个名字。

论说，白先勇和汤显祖本来并没有任何必然的联系，两人之间也没有多少可比性。都是因了《牡丹亭》在中国戏曲史上无与伦比的成就和地位，因了青春版《牡丹亭》在当今所引起的巨大轰动，才把这两位相距四百来年原本风马牛不相及的才俊联系到了一起。而且，这种联系一点也不令人感到牵强和别扭，反倒觉得顺理成章、非常贴切。青春版《牡丹亭》的出现不愧是文坛曲苑的一件盛事。白先勇沐浴着先辈汤显祖的光辉并汲取了先辈的灵气而飘飘欲仙，汤显祖则在后人祭拜的缭绕香火与会心会意的解读声中呼之欲出地走进当代⋯⋯

有一点极为相似，那就是汤显祖和白先勇都善于做梦。在"存天理，灭人欲"的理学杀人的时代，汤显祖的《牡丹亭》演绎了一个壮丽辉煌的神奇大梦；而白先勇的青春版《牡丹亭》，则在看去热闹精彩而实际上喧嚣浮躁的当今展示出一个令人心驰神往且怅然若失的绮丽梦幻。

在这个物欲横流、消费主义文化泛滥，不少人正渐渐远离艺术的审美、探索和追求，而走向平庸和肤浅的堕落时代，充满诗意光辉，集诗、画、文、情为一体的青春版《牡丹亭》，有如一阵清新和煦的春风，送来生命的气息；有如潺潺的清溪，涤荡着人性中的污泥浊水；有如醍醐灌顶，润泽着人们焦灼枯萎的心灵⋯⋯

面对着西方强势文化蜂拥而入、传统文化日渐委顿的现状，我们骄傲地看到：不仅莎士比亚的名著《罗米欧与朱丽叶》、《哈姆雷特》可以反复地被移植改编，我们自己的经典《牡丹亭》也已经有了好几种舞台版本。在"乱花渐欲迷人眼"的戏苑，折子戏、上昆版、浙昆版、北昆版、海外版《牡丹亭》，春兰秋菊，斗奇争妍。青春版《牡丹亭》可以说是绽放在昆曲故乡的老树新芭，是苏州为振兴昆曲所描画出的最新最美、最为精彩的一笔。青春版《牡丹亭》用青春的元素激活并展示出古典戏曲的最高范型，堪称近年来戏曲舞台的重大收获，令人感到惊喜和充实。

青春版《牡丹亭》不是个别精英的案头清供和摩挲珍品，它借助于青春的载体，表现青春和爱情，以其巨大的艺术魅力征服了从小看着美国大片和日本卡通而长大成人的青年学子，在两岸五地六大院校刮起了阵阵旋风："台北轰动"、"苏州窜红"、"上海创造奇迹"、"北京一票难求"、"天津提前三个小时入场"……在对传统文化相对忽视、古典美学相对薄弱的大学校园里，青春版《牡丹亭》为正在忍受着"美的饥渴"煎熬的当代大学生们送来了色、香、味俱全的艺术珍馐，怎能不令这些莘莘学子们欢腾雀跃呢?!

大凡经典名著都具有丰富的内涵和强大的生命力，被公认为传奇翘楚、曾经"几令《西厢》减价"的爱情宝典《牡丹亭》当然也是说不尽的，因而才为后人留下了广阔的再创造的空间。天才的音乐家凭借着7个音符，创造出美妙无比的千腔百调和天籁之音。青春版《牡丹亭》的主创人员在对原著的整编和阐释过程中，同样自觉或不自觉地运用了数字化技巧，编织出引人入胜的精彩好戏。

笔者把青春版《牡丹亭》的数字化技巧归结为对"一、二、三、四"的运用。下面，就让我们逆向地诸一破译其中的奥妙。

首先说"四"。"四"在这里指的是"四美具"。古人将良辰、美景、赏心、乐事并列为"四美"，青春版《牡丹亭》则将生命美、诗意美、古典美、现代美熔铸于剧中。不管《牡丹亭》多么的含蓄、浪漫、飘逸，也不管人们赋予它多么庄严、崇高、神圣的形而上的意义——诸如反对封建礼教，反对程朱理学，追求自由、个性解放等等，归根结底，《牡丹亭》通过杜丽娘少女怀春、游园惊梦、为情所困、抑郁而死，得到真爱、死而复生的奇幻历程，肯定、崇尚、赞扬的是人的天性——情欲，挞伐的是遏止、扼杀情欲的理学和礼教。在封建卫道者眼中，情欲是丑恶的、罪恶的，是搅心乱性之源，是异端和祸害；而在汤显祖看来，集中表现为爱情的情欲，则是每一个正常的人，特别是青年男女所与生俱来、深藏内心、无法抗拒的天性。爱情是包含着对异性肉体的渴望需求及情感精神相互融合的"双重火焰"，是人类最为古老而又万代常新的话题，是人世间最为美好动人的生命之歌。

青春版《牡丹亭》"从美丽的古典走向青春的现代"（邹自振《昆曲·汤显祖·牡丹亭》），由年轻的演员来搬演古代的青春爱情故事，原原本本地保留了"游园惊梦"中的幽会情节和尽妍极致的唱词，强调并张扬的正是这种洋溢着、流淌着青春气息的生命美。年轻演员凭借着得天独厚的自然条件，从形式和内容的完美结合上把古老的爱情故事演绎得活色生香，有滋有味，全面地满足了青年学子们的"五觉欲求"（日本戏剧家饭冢友一郎《信息社会与戏剧学》），从而产生了怦然心动的共鸣和通感。

在青春版《牡丹亭》的"四美"之中，生命美是核心和主体，而诗意美、古典美、现代美则是背景、衬托、氛围、韵味。生命美使青春版《牡丹亭》与青年学子们建立起灵肉沟通的渠道。一方面，因为有了生命美，诗意美才有了灵魂，不致苍白无力、矫揉造作；另一方面，则由于追求诗意美，生命美才变得高尚美好，超脱流俗；同样，古典美和现代美也是不离不弃，互补互彰——古典美因现代美而充满活力，现代美则因古典美而显得雍容深厚。"四美"共同构成青春版《牡丹亭》典雅华美、风流蕴藉的总体风格，体现出戏曲的特色，强化了昆曲艺术的色彩和韵味。

当然，如果立足于重艺不重色的角度，眼下年轻演员的艺术功力和艺术技巧，显然是无法和成熟的艺术家们相比拟的，难免幼稚和粗糙，但是，艺术生命贵在真实。艺术家不是天生的，而是在长期的艺术实践中磨砺而成的，关键的是要为青年提供摔打成才的平台和机会，青春版《牡丹亭》的初衷即在于此。相信他们在老一代艺术家的指导栽培下，总有一天会赶上甚至超过前辈，这也正是昆曲艺术希望之所在。

其次说"三"。所谓"三"指的是上、中、下三本繁简得当的规模结构。据参加剧本整编的华玮女士介绍，在白先勇先生的统领下，青春版《牡丹亭》首先秉持的原则就是不腰斩而以三本演全剧，这实在是很明智的抉择。

《牡丹亭》全剧55出，如果原原本本地演出，起码要演五六个夜晚，如此长度，当代观众恐怕难以接受。事实上，早在清中、晚叶，艺人们便开始缩长为短，或选取若干精彩片段——折子戏上演。以至于到后来，经常演出的不外乎"闹学"、"游园"、"惊梦"、"写真"、"拾画"、"叫画"、"离魂"、

"花判（冥判）"、"问路"、"硬拷"等，侧重于戏的前半部分。这对于《牡丹亭》来说，显然太少，难窥全豹。况且，戏的前半部分有话本小说作为基础，倒是戏的后半部分堪称汤显祖的独创；但后半部分反而很少有人问津，这样又怎能很好地体现汤显祖的创作意图呢？

青春版《牡丹亭》的主创人员清醒地意识到这个问题。在保留戏的前半部分的同时，也认真挖掘戏的后半部分的精彩内容，用三本的规模来演绎全剧。上本写梦中情，中本写人鬼情，下本写世间情。不论是人间、鬼界、仙班，强调的都是一个情字。青春版《牡丹亭》分为上、中、下三场，规模适度，既符合事物发展的一般规律，也符合中国观众的审美心理。世间任何事物的发展总是呈"之"字形，中国人喜欢"三"，也特别看重"三"。就舞台演出的一般规律而言，超过三出则显过长，不足三出又觉不够过瘾（当然，优秀的连台本戏例外）。青春版《牡丹亭》的长度规模可以说是恰到好处。

再次说"二"。所谓"二"，指剧中二维的人物格局，以及所体现出来的对立统一的哲学精神。《牡丹亭》不是"旦本戏"，而是"生旦对子戏"。从人物的处境和命运来看，柳梦梅并非艳福不浅的幸运儿，他同样受到理学和礼教的束缚、羁绊和扼杀，同样忍受着情欲的诱惑和煎熬，同样也在自觉地追求着自由的爱情和婚姻。宇宙万物，分天地，列乾坤，别阴阳，分男女。一阴一阳谓之道，万物皆由阴阳互动交合而成。爱情从来就是个"双数"（诺贝尔文学奖获得者帕斯《双重火焰》），没有柳梦梅，也就没有杜丽娘，没有这个辉煌的大梦，没有这台好戏。一句话，柳梦梅同样也是主角。但在舞台上和许多移植整理改编中，和杜丽娘相比，柳梦梅的戏常常显得较为薄弱，总是处于陪衬的地位，给人以阴盛阳衰之感。青春版《牡丹亭》刻意加强柳梦梅的戏，使他对情的探求与杜丽娘的主线平行对称，借以调整倾斜的舞台，强化原作的主题。譬如，从创作的主观意图和舞台呈现上来看，青春版《牡丹亭》分明把中本的"拾画"视为男"游园"，把"叫画"视为男"寻梦"，与上本杜丽娘的"游园"和"寻梦"相互呼应。至于下本戏，更是浓墨重彩地刻画了柳梦梅的风骨和胆识，冲淡了脂粉气和迂腐味。

最后说到"一"。"一"指完整性也，一棵菜也。这种完整性体现于一度创作到二度创作的全过程，以及创作主体的方方面面。白先勇久已魂牵梦绕于《牡丹亭》，在他的带动和感染下，昆曲界内外的精英们发扬团队精神，心往一处想，劲往一处使，坚持共同的美学追求，较好地处理了继承与革新的关系，既"大刀阔斧"又"小心翼翼"地进行艺术尝试——原剧428支曲牌，大刀阔斧地砍掉308支，占到全部曲牌的72%。对于留下来的120支曲子，小心翼翼地做好保护、补缀工作。精选对表现主题、剧情、人物、细节有决定意义的唱词和道白，以体现故事的完整性和连贯性。在表演方式上，强调正统、正派、正宗，把传统的、最精髓的表演语汇保留下来，保持其"雅"的格调。而在舞美设计上则适应21世纪观众的审美情趣，采用中性的颜色，千方百计地去体现昆曲艺术抽象、写意、抒情、诗化的美学风格。将古典美和现代美有机地融合起来，使内容与形式统一和谐。在生命美、诗意美、意境美、辞藻美的融合中，挖掘并张扬原作所表现出来的反叛性和颠覆性，从而在一定程度上实现了对传统舞台呈现的超越。

在昆曲艺术越来越远离时代和当代观众的今天，青春版《牡丹亭》剧组不畏艰难，努力使传统经典从束之高阁的"象牙之塔"走出来，走向现实、走向青年，肩负起艺术教育和文化复兴的双重功能。特别是在昆曲艺术表演人才青黄不接的严峻形势下，破格起用青年演员，更是解决昆曲人才断档这一燃眉之急的既明智又切实可行之举，他们不愧是保护、继承、振兴昆曲的真正功臣。

2005年8月5日于北京

（原载于白先勇主编《青春版〈牡丹亭〉研究论文集〈曲高和众〉》，台湾天下远见出版公司，2005年11月出版）

悠长的记忆　靓丽的名片
——京剧与北京的不解之缘

深沉的二黄，欢快的西皮，铿锵的锣鼓，悠扬的丝竹，醉人的歌喉，出神入化的表演；夸张的脸谱，飘飞的髯口，花团锦簇的服饰，绚丽多彩的行头……小小舞台即是大千世界，营造出虚虚实实、写意传神、如诗如画的境界，曲尽其妙地呈现出世态人情、时代风貌，实在是美哉妙哉，美不胜收，妙不可言！

作为中国戏曲集大成的杰出代表，京剧是可与古希腊悲喜剧、古印度梵剧鼎足而立的古老民族戏剧。如今世界上，恐怕很少有人不知道京剧，不知道梅兰芳的名字，以至于越来越多的外国朋友不远万里来到中国，必然要登长城，吃烤鸭，听京剧，方才觉得尽情尽性，不虚此行。

正因为如此，2010年11月10日，根据联合国教科文组织2003年通过的《保护非物质遗产公约》规定，继昆曲、古琴等26种非物质遗产之后，京剧和中医针灸又列入《人类非物质遗产代表作名录》，雄辩地说明京剧艺术的水准、价值、地位、意义已经在世界范围内得到充分的肯定和确切的承认。

京剧凝聚着华夏文明底蕴，散发着中华文化芬芳，体现出中华民族独特的审美精神，如今竟至成为一年一度最具高端性和保留性的节日演出。每当新春来临，伴随着雄浑悠扬的新年钟声飘荡四方，中南海新年京剧音乐会上丝竹盈耳，一派京腔京韵，成为一种庄严的仪式，一种美好的象征，一种对民族文化强烈的眷恋和认同。

京剧，形成于北京，辉煌于北京，与北京结下不解之缘。六朝古都、历史文化名城北京是京剧的发祥地、大本营和活动中心，为京剧的发展提供了肥沃的文化土壤，丰富的艺术滋养；京剧则保留着古都悠长的文化记忆，见证了北京的历史与变迁，折射出北京的文明与发展，记录了北京的崛起与繁荣，打着鲜明的"北京"印记，理所当然地成为古都北京一张靓丽的名片！

一、丰厚肥沃的文化土壤

常言道："猪圈里养不出千里马，花盆里难栽万年松。"京剧这朵色、香、味俱全的艺苑奇葩之所以能够在北京葳蕤绽放，绝非偶然。

首先，北京为京剧提供了丰厚肥沃的文化土壤和腐殖质。雄踞于莽莽苍苍的燕山脚下，富饶辽阔的华北大平原北端的北京，北依山险，南控江淮，右拥太行，左环沧海，气势磅礴，形胜天下，是人类文明的发祥地之一。从远古洪荒年代便留下线索连贯、脉络清晰、内容系统的史迹。"北京猿人"、"山顶洞人"、"东胡林人"，他们一代一代地在这块土地上休养生息，繁衍进化。从夏、商、周青铜时代，到燕、蓟两个封国，北京的地位越来越重要了。汉唐时期，燕、蓟为幽州治所，成为少数民族政权和藩镇割据势力的领地；契丹占领燕云十六州后，燕京升为"南京"；辽代，北京成为陪都，被定为"五京"之一。金灭辽后，金王朝认为燕京自古虎视中原，为万世之基，海陵王完颜亮派120万军民工匠扩建皇宫城阙，1153年竣工后，遂从黑龙江的阿城迁都北京，将北京定为"中都"，成为金的国都。金章宗时修建了衔接南北陆路交通的卢沟桥及离宫别院，营造出著名的"燕京八景"。公元1215年，蒙古族攻陷金中都，改中都为燕京。公元1264年，元世祖忽必烈迁都燕京，并于至元九年（1272）定名为"大都"。郭守敬引白浮泉水进瓮山泊（昆明湖）建成北京第一座人工水库；又引水入城，沟通运河，使舟楫可直达城内海子（今什刹海）。经过忽必烈时代大规模的改建和扩建，大都成为宏伟壮丽、气势不凡的世界名城，伊斯兰医生在太医院供职，意大利传教士在大都定居，建了三座教堂，翻译刊刻了圣经《新约全书》。当时，元帝国是世界上最强大的国家，元大都不仅成为全国政治、经济、文化中心，而且是世界大都市。这里水陆交通发达便利，有通往全国各地的驿站。大大小小的车辆，载满了各种各样的货物，从四面八方集中到大都。京杭大运河上，"千帆竞发，舟楫如织"。大都城内，铺面繁荣，商业兴隆，酒楼林立，舞榭毗连，活动着数以万计的商人、工匠、僧侣、道人、风尘艺妓……意大利旅行家马可·波罗（Marco Polo，约1254—1324）在他的《马可·波罗游记》中记录了元大都的恢弘气派和繁华景象。元世祖时代黄文仲的《大都赋》描绘得更为生动：

  论其市廛，则通衢交错，列巷纷纭，大可以并百蹄，小可以方八轮。街东之望街西，仿而见，佛而闻；城南之走城北，出而晨，归而昏。华区锦市，聚四海之珍异；歌棚舞榭，选九州之秾芳……复有降蛇缚虎之技，援禽藏马之戏，驱鬼役神之术，谈天论地之艺，皆能以蛊人之心而荡人之魂。是故猛火烈山，车之轰也；怒风搏潮，市之声也；长云偃道，马之尘也；殷雷动地，鼓之鸣也。繁庶之极，莫得而名也。若夫歌馆吹台，侯园相苑，长袖轻裙，危弦急管，结春柳而牵愁，伫秋月而流盼，临翠池而暑消，裹秀幌而云暖。一笑千金，一食钱千，此则他方巨贾，远土调官，乐以忘忧，流而忘返。

  明洪武元年（1368），明太祖朱元璋派大将徐达攻陷大都，改称北平府。明永乐十九年，朱棣决定由南京迁都北平府，并首次使用了北京这个名称。朱棣用了十多年的时间，参照南京的规模和建制，将元大都改建为紫禁、皇、内、外四重城。苏州"香山帮"工匠鼻祖蒯翔，主持设计、建造了天安门和皇宫三大殿，确定了今日北京的基本规模。永乐年间朱棣还调集数万江南工匠定居北京，另有一万多名能工巧匠轮班来北京服役，促使北京的商业、科技、文化、手工业高度发展，市容也更加繁华。满族入主中原，清朝以北京为京师的时间最长，影响也最大。"康乾盛世"的军功、版图、经济、文化都达到我国历史上的巅峰状态。令人遗憾的是，清廷从"持盈保泰"、夜郎自大的闭关锁国，逐渐走向腐败昏庸。落日的辉煌之后，竟陷入半封建半殖民地的长夜。辛亥革命推翻了帝制，历经血与火的考验，新中国如旭日东升，1949年定都北京，才又重新开辟了北京历史的新纪元。

  在漫长的发展过程中，北京招揽四方之贤，广集天下之资，建成繁荣发达的首善之区和人文荟萃之地，形成了十分深厚的文化积淀。早在上古时期，这片土地上即留下了中华始祖征战杀伐的足迹，还发现了带字的甲骨，有关战争的神话主要保存在《山海经》、《淮南子》和《太平御览》等典籍之中。西周时期，燕地就有了精致的青铜、漆器、玉器、蚌器、螺器。秦汉时期，燕地涌现出不少文化名人，如韩诗创始人韩婴，文学家崔骃、崔湜、卢植等。魏晋时出现了卢毓、孙礼、刘放、徐邈、韩观、霍原、张华等，形成了以范阳卢氏为代表的经学派和玄学派。北朝时期，燕地学者云集，官学兴盛。隋承北朝遗风，官学与家学并举，名人迭出。唐代，幽燕的诗歌、音乐、绘画、百戏空前繁荣，有"燕歌赵舞，观者忘疲"之誉。其百戏因受燕地特别是北方游牧民族彪悍民风的影响，而呈惊险之状。辽代主张"学唐比宋"，燕京成为学习汉文化的基地。儒学兴旺，科举发达，佛教红火，音韵学、文字学也有了长足的发展。辽代的寺院建筑及雕刻称绝一时，著名的房山云居寺雷音洞的石经量大质精，堪称艺术珍品。辽承汉乐府之遗韵，散乐、百戏、角抵、马戏亦很发达。乐分雅乐、散乐，舞包括文舞和武舞。宫中开始有了杂剧演出。金朝统治者特别是金章宗尤其重视文化，酷爱艺术。宫中专设教坊，演唱杂剧者即有150多人。金代的杂剧又叫院本（行院之本），是在北宋官本杂剧和辽代杂剧的基础上发展而来的。其中包括传说故事、爱情故事、历史故事、北宋故事、市井故事，相比北宋官本杂剧段数有了明显的增加。元代，北京的诗歌、绘画、雕刻、曲艺均很发达，出现了很多大家和杰作。如诗文大家元好问，其诗词为金、元之冠，被目为"诗史"；书画界的赵孟𫖯、"元季四大家"黄公望、王蒙、倪瓒、吴镇，以及龚开、王冕等，把书画水平推向高峰；宫廷舞蹈《十六天魔舞》、民间舞蹈《海青拿天鹅》冠绝一时，鼓子词、转踏、唱赚、诸宫调等民间演唱艺术千姿百态……尤其是元曲（包括散曲和杂剧），堪与诗经、楚辞、汉赋、唐诗、宋词相媲美。元代的罗宗信就认为："世之共称唐诗、宋词、大元乐府，诚哉！"所谓"乐府"，就指元曲，王国维先生则把元曲誉为"一代之文学"。

从北方军事重镇提升为北方乃至全国政治、经济、文化中心以来，北京就不再孤立地局限于一隅，而是四方辐辏、八面来风，如同一个巨大的强力磁场，成为民族融合的摇篮和中心，具有囊括包容性和集大成性。辽、金、元三朝，草原文化与平原文化在这里激烈碰撞后进行了大融合，明、清两代则是北方文化与江南水系文化的大融合，酿造出丰富多彩、包罗万象的大北京大融合气象。有人将北京的文化总结为"元以来的京师朝野集聚文化"，"明以来的官民僧俗休闲文化"，"清以来的满、汉、蒙王府市井文化"，"民国以来的民俗文化和名人文化"；也有人将北京的文化概括为"平民文化的雅化、士大夫文化的平民化、宫廷文化的府邸化，府邸化文化的士大夫化"。

北京文化呈现出混融和谐、浑然一体的浓厚色彩。以城市建设为例，儒家经典之一《周礼·考工记》云"前朝后市"，说明都城之内既要有"朝"，又要有"市"，"朝"与"市"必须兼顾，"朝"与"市"关系密切。在北京古都版图上，"六海"中的前三海（北海、中海、南海）合称太液池，辟为皇家禁苑，成"太液秋波"之景，是典型的皇家文化。后三海（前海、后海、什刹海）虽与前三海相通相连，但被圈在宫禁之外，乃黎民百姓活动之所，属于市井文化。前三海与后三海存在着咫尺天涯的巨大反差，但两者之间的相互依赖、相互补充关系也是十分明显的。由此使得具有强势与优势的皇家文化，与京味特色鲜明的平民文化巧妙地融合在一起，对京剧艺术的内容、形式和发展、流变都产生了深远的影响，使得京剧艺术具有极大的包容性和适应性，既可在宫中演唱，更可在民间流行。从九五之尊的天子皇帝、贵胄勋亲、封疆大吏，到墨客骚人、青楼女子、引车卖浆者流，三教九流，五行八作，都能接受并痴迷于京剧。试想，如果没有大包容、大融合的北京文化，没有各地方声腔剧种汇聚北京，没有中外文化的相互影响，相互促进、相互滋补，哪里会有京剧艺术?！换言之，普天之下，全中国内，也只有北京才能为京剧艺术提供最佳的生存环境，最宽广最厚实的基础和平台，使之孕育、诞生、发展、繁荣，成为先天充裕、后天丰润的国粹并走进黄金时代。

二、悠久的戏曲传统

北京不仅是我国政治、经济、文化的中心，也是我国戏剧艺术的中心。在我国戏剧艺术的发展史上，曾涌现过三次浪潮，出现过三个黄金时期——即元杂剧的辉煌、昆曲传奇的兴盛、京剧艺术的大红大紫。在这三个黄金时期中，北京都处于戏曲艺术的中心或重镇的位置。

源远流长的中国戏曲是高度综合、缓慢成熟的艺术，在其漫长的汇流过程中，一直在谋求着一种多元与综合的机制。终于，在宋、金杂剧和院本的基础上，吸收了唱赚、诸宫调等民间艺术的营养，元杂剧应运而生并得到突飞猛进的发展，形成云蒸霞蔚、宏大壮美的景象。元杂剧不同于唐、宋时期即兴的滑稽表演和结构松散的短剧，它具有独特而崭新的剧本体制，严格而富于变化的音乐结构，从根本上扭转了宋杂剧以嬉戏娱乐为主的倾向，使中国戏曲走向真正的成熟。元杂剧的兴盛具有突然性和爆发性，前后不到百年，其高潮则更为短暂，然而却确立了在历史上"一代之文学"的地位。元杂剧是自然本色的"活文学"，广泛而深刻地反映了元代社会生活，生动而真实地表现各阶层人民的心态和情感。朱权在《太和正音谱》里把元杂剧划分为12科，上从皇帝嫔妃、文官武将、忠臣烈士、孝义廉节、隐逸道士、文人墨客、绿林豪杰，下到差役皂隶、烟花粉黛、地痞流氓、医卜星相、嫖客妓女，全都涉及。军国大事、朝政纷争、沙场征战、家庭纠纷、妇姑勃谿，应有尽有。元杂剧勾勒出一幅元代社会生活的全景图画，抒发出中华民族整体性的愤懑心理，歌颂了非正统的审美追求，表达了各阶层人民的爱情之梦、法治之梦、团圆之梦。

由于时代、经济、军事、政治、文化诸多方面的原因，大都成为元杂剧的发祥地和活动基地。大都是元朝的政治、经济、文化中心，同时也是元杂剧的演出中心和交流传播中心。王国维把元杂剧分为三个时期，前期是鼎盛高潮，中期由北向南过渡，后期中心南移，呈现出衰颓之势。元杂剧的前期和中期都发生在大都，人才辈出，佳作如林。根据著录元杂剧最重要的几种典籍——钟嗣成《录鬼簿》、明人贾仲明《录鬼簿续编》及朱权《太和正音谱》统计，元杂剧作家292人，杂剧作品650多种。其中，仅在前、中期，籍贯为大都的就有17人，他们是：关汉卿、王实甫、马致远、庾天锡、王仲文、杨显之、纪君祥、费唐臣、张国宾、梁进之、孙仲章、赵明道、李子中、石子章、李宽甫、费君祥、李时中。此外，还有许多虽然籍贯不是大都，但长期生活在大都的作家，如白朴、高文秀等。后期著名作家曾瑞也是大都人。

关汉卿被誉为"元曲第一家"，他不仅在我国戏剧史上名垂千秋，即便是列入世界上最优秀的戏剧家行列中亦无愧色。因而1958年被世界和平理事会提名为"世界文化名人"。当年，北京和世界各地都举行了隆重的"世界文化名人关汉卿戏剧700周年纪念活动"。关汉卿博学多识，多才多艺，风流倜傥，阅历丰富，个性倔强，铁骨铮铮，不畏强暴，曾自喻为"蒸不烂、煮不熟、捶不扁、炒不爆、响当当一粒铜豌豆"。可见，他是一个有个性、有棱角的人物。关汉卿是当时大都"玉京书会"的重要成员，他通晓五音六律，会吟诗填词，善吹拉弹唱，还喜欢粉墨登场。他更是一位高产作家，一生创作了60多部剧本，57首小令，16支套曲。至今尚存的剧作就有18部。因而被尊为"梨园领袖"、"编修师首"、"杂剧班头"。王国维在《宋元戏曲考》中称赞他："一空依傍，自铸伟词，而其言曲尽人情，字字本色，故当为元人第一。"

关汉卿的剧作题材广泛，风格多样。《窦娥冤》等悲剧有感天动地之悲，《望江亭》、《救风尘》等喜剧有嬉笑怒骂、诙谐辛辣之妙，《调风月》、《拜月亭》等将悲剧性与喜剧性巧妙结合，以轻松的形式表达凝重的感情。此外，关汉卿还创作了大量的历史剧，如《单刀会》取材于三国故事，歌颂关羽临危不惧，镇定自若，驾一叶小舟单刀赴会的满腔豪情、非凡气度、大无畏的精神。关羽所唱的［双调新水令］和［驻马听］两支曲子成为千古绝唱。

《窦娥冤》是关汉卿的代表作，在传统的因果报应的故事框架中，融进了元代社会生活的现实内容，揭露了黑暗腐败的官场和吏治，描绘出民不聊生的苦难图景。关汉卿运用奇特的想象、强烈的情感、泼辣洗练的语言，积极浪漫主义手法，讴歌了窦娥的觉醒和抗争，产生了震撼人心的艺术效果。

　　王实甫也是大都人，与关汉卿一样由金入元。他的杂剧辞藻华丽，韵致优美，士林中无不叹服。特别是他的《西厢记》，更是独占鳌头，成为北曲的"压卷之作"。《西厢记》完全摆脱了"自是佳人，合配才子"以及荣华富贵的世俗观念，关注的是封建社会中青年男女的爱情命运，张扬的是"永老无别离，万古常完聚，愿普天下有情的都成了眷属"的爱情理想，超越了一般的才子佳人戏。由于张生和崔莺莺爱情的纯洁，他（她）们与封建礼教和门阀婚姻制度决裂的彻底，使得《西厢记》的矛盾冲突异常尖锐而激烈。剧本细腻而真实地描写了张生与崔莺莺突破封建礼教，克服精神负担，追求爱情和幸福的心理历程。歌颂了他（她）们的叛逆行为，展示出爱情本身的美好与魅力。《西厢记》才情丰沛，文采飞扬，珠玑满眼，美不胜收。许多曲词巧妙地化用唐诗、宋词，出以新意，营造出情景交融的意境，描摹出人物的微妙心态。特别是第四本第三折《长亭送别》中的［正宫·端正好］，尤为脍炙人口，广为传诵。关汉卿、王实甫之外，马致远、纪君祥、曾瑞也是活跃于大都、卓有建树的杂剧作家。

　　大都不仅荟萃了一群杰出的剧作家，还汇聚了一大批杂剧表演艺术家，据夏庭芝《青楼集》记载，就有"色艺俱绝"、"姿艺俱佳"的朱（珠）帘秀、赛帘秀、顺时秀、天然秀、燕山秀等150人左右。大都本地的演出活动极其活跃，同时以大都为基地，杂剧向四方传播辐射。

　　元杂剧的灿烂光焰熄灭之后，以昆曲为主要声腔的传奇在文学、音乐、表演、舞美等方面都取得了巨大成就，标志着中国戏曲达到高度成熟、全面精致的巅峰阶段，被誉为"盛世元音"。虽然昆曲的发祥地和大本营在南方，但昆曲早在明万历年间就传播到北京的玉熙宫，宫廷和民间的昆曲演出均很红火。经隆庆、万历、天启数朝，到明末清初之际，北京昆曲舞台上出现了双峰并峙的《长生殿》和《桃花扇》。

　　《长生殿》以同情的笔触描述了李、杨之间凄绝哀婉的生死情缘，同时再现了唐代由盛转衰的过程，抒发了"乐极哀来"的幽思和彻骨沉重的兴亡之感。形象地揭示出宫廷生活的奢靡，权豪势要的淫威，外藩强寇的骄横，同时也对下层百姓的苦难表示出深切的同情。一幕幕触目惊心的社会生活场景，构成了一幅幅唐代历史世相图。《长生殿》是一部"闹热"的《牡丹亭》。不仅歌颂了"真心到底"、"精诚不散"的"儿女情缘"，而且表彰了"感金石、回天地、昭白日、垂青史"的"忠臣义士"，把儿女之情扩大到家国、社稷之情。节度使郭子仪忧国忧民，力挽狂澜，灭贼复国，完成了"再造唐家社稷，重睹汉官威仪"的大业，不愧为胸襟磊落、重整乾坤的英雄。梨园乐工雷海青在酒宴上痛骂安禄山，用琵琶投掷贼首，视死如归，表现出崇高的民族气节和英雄气概。另一个乐工李龟年，流落江南，沿街弹唱，面对着满目荒凉的河山，倾吐着国破家亡、繁华不再的无限感慨，著名的〔弹词〕传唱一时。由于《长生殿》的曲词流畅清丽，富有诗意美、韵律美，支支都脍炙人口。全剧几百支曲牌各具特色，变化无穷，不仅符合人物性格和情景氛围，而且审音协律，便于讴歌，适合于演出。

　　与洪升《长生殿》齐名的是孔尚任的《桃花扇》，"借离合之情，抒兴亡之感"，表现了善恶、正邪、清浊、美丑之间的殊死搏斗，全面评价了南明兴亡的历史。内容宏阔，结构庞大，脉络清晰，浑然一体，"通体布局，无懈可击"。特别是那把桃花扇，不仅纽结着侯、李的爱情，而且联系着时代的风云，真是"南朝兴亡，遂系之桃花扇底"。

　　首先出现在北京舞台上的《长生殿》和《桃花扇》不愧为我国历史剧的双璧，是两个高峰，两块丰碑，对后世戏剧产生了巨大而深远的影响。

　　"南洪北孔"之后，昆曲的原创作品日益衰颓，但整个舞台演出却十分兴旺。特别是到了乾隆朝，由于国力充足，世风奢靡，乾隆又是一个大戏迷，六次南巡，三次万寿，促使演剧活动达到高潮。演戏纳入朝廷仪典，形成定制。每逢新年、万寿节（清帝及太后寿诞）、端阳节、中秋、冬至等重要节令，以及册封后妃、皇子出世，均有与之相应的戏剧演出。宫廷词臣张照等制作了大量的剧本，如应节的《月令承应》，歌颂祥瑞的《法宫雅奏》，表现神仙添寿赐福、祝贺太平的《九九大庆》等，竟达数百折之多。而自从康熙年间就开始编演的宫廷大戏，到此时也上了规模，形成了系列，计有《劝善金科》（目连救母故事）、《升平宝筏》（唐僧西游取经故事）、《鼎峙春秋》（三国演义故事）、《忠义璇图》（水浒梁山故事）、《昭代箫韶》（杨家将故事）、《封神天榜》（东周列国故事）、《楚汉春秋》（楚汉相争故事）、《兴唐外史》（说唐演义故事）、《阐道除邪》（混元盒故事）、《盛世鸿图》（曹彬下江南故事）等十来部。每部戏都包括 10 本，240 出左右。演戏规模大得惊人，巍峨的大戏台下可容纳数万他人，一个神怪剧目竟然在舞台上出现上千艺人，还不算后台的乐队伴奏和其他杂务人员。

晚清是我国戏曲艺术发展史上的重要转变期，逐渐完成了古典戏曲向近代戏曲的嬗变，揭开了中国戏曲史上崭新的一页。这一时期的重要标志是旷日持久的"花雅之争"。所谓"花雅之争"指的是雅部的昆曲和后来的昆弋腔，与由众多地方声腔组成的花部之间的竞争和融合。北京是"花雅之争"最重要的战场，大体上经历了京腔与昆腔争胜、京腔与秦腔争胜、徽调与昆腔争胜等三次交锋。最后，徽班夺魁。以徽班为摇篮，形成京剧，并迎来人才辈出、流派纷呈、大红大紫的局面。

直接催生京剧的契机和动力是"徽班进京"。乾隆五十五年（1790）清高宗弘历八旬寿诞，颇负盛名的徽班在清廷驻守南方的封疆大吏和盐务官员的征聘之下，纷纷进京参加为弘历祝寿的盛大庆典活动。率先进入北京的是三庆班，随后又有四喜、春台、和春等戏班，谓之"四大徽班"。徽班技能全面，艺压群芳：其唱腔吸收了秦腔、弋阳腔、罗罗腔等曲调，优美动听，既不像昆曲"水磨腔"那样"气无烟火，启口轻圆"，又不像高腔那样平直、单调，也不像秦腔梆子那样声震屋瓦。既避免了上述诸腔的弊病，又吸收了南、北曲精华，形成以二黄、西皮为主的自由、活泼、奔放的声腔，既具有很强的时代感和艺术表现力，又具有声乐的美感。徽班在继承元杂剧、明清传奇的基础上，吸收各地方戏的剧目，积累了数以千计的传统剧目，并编演了大量新剧目。这些剧目内容丰富，生活气息浓郁，雅俗共赏，受到广大观众的欢迎。徽班行当齐全，允文允武，唱做并重，技艺精湛，各有特色，各擅胜场，当时有"三庆的轴子（连台本大戏）、四喜的曲子（擅长演唱昆曲）、和春的把子（武戏）、春台的孩子（娃娃戏）"的说法，因而满足了京师观众的需求。

京剧是在北京形成的，但它并不是仅仅局限于北京的地方戏。而是在北京这个大舞台上经过综合融会、打磨提高，并由北京辐射全国以至影响到世界剧坛的一种国粹式民族戏曲。京剧的早期名称是"黄腔"而不是"京剧"，演出的戏班不叫"京班"而称"徽班"。人们常说：没有徽班进京，就没有京剧，此话固然颇有道理，但徽班并不等于京剧。从乾隆末年徽班进京，到道（光）、咸（丰）年间京剧形成又经历了几十年的时间，通过徽（调）秦（腔）合流、徽（二黄）汉（西皮）合流，最后才形成完整的皮黄即京剧。

三、星光璀璨，花团锦簇

初期的皮黄从诸腔杂陈的局面中脱颖而出，代表人物为老生"前三鼎甲"（前三杰），即程长庚（徽派）、余三胜（汉派）、张二奎（京派）。其中程长庚做了几十年"京都第一"的三庆班班主，人称"大老板"，被尊为"伶圣"、"京剧鼻祖"。

经过咸丰、同治年间的锤炼，皮黄至光绪年间走向成熟。科班林立，戏班星罗，戏馆棋布，行当齐全，人才济济，剧目繁多，演出频繁。当时舞台上享有盛誉的有"后三杰"谭鑫培、孙菊仙、汪桂芳。其中谭鑫培承前启后，取精用宏，进一步确立了以京、汉语音为主的湖广韵、中州调语音系统，更新丰富了老生行当的唱腔，更自觉地调动各种艺术手段突出了人物塑造，标新立异，卓然成家，开创了"谭派艺术"，成为"伶界大王"、剧坛领袖。此外，小生徐小香，武生杨月楼，丑行杨鸣玉、刘赶三，旦角梅巧玲、时小福、余紫云、朱莲芬、郝兰田等也名噪一时，他们均被画家沈容圃绘入"同（治）光（绪）十三绝"之中。

早在咸丰年间，京剧就开始由民间进入宫廷。清廷设南府（后改升平署），擢选太监，专司宫廷演出。特别是慈禧擅政后，宫中演出之风更盛，许多民间名伶，如程长庚、谭鑫培、王瑶卿等，被召进宫教习、演出，称为"内廷供奉"。京剧逐渐成为宫廷与民间普遍搬演的主要剧种，并很快流播到天津、山东、上海等地，总体上被称为"外江京剧"。上海一带的京剧则称为南派京剧或海派京剧（与北京的京派相对而言）。京派重视基本功，严格规范，强调继承传统，保存遗产，而海（南）派京剧则勇于革新创造，善于吸收新鲜营养，强调适应市场和观众，内容新颖，形式灵活。汪笑侬、潘月樵、夏月润、夏月珊为其代表人物。

进入20世纪，京剧由成熟走向鼎盛，舞台上异彩纷呈、繁花似锦、群芳争妍、万紫千红。一大批风格迥异、富有创造性的艺术家涌现出来，令人目不暇接。仅生、旦两行的艺术流派就多达十几个，出现了前后四大须生、四大名旦、四小名旦为代表的二十多位大师级的表演艺术家。净行中金少山、郝寿臣、侯喜瑞三大流派鼎足而立，丑行中则涌现出由文丑萧长华、慈瑞全、郭春山组成的"丑行三大士"及武丑王长林等，他们与生、旦明星交相辉映，渲染出一派群星璀璨、云蒸霞蔚的繁荣景象。其中，最有代表性的是梅兰芳为首的"四大名旦"。

20世纪初叶，在杰出的艺苑伯乐、卓越的戏曲教育家、有"通天教主"之誉的王瑶卿的精心栽培下，京剧旦行艺术有了长足的发展，梅、尚、程、荀则是最为耀眼的四颗"天王巨星"。他们虽然同为旦行，俱出于王瑶卿门下，却有如梅雪相映，各有特色；春兰秋菊，各展风姿。王瑶卿曾对"四大名旦"做过"一字评"：

梅兰芳的"样"（或"像"，指扮相，以及"音像"、"心像"）——梅兰芳多扮演天女、仙女或身份高贵的女性，其扮相、台风、韵致，冠绝一时，所以时人给他下了一个"贵"字的评价。

尚小云的"棒"（指武功）——由于尚先生先学武生，打下扎实的武戏功底，常演"文武带打"的戏，以繁难的武功技艺展示人物，多扮演侠女、奇女子，所以时人给了他一个"刚"的结论。

程砚秋的"唱"（指唱工）——程砚秋先生从自己独特的嗓音条件出发，另辟蹊径，出奇制胜，创造出寓刚于柔，具有另类音色美、旋律美、节奏美、润腔美的唱腔。加上他所扮演的人物多是贫女或性格刚烈的女子，时人便送给他一个"烈"字。

荀慧生的"浪"（指做工）——荀先生身段优美，做工细腻，且大多扮演青春、活泼、性感的少女或妓女，因而戏谑为"浪"。

笔者则概括为：梅兰芳的"阳柔"，尚小云的"阳刚"，程砚秋的"阴刚"，荀慧生的"阴柔"。

"四大名旦"中，梅兰芳首屈一指。在半个多世纪的舞台生涯中，他广采博取，精心钻研，勇于创新，塑造了众多优美的妇女艺术形象，积累了大量优秀的剧目，提高了旦角的演唱和表演水平，形成了具有独特风格的艺术流派——梅派。梅派大致经历了三个发展阶段——早期严格遵守传统青衣和花旦的路子，严谨而规范；中期编演时装新戏和古装新戏较多，唱腔华彩，绚丽多姿；晚期由博返约，绚烂之极，归于平淡，凝练中透出醇厚坚实。梅派简易平淡，不花不滑，不险不怪，寓方于圆，具有通大路的中和之美，易学而难工，深受广大观众欢迎，并在世界上享有盛誉。

梅兰芳的嗓音高宽清亮、圆润甜脆俱备，音域宽广，音色极其纯净饱满。由于养气功深，已臻炉火纯青的境界，故其唱工从不矜才使气，始终保持平静从容的气度，从而高音宽圆，低音坚实，到晚年仅高音稍有变化，依然珠圆玉润，无一句有气馁音懈之处，体现出中国传统的美学原则，具有端庄婉雅的古典美，平和中正，恰到好处，处处出自天然，全无人为斧凿痕迹，在表面规矩平淡之中显现出深沉含蓄的内在魅力。看上去似无明显特色，实即梅派艺术的特色。梅兰芳精通音律，吐字讲究五音、四声、尖团，而不拘泥。发声善用共鸣，无论何种音韵的字都能使之如莺声圆啭。他的韵白富于情感，适度、自然、甜美，由于他精通音律，善用四声尖团，故而吐字清晰。越是高音，越甜越润，如同"拔丝"，袅袅余音中显示出金色的光彩。他的唱、做完全由传统中来，一腔一式均有来历，但又绝无照搬之嫌，故能使人耳目全新而毫无刺耳棘目之感。梅兰芳根据表达人物感情和剧目内容的需要设计了大量新的唱法，如《春秋配》中采用的南梆子加哭头，以及《太真外传》中由西皮导板转慢三眼，南梆子转快流水、转反四平调等等，因接合处天衣无缝，听来只觉和谐圆润，有本来就应如此的感觉。因唱腔的平中见奇，他的许多著名唱段特别是《四郎探母》、《女起解》、《玉堂春》等旦行各派共有的剧目中的唱腔，不胫而走，得到最大程度的普及。

梅兰芳还在服装、扮相方面开辟了旦角艺术的新的领域。他的扮相雍容华贵，做工与身段经多年琢磨加工，做到了精美绝伦，总体上突出一个"圆"字，连背影都有"戏"，从任何一个角度看他的表演都能给人以美好的感受。他化用了大量昆曲的表情、身段与步法来充实京剧的舞台表现能力，如《贵妃醉酒》、《宇宙锋》、《生死恨》等剧就借鉴了昆剧《瑶台》、《思凡》、《刺虎》的表演，而有点睛之妙，尤其能将人物的内心情感通过面部表情的细微变化极其准确、细致地体现出来，如《霸王别姬》、《宇宙锋》、《奇双会》等剧均有所饰人物努力压抑内心的悲伤忧虑而强作镇定或故作欢颜的情节，他的表演总是恰如其分、无懈可击且饱含激情，不仅观者受到强烈的感染，甚至同台演员都受到震撼而情不自已。在集中各种表演技巧塑造人物的同时，他又能"惜墨如金"，如眼神，在关键时目光一放倍增神采，使人产生强烈的共鸣；如水袖，他的水袖功夫极好，却从不滥用，总是以最简捷的方式做出最精练的动作，如《宇宙锋》中的几次甩袖，有刀斩斧截的力量，绝不花哨，对于衬托赵女破釜沉舟的决心是最好的烘托。在舞蹈方面，他编演的剧目有许多是歌舞并重的，各自有不同的创造，如羽舞（《西施》）、绸舞（《天女散花》）、盘舞（《太真外传》）、拂尘舞（《洛神》）、镰舞（《黛玉葬花》）、剑舞（《霸王别姬》）、袖舞（《嫦娥奔月》）、丝纶舞（《廉锦枫》）等，一方面化自昆曲的舞蹈身段，一方面提炼自生活，如《俊袭人》中的扑萤舞，就完全用低架子持扇作舞，以示与扑蝶的不同。他所编演的新戏及传统剧目中，有经常、大量的露手表演，手势的运用精致、优美，富于变化，亦是他表演的特色之一。他的武功极有根底，又曾习跷工，步法准确而且轻盈迅捷，开打干净漂亮，又于武打中融入舞蹈，所以匀称婀娜，美媚劲帅。梅兰芳的全部表演与唱腔都精雕细刻，不断改进，删繁就简，去冗存菁，因此一个剧目每次演出都常有细节的不同，能够日臻完美，以高度的形式美陶醉观众。由于梅兰芳的基本功扎实，在继承传统的基础上，通过排演时装新戏和古装新戏以及加工整理传统剧目，完成了京剧旦角表演艺术的重大革新，卓有成效地突破了传统青衣只重唱不讲究身段表情的局限，且把花旦和刀马旦的技巧融会贯通，完成了前辈演员特别是王瑶卿的未竟之业，使"花衫"成为京剧旦角的固定行当。更为独特的是，梅兰芳善于在表演中糅进昆曲身段，令人感到花团锦簇，光彩照人。

梅兰芳独树一帜的表演艺术，引起世界的关注。1919年和1924年，他曾两度应邀赴日本演出，均受到热烈欢迎和高度评价。1927年，北京《顺天时报》发起京剧旦角演员评比，他被评为"五大名旦"之一。1929年底，他应邀赴美国演出，先后在纽约、芝加哥、华盛顿、旧金山、洛杉矶、圣地亚哥、西雅图等城市演出了70多场，受到美国各界的热烈欢迎。在华盛顿演出时，除总统因公外出不在外，国务院官员及各国使节500多人观看了演出。文艺界的著名人士，如戏剧演员贝拉斯科、电影演员卓别林、舞蹈演员露丝·丹尼斯等观看后，对梅兰芳的表演艺术赞不绝口。哥伦比亚大学、芝加哥大学、旧金山大学分别举行集会，邀请梅兰芳讲演。南加利福尼亚大学和波莫纳学院分别授予他文学博士名誉学位。1935年，梅兰芳应苏联对外文化协会的邀请，到莫斯科和列宁格勒进行访问演出，连连加演，仍一票难求，盛况空前。苏联党政领导人和包括高尔基、托尔斯泰、斯坦尼斯拉夫斯基等著名的文学家、艺术家观看了梅兰芳的演出。演出结束后，苏联戏剧家聂米罗维奇·丹钦科主持座谈会，斯坦尼斯拉夫斯基、爱森斯坦、梅耶荷德、爱森斯坦等苏联戏剧家和逗留在苏联的德国戏剧家布莱希特、皮斯卡特，英国戏剧家戈登·克雷等参加了座谈会，对梅兰芳的表演艺术给予很高的评价。斯坦尼斯拉夫斯基从梅兰芳的表演中总结出"中国剧的表演，是一种有规则的自由动作"。德国戏剧家布莱希特称他的"间离效果"理论是受了梅兰芳表演艺术的启迪后提出来的。梅耶荷德认为，应从梅兰芳的舞台艺术中"吸取最宝贵的、失去了它们的戏剧生命就会枯竭的精华"。聂米罗维奇·丹钦科指出，"凡是关心艺术向前发展的戏剧界人士，都可以从他那儿在演技、节奏和创造象征诸方面学到东西"。梅兰芳是第一个将中国戏曲介绍到西方并引起轰动的戏剧家，他几度到日本和拉美、欧洲演出，增进了世界各国人民对中国戏曲艺术的了解，为中国戏曲走向世界开辟了道路。

四、突破瓶颈，再创辉煌

在将近200年的孕育形成和发展历程中，京剧曾有过海纳山容的综合创新，有过鲜花着锦、烈火烹油般的红火鼎盛，也有过困顿低迷和徘徊，以及为摆脱困境而进行的改良和变革。今天，京剧已经列入《人类非物质遗产代表作名录》，这对于京剧艺术的挖掘、保护、继承、创新，无疑是兼得天时、地利、人和的重大利好消息。但列入《人类非物质遗产代表作名录》并不等于进了博物馆，存入保险箱，从此就可以束之高阁、永存不朽了。《人类非物质遗产代表作名录》不是"丹书铁券"、护身法宝。如果今后保护不好，传承不力，有名无实，随时都可能被从《人类非物质遗产代表作名录》中淘汰除名，那将有损于民族尊严、国家信誉。所以，列入非物质文化遗产名录，不仅是一种崇高的荣耀，更是一种庄严的承诺，一种无法推卸的责任。

胡锦涛主席在致联合国教科文组织第28届世界遗产委员会会议的贺辞中指出："加强世界遗产保护已成为国际社会刻不容缓的任务。这是历史赋予我们的崇高责任，也是实现人类文明延续和可持续发展的必然要求。"为此，我们必须满怀强烈的使命意识，首先从思想观念上建立民族文化自信心，确立民族文化自主地位。一个民族能否自立于世界民族之林，除了要拥有强大的综合国力外，还必须要有本民族的文化自信。表面看去，综合国力是硬的，不可或缺，文化自信似乎是软的，可有可无，而实际上，与综合国力相比，文化自信更加重要。从古今中外的历史来看，仅仅从政治、军事和经济上不能消灭一个民族，只要有文化自信心，就会埋下"野火烧不尽，春风吹又生"的火种。

历史悠久的中华民族自古自立于世界民族之林，曾有过春秋战国时期的精彩纷呈，两汉时期的壮阔宏丽，盛唐时期的恢弘鼎盛，康乾时期的持盈保泰……一句话：曾经十分自信！但自从18世纪以来所经历的屈辱磨难，国人精神笼罩阴霾，人格被严重扭曲。尤其是鸦片战争的失败，使国人从"天朝上国"的梦幻中惊醒，跌进半殖民地的深渊。此后种种"中体西用"式的改良并没有能够改变近代中国的屈辱命运，反倒使国人对传统文化产生了虚无主义的文化自卑心理。新中国的成立，令国人扬眉吐气，但随后发生的一系列愈演愈烈的"左"倾运动，既简单粗暴地摧残破坏了民族的自尊心，又培育出"假、大、空"的乌托邦心理，至今阴魂不散。而改革开放以来市场经济实施过程中为经济利益的驱动所滋生的急功近利的浮躁心态，以及崇洋媚外心理，则销蚀着民族自尊心和自信心，出现了与国情、民情、人情不相符合的形形色色的西化图景。相当多的国人对于民族文化的核心价值和特色，以及在世界文化中的定位，缺乏清醒的认识，缺少文化自信。譬如，不少人认为，随着时代的推移，京剧艺术已由中心走向边缘，渐渐显露出被飞速发展的时代冷落和忘却的危机，甚至到了需要格外关注和鼎力振兴的地步。京剧艺术有如青春不再、徒唤奈何的"迟暮美人"，是回光返照的"夕阳艺术"，只能凄美地死去，根本没有必要去振兴它，只需对它的死行注目礼就够了。京剧更不可能重现辉煌，只能像夏鼎周彝、秦砖汉瓦一样作为文物保存，而不能再与时俱进地焕发活力，从而成为推动历史、影响现实的精神力量。

而事实上，独树一帜的京剧艺术根植于博大精深的中华文化，体现着源远流长的民族文化心理，是能够体现民族核心价值观念、彰显民族特色的文化活动和文化现象之一。京剧是一种有意味的感情表达符号和情感知觉形式，具有很强的象征性和写意性，以形传神，物我渗透，有对现实生活的模仿和再现，甚至有时会造成幻觉和共鸣，但其中又有象征、暗示乃至超验的成分；京剧艺术有很浓厚的伦理道德色彩，又包含着浪漫气息和游戏精神；既诉诸感官，好听、好看、好玩，又可以带来通感联觉的艺术享受，同时又能从情理交融的深层表现人性。京剧按照真、善、美的原则，将生活的自然形态提炼概括为节奏鲜明、内涵丰富的程式，"有声皆歌，无动不舞"，将歌、舞、剧综合成载歌载舞的戏剧形态。念白朗朗上口，唱腔优美动听，身段富有韵律感，积淀、凝聚了一整套古典形式美，集中、鲜明地体现出人类东方戏剧的审美风采。博大精深的京剧艺术有着无比丰富的内涵，既散发出浓郁的与传统诗、书、画、印、园林、建筑异曲同工的东方古典美的韵味，又包蕴着东西相通、古今贯穿的现代精神。京剧艺术具有很强的包容性、适应性、沟通性，既十分古老，又异常鲜活，洋溢着强烈的生命意识，完全可以激活它内在的生命力，让它展现出古典美，并兼容现代美。简单地把它归入农业文明并不妥当，武断地对它实行反叛、颠覆、解构更属浅薄和无知。

对于当今的京剧艺术来说，五千年中华民族文化传统，八百年的戏曲传统，两百年的京剧自身传统都是客观存在而必须正视的。传统有似如来佛的掌心不可超越，有如巍峨高耸的殿堂，总会令人心存敬畏地回眸。无视传统的存在，有如愚蠢的鸵鸟。妄想摆脱传统进行创造，无异于想拔着自己的头发离开地球上天。数典忘祖终究难成大事，浅薄狂妄的匹夫之勇可以休矣！但是，民族文化自信绝不是狭隘的照镜自美式的民族自恋，更不是自我夸张、自我膨胀的夜郎自大，而需要对民族传统进行科学的把握和评价。费孝通先生曾经指出：民族文化自信必须建立在文化自觉的基础之上。所谓文化自觉，是指生活在一定文化中的人们对其文化有"自知之明"，明白它的来历、形成过程、所具有的特色、在人类历史上的地位和作用，以及它发展的趋向。只有具有了民族文化自信，才能对自身文化有充分透彻的理解和认识，才能自觉适应时代合理、健康发展的要求，剔除不合时宜的成分，积极吸收其他民族文化的营养以丰富和发展其自身的文化。否则，不论曾经是多么辉煌灿烂的民族文化，都将在历史的长河、浩瀚的空间被淡化、遗忘，或被逐渐消融、同化。

在我国剧坛上，京剧艺术有着得天独厚的地位，历来受到官方、民间的重视。远的不说，即从1990年徽班进京两百周年以来，就有一系列弘扬民族文化、振兴京剧艺术的政策措施付诸实施。全国范围内，上上下下、里里外外，特别是首都北京，为了国粹京剧的繁荣发展所做出的努力从未间断。平心而论，京剧作为最受宠幸的"国色天香"，其机遇条件和生存状态大大优于其他剧种和其他剧院团。然而，与投入相比，京剧艺术的现状远未尽如人意。在传统继承、人才队伍、文本创作、艺术生产、市场开拓等诸多方面依然存在着深刻的危机，成为令人纠结的老大难问题。如何才能突破瓶颈，彻底改变京剧久振不兴的局面？见仁见智，开出很多药方。譬如，有一种很流行的观点认为，如果能有一位热爱京剧、重视京剧的高端领导人出现，促使政府加大对京剧的扶持力度，京剧的繁荣兴旺将指日可待。诚然，能有热爱京剧、重视京剧的领导人出现当然是京剧之幸，政府加大对京剧的扶持力度则可谓好上加好。但是，事实证明，仅靠外部"给力"和"输血"，只能解燃眉之急，并不能从根本上解决问题。京剧艺术的孕育、形成、鼎盛、衰落、起伏，是时代、环境、地域及艺术本身、接受主体等内外因素交叉汇合的结果。过去在极左思潮笼罩下，一味不加分析地批判清廷扼杀花部皮黄，显然有违事实，有失公允。现在片面夸大慈禧和清廷对京剧发展的推动作用，也不是实事求是的唯物主义态度。特别是处在当今激烈竞争、众声喧哗、追求公平的时代，京剧艺术唯有自尊才能自立，唯有自强才能自救，唯有有为才能有位。片面强调外因，将希望寄托于个别领导人的兴趣和爱好，奢望得到特殊关照和永久娇养，让人捧着、宠着，是没有出息的表现，只会销蚀京剧主体和京剧本体的斗志，滋生依赖思想，难以从根本上摆脱危机。为了少走弯路，不陷迷津，现在最为紧迫和至关重要的是克服"重申报，轻保护"的思想倾向，借京剧列入《人类非物质遗产代表作名录》的东风，历史地、辩证地分析京剧艺术兴衰起伏之规律，深刻认识京剧艺术本质特色，总结经验，接受教训，丢掉不切实际的幻想。包括对辛亥革命时期"京剧改良"运动的反思，对"文化革命"中聚讼纷纭的样板戏的评估等。在摸清京剧家底的前提下，制订科学而切实可行的振兴计划。不断优化外部环境，激发京剧艺术主体本身的创造活力，一步一个脚印地为京剧振兴多做实事。

首要的是京剧人才的挖掘、保护、培养、激励。归根结底，京剧的未来取决于人才的数量是否充足，人才的结构是否合理，人才的素质是否优良。京剧以表演为中心，是角儿的艺术。京剧艺术靠角儿展现、传承，角儿是流派的领军人，是院团的顶梁柱，是票房的可靠保障。角儿是京剧的载体、旗帜和灵魂。京剧艺术的历史不过200年，却创造了流派纷呈、群星璀璨的艺术辉煌，成为名副其实的国粹，靠的就是角儿。没有角儿就没有京剧艺术，没有梅兰芳何来梅派？没有马连良马派无从谈起。因此，要促进京剧艺术的发展和繁荣，就要大力维护角儿的核心地位，充分发挥角儿的核心作用。要为名角和大师级艺术家的涌现创造条件，同时积极地推星、造星，让新人脱颖而出。

其次是要大力繁荣京剧舞台演出，通过艺术实践保护京剧本体和精华。京剧剧目具有历史性、连贯性和系统性，继承了昆曲、京腔、徽调、汉调、梆子、秦腔、柳枝腔、罗罗腔等声腔剧种世世代代积累下来的大量剧目。内容丰富，视野开扩，样式丰富，多姿多彩地反映了广阔复杂的社会人生。展现出立体、形象的中国历史画卷和中华民族精神家园图景。有着近两百年历史的京剧积累创造出五千多出剧目，鼎盛期经常上演的就有两千多出，程长庚、谭鑫培、四大名旦、四大须生等大师们每人都能戏数百出。经过历代卓越的表演艺术家千锤百炼而流传下来的整本戏、折子戏和少数连台本戏，绝非单纯文字形态的"案头曲"，而是包括音乐、唱腔、美术、服装等元素在内的立体化的舞台文本，它们往往是由文人、艺人共同创造的，双方取长补短，珠联璧合，"……每打一出戏，打戏的人必要先与演员在一起商议研讨一番。把戏的布局、情节的发展、场子的穿插……商量妥当，然后动笔写出戏来,再由唱戏的去'油漆彩画'"。因此,这些戏能够淋漓尽致地体现京剧的艺术精神及表演精髓。

然而令人痛心的是,由于历史风雨的吹打和各种人为的因素,京剧传统剧目流失极其严重。目前京剧舞台上经常上演的全本戏及折子戏少得可怜,满打满算也不过几十出。而其他绝大部分剧目虽有文本,但其中所包含着的音乐、服饰特别是独特精彩的表演手段和表演语汇,除了少量有可能还藏在硕果仅存的老艺人肚子里,大部分都已经湮没无闻了。人在艺在,人去艺亡,艺术的流失迫在眉睫。当务之急要抓紧搜罗、发现、确立、保护好京剧的传承人,集中人力、精力、财力,争分夺秒地进行抢救、记录。即便在找不到直接传承人的情况下,也要按照行当流派、题材范围、戏剧类型,梳理、遴选出代表性剧目,依靠全社会的力量和智慧,搜寻、借鉴文字、口述、音像等资料,分期分批地恢复和重建经典特色剧目,复排和锤炼折子戏。对于经过历代仔细打磨的经典全本戏,和那些脍炙人口的折子戏精品,要经常进行原汁原味的活态展示,让和谐的古典美、异彩纷呈的流派美营造出如诗如画的美好意境和氛围,供人观摩,发挥调剂、滋润、宽慰现代人紧张、焦灼、迷茫心灵的作用。

最后是在继承的基础上,锐意创新。在回眸传统、找回传统、复修传统的过程中,首先要怀着对传统的敬畏之心,心追手摹,亲身体验,尽量忠实于原来的形态和面貌,从本质上保持独特而鲜明的个性,千万不能把自己消融在其他艺术样式之中。但是应该尽量避免、最好拒绝依葫芦画瓢式的低级模仿,力求展现出能够体现戏曲艺术精神的古典美。在这个过程中,不排除必要的扬弃和创造。如果说传统艺人口传心授的传统剧目是"原生态"或"本生态",那么也应该允许"衍生态"的出现和存在。前者是非物质文化遗产传承的基础,后者则是非物质文化遗产变异与发展的内容。以舞蹈为例,著名舞蹈艺术家、"中国第二代孔雀王"杨丽萍认为:"原生态的含义不是指原始的,而是原本的。"其意思是说艺术并非越早越好,越土越好,关键在于是否以人为本,是否按照美的规律进行创造。杨丽萍以南疆傣族、白族、彝族等土著舞蹈为创作素材和灵感来源,加以改编提炼和升华,运用到《云南映象》之中,收到极好的艺术效果。再以绘画为例,著名画家吴冠中先生指出,初期的绘画,临摹是必要的,但如果一直停留在临摹传统阶段,就会禁锢、扼杀属于自己的个性化创造精神,而一旦没有了个性生命,模仿也就成了抄袭,哪里还有什么时代的风采和青春的活力!因此,他坚决反对一味摹古。他认为："掌握'术'容易，创造'美'困难。""'像'不一定'美'。"如果脱离了人物、意境和美感，"笔墨等于零"。艺术都是相通的，吴冠中的艺术主张同样适用于传统戏的挖掘、整理和复修。

被誉为东方智慧圣火、华夏文化源头的《周易》"系辞"下云："穷则变，变则通，通则久。""通变"乃宇宙万物之根本规律。所谓"穷"，就是指事物发展到顶点、转折点或瓶颈。"变"，就是指由顶点或转折点向反面转化。"通"，就是事物转化后的新发展。"久"，就是指只有处于不断的变化过程中，才能实现生命的永恒。《周易》认为变化是绝对的、永恒的，而且是有序的，京剧岂能例外？古人说：笔墨当随时代。京剧也要贴近时代，贴近生活，贴近观众，通过新编剧目书写生活、批判现实、反思历史、挖掘人性，弘扬具有普世价值的公平正义、人文关怀精神，保持与时俱进的活力，为当代人提供"精神的食粮"、"疗病的生药"、"日用的百货"。在这个过程中，京剧始终要不遗余力地吸引、培养观众，培育、扩大市场，吸收新兴科技营养，开拓生存空间，优化生存环境。

京剧艺术是源远流长的民族戏曲的骄子，是根植于幽燕文化沃土的国色天香，是京味文化的重要组成部分，是建设"人文北京"不可或缺的内容。在对京剧艺术的挖掘、保护、抢救、继承、创新中，北京市政府、首都社会各界特别是首都京剧界首当其冲，肩负着艰巨而光荣的历史使命。为了让悠久的记忆更加清晰，让京剧这张名片更靓丽，让京剧这颗人类东方文化明珠在新时代焕发出更加璀璨的光芒，我们必须共同努力！

（原载于《北京文史》2012年第2期）

男旦艺术的思考

戏曲艺术特别是京剧艺术中的男旦，堪称是美妙的艺术结合体，奇异的艺术混血儿，独具风采的角色行当。长期以来，这是个既敏感又被忽视、既具有鲜明的特征又聚讼纷纭的话题。

关于男旦的讨论，时起时伏，不绝如缕，但始终没有形成气候，更没有任何比较统一的结论。这种状况应该说是极不正常的，对京剧表演艺术的继承、发展和革新极为不利。笔者在纪念梅兰芳诞辰100周年之际，曾经写过《男旦雌黄》一文，谈了谈对男旦艺术的粗浅看法。本想抛砖引玉，以期引起讨论，但遗憾的是，迄今也没有看到这方面的文字和消息。为此，再将此文略加修饰，呈给世人和同好，看看是否能有一点反响，以慰我寂寥之心。

一、男旦的由来和流变

男旦由来已久。早在先秦草昧时代，主持祭祀仪式的就有女巫与男觋之别。男觋就是男性的巫。后来，从巫和觋分化出优伶。东汉张衡《西京赋》"总会仙倡"中有"女娥坐而长歌"的记载。女娥者，娥皇女英也（李善注）。《汉书·郊祀志》有"优人饰为女乐"的记载，周贻白先生认为此女娥必为男优所扮无疑。至魏，出现了由男子扮为女子的《辽东妖妇》。《魏书·齐世纪》裴注引司马师《废帝奏》云："……日延小优郭怀、袁信等，于建始芙蓉殿前，裸袒游戏……又于广望观上，使怀信等于观下作《辽东妖妇》……"隋代，男扮女装的记载颇多，如《隋书·音乐志》载："大业三年，突厥染干来朝，炀帝欲夸之，总追四方散乐，大集东都……使人皆衣锦绣缯采，其歌舞者多为妇人服，鸣环佩，饰以花者，殆三万人……自是每年以为常焉。"可见当时歌舞者以男扮女已蔚然成风。

如果说以上记载仅限于歌舞，那么到了唐代便出现了以男扮女的优伶。唐代流行的戏剧样式是参军戏，根据文献记载可知：早期的参军戏没有女演员参演,"女儿弦管弄参军"是到后来才出现的。但是,没有女演员不等于没有女角色,譬如产生于隋末唐初的《踏摇娘》就是一出脍炙人口、包含着女角色的参军戏。这出戏描写一位美丽善良的妇人,却嫁给一个长着酒糟鼻子、成天酗酒打老婆的男人。妇人不堪忍受,遂向邻人且步且歌怨苦之词。在没有女演员的情况下,这位美妇人只能由男演员扮演,故有"丈夫着妇人衣"、"弄假妇人"(段安节《乐府杂录》)的记载。据《乐府杂录》可知,当时的男旦有范传康、上官唐卿、孙乾、刘璃瓶等。

进入宋代,戏曲艺术趋于成熟,男旦更为常见。宋官本杂剧中有"装旦"。装旦者,以男扮女之谓也,亦称"旦色"。周密《武林纪事》"杂剧三甲"条中载有:"装旦孙子贵。"孙子贵显系男优之名。他不仅是"装旦",还充当过"戏头"。宋元南戏中也有"装旦",《宦门子弟错立身》云:"冲州撞府装旦色,走南投北俏郎君。戾家行院学踏爨,宦门子弟错立身。"《张协状元》和《琵琶记》均有以男扮女的角色。

唐宋以降,女优开始出现,男旦与女旦同时并存,彼此消长,互相竞争,促进了旦角艺术的发展和繁荣。一般说来,在封建礼教相对松弛的时候,女优便大量涌现,男旦相对减少。如元代大开男女合演之风,男女兼重,以末、旦为主,戏目分为旦本和末本。旦色不断丰富,分为正旦、帖旦、大旦、小旦、老旦、色旦、搽旦、旦儿等,形成了灿若群星的女优群,构成艺、妓结合,勾栏、行院一体化的格局(参见夏庭芝《青楼集》、杜善夫《庄稼不识勾栏》)。

降至明清,伴随着中央集权的加强,封建礼教日益森严,女优受到贬抑和控制,数量锐减,活动范围大大缩小。明代女优基本上属于家乐范畴,很少到公开场合演唱。特别是到了清代,由于朝廷禁止官员狎妓,就连从事家乐的女妓一度也大大减少,从而为男旦的发展提供了契机和适意的气候。直到清末民初,帝制崩溃,世风大变,女优才又蓬勃兴起。

从上面简单的回溯可以看出:男旦早在唐宋就已出现,此后不绝如缕,明清之际有了长足的发展,涌现出清乾隆年间蜀伶魏长生那样著名的男旦和以他为代表的男旦群。不过,男旦真正的黄金时期是伴随着京剧艺术的产生、发展、鼎盛而降临的。京剧艺术的男旦可以说达到了既空前也可能绝后的巅峰状态。

京剧并不是北京土生土长的剧种,而是徽剧和汉剧在北京融汇的产物。

京剧的主要曲调是二黄和西皮，同时吸收融化了昆曲、京腔、秦腔及民间曲调等营养。徽班是京剧的母体和基础，"前三鼎甲"程长庚、余三胜、张二奎是京剧的鼻祖，"后三鼎甲"谭鑫培、孙菊仙、汪桂芬标志着京剧走向成熟。梅、尚、程、荀"四大名旦"阶段则是京剧的鼎盛时期，他们使京剧鲜花着锦、烈火烹油，精妙绝伦，炉火纯青，具有大家风范，并开始走向世界。"四大名旦"及后来的"四小名旦"，彻底扭转了京剧以老生为主体的格局，使得男旦上升到极为突出的地位，出现了庞大的男旦群体，形成了异彩纷呈的流派。特别是梅兰芳，博采众长，独树一帜，不愧为"四大名旦"之首，被视为京剧艺术乃至中国戏曲艺术的象征和标志。没有"四大名旦"，就没有京剧艺术的无比辉煌。没有"四大名旦"，就没有京剧艺术崇高的历史地位。男旦这种特殊的行当在京剧史和中国戏曲史上写下了灿烂的一页。

男旦，特别是京剧艺术的男旦，本来是一个十分值得探讨的艺术现象。然而，关于男旦的研究却几乎为零，全然一片空白。历史上虽曾有过记录、描述、评论男旦的书，如《燕都梨园史料》中的《燕兰小谱》、《听春新咏》、《日下看花记》等，遗憾的是它们不外乎记录逸闻掌故，随意遣兴抒怀，甚至迷醉于"相姑"们的色相、肌肤、体态，流露出畸形、病态的审美情趣，毫无理论可言。齐如山一辈记录下"四大名旦"的艺术实践，也还未来得及进行理论总结。后来，由于极左思潮肆虐，带来思想方法上的形而上学和片面性，将男旦列入另册，打入禁区，或者有意无意地予以回避。现在，是将男旦提到研究日程上的时候了！

梅兰芳是京剧艺术大师，代表着京剧艺术的最高水平，他的天才创造和历史价值就集中体现在男旦艺术上。我们今天纪念梅兰芳，就应该挖掘整理梅兰芳的艺术遗产，从社会学、人类学、生理学、心理学、戏曲美学等不同的角度对男旦艺术进行深入的探讨，并力争上升到戏曲观的高度，发掘出男旦的美学内涵和文化意义。

二、男旦的基础和特色

男旦是旦行的变体和分支，绝不是怪胎异物。男旦是菊苑的一朵奇花异卉，绝不是荆棘毒草。作为由来已久的艺术现象，男旦有其产生的文化背景、艺术土壤和个人因素。

男旦艺术的思考

从外因来看，封建礼教对女优的禁忌客观上为男旦提供了生发的契机。封建统治阶段一方面虚伪地不允许女优存在，同时又要贪婪地追求声色之娱，于是就只好让男优来扮演女角。这样，男旦应运而生，并成为一些人的职业和谋生手段，甚至是"一招鲜吃遍天"的绝活。

从内因来看，并不是所有的男性都能成为男旦。男旦必须具备一定的禀赋气质和形体、嗓音等生理条件。譬如梅兰芳就具备良好的先天条件。他面貌俊美，明眸皓齿，嗓音清脆，身材匀称窈窕，擅长表演动作。梅兰芳出生在"忠厚恕道"的梨园世家，他的祖父梅巧玲是著名男旦，曾掌管四喜班，仗义疏财，古道热肠，有孟尝之德、魏三之风。他的伯父梅雨田是著名琴师，长期为谭鑫培操琴。他的父亲梅竹芬青年夭折，擅长青衣花旦。梅兰芳从小耳濡目染，九岁拜师学艺，开蒙老师是著名男旦时小福的徒弟吴菱仙。梅兰芳十二岁首次登台，串演应时灯彩戏《长生殿》里的织女。十四岁正式搭喜连成（后改为富连成）科班，与周信芳（麒麟童）、林树森、贯大元等同台演出。后来又得到王瑶卿、陈德霖、路三宝、谭鑫培、杨小楼等的指点，琴师茹荣卿、王少卿、徐兰沅的依傍，齐如山等饱学之士的相助，为他的艺术事业打下了坚实深厚的基础。

罗瘿公曾诗赠齐如山云："齐郎四十未为老，歌曲并能穷奥妙；结想常为古美人，赋容恨不工颦笑。可怜齐郎好身段，垂手回身斗轻软。自惜临风杨柳腰，终惭映日芙蓉面。颏下兼兼颇有须，难为天女与麻姑。恰借梅郎好颜色，尽将舞态上氍毹；梅郎妙舞人争羡，苦心指授无人见。他年法乳看传衣，弟子程郎天下艳。北方已再得倾城，晚有芬芳播玉京；舞衣又藉齐郎授，共道前贤畏后生，双秀门前好桃李，曹穆善才那有此？奇福真堪傲世人，封万户侯宁足比；潜光必发待我诗，送尔声名日千里。"（1928年《晨报》（北平出版）附刊的《星期画报》第129期上，刊有顺德罗瘿公所作《俳歌调齐如山》）

的确，梅兰芳的成功与齐如山的指导和帮助有很大关系。齐如山的苦心指教、栽培之功不应抹杀，但最关键的因素还在于梅兰芳自身。设若他貌同嫫母，丑若无盐，嗓子喑哑，五音不全，身残形秽，手脚笨拙，神情痴呆，那是无论如何指教也不会成为著名男旦艺术家的。

男旦需要得天独厚的生理条件和禀赋气质，但他们并非"超人"、"怪物"，他们的艺术表现出人类的基本天性：追求新奇。不论男人还是女人，无不对异性充满好奇和神秘感。不论舆论如何贬抑、轻贱妇女，男人总是对女人感兴趣，并往往产生一种追求"禁果效应"的意识和心理。男旦恰恰能够从男人的角度、用男人的眼光观照女人，用男人的心去体察女人，用男人的肢体去表现女人，设身处地，感同身受。这样，男旦就比一般男人多了一个视角，多了一层人生体验，多了一片情感的天地。更重要的是，这种好奇心、神秘感和深层的体验远远超越了生理感官的初级形态，升华为艺术精神和人格力量。男旦将轻松地游走于性别角色之间视为乐事和快事，引以为豪，从而满足了人类的模仿欲、表现欲和创造欲。

一般说来，男人扮女人当然比不上女人扮女人便当自然，不同性别所带来的心理、外表、肢体上的差异，这些固有的距离和不和谐，无疑增添了男旦扮演的难度。但是不要忘记：艺术需要距离，有了距离才能产生美感。特别是戏曲艺术，歌舞化程度很高，与生活的原始自然形态保持着较大距离。不求形似，但求神似，甚至离形得似，以实现陌生化效果和新鲜别致的审美效应。戏曲艺术为男旦提供了坚实的理论基础，创造了相当大的自由度和表现天地。

戏曲艺术要求和谐，但不强求表面的和谐，而追求内在的和谐，更善于在不和谐中实现更高层次的和谐。构成戏曲艺术的文学、音乐、舞蹈、美术各具个性，本来它们之间并不和谐，但最后完全统一于戏曲的节奏和意境之中。这种艺术精神同样对男旦艺术具有巨大的启示作用。

较之女旦，男旦有劣势更有优势，他们在生理条件、心理素质、理解能力、表现能力、创造能力等方面，往往远远超过女旦，更具魅力，更加迷人。梅、尚、程、荀，李（世芳）、张（君秋）、毛（世来）、宋（德珠），各树赤帜，从者如云，但迄今为止还没有任何女徒弟能在艺术上超过他们。

梅兰芳继承了祖父梅巧玲的艺术事业，所不同的是：梅巧玲是先从昆曲入手，后学皮黄青衣、花旦，梅兰芳则是由皮黄青衣入手，然后陆续学会了昆曲的正旦、闺门旦、贴旦，皮黄里的刀马旦、花旦，后来又演时装戏、古装戏。他擅长老旦之外的旦角各个品类，在长期的艺术实践中，形成了雍容华贵、中和浩荡的艺术风格。

唱为四功之首，是"四大名旦"形成各自流派的主要标志之一。梅兰芳的嗓音脆、亮、甜、宽、润，加上新颖独到的音乐唱腔设计，听来如饮醇醪，如坐春风。早期，梅兰芳受王瑶卿、陈德霖影响较大，走的是青衣、花旦路子。中期编演新剧、古装歌舞剧较多，唱腔华丽，绚烂多彩。晚年则力求凝练，更臻于醇厚坚实，他为我们留下多少脍炙人口的唱腔啊！

《霸王别姬》"四面楚歌"中虞姬唱的［南梆子原板］，描绘出秋风月夜、寂寥战场的凄凉，"舞剑"的［二六板］，伴随着［夜深沉］曲牌载歌载舞，情意缠绵。《宇宙锋》中，赵艳容依照哑奴之计，装疯斥骂赵高时所唱的［反二黄慢板］委婉、悱恻，将她一腔悲愤和怨恨抒发得淋漓尽致。《贵妃醉酒》通场基本上都是［四平调］，梅兰芳以动听的歌喉、委婉的行腔，并结合表演身段，将贵妃在雕栏玉砌、锦衣玉食中幽怨失谐的心态表现得贴切入微。《白蛇传》"断桥"中白素贞的唱段极富变化，由［导板］转［原板］，再转［二六］、［流水］、［数板］，揭示出白素贞复杂的情感世界。《凤还巢》中，程雪娥眷恋故土，不肯前往镐京避乱时所唱的［西皮原板］、［流水］华丽别致，跌宕流畅，如诉如歌，行腔吐字宛若珠落玉盘。《女起解》中，苏三离开洪洞县牢狱之前，收拾行装、辞拜狱神时唱的［反二黄慢板］，低回婉转，如诉如怨，被称为［九连环］。《廉锦枫》是梅兰芳20世纪20年代编演的歌舞戏，廉锦枫被唐敖搭救后再次潜海取蚌时所唱的［反二黄］，渲染出深海静谧清凉的意境，与刺蚌时优美矫健的舞姿相映成趣。而《花木兰》中所唱的［娃娃调］，高亢遒劲，坚实挺拔，且刚柔相济……可以说，梅兰芳的唱腔几乎是无腔不美、无腔不妙！

李渔在《闲情偶寄》中说："喉音清越而气长者，正生、小生之料也，喉音娇婉而气足者，正旦、贴旦之料也。"一般说来，青衣（正旦）要求嗓音嘹亮、圆润、稳重，花旦要求嗓音清脆、活泼、柔婉。有人形象地称之为凤音、云音、鬼音。盖凤音和谐，云音高亢，鬼音幽咽，着断着续。上述音乐素质和音乐表现能力半赖天成，半赖后天实践，两者不可偏废，因为声音之发生系气流冲击声门，经过声带本身弹力对抗所致。但喉部所发出的声音仅仅是原音，尚未成为真正的声音，还必须经过咽、腭、舌、齿、唇等部位动作的节制改变才能构成复杂的语言和腔调。音质和音色的变化靠的是气柱调节与移动口腔共鸣位置。正因为如此，七尺汉子才能发出弱女娇娥之声。男旦，由于肺活量大，底气足，吸气肌群有力，声带弹性好，所以具有更大的潜力、更多的可塑性和更强的表现力。这就是女徒弟唱不过男师傅的原因之一。

梅兰芳有一条好嗓子，得到名家指点，继承了前辈经验，又经过反复揣摩，刻苦训练，掌握了娴熟的演唱技巧。他能够正确地处理呼吸与发声（歌唱）之间的关系，灵活运用脑后音（头腔共鸣）、膛音（胸腔共鸣）、小膛音（假声胸腔共鸣），唱念稳（板眼）、准（音准）、狠，做到情气协调，声情并茂，字正腔圆，韵味纯正清醇。

  梅兰芳在唱、念、做、打各方面都具有精深的艺术造诣。他能歌善舞，文武昆乱不挡，并能从情理的结合上，把握角色，塑造人物。他能演戏三百多出，塑造了数十个身份不同、性格气质相异的妇女形象。其中有侠骨柔肠的虞姬，外柔内刚的赵艳容，美丽坚贞的西施，贤德善良的糜夫人，顾全大局的孙尚香，情真意切的白素贞，坚忍不拔的王宝钏，矢志不移的柳迎春，被污辱与损害的玉堂春，青春似火的杜丽娘，楚楚可怜的黛玉，善解人意的桃花公主，巾帼英雄梁红玉，老当益壮的穆桂英，情炽如火的尼姑色空，凄苦无告的民女姜秋莲，含悲带愤的李桂枝，苦大仇深的萧桂英，朴实单纯的李凤姐，聪颖多情的詹淑娟、程雪娥，温柔缱绻的洛神，飘飘欲仙的麻姑，碧海青天夜夜心的嫦娥，孝顺温厚的廉锦枫，娇憨可爱的薛金莲，快人快语的红娘，玩闹稚气的春香，身处卑贱、志比天高的晴雯，乖巧玲珑的俊袭人，奋勇斩蛇的童女……梅兰芳还编演了许多时装戏，塑造出邓霞姑（《邓霞姑》）、余霍氏（《宦海潮》）、郦珊柯（《牢狱鸳鸯》）、林小姐（《一缕麻》）等新型女性。此外，梅兰芳还在《五花洞》中饰演过假潘金莲，并破例反串扮演了本行之外的其他角色，如小生张才（《打面缸》）、王伯党、吕布、周瑜，武小生杨再兴，武生呼延豹、黄天霸，架子花李逢，武老生褚彪等。这些反串角色虽是逢场作戏，聊博一笑，且大多在私家堂会及义务戏中演出，但也要求演员功底厚、戏路宽，具有多方面的才能，方能得心应手。

  在梅兰芳之前，韩隆年间的秦腔男旦魏长生，创秦腔，演《滚楼》，在京师引起巨大轰动，王公贵族待若上宾，豪儿奔走相告，从者如云，弟子成群，从北京红到苏杭，影响遍及海内。光宣间的山陕梆子男旦侯俊山（艺名十三旦、响九霄）兼通书画琴棋，表演细腻动人，风流旖旎，令人荡魂销魄，被清末名士李慈铭誉为"独出胭脂塞上花"（见《越缦堂菊话》），民间有"状元三年一个，十三旦盖世无双"的俗谚，可见名声之大。但是，若把他们与梅兰芳相比，则又不免相形见绌了。梅兰芳的男旦艺术技压菊苑群芳，独得戏曲三昧，已经形成世界公认的演剧体系，"梅迷"、"梅党"遍及海内外。

三、男旦的现状和未来

梅派艺术雍容浑厚，博大精深，乍一听去，梅兰芳的唱腔似乎很平实，没有什么容易博得一时喝彩的长腔和花腔，更没有"索隐行怪"的毛病，梅腔可以说是易学的。可是，梅腔是人物与特定情境的高度结合，渗透着深沉的情感，它那酣畅甜美、刚柔相济的风格，珠圆玉润、行云流水的意境，洗尽大路货"糙唱"，无腔不新的追求，却又是难以模仿、不易学到的。从这点来说，梅兰芳易学难工。迄今为止，恐怕即使学梅最精的演员（包括男演员和女演员）也还没有达到他的水准。这不禁使我们想起马克思赞扬古希腊艺术不可企及的话，从某种意义上来说，梅兰芳也是不可企及的，或者说是无法"复制"的。

以梅兰芳为代表的男旦创造了昔日的辉煌，达到巅峰状态。但梅、尚、程、荀、李、张、毛、宋之后，京剧男旦急剧衰落，舞台上同社会上一样呈现出阴盛阳衰的格局。大批女旦脱颖而出，但男旦却寥若晨星，甚至有"断代"、"绝种"之虞。

男旦衰落的原因是十分复杂的，且不说时代、环境的变迁，使得男女同台演出成为趋势和主流，单从观念上来看，就颇不利于男旦的继承、发展和繁荣。长时期以来，相当强劲且深入人心的主流观点是：男旦是封建社会的产物，历史的陈迹，病态的美，不宜继续发展。说到底，就是要否定、取消男旦。笔者以为，这种观点有片面性，不利于京剧艺术的继承、振兴和繁荣。

否定、取消男旦的观点模糊了生活与艺术的关系，违反戏曲艺术的本质精神。艺术来源于生活，但艺术不等于生活。艺术是对生活的提炼、概括和升华，而不是对生活的照搬。戏剧的本质是扮演，"是由演员在舞台上以客观的动作，以情感而非理智的力量，当着众人来表现一段人与人之间的意志冲突"（〔美〕哈密尔顿）。"以歌舞演故事"的戏曲更强调假定性，不追求逼真地再现和模仿，不刻意地制造幻觉，不囿于生活表象的真实，而追求艺术本质的真实，允许对生活进行变形和夸张，写意而传神。"从演员角度来看，无论男扮男，女扮女，还是男扮女，女扮男，都是假扮，都合乎演剧艺术的本性。其艺术价值的高低，在于所创造的形象具有多大的审美价值意义，并不在于演员与角色的性别是否一致。"（龚和德《越剧演剧风格的重新建构》，

《戏剧艺术》1993年第4期）荣格《心理学》认为：男人身上有女人的基因，女人身上有男人的基因，男性分泌少量女性荷尔蒙，女性分泌少量男性荷尔蒙。有的女演员扮演的女人缺少女人味儿，而有的男旦从形体到气质却"比女人还女人"（这里只是说"有的"，绝非"所有的"！只是在一定的年龄段，而非老年）。因为"在特定样式或特定题材范围内，变更性别的扮演往往更能显示艺术家非凡的本领，所以梅兰芳成了国际公认的艺术大师"（龚文）。男旦扮演女人，或者女演员扮演男角色，当然都有其局限性，但优秀的艺术家总是能够正视、突破、超越局限性，创造出奇特的美，塑造出血肉丰满、情通理顺、个性鲜明的艺术形象。古代有识之士对于以女扮男的女戏尚能采取宽恕的态度，原谅其不足而乐以观赏（见张岱《刘晖吉女戏》），今天我们为什么竟不能允许男旦的存在呢？毫无疑问，将来占绝对优势的还是性别一致的演员，但有少许性别不一致的演员又有何妨？为什么非要清一色呢？为什么非要取消个别和个性呢？没有个性，哪里还有艺术？！

否定、取消男旦的观点的思想导源于旧的道德观、价值论的偏见。陈旧的道德观和价值论主张男尊女卑、男女有别，认为以女扮男、以男扮女有失大雅，有伤风化。不可否认，有的男旦分不清生活与艺术，台上与台下，只从表面模仿女子，举手投足、一笑一颦都"女儿化"，嗲声嗲气，扭捏作态，令人作呕。这是他们对女性的曲解。其实，女子并非全都那样矫情。美貌不等于骚野，温柔不等于无聊，多情不等于肉麻。不要说男旦，就是女子本身那样也令人倒胃口。我们不应因为有这样的男旦而否定全部男旦，进而否定男旦艺术。为什么人们对不让须眉的巾帼英雄花木兰倍加赞赏，对女扮男装的祝英台、孟丽君、董崇暇（徐渭《四声猿·女状元》）推崇备至，对女小生、女武生、女花脸、女老生颇为欢迎，而独独对男旦反感、鄙视乃至不能容忍呢？这背后是否有隐藏着的"唯小人与女子难养也"的思想观念在作怪呢？这岂不是说女扮男装是攀高就上，因而光彩，而男扮女装就是以高就低、趋于卑下吗？这不是男尊女卑的大男子主义又是什么呢？究其实质，女演男并不反常，男演女也不奇怪，演员无非是营造意境、创造形象的物质基础，是艺术信息载体和信息传播媒介，属于方式手段，而不是目的，传递出准确的艺术信息才是最重要的，塑造出真、善、美的艺术形象才是最关键的。

人们对男旦的最大担心是，男人演女人处处别扭，极不自然，难以产生审美愉悦，达不到真、善、美的和谐境界，并且很容易引发创作主体和接受主体之间的畸形变态心理和不健康的审美趣味。

不可否认,确有上述现象存在,前面提到的《燕都梨园史料》中的有些文字所流露出来的情调就是证明。清代北京等地确有"相姑堂子",所谓"状元夫人"也不是无稽之谈,个别"顾曲周郎"明为赏艺,实为观花,且有以"老斗"自居之嫌,但这种人毕竟是少数。退一步说,即使没有男旦,没有相姑堂子,他们不照样心存龌龊吗?绝不能因为少数人不健康的、病态的欣赏趣味就全盘否定男旦,那是不公平的。诚如齐如山所说:"数百年来好角多出在相公堂子中,这也是不应该埋没的事实。"(《齐如山回忆录》)

男旦是一种行当,从事男旦的是艺术家,不是人妖。虽然人妖中也有操艺谋生的,少数人妖秀不只博人一粲,他们以假乱真达到相当高的专业水平。但是,从生理上来看,他们毕竟不是健康的人、完整的人。从心理状态、生活方式、行为方式来看,他们也不是正常的人。他们有独特的做人之处,更有被世人视为怪物、异类的屈辱和孤独。他们的个性被扭曲,心态被挤压,被抛到人群之外和人际关系之外。在作秀时,他们常常狂热地展示和宣泄被异化的性意识,而毫无心理障碍和道德感。而男旦呢,其生理、心理、生活方式、行为方式都和正常人一样,只是比正常人多了一种体验,多了一层感受。不论多么入戏,男旦心里永远也都清楚地意识到自己是个须眉男儿,仍处于社会关系之中,受着法律和道德的约束,与所扮演的女性保持着距离,只是在审美领域融为一体。

社会上对男旦的态度复杂而矛盾:有人心里喜欢,表面贬低;有人理智上理解,感情上排斥,敬而远之;有人把男旦当作艺术家看待,有人将男旦视为异物,抱有成见。社会舆论特别是士林阶层往往对于与漂亮旦角(男旦)来往的行为不齿、鄙视、产生误解。当年,齐如山先生就是因为怕遭物议,开始不敢与梅兰芳来往,更不敢登梅家的大门。多亏齐老先生后来打破顾虑,主动走进梅家,开始了长达二十多年的合作,帮助梅兰芳编、导,使梅派艺术日臻成熟,为文人参与戏曲实践树立了典范。这实在是京剧之幸,梅郎之幸。在这个过程中,齐如山收藏了国剧书籍一千余部,接触、采访了三四千老角名宿,编出三十多部剧本,写出六十多种戏曲著作,成为渊博的国剧大家。齐如山与梅兰芳的合作传为佳话,给我们带来不少启示。

梅兰芳唱了一辈子男旦,并未染上丝毫脂粉气息。梅家门庭静穆,书卷气浓。"妇人女子全都幽娴贞静,永远声不出户"(《齐如山回忆录》)。梅兰芳本人更是谦恭和蔼，光明磊落，束身自爱。梅兰芳抱定立德、立功的人生目标，以京剧艺术为生命，读书、吟诗、作画、操琴、拉弦、养鸽、种花、游览、交友、论艺，具有高深的艺术造诣、崇高的爱国精神和迷人的人格力量，被陈毅同志誉为"一代完人"。

  艺术是不朽的。只要有人类存在，真正的艺术珍品将永放光华。人们永远不会忘记米开朗其罗、贝多芬、莎士比亚、关汉卿，也不会忘记梅兰芳。梅兰芳不仅是中国的，也是世界的；不仅属于过去，也属于现在和未来。因此，我们应该继承梅派，发展梅派。而要继承梅派、发展梅派，就不能回避男旦。男旦是梅兰芳毕生的事业，是梅兰芳存在的基础和驰骋的天地，是梅兰芳自我价值的体现。没有男旦就没有梅兰芳，谁也不能把梅兰芳与男旦分开。一边说要学习梅兰芳、继承梅兰芳，一边却要否定、取消男旦，岂不是自相矛盾？我们这样说绝对不是提倡大力发展男旦，这不仅不可能，而且也不需要。男旦是特殊的戏曲行当，它的产生发展需要一定的内因和外因，可遇而不可强求。但是，不强求不等于不求，更不等于取消。男旦不可能大发展，而要顺应时代适度发展。试想，如果当今能涌现出梅兰芳那样的艺术家和改革家，岂不是京剧艺术之大幸？！

（原载于梅兰芳周信芳诞辰100周年纪念委员会学术部编辑《梅韵麒风》，中国戏剧出版社，1996年出版。2004年冬增饰修定，收入《戏剧丛刊》）

韩 世 昌
——北方昆曲的旗帜和灵魂

进入公元 16 世纪，人类东、西方两大戏剧体系同时迎来各自的黄金时期。巨人莎士比亚凭借文艺复兴的潮流，继承古希腊戏剧传统，在人文主义思想光辉照耀下，冲破中世纪神学的迷雾和禁锢，攀登上人类戏剧的巅峰。而东方戏剧的劲旅中国戏曲，也在积淀吸收宋元南戏和元杂剧营养的基础上，进入明清传奇阶段。随着明清传奇的兴盛，昆曲如异军突起，在各种声腔剧种中独领风骚。

昆曲不仅是中国戏曲合乎规律的发展，而且是中国古典审美意趣的综合结晶。它融歌、舞、剧、技于一体，与书、画、琴、棋、乐、艺、园林、建筑异曲同工，成为华夏民族经典文化的重要组成部分。昆剧艺术有着雄厚的文学基础，体制宏大，形态自由，诗意浓郁，意蕴深邃，而且雅俗共赏。它的行当齐全，表演身段丰富细腻，舞姿优美，念白生动自然，唱腔及演唱技艺炉火纯青，堪称"中国传统戏剧学最高范型"[1]。昆曲艺术还是中国戏曲史上一种高度自觉自明的文化，它的"全部活动和进展，都伴随着清晰的逻辑表述和理性监督，始终享受着智力点化和精神指引。它拥有一大批集理论与实践于一身的活动家和实践家。从某种程度来说，中国戏曲理论宝库中绝大部分最珍贵的建树实际上是昆曲理论"[2]。总之，昆曲艺术展现出具有普遍和永恒价值的古典美，不愧为罕见的奇迹、完美的典范，因而被誉为"国之瑰宝"、"百戏之祖"。2001 年，被联合国科教文组织命名为首批"人类口述和非物质遗产代表作"。

迄今我国仍活跃在舞台上的声腔剧种中，除了拥有 800 年历史的福建梨

---

[1] 余秋雨：《余秋雨谈昆曲》，始作于 1992 年。同年有与白先勇有关昆曲之美的长篇对谈，首发于台湾《中国时报》。后收入余秋雨散文集《笛声何处》，苏州古吴轩出版社，2004 年 6 月第 1 版。

[2] 同上。

园戏，昆曲大概是最古老的了。昆曲不是囿于一隅的地方剧，而是流布全国的大剧种。昆曲支脉繁多，除去苏州大本营的正宗吴门派昆曲外，早在昆曲由吴中向四方流播的过程中，就出现了曾被讥为"两头蛮"的腔调略同而声各小变的太仓、松江、杭州、嘉兴、湖州、无锡、吴江、上海等分支；① 陆续形成了面貌各异的地方性"草昆"，如永嘉昆曲、金华昆曲、宁波昆曲、嘉兴昆曲、湖南湘昆、晋昆等。而北方昆曲则因其占据于京师的独特地位，成为可以与吴门正宗分庭抗礼、共同支撑起昆曲半壁江山的主要流派和重要组成部分。

说昆曲不能只说南方昆曲而不说北方昆曲，如果缺少了北方昆曲以及永嘉昆曲、徽昆、湘昆、川昆、晋昆等分支，就不是完整的昆曲，不是一部完整的昆曲发展史，不能够全面反映六百年来昆曲在祖国各地传承和演进的真实面貌。但事实上，在对昆曲艺术的评估、研究、总结和宣传上，确乎存在着南北差异的不平衡现象。总的看来，对南方昆曲说得多、论得细、研究得比较广、比较深、比较具体；而对于北方昆曲则有意无意地忽略了、淡化了，说得、论得、研究得比较少，比较粗，比较笼统。至今，还没有一部完整的北方昆曲发展演变史，没有建立起系统的北方昆曲剧目、表演、音乐、舞美的艺术档案，尤其令人焦灼的是，对像韩世昌这样超一流的北方昆曲艺术家缺乏完备、翔实的记载，和深入、细致的研究。这种相对冷清的气氛和不平衡状态势必影响到对昆曲的认识，对中国戏曲史的认识，乃至昆曲艺术的传承和发展。

正是从这种意义上，《中国昆曲史（北方）》的立项显得十分及时而必要，必将弥补此前昆曲研究的缺陷和不足，推动昆曲史研究向纵深发展。本文也是从这个思路出发，试图对韩世昌做一番初步的扫描和探究。

一、韩世昌是北方昆曲的缩影

韩世昌是从北方昆曲园地里生根、发芽、成长起来的一株参天大树，有着深厚坚实的根基，丰富多样的文化背景。有人认为，昆曲本来就是一个整体，何必有南、北之分?! 其实，北昆和南昆虽说是属于同一个剧种，但两者

---

① 王骥德：《曲律》，潘之恒《鸾啸小品》卷二《叙曲》、卷三《曲派》。

韩世昌

之间有同有异。首先要承认它们是同宗同源、同根同本，共同之处很多；同时也应该看到它们同源异流、同宗异族、同根异枝，有着不同的生态环境和迥然相异的发展路径。在语言、音乐、唱腔、剧目类型、表演风格等方面存在着明显的差异性。"同一个谱，南北昆的唱法就两样。"① 就如同中国的音乐，同为华夏之声，却有南曲和北曲之别。南曲以五声音阶为主，舒缓、婉丽、妩媚、镂云刻月，善移人情，适合表现缠绵悱恻的内容及场面，抒发细腻的情感，如汤显祖《牡丹亭·游园》，由南商调引子［绕地游］接［乌夜啼］，接［仙吕过曲·步步娇］［醉扶归］［皂罗袍］［好姐姐］接［隔尾］七支曲子组成，表现出杜丽娘被"春色如许"的大自然感染后，青春萌动的意态神情。北曲以七声音阶为主，高亢、遒劲、粗犷、沉雄，酒酣耳热，击筑悲歌，适宜抒发壮美豪情，描绘威武雄壮的场面。如关汉卿《单刀会》，由支曲［双调新水令］接［驻马听］［胡十八］［庆东原］［沉醉东风］［雁儿落］［得胜令］组成，描写了江风腊腊、水涌山叠的江景，抒发出关羽单刀赴会的满腔豪情。正是南曲和北曲的差异性，带来中国戏曲音乐的丰富性，促进了昆曲的竞争和繁荣。

学术界、戏剧界在对北昆概念的使用上一直比较混乱，存在着争论和分歧。有人着眼于地域，有人着眼于师承，有人着眼于实体，有人着眼于艺术，遂有京派昆曲、北方昆弋、高阳昆曲、北京昆曲等多种称谓，至今也难以统一。常言道：名不正则言不顺。这种混乱状态势必影响对于北方昆曲的研究和探讨；但也应该看到，名称不过是个符号而已，不必过分纠缠，应该透过表面现象看到实质。北方昆曲名称虽多，其实一也。北方昆曲是具体的、生动的，看得见，摸得着，客观存在，统一完整。北昆的内涵是丰厚的，外延是清晰的。北昆大致经历了从京昆（即从南方传入宫廷并在京师立足的京派昆曲，与发祥地的南方昆曲相对应）到昆弋腔（以河北高阳昆弋班为代表），再到现在的传承汇集北方昆曲之大成的北方昆曲剧院的发展历程。② 不论是从历时性角度来梳理考察，还是从共时性角度来评估衡量，韩世昌都是昆曲界标志性人物，特别是在中国北方昆曲近现代历史上占有极其重要、无可替

---

① 田汉：《有关昆剧剧本和演出的一些问题》，《昆剧观摩演出纪念文集》，上海文化艺术出版社，1957年。

② 周贻白：《昆曲源流简述》，《北方昆曲剧院建院纪念特刊》，1957年印刷，第28页。

代的位置，成为中国昆曲（北方）近现代史赓续变化的一个缩影。

昆曲发祥并成熟于三吴之地苏州昆山，其基地和大本营在南方自是无疑。但据明都穆《都公谭纂》卷下载，早在明天顺年间（1457—1464），北京就已有"吴优"演出"南戏"，遭到锦衣卫诬告，说他们以男扮女，伤风败俗。英宗亲自下诏逮捕审问艺人。听了艺人合情合理的诉说和辩解后，英宗命为艺人松绑解缚，并令当面演出，平息了一场风波。①所谓"吴优"即苏州子弟，所用声腔当系昆曲无疑。此条记载将昆曲入京时间比一般流行观点提早了100多年。但从各种迹象来看，当时的吴优好像只是在民间演出，并未进入宫廷。到了万历年间，昆曲经魏良辅改革后更加优美成熟，才开始进入宫廷，并迅速向四方传播。沈德符《万历野获编》卷一"禁中演戏"载："内廷诸戏剧俱隶钟鼓司。皆习相传院本，沿金元之旧，以故其事多与教坊相通。今上始设诸剧于玉熙宫，以习外戏，如弋阳、海盐、昆山诸家俱有之。其人员以三百为率，不复属钟鼓司。"刘若愚《酌中志》、史玄《旧京遗事》、高士奇《金鳌退食笔记》、谈迁《枣林杂俎》、袁中道《游居柿录》、陈龙正《几亭政书》等文献也有关于昆曲在北京传播上演的明确记载。秦兰徵《天启宫词》则生动地记载了天启皇帝熹宗朱由校在德胜门外回龙观六角亭与伶人高永寿等演唱传奇《风云会·访普》的情形。②

昆曲不仅与早先进宫的弋腔同被宫廷吸纳，同称宫廷大戏，而且由于昆曲"清柔而婉折"，且曲词典丽，所以"士大夫禀心房之精，从婉娈之习者，风靡如一"③。于是，"京师所尚外曲，一以昆曲为贵"④。达官贵人、豪绅富商蓄养了不少昆曲家班，每逢聚会、宴集，必唱昆曲。士大夫纵情声色，观戏成瘾。巨室查氏在前门外建起戏楼，演戏蔚然成风。除了宫廷戏班和家班之外，明末北京还有数量可观的职业昆班。京郊的庙宇、戏台如雨后春笋，层出不穷，昆曲演出活动也十分兴旺。尤震《玉红草堂集·吴下口号》云："索得姑苏钱，便买姑苏女。多少北京人，乱学姑苏语。"可见，北京人学吴

---

① 〔明〕都穆：《都公谭纂》卷下，收入金中淳辑《砚云甲编》本第21页，转引自徐宏图《昆曲流向与支派补说》，《中国昆曲论坛》，古吴轩出版社，2010年，第5页。

② 秦兰徵《天启宫词》云："驻跸回龙六角亭，海棠花下有歌声。黄葵云字猩红辫，天子更装踏雪行。"

③ 〔明〕顾起元：《客座赘语》卷九"戏剧条"，中华书局校补本。

④ 〔明〕史玄：《旧京遗事》。

语唱昆曲成为时尚，昆曲已在北京站稳脚跟。

清统治者素喜弋阳腔。杨静亭《都门纪略·词场门序》云："我朝开国伊始，都人尽尚高腔。"宫中昆、弋并御，规定宫中演戏只准唱昆、弋二腔，并在全国加以推行和提倡。①昆曲和弋阳腔虽然有着显著的区别，但均为南戏四大声腔之一，在更大范围内则属于同一个系统。两者都是曲牌体，曲兼南北，可以共用一个剧本而不做任何改动，腔调一转即成另一面目。不仅一些剧目可昆可弋，即便在同一剧目中，亦可某折唱昆、某折唱弋，昆、弋两腔交替上演；甚至在同折之中，可以此曲牌唱昆、彼曲牌唱弋，这个人物唱昆、那个人物唱弋。昆弋同台同戏，水乳交融。艺人昆弋不挡，观众也兼听并蓄。昆曲的观众不能完全不听弋阳腔，听弋阳腔的观众也不会对昆曲全不理会。昆、弋共有的剧目为数不少，清代宫廷大戏就是典型的例证，计有《劝善金科》（目连救母故事）、《升平宝筏》（唐僧西游取经故事）、《鼎峙春秋》（三国演义故事）、《忠义璇图》（水浒梁山故事）、《昭代箫韶》（杨家将故事）、《封神天榜》（东周列国故事）、《楚汉春秋》（楚汉相争故事）、《兴唐外史》（说唐演义故事）、《阐道除邪》（混元盒故事）、《盛世鸿图》（曹彬下江南故事）等十来部。每部戏都包括10本，240出左右。宫廷大戏联缀改编了大量杂剧、传奇等传统戏，其中约有十之七八用昆曲演唱，余则兼用昆、弋腔演唱。北京除当时著名的保和三部专演昆曲外，宜庆、永庆、萃庆、太和、端瑞、吉祥、庆春、庆宁、庆升、庆和、万和、庆云、金玉、乐善、松寿、金升、翠秀、集秀班等则兼演昆、弋两腔。"昆乱不挡"是名伶必备的条件，"六场通透"为优秀乐工的看家本领。因此，各种戏班里都保留了不少昆、弋剧目。

昆曲和弋腔先后传入北京的同时，也开始落脚河北。早在明万历年间，河北吴桥一带就有昆曲演出，吴桥知县王先有《北吴歌》竹枝词三十首记录了当时的情形。天启年间吴桥人范景文又有《和北吴歌》竹枝词三十首，其第28首云："北吴原不是东吴，古意如今问有无。击筑余风劳想象，一时俗尚喜言苏。"② 籍贯河北真定（今正定）的明崇祯十六年进士梁清标（1620—

---

① 清宫懋勤殿旧藏康熙朝"圣祖谕旨"，转引自朱家溍《清代内廷演戏情况杂谈》，《故宫博物院院刊》1978年第2期。
② 〔明〕范景文：《文忠集》卷十，文渊阁本《四库全书》，上海古籍出版社，2003年，转引自吴书荫《北昆在昆剧发展史上的重要贡献》，《北方昆曲论集》，文化艺术出版社，2009年10月，第31页。

1691）致仕家居后，蓄养家乐自娱。"家有女伶，晋阳妙丽也，善南音，每呼侑觞，侧鬟垂袖，宛转欲绝。"擅演《千金记》传奇。① 到了清乾隆中期以后，由于昆曲在与花部的竞争中日趋不振，遂与弋腔合流，组成昆弋班，流入京东的廊坊、唐山，京南的高阳、保定，以及冀中的沧州、衡水、玉田、安新、束鹿、深州，乃至石家庄、京北的张家口等地。② 除了宫廷这条传播途径外，昆曲流入河北一带还可能有另外两条途径：一是南方昆曲、弋阳腔艺人沿大运河进京，沿途播下昆弋的种子；二是往来于山陕的昆弋戏班，有时也会来河北一带演出，留下足迹。③

从同治到光绪、宣统年间，北方的昆曲时断时续，忽高忽低，在宫廷和民间均有活动。同治年间，酷爱昆曲的醇亲王奕譞筹资开办了"安庆"王府班，网罗了一批昆、弋名伶，培养出昆、弋兼能的"庆"字辈学员十余人，其中著名的有盛（胜）庆玉、胡庆元、胡庆和等。但由于种种原因，"安庆班"在光绪三年停办。光绪九年，醇王府重新办起了昆弋班，取名"恩庆班"，体制与"安庆班"相似。培养出郭蓬莱、徐廷璧等优秀人才。遗憾的是没过多久，"恩庆班"又夭折了。于是，醇亲王将全部戏箱赐予直隶安新籍艺人白洛和（老合）、白永宽叔侄，并允许白永宽以"恩庆班"的名义在冀中各地演出。在白永宽"恩庆班"的影响下，京东、京南、冀中一带的民间昆弋班多达三十一家。④

光绪十三年，嗜戏如命的醇亲王第三次开办昆弋班，取名"恩荣班"，规模较上两次为大，招收了大批学员，培养出陈荣会、张荣秀、国荣仁等"荣"字辈的昆、弋演员三十余人。然而又是好景不长，光绪十六年，随着醇亲王的去世，断断续续开办了将近三十年的醇王府昆弋班再也维持不下去了，大批昆、弋艺人风流云散，再度流落到京东、京南、冀中、冀东一带的民间昆弋班中。

---

① 〔清〕尤侗：《悔庵年谱》康熙七年记梁氏家乐，转引自徐宏图《昆曲流向与支派补说》，《中国昆曲论坛》，古吴轩出版社，2010年，第5页。

② 参见白云生：《昆高腔十三绝》、市隐《昆腔源流考》，转引自胡忌、刘致中《昆剧发展史》，中国戏剧出版社，1989年，第555—559页。

③ 朱复：《昆曲在河北》，转引自徐宏图《昆曲流向与支派补说》，《中国昆曲论坛》，古吴轩出版社，2010年，第5页。

④ 齐如山：《齐如山全集》，台湾联经出版事业公司，1979年12月。

宣统二年，肃亲王善耆出资，召集滞留京师及流散在冀中、冀东的昆弋艺人，组成复出的"安庆班"。此班阵容强大，荟萃了王府"庆"、"荣"两辈与冀东"益"字辈昆、弋名伶，演出于春仙园、西安园、同益园、吉祥园、东庆园等处。连演四天，场场爆满。但是，复出的"安庆班"重整旗鼓不到一年，即逢辛亥革命。风起云涌，时局动荡，戏班办不下去，只好解散，昆、弋艺人又星散而去。直到民国初年，荟萃了陶显庭、侯益隆、王益友、陈荣会、韩世昌、郝振基、白建桥、白玉田父子、侯玉山、陶振江等三个昆、弋班名角的冀中"荣庆社"来京演出于天乐园，才真正重新在北京站稳了脚跟，占领了阵地，并得到知识界的追捧和南方昆曲学者的指导。

通过以上大致粗略的梳理，北昆的历史发展演变脉络清晰可辨：昆曲明中叶从发祥地吴中传播到京师北京，成为宫中大戏，并与弋阳腔争奇斗胜。清乾隆中叶后，昆、弋两部日渐衰落，为共同抗衡花部而合流，组成昆弋班。清末，宫中昆弋流入京东、京南一带，与当地高腔（弋阳腔的变种）结合，形成高阳昆弋腔，在宫廷和民间互动交流，以求生存。民国初年，高阳昆弋腔重整旗鼓，返回京师，带来20世纪初北方昆曲的复兴，以及南北昆曲在更高层次上的融合。由此可见，北方昆曲并不是南方昆曲的简单模仿和机械移植，而有着独特的、曲折的发展路径，并形成自己的传统。韩世昌就是在这样的背景下出现、在这样的环境中成长起来的，他是北方昆曲传统的产物，是北方昆曲与南方昆曲再度融合的结晶。在天时、地利、人和三者皆备的民国初年，韩世昌呼之欲出、应运而生。北方昆曲是造就韩世昌的基础、土壤和摇篮，韩世昌则成为北方昆曲孕育、生发、兴衰的缩影。

二、韩世昌的从艺道路

根据胡明明、张蕾《韩世昌年谱考略》[①] 可知：韩世昌，字君青，1898年（光绪二十四年）3月9日（农历戊戌年二月十六日）出生于河北省高阳县河西村一个农民家庭。河西村在河北高阳县城东南四十里，因坐落于早已断流干涸的旧潴龙河西岸而得名。全村当时三百多家，一千多口人。侯姓为村里大姓，差不多占全村一大半。韩家是寒门小户，韩世昌的祖父和父亲都

[①] 关于韩世昌的从艺经历见诸胡明明、张蕾《韩世昌年谱考略》。

是老实巴交的贫苦农民。韩世昌出生的时候,家里只有三亩坟地。韩世昌兄妹六人,因排行第四,所以小名叫四儿。人多地少,难以养活,韩世昌出生后,差点儿被送给别家,多亏姐姐在父母面前再三劝阻,这才把他留了下来。但姐姐却在韩世昌12岁的时候就不幸夭折了。韩世昌的童年尝尽了辛酸苦楚,小小年纪就跟着哥哥们到村外东洼和南洼去打草拾柴,冬天没有干柴可拾,就去打草末子。连温饱都顾不上,更谈不上什么念书识字了。当时中国正处于从晚清到民国改朝换代的历史过渡期,风雨飘摇、动荡不安,民不聊生。韩家子女多,困难万分,韩世昌的父亲带着老二到高阳城里一家烧饼铺叫卖烧饼,老三去给一家帮厨,老大则背井离乡走西口自谋生路。1909年(宣统元年),昆弋"庆长班"又来村里演戏,本村侯汝林介绍他加入戏班学戏。正巧当时班里缺少跑龙套的小孩,也就被接纳了。

"庆长班"是京东北方昆弋早期乡间戏班,由有戏箱的财主家主办。数辈相传、饱经风霜的戏箱上,上部横写"昆弋"二字,下面竖写"庆长班"三个大字。"庆长班"以唱高腔为主,也有昆腔。有的整出戏全按高腔唱法,有的多半用高腔唱。高腔戏滚板多,腔调繁,铙钹伴奏,不但难唱,武打上更吃功夫,但京东、京南、冀中一带乡村老百姓喜欢听这种粗犷豪放的声调,喜欢看跌扑翻打的武戏,所以很有市场。

"庆长班"成班时的主要演员来自京东,挑大梁的主角化起凤,小名拴子,安新县大马村人,工高腔红脸,代表作有《挑袍》、《古城会》、《华容道》、《河梁会》、《访普》、《观山》、《玉杯记》、《铁冠图》、《白蛇记》、《金印记》等,当时在京南各县红极一时,每到一处,号召力极强。搭庆长班的昆弋演员还有张子久(河间人,工花脸)、邢玉泰(安新县水打洼人,工高腔黑脸)、杨占鳌(安新县水打洼人,工武生)、杨希发(安新县人,工架子花脸)、王廷珍(崇县人,工武生和花脸)、曾庆儿(崇县人,工花旦)、王国明(崇县人,工武丑)、张福荣(崇县人,工武丑)、邵老墨(获鹿县邵家庄人,工武丑兼架子花脸)、郭蓬莱(霸县人,高腔黑脸兼丑)、张元红(安新县大马村人,工昆弋丑)、张其盛(安新县大马村人,工老生)、朱玉鳌(安新县大马村人,工青衣小生)、张万(安新县大马村人,工高腔黑脸)以及京东著名武生钱雄、醇王府班高腔青衣荣安等。

1900年(光绪二十六年),京东"庆长班"就曾来京南河西村演出过,除了上述演员,还有王益友(河北玉田人,武生)、侯益太等七位京东"益"

字辈的演员搭班演出，吸引了河西村侯瑞春、侯益隆、韩子云、马凤彩、侯玉山、齐凤山、王树亭、魏庆林等纷纷加入，成为高阳县河西村第一批昆弋戏班艺人。与他们相比，韩世昌则属于第二代昆弋演员。他们的加入为昆弋腔补充了新鲜血液，增添了有生力量。

在"庆长班"里，韩世昌的启蒙师傅是韩子峰（韩子云弟弟，武丑），负责教基本功。此外，韩世昌还跟化起凤学过《完璧归赵》，以娃娃生应工。向醇王府班的荣生学过《胖姑》中的胖姑，这个戏后来成了韩世昌的代表作。向邵老墨学过《绣襦记》中一折。邵老墨年龄比化起凤大十来岁，唱武丑出身，《偷鸡》唱得最好，后工花脸，《通天犀》、《嫁妹》、《火判》都是他的拿手戏，河西村的侯益隆、侯玉山都是邵老墨的高足。韩世昌还向郭凤鸣（河北饶阳人，工丑，其兄为郭凤翔，工花旦）学小花脸行当如《借靴》、《扫松》、《山门》等。韩世昌因没念过书，师傅一句句地教唱词，他完全靠死背硬记。不知吃了多少苦，挨了多少打。在"庆长班"一年多的时间，他初步接触了生、旦、丑等各个行当，学到一些基本功，会了几出简单的戏，渡过了他学戏的启蒙阶段。

由于"庆长班"班主经营不善，1911年10月左右，原"庆长班"的侯成章、侯瑞春、侯益隆、马凤彩、郭凤翔、侯益才、赵德纯、侯海云、李全堂决定一起凑股，合共九股，买下一份旧衣箱，另起新班，这个班社就是北方昆曲后来最著名的班社"荣庆社"，韩世昌随师傅一同加入。"荣庆社"成班的时候正赶上爆发"武昌起义"，京东一些昆弋戏班流散。昆弋戏班子中的艺人，如"益和班"的王益友（京东玉田人，生于1881年，幼时入"益和班"学武生，与"益"字排行的唐益贵、季益重、李益广、侯益才、侯益太同为师兄弟。曾在宫廷和肃王府供奉承应过）就来到河西村，加入了"荣庆社"。王益友戏路宽广，腹笥渊博，尤其擅长武戏，功夫深厚，技艺精湛。韩世昌转益多师，开始向王益友学武生戏，如《秦琼打擂》、《倒铜旗》、《斩子》、《敬德钓鱼》、《出关遥祭》、《宁武关》等。向白云亭学小生戏，对娃娃生、武生、小花脸、小生等均有涉猎。韩世昌入"荣庆"后的第四年即1915年，开始师从侯瑞春学习"男旦"。

在韩世昌成长过程中，侯瑞春（1885—1951，河西村人，习刀马旦、昆旦和小生、武生）是伯乐，是导师，是智囊，发挥了极其重要的作用。侯瑞春长韩世昌14岁，他慧眼识珠，在"庆长班"时便将韩世昌收为弟子，先后教会了他几十出看家戏;是他让韩世昌改学"男旦"(旧指戏曲舞台上男人扮女人)并演"应工"(旧指一个演员能够自己挑头唱一出戏);是他力促韩世昌先后拜名曲家吴梅和赵子敬为师,亲率韩世昌登门向吴梅求教,学习南方昆曲,以争取观众,赢得票房,亲自安排赵子敬与韩世昌住在一起,朝夕与共,便于学戏;是他力促韩世昌和"荣庆社"到天津、上海演出,以适应各地观众的口味,扩大影响;是他从北方昆曲和韩世昌发展前途考虑,力主白云生由旦角改演小生与韩世昌配戏,使昆曲"第一生旦配"成为可能;是他成为韩世昌艺术与生活上的"经纪人",并曾长期担任韩世昌的笛师。严师出高徒,侯瑞春在节骨眼上所采取的几个步骤,为韩世昌打下了雄厚的基础,开拓了广阔的空间,铺平了成长道路,提升了艺术追求档次,为韩世昌日后在艺术上取得的巨大成就起到了极为关键的重要作用。侯瑞春带徒弟一向十分严厉,主张"打戏"。他认为不打不成才,挨了打,经过一次剧烈的刺激后头脑才会开窍,才能把戏记牢。因此,不打不会,非打不可。在他的教诲下,韩世昌经过了六年艰苦学戏的过程,经过了不同行当的尝试与实践后,从17岁开始专工"男旦",奠定了韩世昌以后成为"北方昆曲第一名旦"的地位。

  1918年(农历戊午年,民国七年),对北方昆曲,对"荣庆社",对韩世昌来说,都是极其重要的一年。虽然在此之前,昆乱"同合班"的郝振基、朱玉鳌等已于1917年应"正乐育化会"的京剧名花旦余玉琴之聘,来京在"广兴园"搭班演出,但影响不大。而原是流动于京东、京南高阳一带的农村昆弋班"荣庆社",经过重整旗鼓,于1917年12月进入北京。先住在前门外精忠庙,后搬至离精忠庙不远的紫竹林。1918年1月13日第一天的打炮戏在北京前门鲜鱼口内天乐茶园,上演的昆曲有陶显庭的《山门》、侯海云的《春香闹学》、侯益隆的《通天犀》、韩子峰的《巧连环》、张小发的《芦花荡》、韩世昌的《刺虎》,一时好评如潮,全城轰动。对于当时盛况,戏曲专家张公聊记录道:"天乐园之昆班,近日营业非常发达,每日上座均满,后至且无隙地,座客多有携带《缀白裘》等书,以资参考者,昆曲果能自此中兴,诚戏曲界之好气象也。"[1]

---

[1] 张聊公:《听歌想影录》,学苑出版社编《民国京昆史料丛书》第二辑《听歌想影录·歌舞春秋》,学苑出版社,2008年,第122页,转引自赵山林《试论20世纪初叶北京的京昆共济现象》,《中国昆曲论坛》,古吴轩出版社,2010年,第42页。

"荣庆社"首战告捷，大获成功，并形成以韩世昌为领衔的荣庆社五大头牌演员阵容（韩世昌，旦；陶显庭，老生；朱小义，武生；郝振基，武生；侯益隆，净）。舆论认为："时昆曲旦角韩世昌，声誉几和梅兰芳相伯仲。"[①] 不仅证明曾经在京师销声匿迹的北方昆曲腔燚火不息，薪火相传，重返京师舞台受到观众热烈欢迎，而且标志着北方昆曲为了求得生存和发展，在新的历史环境和生存条件下，正悄悄地发生着一系列深刻的变革。其一是演出地点与演出方式的变化，已从原来农村田间地头、节庆庙会露天式的演出方式进化到大城市剧场化的驻场演出方式；其二是以韩世昌为代表的昆弋艺人的身份，由农村江湖艺人转变为大城市职业化艺人；其三是观众对象的变化，由以农民为主要观众对象转变为以大城市知识阶层观众为主要观众对象；其四是"荣庆社"从原"江湖班"性质变成大城市"坐城班"。[②]

这种种变化意义重大，引起全社会的极大关注和舆论界的高度重视，得到北京学界、知识界的大力支持。《京报》、《又新日报》等新闻媒体给予及时的、大量的报道。在此氛围下，北京大学、清华大学特地增设了昆曲课，特邀昆曲专家授课。昆乱合璧的票房如"消夏社"、"饯秋社"、"延云社"、"温白社"、"言乐会"等如雨后春笋相继成立。时任北京大学校长的蔡元培先生极其欣赏韩世昌的昆曲艺术，对《思凡》百看不厌。他热情鼓吹"以美育代替宗教"，明确表示"宁捧昆，勿捧坤"。在他的倡导下，北京大学的学生成为昆曲观众的中坚力量，涌现出"韩党北大的六君子"。曲学大师吴梅先生、名曲师赵子敬先生先后收韩世昌为徒，悉心指导，切磋琢磨，为北方昆曲的生旦戏开拓了新的领域。1918年11月间，韩世昌等在天乐园演出《痴梦》等剧，昆曲家吴梅、赵子敬、陈万里、张季鸾、恽兰荪（？）等悉数到场，张聊公亦应邀观赏，并写下评论，对韩世昌的《痴梦》赞美有加："此剧为全场注意之烧点，是日演来，似较在饯秋社所演，尤有进步。入梦后种种唱作，皆能将一个痴字，形容得恰到好处。其进步之处，试胪举之。则（一）唱白已足当字正腔圆四字。（二）做工身段，活泼而不失之过火。（三）表情亦渐能以细腻出之。有此三优点，故韩伶此戏，较其他各戏，确远胜之。

[①] 郑逸梅：《纸帐铜瓶》，江苏文艺出版社，2006年，第15页，转引自朱夏君《吴梅昆曲交游考述》，《中国昆曲论坛》，古吴轩出版社，2010年，第224页。

[②] 胡明明、张蕾：《韩世昌年谱考略》，《戏曲艺术》2013年S1期。

其艺事之孟晋，诚有可惊者，赵子敬启迪之功，洵伟矣哉。"①

"荣庆社"不仅在天乐园有固定演出，而且经常参加赈灾义演大义务戏，还有大量堂会演出。如1918年4月12日，织云公所张宅堂会，演出剧目有韩世昌之《昭君出塞》、陶显亭之《单刀会》、侯益隆之《嫁妹》，均为"荣庆社"常演之剧目。"陶显亭之关公，神气凝重，唱做稳练；侯益隆之钟馗，精紧矫健，恍然老何九复生；韩世昌之昭君，唱功婉转入听，此三剧均足为堂会生色。"② 韩世昌和"荣庆社"不仅在北京、津门演出，引起轰动，而且敢于两次进军上海舞台，先文（指以文戏为主）后武（指以武戏为主），蜚声春申。其时，在昆曲的发祥地，已经没有正式的昆曲班社，坚守到最后的聚福班已于1915年报散。所以事实上，当时的韩世昌不愧是古老昆曲的"一枝独秀"，当时的"荣庆社"堪称是昆曲界"天下第一团"。正是在韩世昌及"荣庆社"的启发和鼓舞下，著名曲家汪鼎丞、张紫东、贝晋眉、徐镜清等人发起创办了苏州昆剧传习所，发现培养了"传"字辈昆曲艺人。后来传习所遇到经济困难，又得到了"憬悟昆曲之关于国粹文化之重要"的上海纺织工业实业家穆藕初的鼎力支持，为昆曲保留下宝贵的火种。

继梅兰芳1918、1924年两度赴日演出，扩大了京剧的影响，韩世昌1928年率众东渡扶桑，在日本演出昆曲《思凡》、《琴挑》、《学堂》、《惊梦》、《佳期拷红》、《刺虎》等，深受欢迎。后来他和白云生等进行的大规模国内巡回演出，也产生了很大的影响。20世纪之初，韩世昌如同一颗新星腾空而起，光彩照人，赢得了与梅并驾齐驱的荣耀。一时"韩梅并称"，获"昆曲大王"之美誉。韩世昌粉丝众多，竟有人呼以"寒（韩）热病"，几与"梅毒"（梅兰芳）、"黄病"（京剧）比肩争宠。由于韩世昌及"荣庆社"的出现，20世纪之初的北方昆曲出现了一时之盛，这并非临终前的"回光返照"，而是古老艺术迎来的又一个生命活跃期。

韩世昌和"荣庆社"风雨兼程地走过了峥嵘的历程，为北方昆曲的复兴立下汗马功劳。但由于时局的动荡，皮黄的走红，梨园风景不断变化，韩世昌和"荣庆社"面临着严峻的挑战和考验。为求生存，演出场所不得不从天

---

① 张聊公：《听歌想影录》，学苑出版社编《民国京昆史料丛书》第二辑《听歌想影录·歌舞春秋》，学苑出版社，2008年，第206—297页。

② 同上，第158页。

乐园转移到同乐园，再从同乐园转移到"城南游艺园"，后来又到了吉祥园，一直坚持演出。只是随着蔡元培、吴梅相继离开北大及北大音乐研究会的停办和昆曲课的取消，使北方昆曲失去坚强的舆论阵地和热情的支持者。特别是赵子敬先生的早逝，更是对韩世昌和"荣庆社"的沉重打击和莫大损失。兵荒马乱、天灾人祸接踵而至，韩世昌和"荣庆社"陷入惨淡经营的境地。到解放前夕，北方昆曲已经是奄奄一息、濒临绝迹了。直到新中国成立、北方昆曲剧院建立，才又恢复了元气。

三、韩世昌的艺术特色

昆剧是一种集歌唱、舞蹈、道白、动作为一体的综合性很高的艺术形式，它通过象征虚拟性和程式化的歌舞动作表演故事，刻画人物性格，表达人物心理状态，形成了完整而独特的表演体系。昆剧表演的最大特点是抒情性强、动作细腻，具有极高的技巧性和巨大的艺术感染力。昆曲的表现手段为唱、念、做、打（舞）之综合，歌唱与舞蹈的身段结合得浑为一体，巧妙而谐和。每一段腔，甚至每一个字，都有规定的动作和眼神相配合。而且，在唱、念、做、打（舞）的综合体现方面，昆剧是所有剧种中要求最为严格的，舞台呈现亦最为完美与出色。

昆曲场上表演具有综合性和写意性的特点。从综合性上讲，昆曲是歌舞合一、唱做并重的综合艺术，其表演讲究"四功五法"。昆曲舞台上，演员不仅通过"歌"表情达意，而且通过"舞"塑造出众多"美"的造型，将内心细微的思想感情托付于形体动作当中。观众对此不仅得到视觉上的美感享受，更得到一种心灵深处的共鸣。从写意性上看，昆曲的舞台表演不求对生活对象的精确模仿，只求对其特征与本质进行高度凝练含蓄、富于想象夸张的突现；重神似、重意境，顺乎自然又超乎自然，在似与不似之间突破生活自然形态的囿限而达于真与美相统一的理想境界。这种美学理想的追求，体现在昆曲舞台表演上，就是将生活中人的形体、行为、表情以至环境的自然形态提炼为具有典型意义的艺术程式，以来自生活而又为生活自然形态所无的艺术美来认识和再现生活的写意性原则及其具体体现——表演的程式化、时空的自由化、砌末的虚拟化以及人物的行当化。

以上这些是昆曲共有的基本剧种特征，但由于地域、时代、生态环境、观众不同,各分支又呈现出一些差异。作为发祥地和大本营的南方昆曲表演具有慢、小、细、软、雅的总体风格特色。所谓"慢",是指节奏缓慢,轻柔婉折。昆剧是曲牌体,每出戏都由成套曲牌联缀而成。发音吐字讲究四声,严守格律、板眼,唱腔圆润柔美、悠扬徐缓。这既是当时缓慢的生活节奏以及人们的缓慢心理节奏在戏曲艺术上的反映,也是"水磨腔"格律特点和演唱要求所造成的必然现象。所谓"小",是指昆剧可以在各种舞台上演唱,最宜于家宅的厅堂或花园亭榭中演唱,是典型的"红氍毹艺术"。所谓"细",是指昆剧表演载歌载舞,十分细腻。所谓"软",是指昆戏说的吴侬软语,唱的是"水磨调",再加上擅演缠绵悱恻的文戏,自然给人以一种软而香的感觉。所谓"雅",是指昆曲高雅、文雅、典雅和清雅的风格,因而被知音者比喻为幽兰。①

清末民初,昆曲在度过其鼎盛兴旺期后,逐渐完成脉分南北、花开两枝的本体构建和生命过程。南方昆曲主要传自"江南曲圣"俞粟庐的清曲和苏州全福班的剧曲体统,影响最大的则是在韩世昌和北昆精神感召、北昆活动启迪下成立的昆曲传习所及传字辈演员,活动以南京、上海、苏州等地为主,使舞台表演和清曲活动相互融合。北方昆曲源流比较复杂,既有昆曲本体的基因和体统,又有清末王府昆弋班及流落京东、京南、冀中一带的民间昆弋腔的元素和营养,以韩世昌、白云生为代表人物,活动以北京、河北、天津等地为主。同源异流的两支昆曲系统在剧目类型、唱腔、表演风格上存在很大差异。北方昆曲受到弋腔的沁润,加上北方语音的影响,呈现出与南方昆曲不同的韵味和风貌。从剧目上来看,南昆多文戏,擅长于表现才子佳人、风花雪月、儿女情长;北方昆曲继承了昆弋班擅演武戏的传统,武戏所占比例较大。从荣庆早期的戏单中也可以看出具有北方昆弋特色的"全武行"的剧目与演员阵容。据老艺人回忆(大意),当时在城镇茶园和乡村庙会的野台子上演出,先来三通吹奏乐,然后开场武戏、中轴武戏、大轴仍为武戏。可见武戏多么受欢迎。这些具有昆弋特色的武戏,至今还有不少单折经常上演,成为北昆的保留剧目。②

---

① 参见陶建昕:《从昆曲的艺术价值看其生命力》,《兰》(内刊),2003—2004 年第 22、23 期(合刊)。

② 马祥麟:《谈北昆简史》,中国戏曲网,2006 年 11 月 6 日,第 1 页。

韩世昌

北方昆曲与南方昆曲更主要的区别在于唱念的语音以及调式、旋律、唱法、伴奏方面。"昆曲不仅是表演艺术，也是声腔艺术。传统昆曲唱词的词、牌、辙、韵及平仄等，和传统昆曲唱腔的曲、腔、格、调以及四声等是对应的。在漫长的历史演变中，逐渐形成了词中有牌、牌中有曲、曲中有韵、韵中有四声的窠臼形式。这种窠臼是传统昆曲唱词与唱腔的特殊性。具体地说，这个特殊性就是中州韵和依字行腔。"[①] 北方昆曲基本上以中原音韵为宗，不用苏音，尽量避免"南音北唱"，也不恪守"乡音无改"。其生、净（以大本嗓为主）、旦、贴、巾生（以假声为主的）的行腔基本同度，音域宽广，经常在两个八度间对比、跳动。净行、武生的表演技艺比较丰富完整，生、净戏以气势磅礴、醇厚苍劲著称，"三小戏"（小生、小旦、小丑）不如南方昆曲细腻缠绵、清逸蕴藉，老生、大武生、花脸戏采用弋腔锣鼓，极有声势，形成雄伟沉厚、高亢刚劲的独特风格。

韩世昌是北昆艺术的杰出代表，也是南、北昆曲艺术的集大成者。他虽然出身贫寒，只字不识。但聪慧过人，极有灵气，悟性超人。他11岁进入戏班后，用了六年的时间先后学过娃娃生、武生、小花脸、小生等行当，唱念做打基本功扎实，昆弋的根底雄厚，能戏很多。17岁一个偶然机会，"钻锅"救场改唱男旦后，专攻正旦，闺门旦、六旦、贴旦也都拿得起来，可谓多面手。他的理解力和记忆力都非常强，"能神诵历史上著名的戏曲艺术作品，如汤显祖、洪升的名著，并能表演出来，终身不忘……造诣之深，成就之高"[②]，令人惊叹。1918年韩世昌加入"荣庆社"来到北京后，得到高人的设计包装，一流昆曲名家的亲炙真传。百尺竿头，更进一步，得以熔南、北于一炉，汇城、乡为一体，形成独特的表演风格。既具有北方昆曲粗犷、夸张、热情、奔放的特色，又蕴含着南昆深沉、细腻的韵味，而且饱含着朴实、浓郁、真实的生活气息。

韩世昌能戏很多，其中有折子戏，也有本戏。经常演出的传统折子戏是：《刺虎》（饰费贞娥，刺杀旦）、《思凡》（饰赵色空，闺门旦）、《闹学》（饰春香，贴旦）、《胖姑》（饰胖姑，贴旦）、《佳期》（饰红娘，贴旦）、《痴梦》

[①] 工大元、胡明明：《大元徽音——王大元曲谱》，文化艺术出版社，2010年，第251页。

[②] 金紫光：《韩世昌是伟大的昆曲表演艺术家》，北京昆曲研习社《社讯》1989年3月31日第8期，总第18期。

（饰崔氏，正旦）、《琴挑》（饰陈妙常，闺门旦）、《游园》（饰杜丽娘，闺门旦），称为"韩八出"。塑造出春香、红娘、杜丽娘、胖姑、色空、崔氏、费贞娥等鲜明生动的艺术形象。韩世昌在荣庆社时，还编演了许多新戏，如《坐楼杀惜》、《挑帘裁衣》、《翻天印》、《精忠谱》、《浔阳楼》等，以招徕观众，保持上座率。新中国成立后，韩世昌适应时代发展需要，1950 年在北京人民艺术剧院积极参加《生产大歌舞》的导演工作，1958 年在北方昆曲剧院积极参加昆曲现代戏《红霞》导演组，艺术上从不保守，总是在继承传统的基础上，推陈出新，向前发展。

韩世昌对戏曲特别是昆曲写意抒情的本质特征有着深刻的理解，特别善于运用自身条件创造优美的造型，营造优美的意境，带来特殊的美感，使观众感同身受，产生真切的联想和神秘悠远的遐想。他个头儿不高，扮出来娇小玲珑，宛若北国尤物、燕赵娇娃，展现出不同于传统南昆舞台上的另类之美。他那天生的一双含情脉脉、富有神采的大眼睛黑白分明，清澈无比，举目观看时如同两颗明珠光彩熠熠，转眸低回处则妩媚妖娆，摄人魂魄。

他十分讲究眼神的运用，强调演员在舞台上眼睛要聚焦，眼神要传神，而且要美观适度。"眼为心之窗，面为心之苗。"眼神须与内心紧密结合，最忌空洞无物。因此要把心里的劲头都集中到眼睛上，运用眉的皱、敛、挑，眼的平、睁、眯，让一双会说话的眼睛，将复杂微妙的情感传给观众。他把眼神的运用和戏剧节奏结合起来，认为节奏是统一艺术创造的手段，举凡声音、气息、情态、思想、表演动作，都须统一到节奏里面，呈现出刚柔、强弱、快慢、动静的起伏变化。而要体现节奏，就必须要诉诸眼神。演员在台上，眼睛是最要紧的、观众最敏感的。演员用眼神与观众交流，由交流而感染，由感染而驾驭，这样才能征服观众。①

他的拿手剧目《刺虎》的眼神运用堪称一绝，通过高难的眼神运用技巧，把剧中人物内心情感世界淋漓尽致地表现出来。具体说来，就是在与"一只虎"李过相对饮酒这场戏中，采用了极度夸张、快速变换的眼神，以及霎时间反差极大的阴阳变脸的特技，揭示出宫女费贞娥的特殊身份、"真情与假意"、复杂多变的心理活动、机智勇敢的性格。韩世昌在《刺虎》这出

---

① 傅雪漪：《真正认识韩世昌》，北京昆曲研习社《社讯》1989 年 3 月 31 日第 8 期，总第 18 期。

戏中的阴阳变脸，与川剧中的变脸不同，演员脸上不戴任何面具，更没有任何机关，全凭着演员的眼神和面部表情，结合着身段动作，应着鼓点子伴奏，时而妩媚，时而嬉笑，时而愤怒，时而强颜欢笑。当费贞娥见到"一只虎"时，为了稳住对方，便柔声细气，目光柔和，眼神迷离；但听到"一只虎"的声音"公主请酒"，便也无法控制满腔怒火，转过身去，怒目圆睁，双眉紧锁，满脸杀气，不由得提高嗓音，浑身抖动，与"一只虎"目光相对后，又强压怒火，假装满面含羞地右手捂嘴，"佯娇假媚装痴愚，巧语花言诒佞人"，成功塑造出爱恨情仇、大起大落的不平凡的侠女形象。

韩世昌不是一般靠唱戏吃饭谋生的戏子，而是一位在艺术上精益求精、不倦追求、富有革新意识和创造精神的艺术家，不断地有所发展、有所创造。为了适应形势变化，发掘自己的潜能，他换了好几个行当。他的表演，敢于大动，也敢于大静。他扎根于昆弋腔，根基很厚，但他不墨守成规，并没有局限于老昆弋的窠臼，而是敢于活用程式，大胆创新。在《思凡》中，韩世昌不满足于原来思空唱"把磨来挨"一句时的表演身段，就借鉴农村妇女推碾子的动作，化于身段之中，琢磨出三种完全不同的身段，灵活运用，非常之美。《春香闹学》中的春香，"花面丫头十三四"，行当上属于贴旦，本是韩子云的拿手戏，传统舞台上有一套固定的表演方式，韩世昌演来别出心裁。他认为春香虽是丫鬟身份，但是官宦人家侍女，经常陪伴在小姐身边，自会有一种优越感，平时又受到陈最良的刁难，所以借"闹学"宣泄心中不平之气，故加进不少俏皮的眼神和鬼巧的动作，强调了她的娇憨顽皮之态，突出了她对腐儒陈最良的戏弄调侃，闹剧色彩很浓。

《胖姑学舌》本于元人杨讷杂剧《西游记》第六本第六出《村姑演说》，宫廷大戏《昭代箫韶》中亦有《村姑演说》，已经流传数百年。在北方昆弋舞台上，《胖姑学舌》的念白不是很纯粹的韵白，却很有生活情趣和地方色彩。曲词朗朗上口，腔调比较古直，没有什么装饰花腔，也没有什么长腔，字多腔少的北曲风格十分鲜明。不仅是生、旦、净、丑的开蒙戏，更是北方昆弋班长演不辍的拿手好戏。剧情为胖姑和王留儿两个孩童，绘声绘色地向庄稼汉胡老头儿讲述他们到长安城外看文武百官为玄奘法师西天取经送行的热闹场面。胖姑在一边说，口角如画，手舞足蹈；王留儿一边比划，挤眉弄眼，机灵古怪。胖姑有耍扇子、耍手绢的表演，王留儿有走矮子、耍水袖的表演，胡老头有"编辫子"时跑老头儿脚步的圆场。特别是两个孩子满台飞舞，跳上蹦下，左摇右摆，动作繁复，唱做并重。高兴时笑得前仰后合，双手不住地拍打，来回不停地旋转绕圈，把孩童模拟得惟妙惟肖，美中见真，俏里含娇。节奏鲜明欢快，生活气息浓郁。胖姑年龄和春香差不多，在行当上同属贴旦，但身份大不相同。她是个活波可爱的乡下小姑娘，天真活泼，淳朴中透出土气。韩世昌又不为程式所拘，从人物出发，抓住胖姑性格特征，以生活为依据，重新设计出既有程式韵律规范，又有鲜明个性特征的身段、动作、眼神、台步，彰显出韩派热烈奔放、朴实清新的表演风格。

四、韩世昌现象之剖析

昔日《伶史》曾赞曰："伶中之有俊山（按：指梆子名旦侯俊山），犹兽中之有麒麟，鸟中之有凤凰也。"此语用在韩世昌身上同样贴切。韩世昌堪称上天之骄子、人间之幸运儿、艺术之弄潮儿。他的成功固然与他的天赋资质和个人努力有关，但更是历史的合力，主客观的结合，偶然中的必然。一句话，韩世昌的出现乃天时、地利、人和的综合效应。

首先，从天时来看，韩世昌开始接触昆曲时，老生渐衰，旦角崛起。民间昆弋班虽还兴旺，但在艺术上停滞不前。正宗的南昆特色逐渐淡化，乡村戏班老师傅大多不识字，全凭口传心授，难免走样，以讹传讹，因袭守旧，日渐粗疏。北方昆弋正呼唤着剧种的返本归根和艺术上的精致规范，以增强与花部竞争的魅力，以适应新的时代和新的观众。恰在这时，韩世昌脱颖而出，担当起历史的使命。他以戏为天，视戏如命。勤奋刻苦，艰苦砥砺。终于登堂入室，技艺大进，成为"荣庆社"的台柱子和领军人物。不仅他个人艺术有了质的飞跃，而且影响了"荣庆社"的总体风格，在演出剧目、演唱风格和演出形式上发生了重大转变。北方昆曲在雅俗的博弈互动中，进行适度调整，得以健康发展，日趋规范化、精致化、典雅化，既保留了北昆的特色，又承传了昆曲的总体风貌。因此，如果说昆曲、弋腔北上南下的数度交融，民间宫廷回环交叉的动态流播，催生出鲜明而独特的北方昆曲是韩世昌的前世的话，那么，通过韩世昌实现了北方昆曲和南方昆曲在新的历史条件下的又一次握手和拥抱，进行了又一次深度交流，则可以说是韩世昌灿烂的今生。他不仅推动了整个昆曲艺术，而且他本人也站到了昆曲舞台的制高点，攀登上昆曲艺术的光辉顶峰。

从地利来看，京师乃天子脚下，首善之区，典章文物，博大精深，从元代以来一直是戏剧的重镇和中心。京东、京南系京畿腹地、京师门户，宫廷文化、士人文化与民间文化辐射交织。高阳为古来重镇，尚武好侠，英雄辈出，古风犹存。京南、京东乃武术戏曲之乡，燕赵悲歌，人杰地灵，韩世昌就是这块土地孕育出的奇葩异卉、结出的丰硕之果。

从人和来看，韩世昌可以说是"得道多助"。早年得到侯瑞春、王益友等昆弋老艺人的垂爱与栽培，入京后得到南昆泰斗吴梅、"昆曲全才"赵子敬、南昆名家徐凌云等人的悉心指点，得到蔡元培等文化精英的呵护鼓吹，得到梅兰芳、陈德霖等京剧同道的呼应与支持，还有意想不到的经济援助和外力推动。吴梅像王国维一样也被视为近代曲学研究的奠基者，钱基博先生更认为："曲学之兴，国维治之三年，未若吴梅之劬以毕生；国维限于元曲，未若吴梅之集其大成；国维详其历史，未若吴梅之发其条列；国维赏其文学，未若吴梅之析其音律。而论曲学者，并世要推吴梅为大师云。"① 吴梅是南派昆曲的著名学者，其曲学研究涉及度曲、制曲、曲史等众多领域，代表着20世纪前半期昆曲曲学的最高成就。他应蔡元培之邀来北京大学执教，与到北方的南方曲友如赵子敬、王季烈、许雨香、俞平伯等一起为北方昆曲注入南方昆曲的营养，承担了沟通南北昆曲和清曲剧曲两大系统的责任，而韩世昌有幸成为他们选中的薪火相传者。正如胡明明、张蕾在《韩世昌年谱考略》中所说："韩世昌上承'南昆北弋'、'京腔大戏'之渊源，下开北方昆曲一代'承上启下''标本'意义的百年演艺人物，是北方昆曲延绵百年间'北方昆弋时代'的'最后一个'和'北方昆曲时代'的'最初一个'的最重要的践行者和引领者，是北方昆曲剧院最主要的创建人之一。如果说梅兰芳是京剧史上'京昆合璧'的京剧'乾旦'大家，韩世昌则无疑是北方昆曲历史上唯一称得上'北南合璧'的昆曲'乾旦'领袖。"②

韩世昌在中国昆曲（北方）近现代历史上占有极其重要无可替代的位置，不愧为北昆的旗帜和灵魂。在这面旗帜的引导下，北方昆曲走上"北南合璧"的康庄大道，坚守着固本求新的灵魂。当然，北昆不仅仅是韩世昌一个人的功劳。北昆是一个群体，靠历代北昆人薪火相传、精进不息、共同奋

---

① 钱基博：《现代中国文学史》，中国人民大学出版社，2007年，第282页。
② 胡明明、张蕾：《韩世昌年谱考略》，《戏曲艺术》2013年S1期。

斗才有了今天的局面。不论是从纵向的发展脉络来看，还是从横向的借鉴融合来考察，以韩世昌为代表的"荣庆社"都是北方昆曲艺术发展的重要环节，是北方昆曲的高峰。北方昆曲的发展离不开这个基础，人们忘不了"荣庆社"韩世昌以及白云生、侯永奎、侯玉山、马祥麟等光辉的名字。这一批老艺术家有眼光、有心胸、有风骨、有品味、有绝活、有特色，是北方昆曲剧院无比宝贵的艺术财富，是响当当的"老字号"品牌。荣庆传铎，继往开来。当务之急是通过《中国昆剧史（北方）》的编写，对北昆代表人物韩世昌，以及白云生、侯永奎、侯玉山、马祥麟等人的艺术道路和艺术成就，进行深度挖掘、系统整理、科学总结，并付诸艺术实践，予以光大发扬，谱写出北方昆曲新的篇章。

（原载于《戏曲艺术》2013 年第 S1 期）

呼唤梅兰芳的艺术精神

京剧是中华民族的艺术瑰宝，是人类东方演剧体系的杰出代表。回眸京剧艺术200年发展史，梅兰芳不愧是一块仰之弥高的丰碑，一座博大精深的艺术殿堂。

梅兰芳年方弱冠，便成了举世瞩目的明星，开创了京剧旦角的新纪元，并逐步形成了独特的旦角流派——"梅派"，最后确立了无可争议的"四大名旦"之首及花国状元的历史地位。梅兰芳的出现既是中国戏曲史上的奇迹，又是时代发展之必然。梅兰芳生值古典戏曲向近现代戏曲蜕变转型的时代，以皮黄为代表的花部乱弹取代了昆曲雅部的领军地位，波诡云谲的时代环境为他提供了成长的机遇和施展身手的平台。梅兰芳出身于梨园世家，由于祖辈和父辈的长期积淀和准备，使他能够集三世之大成，经过个人努力，攀登上京剧艺术的巅峰，成为京剧艺术、中国戏曲乃至人类东方演剧体系的名片、标志和徽章。

梅兰芳把京剧艺术视同生命，毕生都在孜孜不倦、锲而不舍地探索、追求，在唱、念、做、打、舞、服装道具及人物塑造等各方面都取得了无与伦比的艺术成就。唱为四功之首，是"四大名旦"形成各自流派的主要标志之一。梅腔极其丰富，经过千磨百炼，糅化无痕，脍炙人口，几乎是无腔不美、无腔不妙。《霸王别姬》"四面楚歌"中虞姬唱的［南梆子原板］，描绘出秋风月夜、寂寥战场的凄凉，"舞剑"的［二六板］，虞姬伴随着［夜深沉］曲牌载歌载舞，情意缠绵。《宇宙锋》中，赵艳容依照哑奴之计，装疯斥骂赵高时所唱的［反二黄慢板］委婉、悱恻，将一腔悲愤和怨恨抒发得淋漓尽致。《贵妃醉酒》通场基本上都是［四平调］，梅兰芳以动听的歌喉、委婉的行腔，并结合表演身段，将贵妃在雕栏玉砌、锦衣玉食中幽怨失谐的心态表现得贴切入微。《白蛇传》"断桥"中白素贞的唱段极富变化，由［导板］转［原板］，再转［二六］、［流水］、［数板］，揭示出白素贞复杂的情感世界。《凤还巢》中，程雪娥眷恋故土，不肯前往镐京避乱时所唱的［西皮原板］、

[流水]，华丽别致，跌宕流畅，行腔吐字宛若珠落玉盘。《女起解》中，苏三离开洪洞县牢狱之前，收拾行装、辞拜狱神时唱的[反二黄慢板]，低回婉转，如泣如诉，被称为[九连环]。《廉锦枫》是梅兰芳20世纪20年代编演的歌舞戏，廉锦枫被唐敖搭救后再次潜海取蚌时所唱的[反二黄]，渲染出大海深处静谧、清凉的意境，与刺蚌时优美矫健的身段舞姿相映成趣。而《花木兰》中所唱的[娃娃调]，高亢遒劲，坚实挺拔，且刚柔相济……梅兰芳的念白抑扬顿挫，韵味十足，高音如"拔丝山药"，拔得越高拉得越细越长，显出金色的光彩。梅兰芳的做工身段花团锦簇，照眼皆迷。其古装歌舞剧所创造的各式各样的舞蹈，如绸舞、镰舞、剑舞、盘舞、佾舞、袖舞、拂尘舞等，多脱胎于昆曲，舞武结合，舞多武少，节奏鲜明，边式漂亮，于婀娜旖旎之中显示出挺拔矫健。梅兰芳运用"四功五法"的程式，把京剧艺术"有声皆歌，无动不舞"的特点发挥到了极致。由于他功底深厚、戏路宽广，具有多方面的艺术才能，所以能够得心应手，"从心所欲而不逾矩"。

梅兰芳对中国传统文化精髓和传统美学原则有着极其深刻的体悟和十分独到的呈现，他所创造的梅派艺术以雍容华贵、端庄凝重、意境和美、深沉含蓄著称，充分体现出中国戏曲对于礼乐理想与中和之美的终极追求，彰显出鲜明的民族审美特色。梅擅长的剧目多达300余出，塑造出数十个身份不同、性格气质各异的妇女形象，如侠骨柔肠的虞姬，外柔内刚的赵艳容，美丽坚贞的西施，贤德善良的糜夫人，顾全大局的孙尚香，情真意切的白素贞，坚忍不拔的王宝钏，矢志不移的柳迎春，被污辱与损害的玉堂春，青春似火的杜丽娘，楚楚可怜的黛玉，善解人意的桃花公主，巾帼英雄梁红玉，老当益壮的穆桂英，情炽如火的尼姑色空，凄苦无告的民女姜秋莲，含悲带愤的李桂枝，苦大仇深的萧桂英，朴实单纯的李凤姐，聪颖多情的詹淑娟、程雪娥，温柔缱绻的洛神，飘飘欲仙的麻姑，碧海青天夜夜心的嫦娥，孝顺温厚的廉锦枫，娇憨可爱的薛金莲，快人快语的红娘，活泼稚气的春香，身处卑贱、志比天高的晴雯，乖巧玲珑的俊袭人，奋勇斩蛇的童女……梅兰芳还编演了许多时装戏，塑造出邓霞姑（《邓霞姑》）、于（余）霍氏（《宦海潮》）、郦珊柯《牢狱鸳鸯》）、林纫芬（《一缕麻》）等新型女性。不论古今中外，其宗旨均在于歌颂真、善、美，提倡和为贵……在表演的手法上，梅兰芳将念白、唱腔与手势、眼神、身段、步态及表情融为一体，崇尚典雅、避免失态，显得自然顺畅，浑圆无瑕。尤其是他的演唱，深得中国传统美学神韵之三昧。他的嗓音高宽清亮，圆润甜脆，音域宽广，音色极其纯净饱满。但其唱工从不矜才使气，始终保持平静从容的气度，平和中正，恰到好处。大巧若拙的梅派艺术大气而不失细腻，精致却出自天然，不留雕琢痕迹。看似平淡，实则深沉，端庄典雅而又含蓄精美，具有赏心悦目、励志怡神的功能和美感。

德艺双馨的梅兰芳，性格外柔内刚，处世外圆内方。温婉优雅的外表里蕴藏着坚忍执着的内心。他不肯与世沉浮、同流合污，不屑卑躬屈膝、攀高结贵，不向邪恶黑暗势力低头让步，抗日战争时期的蓄须明志更表明了他的高风亮节和胆略气魄。梅兰芳一辈子做人从艺所追求的就是"分寸"，或者说"度"。对于"分寸"和"度"的拿捏控制，既是他的天赋，更是在传统文化熏陶培养下长期锤炼的结果，是梅派艺术博大精深之所在。

尽管梅不如尚（小云）高亢峭拔，不如程（砚秋）缠绵悱恻，不如荀（慧生）娇柔甜媚，不如张（君秋）华丽婉转，但梅兰芳的艺术却是所有旦角艺术流变的母体，直接滋养着包括程砚秋、李世芳、言慧珠、张君秋、杜近芳等一大批有创造有特色的后起之秀，弟子及传人达100多人。梅兰芳不仅风靡中华大地，还曾先后率团赴日本、中国香港、美国和苏联访问演出，并游历欧洲，用自己美妙动听的歌喉与优雅迷人的艺术形象，征服了卓别林、斯坦尼斯拉夫斯基、梅耶荷德和布莱希特等戏剧大师，赢得西方观众的确认与迷恋，梅兰芳也因此而成为促使东西方戏剧交流的文化大使。梅艺是古典的，又是现代的；是东方的，又是世界的。

然而，斯人已去。随着"梅时代"的结束，以及风风雨雨所造成的文化断层和文化误读，不论是从业者还是欣赏者，对梅派艺术的精神实质的了解和体验，大多都还停留在比较肤浅的层次上或狭隘的范围内。甚至有人盲目崇拜西方，鼓吹民族虚无主义，质疑乃至否定梅兰芳表演体系的存在，极力贬低其艺术价值和历史地位。为了弘扬国粹，我们必须高举梅兰芳这面大旗，捍卫梅兰芳的艺术地位，深刻理解梅派艺术的精髓，不遗余力地传承、发展梅派艺术。

梅兰芳占尽了天时、地利、人和，他的成功可以说是天与人归。梅兰芳已经定格为一代偶像，谱写出一部传奇。从某种意义上来说，是不可企及的，或者说是无法"复制"的。

所以，今日呼唤梅兰芳，绝不是重燃20世纪大跃进时期的"发烧思维"，不切实际地提出类似"每县都要出一个梅兰芳"的"梦呓"口号,也不是简单机械地重复或"克隆"梅兰芳,而是要大力倡导像他那样做人从艺,不走捷径,不抄近路,孜孜不倦、永无止境地追求艺术的完美;像他那样夯实基础,吃透民族传统,不仅继承全面,而且善于广采博取,革新创造,坚持"移步不换形",在师承中创造、展现个性。

众声喧哗的时代,需要强化体现主旋律的主调。条条大路通罗马,何不选择大道通衢?梅艺具有雍容大路的风范,不愧是京剧艺术的主调和通衢。京剧艺术要求发展、谋辉煌,就必须在京剧艺苑特别是旦角艺术中确立彰显梅派艺术的领军和正统地位。值此梅兰芳诞辰150周年之际,我们缅怀梅兰芳的丰功伟绩,更要发扬光大梅兰芳的艺术精神,争取有所创新,有所超越,谱写出京剧艺术新的辉煌,这既是时代发展之需要,也是责无旁贷的历史使命。

(原载于《梅兰芳与京剧艺术的传播——第五届京剧国际学术研讨会论文集》,《前线》2010年第8期)

浅议京剧《锁麟囊》
与儒、道、释的精神联系

剧目是一剧之本，特别是具有代表性的经典剧目，更能成为流派艺术的徽章和名片。《锁麟囊》是程砚秋呕心沥血之作，其思想之深刻，内涵之丰富，剧情之跌宕，结构之新颖，人物之鲜明，尤其是抑扬错落、疾徐有致、婉转动人的新腔，集程腔之大成，在程派剧目中独居魁首，在整个京剧界的地位亦举足轻重，因而成为历久弥新、流传极广的程派名剧。

一、从小说到京剧的华丽转身

《锁麟囊》本于清代焦循《剧说》卷三所转载清代胡承谱[①]笔记小说《只麈谭》中的"赠囊"故事，只是一个几百字的故事轮廓，连具体的人名都没有。即便是《只麈谭》中"赠囊"故事原型《荷包记》也仅有千余字篇幅。但程砚秋先生慧眼识珠，很感兴趣，遂托请翁偶虹先生据此编戏。翁先生"未加（假）思索，答以可为"[②]。两人心有灵犀，一拍即合。翁偶虹先生不负所望，调动生活的积累，匠心独运，移花接木，增饰改造，把一个简单的故事敷衍成一部绝妙传奇，一台饶有趣味而又发人深省的喜剧，实现了从小说到京剧的华丽转身。

《锁麟囊》又名《牡丹劫》，描写登州富家女薛湘灵出嫁，妆奁丰盈，并依乡俗，备有锁麟囊一件，内装珠宝，喻求早生贵子之意。[③] 花轿途中遇雨，在春秋亭暂避一时，忽闻另一破旧花轿内哭声甚哀，询问后方知为贫士赵禄寒之女赵守贞，有感于身世凄凉，不禁悲啼。薛湘灵心生怜悯，慷慨以锁麟

[①] 〔清〕胡承谱：《只麈谭》、《续只麈谭》，一说作者为清嘉庆佚名。
[②] 翁偶虹：《翁偶虹编剧生涯》，中国戏剧出版社，1986年，第179—182页。
[③] 锁麟囊为绣有麒麟的"锦袋"、"荷包"，旧时女儿出嫁上轿前，母亲要送一只绣有麒麟的荷包，里面装上珠宝首饰，希望女儿婚后早得贵子。

囊相赠，分别而去。六年后，薛家先遭火灾，后遇大水，薛湘灵只身流落莱州，到卢府为佣。陪小主人天麟玩耍时想起自己失散的娇儿，忍不住悲苦交集。天麟把球抛进一座小楼，逼湘灵去拾，偶然看到楼上供奉着自己所赠的锁麟囊，不觉感泣。未料卢夫人原来就是赵守贞，见状加以盘问，才知湘灵就是当年赠囊之人，改容礼敬，结为姐妹，同居一处，并帮助她一家团聚。

一个锁麟囊，见证了一段慈悲为念、舍财济困的故事，描绘出怜贫惜苦的古道热肠（而不是无动于衷的冷酷和漠然）和投桃报李的美好情怀（而不是忘恩负义或仇富心理），留给人间一片温馨。表面看去是一个十分世俗的传奇故事，其实富有深刻的哲理和厚重的文化内涵，包含着真切的人生况味和宝贵的人生经验，体现出中华民族的传统美德和价值观念，和儒学、道学、佛学有着密切的精神上的联系。

二、浓重的儒学色彩

儒学宗师鼻祖孔子，"述而不作，信而好古"①，主张通过制礼作乐，使人各安于其位，以维护尊卑有序、贵贱有别的宗法血缘制度；但同时孔子又把礼、乐系统化、观念化，并且从道德情操方面出发，强化了其中所包蕴的具有人本主义色彩的思想内涵。"仁"是孔子思想的核心观念和最高境界，《论语》短短26篇，其中对"仁"的讨论竟有104次之多，可见其占有何等重要的地位。孔子认为："仁者，人也。"②《说文解字》注："仁，亲也。从人、二。"不论是从字面还是从字义来看，所谓"仁"都是指人与人之间的亲善关系。"仁"是做人的根本，是生命的相互通感，是人、我，群、己之间的普遍联系与相互关爱。孔子"祖述尧舜，宪章文武"③，提倡仁政，呼吁"泛爱众而亲仁"④。由于他的学说"助人君顺阴阳明教化"⑤，"能安人，能服人"⑥，故而深得民心，流播广泛，影响深远。在儒家思想的引导和影响

---

① 《论语·述而》。
② 《礼记·中庸》。
③ 同上。
④ 《论语·学而篇第六》。
⑤ 《汉书·艺文志》。
⑥ 《礼记·儒行》。

浅议京剧《锁麟囊》与儒、道、释的精神联系

下,戏曲具有鲜明的伦理道德色彩,浸润着浓厚的人情味和强烈的道德意识。《锁麟囊》就是一出有着浓重的儒学色彩,令人感叹唏嘘、荡气回肠的好戏。

剧中描写富家女子薛湘灵出嫁途中在春秋亭避雨,听到赵守贞的哭泣之声,动了恻隐之心,待到老先生薛良问清了对方的悲苦身世之后,她立即做出决定,将价值连城的锁麟囊赠予素昧平生的赵守贞,她唱道:"人情冷暖非天造,何不移动半分毫?我今不足她正少,她为饥寒我为娇;分我一只珊瑚宝,安她半世凤凰巢。"这不是别人的耳提面命,而是她此时此刻的心声。这不是一时的冲动和作秀,而是长期接受儒学熏陶教育的结果。薛湘灵慷慨捐赠的举动符合儒家教诲,是孔子所提倡的"泛爱众而亲仁"的最生动的体现。

孔子之后,儒家分为八派,[①] 其中思孟学派影响最大,特别是孟子堪称儒家集大成者,因此儒学又称为孔孟之道。孟子基于对人的本性的认识,提出"性善论",认为人的本性是善良的。但出生之后,"庶人去之,君子存之"。[②]庶人受外界环境的干扰和引诱,丢掉了原本的善性;而君子通过学习修养,不为外物所动,保住本真的良善,具有恻隐之心、羞恶之心、辞让之心、是非之心,守住"仁、义、礼、智"德之四端。[③] 更有佼佼者以尧舜为榜样,以大丈夫为准则;去掉身上的霸气、恶气、邪气、骄气、娇气、匪气、唳气等不良气质,善养浩然之正气和精诚之义气,追求完美理想的人格,经过艰苦的磨炼,承担起治理天下的大任。

八派之中,"孙氏之儒"的代表人物是荀子,被后人誉为"理性曙光照千秋,儒法合流集大成"的大家。在对人的本性的认识上,他与孟子针锋相对,提出"性恶论"。不过,荀子认为,人性虽恶,通过后天的教育、学习、实践和礼义法制的约束,走"宗经、征圣、明道"的正道,以先贤经典为依据,以圣人言行为标准,明儒家礼仪仁义之道,[④] 就可以从性恶变成性善,成为贤人和圣人。在重视教育这一点上,荀子与孟子可以说是英雄所见略同。荀子还主张教化与赏罚并重,他在《礼论》中说:"绳者,直之至;衡者,平之至;规矩者,方圆之至;礼者,人道之极也。""明礼义以教之,起法正

---

① 孔子之后,儒家素有八派之称,包括子张之儒、子思之儒、颜氏之儒、孟氏之儒、漆雕氏之儒、仲良氏之儒、乐正氏之儒、孙氏之儒。
② 《孟子·离娄》(下)。
③ 《孟子·公孙丑》(上)。
④ 《荀子·儒效》。

以治之，重刑罚以禁之。"无规矩不成方圆，无度量衡不能比较轻重长短，教育不是万能的，所以要"隆礼重法"，奖惩分明。

孟轲、荀卿不仅继承了儒学的精髓，并有所发展和创新，丰富了孔子"仁"的核心观念，显示出中华民族精神的丰富性和情感生活的多样性，而且更具有实践性和可操作性。这些，在《锁麟囊》两个女主人公的身世命运中得到了验证。事实证明：不能空洞地谈善恶，更不能片面地以血统出身论人品。薛湘灵生长于锦衣玉食的富贵之家，却喜好朴素淡雅，不恋珠宝钱财，单纯、善良、富有同情心，在关键时刻毅然决然地为素昧平生的穷姐妹解囊相助。在遭遇天灾、流落荒郊之后，走投无路，身无分文，衣难蔽体，饥肠辘辘，体味到人生之艰辛，她开始认真反思过去，决心"收余恨、免娇嗔、且自新、改性情，休恋逝水，苦海回身，早悟兰因"①。薛湘灵由一位千金小姐变成自食其力的劳动者。

与薛湘灵的人生道路正好相反，赵守贞由贫贱而富贵，身世地位发生了戏剧性的重大变化，但她始终守住本真。困窘中人穷志不短，发迹后温良恭俭让，"功名成就免贫困，终日感念赠囊人"②。这两个人物与剧中以老少傧相（"势利眼"）为代表的势力小人形成鲜明对照。

儒家思想在今天仍有积极的现实意义，面对物欲横流、道德滑坡的社会现实，通过道德教育以提高全民族素质，继承民族美德，弘扬仁爱之风，诚为当务之急。如果今天的富人（暂且不去追问他们是何以致富的）都能像剧中的薛湘灵那样惜苦怜贫，慷慨仗义，乐善好施，热心于慈善和公益事业，岂不是五湖四海皆兄弟、六合八方成姊妹？哪里还用得着担心被绑架撕票，偷偷摸摸地把资产转移到海外，甚至沦落为贪腐之徒和阶下之囚？如果今天的穷人都能像赵守贞那样"贫贱不能移"③，即便身处逆境，也绝不会突破道德底线，像亡命徒那样不择手段、不顾廉耻、心辣手狠，富贵后仍能吃水不忘打井人，抱有感恩之心，不至于一旦暴富即发迹变态（泰）、骄奢淫逸。如果举国上下、里里外外都能做到"泛爱众而亲仁"，和谐安定的社会环境自然形成。总之，一个"仁"字，概括浓缩了治乱之道、兴衰之理。

---

① 《锁麟囊》第十五场。
② 《锁麟囊》第十四场。
③ 《孟子·滕文公下》。

三、鲜明的道家精神

道家是一个哲学学派,道教是一种宗教,两者之间有所联系,但不是一个概念。道家始于先秦,主要分为老子学派、杨朱学派、列子学派、庄子学派及黄老学派等。尽管不同的学派重心不同,有的偏于治国,有的偏于修身,但道家的核心观念是一致的,即以"道"为本,认为道是宇宙万物的根源。道家对宇宙、社会和人生有着独特颖异的领悟,道家的智慧具有永恒的价值和生命力。

道家的开山鼻祖是老子,思想奥妙无穷,是中国历史上第一个从宇宙观的高度考察自然、社会和人生问题的伟大思想家,是中国历史上用新的宇宙观代替上帝神学的第一人。他大胆否定了天命说和天志说,提出了天道自然说,第一次提出了以"道"为核心的比较系统的宇宙生成论和宇宙本体论。①

老子具有朴素的辩证法思想,他认识到世界上的事物中包含有矛盾对立的两个方面,两个方面是相互依存、相反相成、对立统一的。"有无相生,难易相成,长短相形,高下相倾,音声相和,前后相随。"② "贵以贱为本,高以下为基。"③ 同时他认为,矛盾的双方能向自己的对立面转化,向相反的方面转化是"道"运动的结果,是宇宙的必然法则。"祸兮福之所倚,福兮祸之所伏。"④ "故物或损之而益,或益之而损。"⑤ "甚爱必大费,多藏必厚亡。"⑥ 他还认识到了量变引起质变的规律,提出了著名的"物极必反"的论断,即量的积累会引起质的变化,事物一旦发展到极端就会向相反方向转化的道理。

---

① 《老子》:"有物混成,先天地生,寂兮寥兮,独立不改,周行而不殆,可以为天下母。吾不知其名,字之曰道,强为之名曰大。""道乃虚无之系,造化之根,神明之本,天地之元";"万象以之生,五行以之成"。"天下万物生于有,有生于无。""道生一,一生二,二生三,三生万物。"

② 王弼:《老子注》第2章,《诸子集成》第三册,北京:中华书局,1986年,第1—2页

③ 王弼:《老子注》第40章,同上,第25页。

④ 王弼:《老子注》第58章,同上,第35页。

⑤ 王弼:《老子注》第42章,同上,第27页。

⑥ 王弼:《老子注》第44章,同上,第28页。

《锁麟囊》剧情所展示的不就是这样一幅图景吗？世事如棋，难以意料，白云苍狗，瞬息万变。水火无情，从天而降。富甲一方、钟鸣鼎食的薛家，一夜之间就变成一无所有的穷光蛋，锦衣玉食的千金小姐流落荒郊，乞食粥棚。真是命运难料，造化弄人。薛湘灵的可尊可贵之处在于：她没有被惨烈的现实击倒，没有向突然降临的厄运低头，没有呼天抢地颓废沉沦，而是顽强地活下去，放下千金之身去做佣人，强掩失子的痛苦，将母爱施予小主人天麟。薛湘灵从千金小姐到女佣的心理变化，在剧中刻画得颇为生动。在她身上体现着儒家"仁爱"的精神，道家乐天好生的积极的人生态度，以及造命在天、立命在人的人本思想。如古训所言："处逆境，遇恶缘，无怨恨，不争辩，莫生气，笑一笑，业障尽消。""有颗付出的心你会换来无限的美好"，这句话就是薛湘灵的写照。

而偶然间得遇贵人相助的贫女赵守贞，突然间时来运转，既富又贵。她的可爱可敬之处在于：没有一阔脸就变，得意忘形，飘飘然忘乎所以；富贵之后仍能保持清醒的头脑和朴实的本色，不忘故情，抱定滴水之恩当涌泉相报的信条。坚守返璞归真——"见素抱朴，少私寡欲"的生活方式和生活态度。亦如古训所言："处顺境，遇善缘，无贪欲，不狂妄，莫得意，净一净，福慧全现。""有颗感恩的心你会生活得快乐"，这句话在赵守贞身上得到应验。

薛湘灵和赵守贞虽是纤纤弱女，却无娇嗔之气，素质优良，内心强大。不论是顺境还是逆境，是贫贱还是富贵，都能够把握住自己，抵抗得住诱惑。不失本性，保持本色。做到"富贵不能淫，贫贱不能移，威武不能屈"[①]。她们的行为举止、品质襟怀令今天的我们肃然起敬。

四、深深的佛学烙印

佛学既有探讨宇宙究竟和人生归宿的高深教义，如四谛、八正道、十二因缘，经、律、论三藏，戒、定、慧三学，又有种种治国安民的理论。既能为现世的浮华指点迷津，又能给喧嚣的尘世带来心灵净化。佛学特别讲究因缘，《锁麟囊》整个叙事都烘托了"因缘"二字，谱写出一出声情并茂的

---

① 《孟子·滕文公下·第二章》。

浅议京剧《锁麟囊》与儒、道、释的精神联系

"回首繁华如梦渺,残生一线付惊涛。柳暗花明休啼笑,善果心花可自豪"①的场上之曲。

"因缘"是佛语,来源于梵文 hetupratyaya。佛法对于"因"和"缘",并不曾有过严格的定义。相对而言,"因"指内在的特性,"缘"指外在的"力用"。"因"指一件事物生灭的主要条件,"缘"则为辅助条件。例如一粒种子(因),经由播种的人把它埋入土中,经历了一段时间,再加上阳光雨露的助缘,就会发芽生长。就这样"因"、"缘"和合,形成了果实。果由因生,无因不能生果,有因有缘则必然生果。任何事物,绝不能无因而生,但有因无缘,亦不能生。有因有缘则必然会生。万事万物的流转生灭,存在着普遍的理性。②《锁麟囊》的传奇故事暗含着佛法广大、无边无涯、平等圆融、通上彻下的意蕴,两位主人公命运的跌宕起伏都在同一条因果链上。看似鬼使神差,巧上加巧,其实有着内在的、连环的因缘果报关系,全剧打上深深的佛学烙印。

难能可贵的是,这出戏从立意上就扬弃了佛教三世因果、六道轮回之说的玄虚怪诞和消极因素,将其改造成具有中国世俗特色的"积善之家,必有余庆;积恶之家,必有余殃",以及"善不积,不足以成名;恶不积,不足以灭身"③的道德因果观念,着墨于激浊扬清,为善去恶。提倡平心静虑,少欲知足,舍己为人,消灾去难,熄灭烦恼。这出戏也没有一般神仙道化戏、隐逸乐道戏"跳出三界④外,不在五行中⑤"的高蹈与超然,生活气息十分浓郁。直面人生,正视现实,注重对人性的开掘,对人情味的渲染,因而具有很强的平民意识,雅俗共赏,老少咸宜,受到社会各阶层的欢迎和喜爱。

2014 年 9 月 2 日删节稿

(原载于《北京文史·京剧专辑》《锁麟囊》,北京出版社,2014 年 12 月)

---

① 《锁麟囊》梨园演出本薛湘灵唱词。
② 参见于凌波居士基础佛理《向智识分子介绍佛教》,2013 年 5 月 28 日。
③ 《周易系辞》。
④ 道家所说的"三界"是指天、地、人三界,佛教术语中的"三界"指众生所居之欲界、色界、无色界或指断界、离界、灭界等三种无为解脱之道。
⑤ "五行"指金、木、水、火、土。

《龙凤呈祥》的仪礼娱乐功能和文化象征意义

一

中国是礼仪之邦，礼乐历来兴旺发达，礼仪制度十分完备。先秦制礼作乐，以乐事神、以乐崇礼、以乐为乐，礼乐文化具有政治、宗教、农事、经济、天文地理和伦理教育等多方面的功能。汉唐时期，华夏一统，国势强大，气势磅礴，四方来朝，中原文化与外来文化交流频繁，规模空前。汉武帝扩大乐府职能，祭祀名山大川和列祖列宗，意在复兴西周礼乐。唐玄宗设立宫廷梨园、法曲部等，用于内廷宴乐和皇室的娱乐，满足个人的兴趣和爱好，乐的娱神与娱人功能受到同等重视。宋代承平日久，人物繁阜。特别是都城汴京，青楼画阁，绣户珠帘，雕车宝马，金翠耀目，罗绮飘香。柳陌花衢上新声巧笑，茶坊酒肆里按管调弦。垂髫之童，但习鼓舞；斑白之老，不识干戈。时节相次，各有观赏。伎巧则惊人耳目，奢侈则长人精神。[①] 朝野上下追求世俗之乐，带来都市物质消费和文化娱乐的强劲需求。元、明、清三代，无论国家兴衰、朝代更替，也无论教坊、南府、升平署等机构如何变动，礼乐文化始终处于不断的发展变化之中。礼乐有各种各样的表现形式，明清以降，戏曲演出逐渐成为礼乐的重要形式和主要载体之一。

中国以农立国，农业受自然条件和农时的制约，季节性明显，春种夏耘秋收冬藏，形成很重的节令情结。约定俗成的民间节日有春节、元宵、春社、清明、端午、上元、七夕、中元、中秋、重阳、秋社、冬至、腊月、祀灶日、腊日、除夕等。尤其是起源于殷商时期年头岁尾祭神祭祖活动的春节，是一年中最隆重的节日，成为一种普遍的文化现象。从腊月初八直到正月十五，中间有除夕和初一、正月十五两个高潮。有扫尘、春联、门画、倒贴"福"字、守岁、爆竹、拜年、看大戏、闹元宵等习俗；有腊八粥、年糕、饺子、

---

① 《东京梦华录注·梦华录序》。

元宵、春饼等食俗；还有大年初一不扫地、不走后门、不打骂孩子、相互祝贺新年万事如意等风俗……"东风吹遍人间后，紫万红千次第开。"① 红彤彤的春联、喜艳艳的"福"字、热腾腾的团圆饭、乐融融的全家福……所有喜庆的元素都将在春节欢悦地铺撒开来，哪一个中国人能拒绝这种魅力?！于是，与春节相关的年俗，就由一种礼仪变为一种打在每个中国人身上的烙印，一种融入每个中国人血脉的习惯，一种浸入每个中国人骨髓的文化因子，并由此凝聚着海内外所有的华人，成为华人心中的一座文化坐标，淋漓尽致地展示出中国文化的魅力。

春节演大戏、看大戏的惯例由来已久。按旧时规定，春节期间特别是从正月初一至正月初五，天天有戏上演，夜夜笙歌不断，而且一定要演吉祥如意、兴旺和谐的团圆喜剧，绝不准有杀、刷、伤、亡等内容。即使是演武戏，也只准许比武竞技、设台打擂，绝不可死伤一人。特别是专门留在大年初一演唱的戏，更要喜庆红火。《龙凤呈祥》有龙有凤，喜结良缘，内容热烈，气氛祥和。而且生旦净丑所有行当齐集，文武昆乱不挡，唱做念打皆备，是一出可以将诸行名角聚集一台，八仙过海，各显其能，务求尽善尽美的群戏。特别值得一提的是，《龙凤呈祥》的演出允许角儿反串。反串是中国传统戏曲演出中的一种独特演出方式，串就是串角的意思，反就是相反，男的反义词是女，女的反义词是男。但传统意义上的反串不单指男扮女装，或女扮男装，通常是指那些具备很高才艺的演员登台表演与自身本工的行当不同的戏才能被称为之反串。反串表演反差巨大，风趣诙谐，新鲜逗乐。舞台呈现别致，掌声彩声不绝，演员爱演，观众爱看，大饱眼耳之福，大过京剧戏瘾。试想，还有什么戏能比《龙凤呈祥》更火爆、更热闹、更吉祥、更适合春节演出的呢？故而《龙凤呈祥》成为历经百余年而演唱不衰的春节贺岁佳剧不是偶然的，我们不得不叹服先贤的眼光。

二

《龙凤呈祥》演绎的是一段三国故事，取材于罗贯中小说《三国演义》第54、55回。全剧恪守着尊刘、贬曹、抑吴的正统主流历史观，极力张扬

---

① 郭沫若1963年12月赠禹问樵诗云："纵有寒流天外来，不教冰雪结奇胎。东风吹遍人间后，紫万红千次第开。"

仁、义、礼、智、信①的思想理念，以正史为基础和主干，大事不虚，小事不拘，七分史实，三分虚构，虚实相间，相得益彰，人物形象鲜明，情节曲折跌宕。剧演刘备向东吴借荆州后迟迟不还，鲁肃多次讨要没有结果。恰逢刘备甘夫人亡故，周瑜和孙权定下美人计，假意将孙权胞妹孙尚香许配与刘备，诓刘备过江招亲，其实是欲作为人质，索还荆州。孔明识破此计，并将计就计，派赵云随刘备前往，临行授予锦囊妙计。刘备过江后按计而行，首先拜谒东吴元老乔玄②，得其襄助。乔玄进宫禀知吴国太，国太向孙权问出真情，怒加斥责，并在甘露寺相过刘备，十分满意，果真把刘备招为女婿。周瑜心有不甘，继而引诱刘备沉迷于声色，乐不思蜀。赵云又按锦囊妙计假报曹操兴兵攻打荆州，使刘备警醒，急切思归，孙尚香辞别母亲与刘备一同返回。周瑜派兵追赶，被孙尚香斥退。张飞赶来芦花荡接应，打败周瑜，刘备安全返回荆州。就这样，周瑜的美人计落空，不但没有索回荆州，反而是赔了夫人又折兵！

剧本曾收入《戏考》、《戏典》、《旧剧集成》、《戏学顾问》。20世纪50年代始，又陆续收入《京剧丛刊》、《京剧大观》、《京剧汇编》、《京剧选编》、《马连良演出剧本选集》等，并有单行本行世。

在京剧之前，同题材的戏曾有元杂剧《两军师隔江斗智》，明传奇《试剑记》，和清乾隆间"百本张"钞本传奇《锦囊记》，又名《东吴记》。据齐如山《京剧之变迁》记载，京剧演出此剧始自清末的福寿班，最初称《甘露寺》、《美人计》或《回荆州》，演刘备与孙尚香缔结亲事，始于洞房，终于芦花荡。至民国以后才常贴《龙凤呈祥》。

《龙凤呈祥》主要由两部分组成，甘露寺其实只是《龙凤呈祥》的前半场，其中乔玄所唱夸赞刘、关、张、赵和军师诸葛亮的那段［西皮原板］转［流水］如行云流水，一气呵成，最为脍炙人口："劝千岁杀字休出口，老臣与主说从头。刘备本是靖王的后，汉帝玄孙一脉留。他有个二弟汉寿亭侯，

---

① 孟子提出"仁、义、礼、智"，董仲舒扩充为"仁、义、礼、智、信"，后称"五常"，贯穿于中华伦理的发展中，成为中国价值体系中的最核心因素。中华民国初期的国旗为五色旗，一说取自凤凰五色，同时也代表仁、义、礼、智、信五德。

② 乔玄，梁国睢阳县（今河南省商丘市）人，东汉时期名臣。汉灵帝初年迁任河南尹、少府、大鸿胪。建宁三年（170）迁司空，次年转任司徒。性格刚强，不阿权贵，待人谦俭，75岁去世。《后汉书·卷五十一·李陈庞陈桥列传第四十》、《资治通鉴》、《后汉纪》等均有记载。后世盛传东汉末年的江东美女大乔、小乔为乔玄之女，实为误传，但被京剧《龙凤呈祥》采用。

青龙偃月神鬼皆愁;白马坡前诛文丑,在古城曾斩过老蔡阳的头。他三弟翼德威风有,丈八蛇矛惯取咽喉;鞭打督邮他气冲牛斗,虎牢关前战温侯;当阳桥前一声吼,喝断了桥梁水倒流。他四弟子龙常山将,盖世英雄冠九州;长坂坡救阿斗,杀得曹兵个个愁。这一班武将哪个有?还有诸葛用计谋。你杀刘备不要紧,他弟兄闻知怎肯罢休!若是兴兵来争斗,曹操坐把渔利收。我扭转回身奏太后,将计就计结鸾俦。"特别是马派略带苍劲的嗓音更能凸显出乔玄这个人物的个性年龄和身份。音节铿锵,倾倒南北马迷。后半场里比较著名的就是孙尚香首次亮相时的[西皮原板],跌宕起伏,柔肠百转,伴奏的京胡花腔也常常是不遗余力。尤其是张派柔中带刚以及小嗓的明显对比,表达了孙尚香那种外柔内刚的性格。当然,《龙凤呈祥》的出彩之处绝非仅此。艺术欣赏乐山乐水,见仁见智,不同观众会有不同看点,《龙凤呈祥》可以最大程度地满足各类观众的审美需求。

三

每逢春节,从宫廷到民间,从市廛到乡村,《龙凤呈祥》遍地开花,演出盛况空前。特别是京师宫廷演出,舞台呈现尽善尽美,尽显皇家气派,在某种程度上已经成为一种仪式。这种仪式既具有仪式娱乐功能,又具有强烈的象征美学意义。

"象征"是一种艺术手法,是变平凡为深刻的催化剂,是一种深入浅出、寄意深远的构思方式。"象征"手法根据事物之间的某种联系,借助某人某物的具体形象(象征体),以表现某种抽象的概念、思想和情感。"龙凤呈祥"本来是个成语,出自晋人所撰《孔丛子·记问》:"天子布德,将致太平,则麟凤龟龙先为之呈祥。"① 龙为麟、凤、龟、龙"四灵"② 之首,在中国文化中有着重要的地位和影响。从距今七千多年的新石器时代,华夏先民们就有了对原始龙的图腾崇拜。认为龙是鱼、蛇、猪等动物,云、雷电、虹霓等自然天象模糊集合而产生的一种神物。③ 目前所见较早描述龙形象的记

---

① 《孔丛子》三卷,二十一篇,旧题孔鲋撰。内容主要记叙孔子及子思、子上、子高、子顺、子鱼(即孔鲋)等人的言行,书末又附缀孔臧所著之赋和书上、下两篇,而别名为《连丛》。到宋仁宗嘉祐时,宋咸曾为该书作注。

② 又见《礼运》。

③ 闻一多先生提出"模糊集合说",参见其名篇《伏羲考》。

载,是明代李时珍在《本草纲目》中所引的后汉学者王符对龙的表述:"其形有九,头似驼,角似鹿,眼似兔,耳似牛,项似蛇,腹似蜃,鳞似鲤,爪似鹰,掌似虎是也。其背有八十一鳞,具九九阳类。其声如戛铜盘,口旁有须髯,颔下有明珠,头上有博山。"① 这个"神物",有喜水、好飞、通天、善变、灵异、征瑞等神性。能合能散,能潜能见,能弱能强,能微能彰。体型能大能小,肤色多种多样,色泽能明能暗;还有头有尾,能起能卧,擅爬会游;能够翻江倒海,呼风唤雨,弃恶扬善,造福天下。所谓"闻其名而未见其形,知其弘而难见其真。大可法天象地,吞噬须弥;小能隐身芥壳,神秘莫测。上天云生雾随,见首而不见其尾;入水波涛汹涌,出没于四溟波澜。能吞云吐雾,展雄健之腾挪;能翻江倒海,抖霸主之威势。能呼风唤雨,降甘霖于人间;能挟雷闪电,惊动玉宇八荒"②。龙的造型优美矫健,气韵生动,昂扬奋发,刚柔相济。龙包容一统,气势如虹,威震天下,战无不胜,是多元一体、和合圆融的吉祥象征,在人类历史长河中闪耀着独特的艺术光彩。龙文化是中华民族凝聚力的纽带,是保持民族团结的思想基础,代表了中华民族的深厚文化底蕴。数千年来,龙经历了图腾形成——帝王符瑞——民族象征的衍变历程,③ 龙文化已经深深地融入中国人的生活中,真可谓无处不在,无处不有。龙是华夏的象征、中国的象征、中华民族的象征、中国文化的象征。每一个炎黄子孙都把自己看作"龙的子孙"、"龙的传人",决

---

① 李时珍:《本草纲目》。
② 张新豪:《龙赋》,中国新闻网,2012-01-11,11:37:58
③ "龙"的身世的演变大致经历了五个阶段。第一阶段:有语无文时代:龙是中国远古有语言而无文字时期对雷鸣电闪声音"隆"的指认。在《易经》中,龙是六十四卦中"震"卦的象征。"震"卦象辞曰:"洊雷,震,君子以恐惧修省。"王充在《论衡》中分析说:"雷龙同类,感气而至。""龙闻雷声而起,起而云至,云至而龙乘之。"第二阶段:传说阶段,龙既是雷神,又是人间领袖坐骑。《山海经》里出现的雷神,正是龙的模样。黄帝功成名就后,乘龙上天。随着社会发展,"天人合一"思想出现,古人认为天上有什么,地上对应就有什么,于是把转瞬即逝的闪电雷声,与地面上的蛇、鳄、蜥蜴、鲵、马、牛、鹿、虎、熊等动物联系起来,"龙"由形声"隆"的指认,向有具体稳定形象的雷电、云、虹霓、龙卷风、星宿等自然天象多元融合而产生的神物的认定转变。第三阶段:佛教、道教把龙吸收到自己信仰之列。"龙"是天象崇拜和动物崇拜相结合的产物,是自然崇拜的升华。第四阶段:皇权与龙文化结合,皇帝称"真龙天子"。民间把龙看作保证风调雨顺的瑞物,每到节日耍龙灯、划龙舟庆贺。第五阶段:龙是多元一体、和合圆融的吉祥象征。参见庞进《中华第一龙——95 濮阳"龙文化与中华民族"学术讨论会论文集》,中州古籍出版社,2000 年 1 月。

心发扬龙文化最深层的精神内涵——多元文化综合创新的精神、开拓奋进的精神、与天地和谐共存的精神，龙骧虎步，奋勇拼搏！

四

作为源远流长、蕴含丰富的文化现象，龙和凤都是中华民族的图腾、符号、徽章和象征。龙为众兽之君，凤乃百鸟之王；龙变化飞腾而灵异，凤高雅美善而祥瑞。但如果按其功能效应和影响大小来排座次的话，龙无疑要坐第一把交椅。那么，第二位就非凤莫属了。凤凰（拉丁学名 Phoenix Red）与四灵之一的麒麟一样是雌雄统称，雄为凤，雌为凰，故称"雄凤雌凰"，总称为凤凰。关于凤的最早记录见于《尚书·益稷》篇，叙述大禹治水成功，举行庆祝盛典，由夔龙主持音乐，群鸟群兽在仪式上载歌载舞，最后凤凰也来助兴，"箫韶九成，凤皇来仪"①。凤凰有喜火、向阳等神性，因此又称"太阳鸟"、"阳禽"、"火精"。性格高洁，非晨露不饮，非嫩竹不食，非千年梧桐不栖。常用来表示吉祥的征兆和祥瑞的感应，或比喻男女相亲相爱，对美满幸福的姻缘的向往和歌颂。故有"凤鸣岐山"②、"鸾凤和鸣"③、"吹箫引凤"④、"凤求凰曲"⑤ 等佳话流传。京剧《龙凤呈祥》中，一龙一凤比翼齐飞，兼有政治、爱情双重意蕴，包容了上述众多美好因素。人同此心，心同此理，通过三国时期的一段传奇故事，表达了江山一统、天下归心的趋势和渴望，黎民百姓安居乐业的美好祝愿，因而十分契合人心，得到社会各阶层的喜爱。

另外，凤凰还有凄美壮丽的浴火重生传说。每逢大限到来之时，凤凰集香木自焚，在烈火中获得新生后，其羽更丰，其音更清，其神更髓，是以称

---

① 参见《汉书·王莽传上》、《尚书·益稷》、《三国演义》第八十回。
② 《国语·周语上》有周朝兴起之时，有凤凰一类的鸟在陕西宝鸡岐山上鸣叫的记载。而西周晚期的《诗经·大雅·卷阿》也有句曰："凤凰于飞，亦傅于天……凤凰鸣矣，于彼高岗。"也是讲凤鸣岐山之事，因此西周之时将凤鸟视为神奇的吉祥生物，器物之上颇重凤鸟纹。
③ 南齐·谢兆《永明乐十首》："彩凤鸣朝阳，元鹤舞清商；瑞此永明曲，千载为全皇。"
④ 弄玉与萧史吹箫引凤传说故事。
⑤ 司马相如与卓文君私奔传说故事。

为"不死鸟"。相传凤凰能知天下治乱兴衰,感应时代风雨变化。郭沫若在诗集《女神》中热情讴歌了凤凰浴火重生的精神。凤凰经历烈火的煎熬和痛苦的考验获得重生,并在重生中达到升华,称为"凤凰涅槃"①,以此寓意不畏痛苦、义无返顾、不断追求、提升自我的执着精神。这大概是今人立足于时代,对传统新的解读,赋予传统以新的含义,也是对于传统的超越。

《龙凤呈祥》已经风靡京剧舞台100多年,经过历代艺人锤炼,成为有着广泛的观众基础的骨子老戏,每年春节必备的一道节日大餐。笔者以为:不论京剧危机论多么喧嚣,估计这出戏还会长演不衰。让我们以敬畏之心,虔诚地接受这个锦囊妙计,继承这份艺术遗产,以保持京剧艺术的生命活态;同时以旷达之目光、宽阔之胸襟,透过仪式表象发掘其丰富文化内涵,弘扬健行八荒的龙马精神,营造龙飞凤舞、谐和阴阳的境界,既激情奔放又按部就班地去实现华夏儿女的法治之梦、爱情之梦、治世之梦,并争取早日实现伟大的中国梦和人类大同梦!

2014年11月22日于蓟门烟树

(原载于《北京文史》2015年第3期)

---

① 涅槃是梵文nirvana的音译,是佛教教义。涅槃的意译为灭、灭度、寂灭、安乐、无为、不生、解脱、圆寂。涅槃的原意是火的熄灭或风的吹散状态。佛教用以作为修习所要达到的最高理想境界。见佛经《涅槃无名论》,系僧肇《肇论》中的一篇。

不朽的形象　崇高的精神
——京剧《范仲淹》礼赞

一

北宋杰出的政治家、军事家、文学家范仲淹（字希文），堪称儒家典范、士人楷模。作为一代名臣，他立德、立功、立言三不朽。文韬武略，彪炳青史。《岳阳楼记》翰墨飘香，"先天下之忧而忧，后天下之乐而乐"的名言为千古传诵。

然而，很长时间以来，舞台荧屏银幕上出现了这个热、那个热，热点不断，高潮迭起，多少暴君、奸雄、淫后、奸臣、阉竖、小丑频频登场，尽拔彩头，多少俗不可耐、令人作呕的臭事、丑闻被炒得沸沸扬扬，却很少看到范仲淹的形象，很少听到范仲淹的声音，这实在是一种悲哀。剧作家陈泽恺和贵阳市京剧团有鉴于此，以极大的激情和坚忍不拔的毅力，历时数载，含辛茹苦，终于在京剧舞台上为范公立像树碑，高奏起"先天下之忧而忧，后天下之乐而乐"的主调，其现实意义、深远影响有目共睹，不言而喻。

范仲淹并非出身于世代簪缨的贵胄，而是生于贫贱，起于青萍之末，一生历尽曲折坎坷。若想在有限的舞台时空中话说从头、按部就班地搬演其波澜壮阔的一生显然不切实际。但如果截取几个横断面重点描摹，则又走了话剧的路子，亦不可取。如何最大限度地全息展示范仲淹的一生？如何凸显范仲淹的精神世界和心灵历程？如何运用戏曲优势、充分发挥四功五法的作用？陈泽恺经过反复琢磨，最后采取沙里淘金的手法，寻找范仲淹一生中具有代表性的闪光点，以意为帅，统筹连贯，在舞台上塑造范仲淹可以触摸、可以感知的意象，传递出当代人对于范仲淹人生道路、人生价值的沉思与体认。换言之，也就是运用散点成像的散文笔法，将传统的白描雕镂与现代意识流手法相糅合，使心理现实主义与浪漫主义奇思遐想融为一体，形成统一的剧诗风格。与传统京剧相比，这显然是一种大胆的探索与尝试。

二

从剧场内观众凝神敛息的观赏及不时爆发出的热烈掌声，从三教九流七嘴八舌的评头品足，从内行专家们掰开揉碎的剖析来看，《范仲淹》的探索和尝试取得了成功。其实，此剧早在 1994 年就获得了中宣部"五个一工程"奖，1995 年中国第四届戏剧节上又获得演出、创作、导演、主演、配角等八项奖。

《范》剧破天荒第一次在京剧舞台上树立起范仲淹的不朽形象。从青少年秋闱考试写起，通过禅堂参佛、金殿求赈、二过望帝峰、义激狄青、知遇吟秋、西夏议和、推动新政、挑灯草疏、洞庭心语等"闪光点"，勾勒出范仲淹坎坷峥嵘的人生道路，并描摹出他的心灵历程。既展示出他那高尚的人格、卓越的才干、赫赫的政绩，又听到他"去田怀乡"、"忧谗畏讥"的感慨与叹息。

"士"是商、周以来形成的特殊而重要的阶层。他们一般受过六艺教育，能文能武，或聚徒讲学，或从事政治军事活动。士讲究修身养性，重节操，淡泊名利，守道直行，以振作纲纪为己任。但是，自从科举制度兴起特别是程朱理学大行其道后，教条逐渐取代儒家经典而作为猎青紫博名利之敲门砖，从而导致士人品格普遍下降，不少士人堕落为经学之贼、文字之妖、书虫禄蠹。

难能可贵的是，范仲淹不同于一般俗儒、鄙儒、迂儒、狂儒，他自幼接受儒家正统教育，青少年时代便树立起匡时济世的大志。未获功名对佛发誓时就表示"不为贤相、即为良医"。"言必信，行必果"，他用满腔热血和坚忍不拔的毅力去实践兑现自己的承诺。不论邦有道、邦无道，他都出而不隐；不论逢治世、逢乱世，他都进而不退；不论知其可行还是不可行，他都勇往直前，百劫不改。他善养浩然之气，胸怀儒家"兼济天下"的使命感和深沉的忧患意识，所以既不求庄子式的内在超越，也不求禅宗之自成解脱，甚至不肯像屈原那样以死来抗争。他总感到肩头承受着压力，脊背上有无形的鞭子在抽打，他不动摇，不回避，不气馁，任劳任怨，摩顶放踵，不愧为疾风劲草、中流砥柱。

不可否认，由于历史和阶级的局限，范仲淹有着浓重的忠君情结。"学成文武艺，售与帝王家"，难免对明君圣主充满了幻想，陷入难以自拔的依附之中。在富有象征意味和隐喻性的"二过望帝峰"场面中，通过先贬后扬的对比描写，揭示出范仲淹对帝乡深深的眷恋，对皇权深情的企盼，以及为报答皇恩忍辱负重、痴心不改的真诚。但是，范仲淹是正派的士人，不论在顺境还是逆境，他都守道尊身。他一心为朝廷做事，但并不以损害自我尊严、降低自我人格为代价。他不谙狗苟蝇营的当官之道，不善察颜观色以自保，更没有所谓"妾妇心理"（指封建专制时代君臣之间的一种扭曲关系），为了邀宠固宠而曲意迎合、讨好主子。范仲淹不愧为须眉丈夫，总是冒"邀忠卖直"的罪名，危言危行，直抒胸臆。譬如，面对法不通变、纲纪废弛、贪官壅道、民不聊生的时弊，他大胆向皇帝上了《条陈十事》和揭露权臣结党营私的《百官图》，并大声呼吁推行新政。自然，在封建专制制度下，这种性格和为官之道必然带来悲剧性结局。所以，范仲淹最后发生了"路在何方"、"吾谁与归"的悲叹。

范仲淹的精神集中体现于"不以物喜，不以己悲"、"先天下之忧而忧，后天下之乐而乐"这两句名言中。如果用现代语言来表达，这既是一种奉献精神、牺牲精神，又是一种无我境界、平常心态，是平凡的伟大，劳心劳力的悲壮。有了这种精神和境界，就可以拯救迷失、扭曲、膨胀、沉沦、堕落的灵魂，升华人生和人格。找到实现自我价值的途径，鼓舞人去拼搏、奋斗，释放出巨大的潜能，创造出惊人的伟绩。具有这样的精神和境界的人多了，民族就充满了生机和希望。

三

《范仲淹》的文学剧本立意深邃，结构新颖，诗意浓郁。但由于时间跨度长，空间范围大，不以情节取胜，不强化矛盾冲突，因而在舞台上比较难以把握，增加了导表演二度创作的难度。

导演沈斌在尊重剧本个性和风格的前提下，以人物为核心，设计出传记诗体抒情悲剧的总体风格。为了充分发挥戏曲艺术时空流转、虚实相生的优势，采用了以一当十、空灵写意的手法。有时点到为止，一笔带过；有时运用夸张传神的程序，外化强化人物内心，使之潇洒飞扬，如禅堂闻报、二过望帝峰；有时则借鉴蒙太奇、意识流等表现手段，综合灯光、舞美、配舞等许多艺术语汇,着力刻画人物心灵冲突,表现情感波澜,挖掘深层文化内涵,如尾声洞庭心语。全剧起伏有致,繁简得当,节奏流畅,既保持了京剧本体的风致和韵味,又给人耳目一新之感。

毫无疑问,范仲淹是全剧的核心,其形象决定着此剧的成败。优秀老生演员曹剑文对范仲淹有着深刻、独到而细微的体察,他沿着人物的行动线(外部行动和内部行动)探幽发微,聚精会神地处理好"禅堂参佛"、"二过望帝峰"及"洞庭心语"等几段重头戏。他从京剧程序出发,但又不照搬、滥用程序;他遵循老生规范,又有所生发创造;他结合自身条件,唱、念、做、表融余、言、马、麒于一体,牢牢把握住范仲淹愤而不厉、平实而不浮躁、敦厚而不疏狂,既富书卷气又有庙堂风度,演出了"这一个"典型性格。《范》剧引用了范仲淹本人的《苏幕遮》、《渔家傲》、《定风波》三首词作,并创作了大量温文尔雅、委婉细腻的唱词,唱工极重。唱腔设计运熟入生,三分生七分熟,既悦耳动听,又清新流畅,新老观众都很过瘾。曹剑文唱得字正腔圆,韵味十足。念白神完气足,朗朗上口,给人以极美的音乐享受。特别是"洞庭心语"中两大段〔反二黄〕原板,一反通常的悲凉幽怨,唱得浑厚沉雄,恰到好处地宣泄出范仲淹烈士暮年、壮心不已的情怀。此外,歌妓吟秋酣畅淋漓的表演、书僮范安机灵活泼的神态,十分默契的配合,也如绿叶之映红花,起到很好的衬托作用。

《范仲淹》是一出不可多得、颇有品味的新编京剧,如诗如画。由于创作主体刻意追求的并不是"立象尽意的实境",而是"得意忘境"的"清境",致使本剧有意无意地"重意轻象",注重诗意的流淌,而忽略了戏剧性展示。有时感到沉闷不易抓住观众。如果能在保持鲜明个性和风格的前提下,进一步处理好意和象的关系,选择更富有典型性、传奇性、戏剧性的细节,增添机趣和情趣,使得庄谐相间、悲喜相融,恐怕就会吸引更多的观众。

(原载于《中国戏剧》1999年第10期,获全国第二届曹禺戏剧评论优秀奖)

京剧改革的里程碑
——《曹操与杨修》

　　《曹操与杨修》刚一问世就惊世骇俗，引起轰动。后来，经过不断的加工锤炼，更加成熟、精致。经过世纪之交的风风雨雨的考验，证明它具有强大的生命力，深受广大观众欢迎。《曹操与杨修》全面展示了京剧改革的新成就，达到了时代的高度和水准，堪称新时期以来不可多得的艺术精品。

　　《曹操与杨修》紧紧围绕着人才问题展开戏剧冲突，通过曹操与杨修之间的一段际遇，触目惊心地揭示出封建制度和封建文化压抑人才、扼杀人才的残酷现实。造成这种悲剧的原因是多方面的，原本侧重于从政治层面揭露控诉封建制度和封建文化的弊病，具有很浓的批判色彩；改本则着力挖掘人性的弱点，揭示文人的复杂心态，表现个性的冲突，使悲剧意蕴更加深长，更加浓重，更有涵盖面和代表性。

　　剧中的曹操和杨修虽然身份、地位不同，但均以匡时济世为己任，堪称一代俊杰。他们相见恨晚，本应惺惺惜惺惺，英雄爱英雄，互补共济，共襄经天纬地的大业，但双方的性格缺陷却使他们非要比高低，论输赢，争个鱼死网破，你死我活。他们两人都聪明绝顶，智能超人，却偏偏互相消耗，互相损害，结果酿成令人扼腕兴叹的悲剧！

　　编导牢牢地抓住这个立意和戏核，避免对人物做单纯的道德评价和肤浅的是非判断，而是深入"筋节窍髓"，挖掘人物的"七情生动之微"：

　　曹操和杨修，都是出类拔萃的风云人物。但他们既高大又卑微的双重品性，使他们终于无法携手共事，于是，便有了一系列盘根错节、叫人怦然心动的戏剧纠葛。

　　杨修终于被杀了。曹操多么不想杀他，又不得不杀他；杨修多么不想得罪曹操，却又屡屡得罪了曹操。

　　两个卓绝的英才，两个高傲的灵魂，在无情的撞击中，一个过早地陨落了，一个也陷入痛苦和绝望……

《曹操与杨修》带给人们的不只是惊奇感和恐惧感，更主要的功能是净化和升华，是浓浓的悲悯和深深的惋惜。悲悯中包含着痛切的反思，惋惜里萌发出真诚的期盼：它启迪人们应以史为鉴，总结经验，记取教训，激发起超越自我、战胜自我的觉悟和勇气，从而为个体的健康发展、群体的和谐壮大而做出不懈的努力。

　　曹操有着波澜壮阔的人生，作为东汉的丞相，他曾与刘备一起剿灭黄巾，后来又联络十八路诸侯讨伐乱政的董卓，被众诸侯推荐为副盟主。讨伐董卓的盟军解散后，诸侯割据一方，开始群雄争霸的局面。袁绍率领十万大军征伐曹操，曹操在军力悬殊的不利情况下，采纳袁绍手下的降将许攸的计策，智劫袁军的乌巢粮仓，反败为胜；并一鼓作气地击败袁绍，平定北方。接着便养精蓄锐，开始南征，率领二十万大军，先攻占了荆州，后驻军江陵，向孙权展开攻击。遗憾的是由于曹军来自北方不熟水战，首战失利。后又中了黄盖的诈降计及庞统的连环计，赤壁一战败给周瑜和诸葛亮，使原本的二十万军只剩数千人。后来，曹操杀了东汉征西将军马腾，将其子马超击退。被众臣向献帝推荐为魏公魏王。其子称帝后被追封为魏武帝。

　　曹操是中国历史上"说不尽"的传奇英雄，挖不完的"性格之谜"。如果说传统戏曲中的曹操是"鬼"，郭沫若《蔡文姬》中的曹操是神，那么《曹操与杨修》中的曹公则是人，是与既往传说、话本、舞台、银幕、荧屏中的曹操均不雷同的"这一个"艺术典型。

　　《曹操与杨修》准确地把握住曹操的性格基调，既表现了他的沉雄与大度，又揭示出他的虚伪与诡诈。赤壁之战后，曹操败而不馁，力图东山再起，一统三国割据的局面。他识才爱才，求贤若渴，甚至发布《求贤勿拘品行令》以广罗人才，真心实意地招揽天下贤士辅佐自己。但是，病态心理和扭曲性格又使得他敏感多疑，以至于风声鹤唳，草木皆兵。这样，在小人公孙涵的挑唆下，一时间竟丧失理智，不辨忠奸，不识贤愚，杀死为他立下奇功的仇人之子孔闻岱，铸成大错。曹操既爱才又妒才，既看重人才，更看重自己的尊严，为了维护自己的尊严和权力，为了实现自己的理想和目的，他可以不择手段。他知道杨修人才难得，堪承重任，因而煞费苦心地对他笼络，甚至将千金之女下嫁，以表求贤之诚。但他骨子里又极端自负，不承认甚至害怕杨修超过自己，不喜欢杨修不识抬举的狂妄，尤其不能容忍杨修对言论自由的强烈诉求，所以终于把他投于刀下。曹操的内心充满了复杂而痛苦的矛盾，他能指挥百万貔貅，所向披靡，却不能战胜自我的弱点，这岂不是人生最大的悲剧？

曹操的对手杨修也是一个活生生的复杂人物。他风姿翩翩，才华横溢，宏论滔滔，词采逼人；既具有智斗商贾的经营才华，又有超群的军事智能。身处乱世，他不像有些文人那样，啸傲林泉，远祸全身，也不是放浪形骸，诗酒陶醉，而是胸怀壮志，忧国忧民。遇到雄才大略、求贤若渴的曹操，他真是如愿以偿，大慰平生。但随着孔闻岱、倩娘的被杀，他和曹操之间的矛盾和裂痕越来越深。杨修生性刚傲，目空一切，不肯受制于人。曹操越是压制，他越是针锋相对，寸步不让。曹操越是矫饰作伪，他越要揭穿老底。直内方外的性格，使得他不肯随机应变，委曲求全。绝顶的聪明，超常的感知，脱俗的言行，越来越引起曹操的反感和猜忌。特别是杨修自作聪明，擅传将令，擅自调兵"扰乱军心"的举动，更使曹操愤怒之极，以至于发展到翁婿二人揎拳捋袖，争吵对骂，反目成敌。狂狷使杨修遭到不幸，他怀着事与愿违、壮志难酬的遗憾，结束了自己年轻的生命……

《曹操与杨修》兼容了传统与现代的海派特色，驰骋于悠悠千古的浩淼苍穹，展示出历史人物内心宇宙的风涛激浪。它既有写实油画逼真、生动、立体的效果，又有国画的深邃意境、隽永美感。它严谨、规范、细腻，又显得十分自由、粗犷、传神。它的文学、音乐、舞美、表演各有绝活，各具特色和光彩，融汇成气势恢宏、丰富多彩、意蕴深厚的艺术洪流，产生出强烈的震撼力和感染力。

《曹操与杨修》将导演中心与名角中心两种体制统一起来，并寻找到最佳结合点。在履行综合再创造的过程中，导演聚精会神地弘扬基调，掌握节奏，统一风格，协调布局。不玩弄形式花样，不滥用时髦手段，不屑于追求高费用的"大制作"以哗众取宠，始终将主要精力投放于人物塑造上，坚定地将角色创造置于舞台创作最重要的位置，千方百计地调动和发挥主要演员的想象力和创造性。

《曹操与杨修》可以说是一出对子戏，两个主要人物塑造得均很成功，特别是尚长荣塑造的曹操堪称艺术典型。尚长荣用先天气质和后天性格相结合的方法分析人物个性，坚持既要出新，又不能破坏戏曲装扮的符号系统，还要照顾戏曲观众的审美心理定式，琢磨创造出"白里透红"的曹操新脸谱，巧妙地将架子、铜锤集于一身，四功五法熔为一炉。他的扮相威猛雄浑，身段细腻传神,嗓音刚柔相济,有时如黄钟大吕,实大声宏,满腔而出,嗡嗡作响;有时于圆润中见棱见角,显得苍劲秀雅;有时又极具婉转流畅、顿挫摇曳之美。尚长荣把行当、程序和本身条件当作塑造人物的起点和手段,反复深入体验,精心细致表现,极力追求炉火纯青、出神入化的境界。在保持大净粗犷狞厉美感形态的前提下,将曹操的气质、神韵、心态揭示得淋漓尽致。光是笑,就有冷笑、阴笑、怒笑、喷笑、由笑转哭等十几种之多。他还根据剧情和人物的需要对花脸唱腔进行了大胆探索,尝试着唱起了[反二黄]和[四平调]……正是由于尚长荣及何澍等演员的出色表演,才使得《曹操与杨修》满台生辉,引人入胜。

(原载于《中国戏剧》1996年第1期,2004年秋改定)

谔谔之士　赤子之心
——看大型现代越剧《马寅初》

越剧特别是女子越剧，擅长表现的是缠绵悱恻的才子佳人、儿女情长、家庭伦理、风俗人情。浙江省嵊州市越剧团却用越剧形式成功演绎了从嵊州走出的中国现代著名经济学家、教育家、人口学家马寅初一代"国士典范、民族楷模"的学者形象。男女合演的样式使越剧的柔美婉转和马寅初的阳刚之气相得益彰，吴越文化和华夏精神融为一体，为越剧开了新生面，在观众中产生了强烈的震撼和共鸣，被誉为具有深刻现实意义的恰逢其时之作。

世纪老人马寅初历经三个朝代，一生波澜壮阔，亮点多多。但舞台时空有限，必须有所取舍。此戏大事有据，小事不拘，突破真人真事的局限，集中表现他底色鲜明、主调突出的后半生：抗日战争时期，马寅初在重庆当众演讲慷慨激昂，痛斥蒋家王朝的专制腐败，拒绝高官厚禄的诱惑，被囚禁上饶，身陷囹圄。他从现实对比中认识到共产党的清正廉洁、光明磊落，是民族希望之所在，与以周恩来为代表的共产党人建立了肝胆相照、休戚与共的真诚友谊。解放后，马寅初为了民族的长远利益，向共产党大胆建言，甘当诤友，发表不合时宜的"新人口论"，虽屡受误解、连遭围攻而毫不气馁，宁折不弯，把捍卫真理作为生命的最高追求。

此剧主线清晰，波澜起伏，显示出剧作家驾驭把握复杂现实题材的高超能力。虽没有曲折的故事，复杂的情节，但运用串糖葫芦式的结构，选择节点，采撷细节，着力表现人物的精神世界。马寅初不仅是传统的皓首穷经的硕学鸿儒，而且是受到欧风美雨吹抚沐浴，有着五四新文化背景的知识精英。中华文明、民族精神铸造了他的灵魂，心忧社稷，心系苍生，松柏节操，云水胸襟。具有孝、正、廉、仁、硬特点的"嵊州强盗（道）"乡土文化培育了他的性格，耿直倔强、自信自尊、无私无畏。他始终站在时代的前沿，具有远见卓识。注重实践，个性独立，作风民主，"求真知、做真人"，坚持真理，"宁鸣而死，不默而生"。他经常说："言人之所言，那很容易，言人之所欲言，就不太容易，言人之所不敢言，就更难。我就言人之所欲言，言人之所不敢言。"真是掷地做金石声。

真实、立体、气韵生动的人物形象最终有赖于演员的深刻体验和倾情创造。著名小生、国家一级演员张伟忠对马寅初的把握十分准确，运用生活化和程式化相融合的表演，形神兼备，自然真切，棱角鲜明，是对越剧表演的突破。拒绝违心写检查这场戏尤其精彩，只见他提起笔，手颤抖，意迟疑。心问口，口问心。一支笔，重千斤。沉吟再三，不肯违心落笔。演员运用唱、念、做、舞等身段动作和肢体语言绘声绘色地刻画出他此时此刻内心的激烈斗争和感情的煎熬，揭示出他爱党、爱领袖更爱真理，讲友情、讲利害更讲真理的人生信条和伟大人格。

《马寅初》不仅时代跨度大，而且政治性强，涉及一系列十分敏感的人物和事件。剧作家发挥戏曲"出之贵实，用之贵虚"，含蓄写意之优势，与周总理见面谈心一场戏避免正面着墨，巧施侧笔偏锋，运用独特的视角，举重若轻地表现重大的历史事件。笔法辗转腾挪，摇曳多姿，如神龙不见首尾，留给观众可以意会、难以言传的思考空间，真可谓用心良苦。

马寅初的形象已经在舞台上树立起来，但人物内心世界和情感天地还需要进一步深入开掘。特别是"焚书"后面的戏应该重构发挥，把高潮推上去。古往今来，多少见风使舵的势利之徒、投机取巧的舌辩之士，身陷名利场中和欲望渊薮不能自拔而灰飞烟灭，只有像马寅初这样具有赤子情怀的谔谔之士才赢得后人景仰。但马寅初不是先知先觉，他也有迷惘、困惑和思考：知识分子应该如何立身处世？如何参与治国安邦，体现自身价值？今天，为了民族的复兴，执政党需要与时俱进地广开言路，呼唤涌现更多敢于发表真知灼见的仁人志士和民族脊梁！这正是本剧留给我们的启示。

逝者如斯，马寅初生活的年代渐渐远去。距离产生美感，距离也使我们更加清醒而富有理性，荡开障目的浮云，抛弃狭隘的功利，用更加客观、大胆、恢弘、超然的历史的眼光去观照历史、事件和人物，肯定会有所反思、有所感慨。相信《马寅初》经过不断地加工修改，会成为认识历史、展望未来的生动而形象的教材。

（原载于《光明日报》2013年3月14日）

大陆小剧场戏剧的复兴流变与思考

真正意义上的小剧场戏剧肇始于法国戏剧改革家安德烈·安图昂1887年创建的巴黎"自由剧院"。从此,小剧场戏剧开始在世界范围内流播。20世纪20年代,小剧场运动曾影响了中国的话剧运动,并掀起短暂的中国小剧场运动的第一次浪潮。然而由于各种各样的原因,很快烟消云散。直到20世纪80年代,真正意义上的原创性小剧场戏剧才在大陆复兴。本文梳理了30多年来大陆小剧场戏剧复兴、流变的脉络,并对小剧场戏剧的定位、特征及功能进行粗浅的探讨。顺便对戏曲小剧场戏剧做以简单回顾和粗略介绍。

一、复兴与流变

大千世界,茫茫人生,真是要多复杂有多复杂,要多斑斓有多斑斓。作为社会人生缩影的戏剧,同样也是多姿多彩,不拘一格,有大小之别,悲喜之分,庄谐之异。在纷纭复杂的戏剧样式中,小剧场戏剧独具风采,越来越引起人们广泛的关注和浓厚的兴趣,成为一种重要的戏剧样式和文化现象。小剧场戏剧新剧目层出不穷,演出活动日益频繁,观摩交流越来越多,显示出旺盛的生机。小剧场戏剧在多样化的文化格局中异军突起,在扑朔迷离、变动不居的文化市场中占有一定的份额,构成世纪之交戏剧舞台一道亮丽的风景线。

真正意义上的小剧场戏剧不过一百多年的历史,肇始于法国戏剧改革家安德烈·安图昂1887年创建的巴黎"自由剧院"。安图昂对于当时流行的庸俗的商业戏剧十分反感,讨厌程式化的佳构剧,因而大胆打破法兰西戏剧传统,废弃当时大剧院的生产方式,创造了崭新的摹写式舞台,强调戏剧探索和戏剧实验,开启了与传统戏剧迥异其趣的小剧场戏剧。

小剧场戏剧在艺术上高扬自然主义、现实主义的大旗,和当时主导戏剧的古典主义、浪漫主义倾向相对抗,后来又推进到象征主义、表现主义等新的艺术发展阶段。19世纪20世纪之交的一批著名剧作家和导演艺术家，如易卜生、左拉、霍普特曼、萧伯纳、契诃夫、高尔基、斯特林堡、奥尼尔、莱因哈特、斯坦尼斯拉夫斯基、梅耶荷德、阿尔托、布莱希特等，都与小剧场运动有着极为密切的关系。

  一百多年来，小剧场戏剧在世界范围内流播。20世纪20年代，小剧场运动影响了中国的话剧运动，并掀起短暂的中国小剧场运动的第一次浪潮。但1928年"普罗戏剧"的兴起结束了中国小剧场戏剧，随之而起的"左翼"戏剧风靡整个戏剧界，小剧场戏剧便很快烟消云散了。直到20世纪80年代，大陆真正意义上的原创性小剧场戏剧才复兴崛起。1976年，"四人帮"被粉碎，"文化大革命"宣告结束。随着整个社会政治、经济、文化全面的拨乱反正，戏剧界也在观念和实践上进行着艰难的反拨和复归。伴随着改革开放的实施，大陆的政治、经济、文化生活都发生了巨大而深刻的变化，各种异质文化不断涌入，各种新兴艺术样式蓬勃兴起，戏剧生存的大环境发生了新的变化。固定僵化的戏剧模式和陈旧单调的戏剧思维定式，已经不能满足当代观众的审美需求。于是，注重开拓舞台样式和观演关系的小剧场戏剧，在求新求变的潮流下应运而生，并很快成为戏剧探索的重要阵地。

  1982年北京人艺推出"散点式"演出的《绝对信号》，也可以说是大陆小剧场戏剧的"绝对信号"。接着，上海青话又推出了"中心式舞台"的《母亲的歌》。这两个剧目的出现，标志着小剧场在大陆戏剧舞台上敲响了开场锣鼓。除了京、沪两地外，在东北、华中、广东等地区，也出现了小剧场话剧。1984年，哈尔滨话剧院在哈尔滨上演了被称为"咖啡戏剧"的小剧场话剧《人人都来夜总会》；1985年，广东省话剧院在广州以小剧场的方式演出了《爱情迪斯科》，中国青年艺术剧院在北京演出了《挂在墙上的老B》；同年，南京市话剧团也亮出了自己的小剧场戏剧的旗帜，它们把一个小型的剧场改建为"黑匣子"，在其中上演了《打面缸》、《窗子朝着田野的房子》和《弱者》三个独幕小戏；1986年，大连市话剧团根据苏联剧本演出了小剧场话剧《女强人》；1987年，沈阳话剧团根据苏联剧本演出了小剧场话剧《长椅》；1988年，中国青年艺术剧院在新落成的"青艺小剧场"演出了《火神与秋女》和《天狼星》，中央实验话剧院则在绘景室演出了《女人》；同年，宝鸡市话剧团演出的《去年的中秋节》和南京市话剧团演出的《天上飞的鸭子》，也都是小剧场话剧。据统计，20世纪80年代涌现的小剧场戏剧有30多部，尽管数量不大，但是由于它高举艺术革新的旗帜，以其前卫性和先锋性，带动了话剧的革新浪潮。

30多年来，大陆小剧场戏剧大体经历了复兴（20世纪80年代）、发展（20世纪90年代上半期）、变异（20世纪90年代下半期至今）等三个阶段，形成了一定规模（包括创作队伍、剧目、演出市场、观众群），涌现出一大批小剧场剧目。有人把小剧场戏剧的崛起和衍变过程描绘为先锋演变三部曲，即：

（一）1982—1988年的青春朦胧之曲：当时，先锋戏剧的名称还没有提出来，一切只缘于一种"求新"、"求变"的朦胧意识。1982年，林兆华导演的《绝对信号》是先锋戏剧的发端。1983年的《车站》、1985年的《野人》影响甚大。

（二）1989—1997年的苦恋探索之曲：这时期的先锋戏剧最富有探索精神，反响虽然不一，票房一律低迷，但"痛并快乐着"。1989年《大神布朗》，1990年《哈姆雷特》、《升降机》，1991年《等待戈多》，1994年《我爱×××》，1997年《倾诉》等为其代表。遗憾的是观众寥寥，使牟森痛定思痛，出走戏剧圈，一走就是五年。

（三）1998至目前的蜜月合欢之曲：这阶段的先锋戏剧得到了广大观众的认可，票房渐有起色，但探索、实验的锐利精神也出现钝化。1999年，廖一梅编剧、孟京辉导演的《恋爱的犀牛》场场爆满，被业内认为是"戏剧开始赚钱"的头一遭。2002年，孟京辉自演自导的《关于爱情归宿的最新观念》（据电影《像鸡毛一样飞》改编），尽管是电影、话剧双拳出击，均反响平平，有评论断言孟氏话剧老套、重复，已开始走下坡路。[①] 在领军人物的带动影响下，大陆小剧场戏剧开始了曲折起伏的探索历程。

如今的小剧场戏剧，已成为专业剧团攀登戏剧高峰的阶梯和桥头堡，其创作队伍正逐步形成，并达到一定规模。小剧场戏剧实践展示出创作主体颖异的才思、独特的感悟，以及对戏剧艺术的痴迷情感。在这个过程中，体制外非官方或半官方的"演出人"、"制作人"也悄然出现，他们通过商业运作推出"高收入、高票价、高回收"的小剧场戏剧，以大牌明星阵容的包装，加上广告式的媒体炒作，试图为商业戏剧开拓出一条新路。刚刚落幕的"首

---

① 和露露：《先锋戏剧20年不完全手册》，《北京晨报》2004年3月11日。

届北京优秀小剧场剧目展演",集中展现世纪之初北京小剧场面貌,推出新人新作,树立品牌,引领方向,注重品质,提升品位,保护戏剧多元风貌,引导产业健康发展。

随着小剧场戏剧的逐步兴旺,相对稳定的观众群体也在日益壮大。观看小剧场戏剧的演出,已成为不少人特别是所谓"白领阶层"的精神需求。花数十元钱看场"阳春白雪",休闲有了好去处。小剧场不仅可以改善文化民生,而且能够拉动内需,带动戏剧服装、乐器、灯光、音响等舞台演出设备等产业,以及交通运输、餐饮与旅游等行业。小剧场还解决了一批演出团体没有演出场所的问题,由于大型演出场所场租昂贵,造成大量演出场所闲置。小剧场场租便宜,只是大剧场的1/10左右,有的甚至不要场租,方便了演出单位。

总之,小剧场戏剧的崛起和兴旺在一定范围和一定程度上缓解了戏剧危机,支撑着话剧艺术的"半壁江山"。小剧场戏剧的时间概念、空间概念、观演关念、创作观念都有了巨大的变化,改进了艺术生产和制作方式,突破了原有的表演方式,创造出中国式的戏剧市场,形成一定的气候,令人刮目相看。在当前金融危机下,有识之士呼吁文化主管部门做好"小剧场"文章,在文化产业扶持政策中,特别是在市场准入、业务指导、对外交流、经济鼓励、减税免税等方面,逐步放宽有关小剧场的政策,充分发挥小剧场的多重效用。有人预言:只要政策对路,小剧场将复兴大话剧,小剧场戏剧代表着中国话剧的未来。

二、坚守与探索

小剧场戏剧的得名是与大剧场相比较而来的。换言之,如果没有大剧场,也就没有小剧场之说了。所以,相对于大剧场来说,小剧场是一种在"小型"剧场内的戏剧演出,"小"无疑是它重要的特征之一。小剧场戏剧的"小"表现为舞台小、空间小、座位少、演出时间短、设备简单等几个方面。为了适应这个"小",就必须建立新的观演关系和新的时空观念。然而,当我们再做进一步深入考察时,就会发现问题并非那样简单。戏剧时空固然是小剧场戏剧的重要因素,但并不是唯一的因素,在小剧场里演出的戏剧也并不一定都是本来意义上的小剧场戏剧。更不能认为,不论什么戏剧,只要搬进小剧场演出,就成为小剧场戏剧了。小剧场戏剧最重要的标志和特质不仅表现在外部形式上,更重要的是所秉持的鲜明的反叛性、探索性和实验性。小剧场戏剧所追求的绝不仅仅在于演出空间的缩小,更重要的是它对传统戏剧内容和体制的反叛,它始终致力于营造一种区别于传统大剧场戏剧的戏剧情境和戏剧氛围,体现着一种新的美学追求。

小剧场戏剧是中国早期从事话剧活动的艺术家们翻译而来的名称,在欧美并没有"小剧场戏剧"之称谓,他们称之为"实验戏剧"——experimental theatre。20世纪80年代,大陆戏剧界普遍认为小剧场戏剧是实验、探索戏剧,不以赢利为目的,甚至与国外实验戏剧一脉相承,提出反商业化的主张。事实上大陆小剧场戏剧的兴起本来也与商业化无关,80年代大陆的戏剧演出没有商业化演出,从一开始就不以赢利为目的,排斥商业性的剧目和商业性的演出。大凡成功的小剧场戏剧都具有新鲜的视角和脱俗的观念,无论是哲学思想还是美学观念,都给人耳目一新的感受。"(先锋戏剧)最让人感到深有意味的,与其说是戏剧家们戏剧观念上的新变,不如说是他们同意识形态背景的关系、距离和所经历的种种遭遇……先锋戏剧所触及的内容大多数是纯粹的人性内容,尽管表达方式和表演技巧与传统话剧有极大差异,但其中的具体的台词和主题并没有刻意寻找意识形态的背景。离奇、荒诞、怪异是随处可见的,但其中更多让人看到和感动的,是艺术家们对现代汉语的探索和个性化使用,是他们对当代人心灵世界的某种朦胧感悟和把握上的到位。这些戏剧因此具有某种人性上的共通性,戏剧语言超越了传统戏剧演绎固定主题的模式,让人感觉清新、新奇而回味不尽。"[①]

许许多多的新潮思想观念,尤其是那些非主流的、非中心的文化及思想,常常在小戏剧剧场上亮相,为叛逆情绪较强、思想较为激进的浪漫型、力量型的知识分子和青年人所激赏和接受,为他们提供了情绪宣泄的机会和交流思想的场所。小剧场戏剧不满足于事件的叙述,亦不把人物性格的刻画作为最高任务,而注重挖掘人物深层的心理状态,常常把人物的心理活动外化为夸张的形体表演;有时候,演员成为一种抽象的符号,游离于自身角色之外进行间离自审;舞台上发出的信息指向极为模糊,需要通过对现存规范和秩序进行解构、拼贴,让观众按照自己的接收系统去处理这些信息,从中去体

---

① 阎晶明:《〈先锋戏剧档案〉感言》,《中国文化报》2000年5月16日。

味和感悟，甚至像破译形象密码一样进行哲理思考。

回顾大陆30多年来出现并且产生过一定影响的小剧场剧目，的确大都具有探索性、实验性的主色调和些许后现代主义的色彩。譬如孟京辉执导的《思凡》，就是一部在游戏外表包装下有着思想批判锋芒的"先锋戏剧"。它巧妙地将薄伽丘《十日谈》与戏曲《双下山》中"偷情成功"和"思凡成真"的情节联缀在一起，以十分欣赏的态度展示了青年男女破除禁忌的果敢，偷尝禁果的激情，男女欢爱的愉悦。在轻松的游戏、夸张的表演与幽默的调侃中，赢得了观众会心的微笑与热烈的掌声。在剧场中实现了对残破不堪的"性道德禁忌"堡垒轻松随意、游刃有余的成功瓦解，对违反人性的所谓"第一禁忌"进行了"绵里藏针"的针砭。

贝克特的《等待戈多》有好几种中国版本，由中央戏剧学院师生即兴排演的《等待戈多》别具一格。据说其创作的冲动产生于一场秋雨过后，看到学院篮球场上堆放的准备过冬的煤被雨水冲得黑汤四溢，遍地横流，无处下脚，行走十分不便。有感于这种情境，几个成天泡在崔健、罗大佑的摇滚情绪中的年轻人便决定在那大煤堆上排演《等待戈多》。显然，这种"借戏浇愁"的"游戏"，既是情绪的宣泄和对现实的讽喻，又是一种对生存状态的自嘲。

王小鹰执导的智利作家阿瑞尔·道夫曼的《死亡与少女》同样是一部令人深思的小剧场戏剧佳作。它痛揭历史的伤疤，反思人类的罪恶，似乎有些不合时宜，显得严峻、尖锐、沉重和窒息。但经过七年流放、智利恢复民主后才得以重返家园的剧作家阿瑞尔·道夫曼则认为，对于噩梦般的历史和魔鬼般的恶人，不应该忘记，更不应该原谅。有理智、有良知的艺术家，有责任采用艺术的手段提醒大家正视历史，正视别人的罪恶。导演王小鹰说，这出戏虽说有一个很实的现实主义框架，但他却把此剧当作存在主义戏剧来看。因此，不强调生活化，而注重灵魂的自我拷问、人性的反思。全剧像是舒伯特的一首弦乐四重奏，优美、哀伤中包含着对生活的眷恋。然而对于女主人公鲍丽娜来说，这首乐曲却像一个噩梦、一个幽灵。因为十几年前法西斯分子米达兰大夫就是在这首乐曲的伴奏下，对她进行了一次又一次的折磨和强暴……可以说，此剧是给那些追求思考快感、对人生有责任感的人看的，因为它能带来思考的满足。

小剧场戏剧中还有一些具有反戏剧倾向的前卫戏剧，它们往往有着探索性和实验性的极端表现：从走下舞台到走出剧院，从放弃剧本到取消语言，由打破第四堵墙、观众与演员直接交流到观演双方互换位置，乃至表演时空与观赏时空、物理时空与心理时空的相互转换、交叉、重迭、渗透，如牟森的《大神布朗》、《彼岸》、《档案》、《与艾滋有关》，林兆华的《绝对信号》、《车站》、《三姐妹·等待戈多》、《故事新编》、《囊中之物》，孟京辉的《我爱×××》、《思凡》、《秃头歌女》、《升降机》，特别是王晓鹰导演的《魔方》，在当时可以说是警世骇俗，不成体统。该戏九个段落之间没有任何情节联系，当然也没有贯穿的人物命运，其艺术风格也是一段一个样，甚至一段几个样，将一贯遵循的戏剧创作规范置于脑后，简直是"无法无天"了。然而，"无法之法，乃为至法"。主创人员巧妙地运用"一条思索人生的脊梁骨，一副多姿多彩的血肉躯，一个交流对话的精、气、神"，将《魔方》"组合"成一台完整戏剧演出，受到好评。

小剧场戏剧的探索性和实验性特质激发了戏剧新人的创作激情和想象力，促使他们去打破已有的戏剧程式，去开拓更新、更好、更加激动人心的表演天地，为观众带来全新的文化体验和精神享受。北京林兆华的"戏剧工作室"，牟森的"戏剧车间"、"蛙实验剧团"，以及"亚麻布戏剧工作室"，孟京辉、田沁鑫、郭涛、关山、林荫宇、沈林、田戈兵、查明哲等，都有大胆的探索和实验。他（她）们热衷于将剧场变为实验场所，表演风格既有诗意的夸张与变形，又有游戏式的即兴表演，以及肢体语言表现力的开掘。

如果说 20 世纪 80 年代的小剧场偏向于对人生和艺术的严肃的思考，常以非理性的形式表达艺术自我的理性探求精神，那么进入 90 年代后的实验戏剧则更多地对流行的价值观念和现成的存在方式进行"消解"和"调侃"，常常以理性的形式展示世界的可笑的非理性状态。在后现代主义看来，我们身处的是一个非常简单、单纯、只剩下物质欲望和精神快餐的社会，现代派的焦虑与痛苦并没有多少意义，创作不过是一种游戏，所要获得的是一种虽无深度但却生动有趣的人物、故事、结构和不必思索的快感。后现代主义对传统和经典采用戏谑、嘲弄和解构态度，放弃对终级意义、绝对价值、生命本质的追求，用带着滑稽意味的"情节组装"、"故事拼贴"展示一幅幅供观演双方娱乐的"平面模式"的图画。体现出大众文化的世俗化、戏谑化、平面化、非经典化特征。

此类具有前卫色彩的小剧场戏剧与传统戏剧观念和大多数的观众的审美

习惯相去甚远,开始往往很难得到一般观众的认可。但其艺术价值不能以受众的多少来衡量。他们对传统戏剧模式的断然否定,见证了当代中国文化环境不断走向宽松、开明,出现了多种维度、多种价值体系、多种声音共存的局面,弹性和活力不断加强的进程。他们是为戏剧开疆拓土的先锋,对后来的戏剧人产生了巨大的影响。

三、变通与适应

进入20、21世纪之交,大陆话剧面临着日益严重的生存危机,加之正逢两种体制转轨的过渡时期,小剧场话剧与大剧场话剧一样,受到市场规律的制约,不得不考虑票房,生存的问题已经成为90年代上半期话剧艺术压倒一切的大问题。90年代的大陆思想文化生活,追求的是一种反理想主义、反英雄主义、非政治化的世俗化文化。小剧场戏剧的商业化走向应对着这一世俗化过程,与"小康社会"或"社会主义市场经济"不谋而合。

如果说80年代的大陆戏剧理论家们还在刻意强调小剧场戏剧的先锋性、实验性、非盈利及非专业化,那么90年代的戏剧理论家对小剧场戏剧就显得非常宽容,不再强调小剧场戏剧的纯粹性,而容忍甚至纵容中国特色的小剧场戏剧的多样性、适应性和包容性。中国特色的小剧场戏剧,既是戏剧人试验的堡垒,又是精神守望的家园,还是争夺市场利益的战场。20世纪90年代以来,大陆小剧场戏剧不断地尝试世俗化与游戏化,一批写实剧竟然占领着小剧场的主要演出空间,汇入大剧场求生存的洪流,并主动充当突击市场的排头兵。

在市场经济对文化的制约越来越深刻的条件下,90年代的小剧场戏剧从过去单纯的"艺术创作"体制,转换到"制作产品"的运作轨道。不少艺术家以及独立制作人看中小剧场戏剧人员少、投资小、成本低、制作简便的特点,对小剧场戏剧进行商业性开发,也有一些剧院团把小剧场戏剧作为缓解经济压力、摆脱观众减少窘境的有效对策之一。商业化趋势是90年代以来中国小剧场戏剧的显著特点,可观赏性成为这一时期话剧艺术所追求的首要目标。

这当然与大环境息息相关。随着中国社会进入消费社会,作为精神领域的艺术审美也自然发生重大的位移。各种复制式的消遣性的通俗艺术,成为时代最富传播性的大众快餐。话剧作为高雅艺术，也必须尽可能地适应时代与观众的审美需求，不但题材内容向世俗化转移，吸引招徕当代观众，而且在艺术呈现上，也必须以通俗易懂的语汇手段表现艰深的艺术命题。总之，无论在内容上、形式上，都要具有参与性和休闲性，越来越强调其娱乐的功能。

无独有偶，在小剧场戏剧十分活跃的日本也出现过类似的小剧场戏剧转型的情况。著名日本戏剧评论家、《朝日新闻》编委扇田昭彦，基于自己的真切感受，在《现代戏剧（1960—1990）》一书"序言"——"现代戏剧的展望"中，将日本30多年的小剧场戏剧分为两个阶段。即1960至1983年，1983至90年代。"在第一个阶段，作为前卫戏剧、实验戏剧的小剧场戏剧生机勃勃，向现存的戏剧秩序提出了挑战。大胆的尝试层出不穷，炽热的能量形成冲击波，仿佛要动摇戏剧的观念和结构本身，绝对没有现代戏剧的'贫困'。那是一种对'远方'的幻想，对非日常的浪漫幻想。"寺山修司是领导日本现代戏剧的核心人物，他经常从"外部"来挑战戏剧制度，以"外部"批判的能量来激活戏剧的人物。他始终将精力更多地倾注在实验方面。当时，戏剧打出了"远征和进攻"（唐十郎）的旗号，与外部现实激烈地交锋。寺山的走向，成为小剧场的时代象征。

可是到了第二阶段，"'アングラ'（英文underground的音译，日本用以称呼本国小剧场戏剧，说明其小剧场运动一开始就是反体制、反主流的）一词已废弃不用，小剧场戏剧的理念逐渐扩大和解体。小剧场戏剧＝前卫戏剧＝实验戏剧的等式也不再成立了。新一代的戏剧人从60年代以来的'前卫'的沉重束缚下解脱出来，创造出充满欢笑的轻松愉快的舞台演出。以《啪》为代表的信息杂志的影响也日益强大，在东京和大阪出现了为数众多的小剧场和企业内部的剧场，被称为'戏剧热'。企业赞助的戏剧演出激增，舞台艺术和企业的关系变得密切。通过海外公演和举办国际戏剧节，扩大了现代戏剧的国际间的交流"。

在第二阶段，除了后戏剧的趋向外，有意识的戏剧实验开始淡化，与社会体制的紧张关系开始缓和。90年代，原创剧作走进死胡同，以莎士比亚、契诃夫的剧作为代表的"回归古典"的动向得以加强，支撑小剧场戏剧的剧团制度的凝聚力降低。特别是寺山修司去世后，再也很少碰到对戏剧的理想状态本身提出疑问的戏剧实验了。戏剧的理想状态本身改变了，戏剧家们又回到了剧场。戏剧家们也很少提到"前卫"这个术语。"随着寺山的去世,一个戏剧时期结束了。""小剧场"这一名称本身已经不能确切表示剧团的实际状况。以前,小剧场戏剧的对象是少数反叛的知识观众,现在大企业开始积极赞助,也赢得了许多一般观众。

标榜探索和实验的戏剧家对于上述状况总是有些痛心疾首。但也有许多剧作家"面对这种夺走了绚丽的幻想、已经变质的世界,不是倾向于改变世界、超脱日常,而是进行现实的解释、再解释,用多姿多彩的方式使探索现实的重叠性、多重性的解释精密化。将'关于戏剧的戏剧'、'戏剧中的戏剧'不断推进,提出所谓后戏剧的剧作法。于是,在80年代的日本,就相继诞生了一批内含戏剧的实验精神、采取一种巧妙的游戏式的自我言说、批评意识极强的优秀剧作"[①]。

与日本小剧场戏剧相似,大陆也有相当多的戏剧家,在用小剧场戏剧样式向传统话剧模式挑战的同时,对传统的戏剧因素给予相当重视,只做一些形式上的局部改革,以此吸引日益流失的话剧观众,为新的剧场运行体制和商业化戏剧积累经验,《留守女士》、《灵魂出窍》、《情感操练》、《热线电话》、《同船过渡》等就是这类戏剧的代表性剧目。这些具有商业性的通俗写实话剧从数量来看占有绝对优势,构成20世纪90年代小剧场戏剧的主流。它们开拓的"无表演痕迹的表演"成为小剧场艺术的主要魅力,拥有比较好的票房价值。这类商业性通俗话剧大多是以写实主义风格为主,角色不多,题材多以表现家庭伦理或男女情感纠葛为主。而且,面对剧本匮乏的现状,不少小剧场戏剧家还纷纷将目光投向经过时间考验的外国名剧,将它们推向市场往往能取得较好收益。上海在戏剧市场化道路上走到全国的前面。上海人艺推出的《留守女士》赢得了意想不到的商业效果,该剧在几年中演出了三百余场,票房收入实属不菲。紧接着上海青话演出英国剧作家品特的《情人》,在上海场场爆满,全国巡回了三十余个城市,达到了三百场的演出纪录。此后,上海话剧艺术中心的现代人剧社又陆续排演了《美国来的妻子》、《楼上的玛金》,以及外国剧目《开放夫妻》、《鼠疫》等。北京则有好莱坞轻喜剧《飞来横财》,同样赢得很不错的经济效益。

[①]〔日〕扇田昭彦,黎继德:《日本现代戏剧的展望——从远征到后戏剧》,《中国戏剧》2002年第9期。

在原创的写实剧、实验戏剧和外国的经典剧之外，大陆小剧场戏剧在 2000 年之后出现了青春剧。小剧场本来就是年轻人的天地，而青春剧格外彰显与时尚同步的、青春的朝气。这些戏剧在青春偶像电视剧、港台搞笑电影以及孟京辉的小剧场戏剧里都可以找到它们的灵感，与年轻观众在紧张工作、学习状态下的轻松欣赏心理一拍即合，这些戏由于看着轻松，没有欣赏经典戏剧和实验戏剧时那种沉重的负担，于是成为一种可以操作的话剧商业快餐。任鸣导演的《第一次亲密接触》可以说是青春剧的成功范例。该剧根据流行的同名网络小说改编而成，当时电影版的《第一次亲密接触》已经上演，话剧版的改编使轻松的网络小说在小剧场里被人们再次消费。任鸣致力于营造浪漫、温馨的剧场气氛，亮丽的颜色、青春的身体、时尚的语言游戏、抒情的歌曲、感伤的结局，使剧场中的年轻人，尤其是相伴而来的情侣们获得很大的愉悦，剧场成为年轻人同娱同乐的场所。此后的《穷爸爸富爸爸》、《涩女郎》、《为你化作流星雨》、《隐婚男女》、《请你对我说个谎》、《如果我不是我》、《未完待续》，以及久演不衰的《翠花上酸菜》都属于这一类型的戏剧，它们的风格更倾向于爆笑喜剧。《涩女郎》凭着名模王海珍与原作漫画的效应，引来了较好的上座率。《翠花上酸菜》则通过中央戏剧学院一批年轻人充满活力的表演赢得年轻学生和白领的喜爱，后来进入大剧场演出，演出收益也很好。甚至在春节演出热季进入以演出芭蕾、歌舞为主的保利剧院，票价卖到几百元。与此同时，著名喜剧演员陈佩斯在大剧场制作推出了《托儿》，走的也是爆笑喜剧的路子。与小剧场里针对年轻人的青春剧不同，《托儿》保持了小品、相声的喜剧特色，老少皆宜，在全国巡演一百多场，所到之处几乎都创造了当地的票房奇迹。爆笑戏剧成了话剧舞台一景，也成了一些话剧制作人的一种追求。

世纪之交的大陆小剧场戏剧，还涌起一股"人民戏剧"的热潮。风口浪尖上闪动着张广天、黄纪苏、关山、孟京辉等几个弄潮儿的身影，舞台上出现了《切·格瓦拉》、《圣人孔子》、《鲁迅先生》等几个颇有代表性的剧目。它们犹如几声惊雷，震撼着大陆剧坛，产生了轰动一时的效应，并引起了热烈的争鸣。

"人民戏剧"的名称最早出现在两百多年前的法国。公元 1794 年 3 月 10 日，即法国革命纪元 2 年风月 20 日，当时的公安委员会做出决议：要求巴黎的法兰西剧院每月必须为人民群众演出若干场，还要在剧院门口写上"人民剧院"几个大字，巴黎各剧院的演员们也必须轮流为人民剧院义务演出。但令人遗憾的是，时隔不久，随着雅各宾政党的垮台，公安委员会的一切政令便成了废纸，人民戏剧没有能成为事实。

法国作家罗曼·罗兰一直是"人民戏剧"运动的积极参与者，并著有《人民戏剧》一书。他在书中分析了"人民戏剧"流产的原因，总结了经验教训，认识到："要办人民戏剧，必须先有人民。"20世纪的20—30年代，布莱希特继承了法国"人民戏剧"的戏剧精神，在同"为艺术而艺术"的思潮的斗争中，开始倡导新型的史诗戏剧，主张通过"间离效果"，提醒观众跳出剧情，进行理性的审视和判断，将戏剧的创作和鉴赏建立在人民美学基础之上。后来，到了20世纪末，诺贝尔文学奖获得者、意大利剧作家、导演和演员达里奥·福，则把"创作富有战斗性的戏剧"、"真正的人民戏剧"当成自己的座右铭，身体力行。

世纪之交主要呈现在大陆小剧场之上的"人民戏剧"，离不开上述基础和背景，似乎可以说是从现代戏剧大师布莱希特的史诗戏剧的基础上发展而来的。只是由于刚刚起步，"人民戏剧"还只是一种约定俗成的叫法，并无十分固定的标准和非常明确的定义。

移植改编达里奥·福的《一个无政府主义者的意外死亡》，可以视为孟京辉的重要转折点和提倡"人民戏剧"的标志。他曾经明确表白："达里奥·福对人性的理解有其独到之处。他强调人的尊严，追求真理的愿望，他认为劳动是美的，被压迫人民需要反抗是最简单的道理；但在现实社会里这样简单的道理没有了，到处是风花雪月，资产阶级人性的东西多了起来。然而，那种直指人的理想状态、人的尊严、人的权利的要求却被忽略了。淳朴的艺术创作方法就是要追求这种效果……人民万岁是主题。"①

在《一个无政府主义者的意外死亡》中，孟京辉吸取了达里奥·福的人文主义精华，并将此前他所提出的"人民戏剧"的观念渗透进去，拉近了他的实验戏剧与当前社会及大众生活的关系。

黄纪苏也是人民戏剧执着的倡导者和实践者，他对"人民戏剧"表述得更为明确，他说："作为一种具有公共性质的艺术门类，戏剧若是没思想，那就像一堆没有精、气、神的细皮嫩肉。戏剧应该为时代、为民族立言，应该

---

① 李胜先：《孟京辉：小剧场里掀大浪》，《中外文化交流》1999年第2期。

积极表现社会生活最本质的东西。这倒也不是说每出剧都要有重大主题，但多少表达些大家都关心的东西，多少有补于世道人心，这对于戏剧创作者应该说不算过分的要求。我们这个时代是一个矛盾加深加剧的时代，我想这样的时代对艺术是有一定要求和期待的。……普通人民的利益，被发展主义弃如敝屣的弱者的利益应不应该在艺术舞台上占有一席之地？！"①

关山对"人民戏剧"则有自己的独特理解，他认为："也不想关心政治，但是我跟黄纪苏有一个共同点，就是我们有一个民众立场，希望戏剧能够服务于民众，或者通过民众的立场来完成戏剧的形式……我所说的这个民众立场实际上是一个独立思考状态，并不是一个政治状态。不是说我们站在工农兵一边，跟资产阶级一刀两断，不是这个。很多人问我，你说人民，人民这个概念到底是什么意思呀？我觉得人民这个概念里最首要的一个意思就是首创精神。"

所以，他认为："从今天看来，80年代搞实验、先锋戏剧并不具有首创精神。……（那是）西学东渐的结果，就是说听说彼岸有这样那样的实验戏剧，于是我们模仿拷贝，希望通过国外的一些戏剧的革新来拯救中国戏剧舞台。到了现在，我们发现这条路是走不通的，走来走去还要回到教学实验里头，或者自娱自乐的状态里头。如果今天还延续80年代的做法，那就是一种迷信了，那么实际上早就丧失了人民的立场了。"②

那么，如何才能体现人民的立场呢？关山与孟京辉也有着不尽相同的理解。孟京辉比较注重表现人民立场、体现表达民众的意愿和要求的社会内容。因此，他认为即便像《恋爱的犀牛》那样的戏，也必须有社会人生的东西，有对社会的批判内容，作为一个具有社会批判眼光的导演，怎么可以去排一个只体现爱情生活的戏呢？关山却认为：题材本身并不能决定是不是具有人民立场，人民立场"绝对不是坚持某一种意识形态和政治立场，但是你一定要有首创精神，一定要打破迷信"。"美学上的革命同样是民众立场的。"所以他觉得完全可以做《恋爱的犀牛》那样的戏。他说："我特别看不惯的是你拷贝了人家的东西，却要在中国的民众面前做出一副首创的样子。我讲的人民立场，首先强调的是这样一种首创精神。"③

---

① 魏力新编：《做戏》，文化艺术出版社，2003年，第319页。
② 同上。
③ 同上。

关山与黄纪苏共同创作的《切·格瓦拉》被认为是典型的人民戏剧，其内容是为民请命，为民呐喊，抨击现实，批判社会。

小剧场戏剧相对集中于北京、上海、广州、天津、武汉、辽宁等地。各地的风格也不尽相同，北京的小剧场戏剧以前卫、试验性见长；而上海的小剧场艺术则更侧重对世俗生活的关注，描绘的都是现时的普遍人的生活，而且以反映的迅时性见长，最突出的是上海的小剧场艺术更多地包孕了处于社会大变革时期的真情抒发，以文化的正面表现为多，而且在艺术操作层面，抛弃了以前大肆沿用的先锋语言，表现了某种程度的复归倾向，这些都体现于《美国来的妻子》、《留守女士》等，剧作中。即使有哲理意蕴的《楼上的玛金》、《金棕榈的楼上楼下》等也没有北京小剧场那样激烈的否定意识；武汉的也多以现实主义方式表现小剧场戏剧，如《同船过渡》等。在所有这些小剧场戏剧中，除北京有相当数量的前卫、试验性的作品外，其他各地的小剧场戏剧大都是以写实剧为主。

在大陆的剧坛上，林兆华是把探索性、先锋性、前卫性视为小剧场戏剧生命的人，他尖锐地指出："由于小剧场话剧极高的自由度，做小剧场话剧的人员心态非常复杂。有些人是为了赶时髦，有些人是想进来赚一笔钱……"①牟森也一直固守着小剧场戏剧的先锋性。他说："从我去年看的一些戏剧来说，在创作上跟十年前比没有任何进步和发展，创造力呈枯竭状态。从决定生存状态的生存环境来看，是越来越好。这是与孟京辉这些戏剧人的努力分不开的，培养和发展了观众，开拓了生存空间。但同时另一种危机随之而来，那就是不管是什么东西都要贴上先锋的标签，这使得是否先锋戏剧并不重要，只要做出先锋的姿态、喊出先锋的口号就可以了。"②

对于中国小剧场话剧的现状，导演任鸣也同样感到十分忧虑，他说："精品戏剧太少了！人们往往由于追求形式、追求时尚而忽略了对小剧场话剧本身艺术性的探索。"他们的话并非无的放矢，确有一些小剧场戏剧走入了误区。由于小剧场戏剧投资少，排练周期短，且能打破剧院团界限，在演员选择上更为自由，因而成为独立制作人青睐的艺术形式。有的导演并没有弄清荒诞剧的真正含义，有的则热衷于出名和赚钱，仓促上阵，总是搞短、平、

---

① 王菲、张杰：《席卷中国话剧界的狂潮》，《北京娱乐信报》2004年3月11日。
② 魏力新编：《做戏》，文化艺术出版社，2003年，第319页。

快的急就章，根本保证不了艺术质量。不管是阿猫阿狗，谁拉来一笔钱便玩一把，这就使得很多小剧场戏剧搞成流行快餐，质量粗糙得令人不敢恭维。即便是对孟京辉这样的小剧场戏剧的闯将和功臣，也有人担心："孟京辉本是一个诗人气质浓郁的艺术家，他戏剧中真挚的诗情正是其戏剧之魂，正是其审美魅力产生的源头，而当'诗心'失落，作品即便依然沿用既往美丽、炫目的形式外壳，即或再加上种种新颖的时尚包装，却也只能徒有其表。当机智变异为油滑，激情变异为姿态，通达变异为玩世，他的戏剧便诗情不再。"①

四、戏曲小剧场戏剧初试锋芒

从一般意义上来说，小剧场戏剧好像主要指的是话剧。事实上也的确如此，上文所涉及的小剧场戏剧几乎都是话剧。但进入21世纪以来，戏曲中古老的昆曲、京剧，以及新兴的黄梅戏开始进入小剧场，出现了将话剧与戏曲两种异质的艺术拼贴在同一狭小的空间中的小剧场戏曲。小剧场戏曲的出现，既顺应了中外交融、中外碰撞的时代潮流，又为古老的戏曲艺术拓展了生存空间。这说明各种艺术样式之间的渗透、借鉴和结合一直没有停止，特别是处在当今高度综合的时代，不论是新生的还是古老的艺术样式，都不可能固守自身，封闭发展。

小剧场戏曲实验的序幕首先在北京拉开，先后涌现出《马前泼水》、《霸王别姬》、《偶人记》、《阎惜姣》、《张协状元》、《巾帼英雄三部曲》、《浮生六记》、《昭王渡》、《还魂三叠》等小剧场戏曲剧目。这些剧目之间并无必然的联系，尚未形成固定的模式。尽管已经取得可喜的成就，但从理论上进行总结仍为时尚早，故而此处从略。

（原载于2012戏曲国际学术研讨会：《文资/文创：双重视野下的传统戏曲与民俗技艺戏曲》论文集，台湾戏曲学院2012年出版）

---

① 溯石：《舞台寻梦者的探索与迷失——关于孟京辉的实验戏剧》，《中国戏剧》2001年第3期。

交谊篇

浅论张庚的治学精神

从青年时代起,张庚就"为追求革命而追求戏剧"(张庚语)。他始终不渝地以继承、发展、振兴民族的戏曲事业为己任,通过自己的道德文章和运筹组织之功,培桃育李,勉力经营,推动戏剧事业的发展。张庚集戏剧理论家、戏剧活动家、戏剧教育家于一身,被誉为"现代戏曲学的基础工程师"。"书林艺苑老宗师,桃李争妍雨露滋。镂月裁云成巨帙,梳文栉剧史当诗。"马少波先生的奠诗实非过誉。

张庚是我国当代不可多得的承前启后、学养深厚的戏剧学学者。他自觉地运用马克思主义的辩证唯物主义和历史唯物主义的基本观点和方法,考察、梳理、总结了中国戏曲的发生、发展的基本脉络,相当全面科学地阐述了戏曲艺术的生存环境(包括政治、经济、文化、道德、宗教、习俗等),探讨了戏曲艺术发展的外部规律,并进而对戏曲艺术的主体和本体(包括剧本、导演、表演、音乐、舞美等)进行了分类研究和综合研究,十分准确地把握了中国戏曲的审美特质,揭示了中国戏曲发展的内部规律。同时,张庚还紧密结合戏剧运动的发展实践,开展有的放矢的戏剧批评与戏剧评论,卓有成效地推动和指导了戏剧艺术的革新和发展。由于他孜孜不倦的探索和锲而不舍的追求,建构了独具风采、自成一家的戏剧学理论体系。

戏剧事业为张庚提供了施展胆、才、学、识的舞台和天地,成为他安身立命的基础,使他实现了自己的生命价值。张庚的戏剧学贯通古今中外,融会书本实践,涉及史、志、论各个方面,具有鲜明的实践性、时代性、针对性、开拓性、预见性等风格特点。学如其人,风格即其人,本文试从张庚的人生道路和戏剧理论特色入手,通过探寻他的文化心理结构和情感表达模式,初步总结他的治学精神。

一、最佳的治学心态——精无旁骛，心理平衡

如果说张庚开始涉足戏剧（特别是戏曲）并非纯粹出于自愿，而是一种顺应和遵命的话，那么，不久他便把顺应和遵命变成自觉，与戏剧（特别是戏曲）结下了不解之缘。戏剧对于他来说，绝非仅仅是谋生的手段和职业的选择，更不像有些人那样视戏剧如游戏。他把戏剧当作生命，看作"文以载道"、"为了人生"的庄严崇高的事业。他与戏剧艺术融为一体，怀着深沉执着的爱，呵护、捍卫着戏剧艺术的独立品格。为了给戏剧艺术争得应有的一席之地，为了戏剧事业的繁荣兴旺，他一生绞尽脑汁，运筹帷幄，埋头苦干，奔走呼号，立下汗马功劳。

张庚在从事戏剧事业的道路上并不是一帆风顺的，其间有顺境也有逆境。逆境固然是对他的兴趣、意志、信念的严峻考验，顺境中则有种种诱惑和干扰需要不断地排除。难能可贵的是，张庚始终保持着清醒的头脑，明确地意识到自身的价值和所从事的戏剧事业的意义，心无旁骛、心神专注地沉浸在戏剧艺术天地里，俯仰自得，乐在其中。他不停地观赏、披阅、思索，不断地发现、总结、集成。耄耋之年，犹老骥伏枥，壮心不已，直至生命最后一刻，仍惦记着戏剧学工程。知者谓其心忧，不知者谓其何求。

张庚经常用"要耐得住寂寞"这句话来自勉并告诫年轻学子。乍听此言，似有清静无为、甘守淡泊的高蹈，遏制情欲、自我压抑的苦涩。其实，这句话最核心、最深刻的含义是：保持最佳治学心态——心理平衡。

著名翻译家傅雷曾经说过："心理平衡是一切高超艺术家的必备造诣。"对于理论家来说，恐怕尤其是这样。人们常说：生活之树常青，而理论是灰色的。特别是从事戏剧戏曲学的理论研究，更是一种相当枯燥、十分冷清的工作。面对着滚滚红尘、花花世界，只有"耐得住寂寞"，保持心理平衡，才是最佳治学状态。

张庚要求年轻学子在治学时"要耐得住寂寞"，他首先身体力行。张庚一生始终处于时代的风口浪尖之上和矛盾旋涡之中，生活道路并不平坦，经受了很多波折和磨难。由于他"耐得住寂寞"，保持了心理平衡，没有轻易受到风的摇撼、浪的颠簸、潮的涨落，始终坐得住冷板凳，所以才能够将自己的聪明才智和主要精力用于治学，取得举世公认的成就。正因为他保持了

心理平衡，才具有宽阔的胸襟、旷达的风度，对人宽厚，与人为善，成为德高望重的学者。

照我理解，心理平衡有两方面的含义：从处世立身来看，要做到心理平衡，首先必须牢固地确立崇高的理想、坚定的信念和明确的奋斗目标；其次要培养锻炼心理情绪自我控制和调节的能力，保持旷达的胸襟和稳定的情绪，保证将情欲和精力向着既定目标投射。顺境中不忘乎所以，逆境里不颓废潦倒。处乱不慌，处变不惊，不计较暂时的得失，不斤斤于片刻的荣辱，不钦羡垂涎于与自己的事业和奋斗目标无关的荣华富贵。

从思维方式来看，心理平衡就是专心致志，凝神观照，沉思冥想，经过反复思索，达到豁然悟解。如同车尔尼雪夫斯基所描绘的那样："完全沉潜到自己的思想的涌泉里去，什么东西都不能把他抑制，什么东西都不能扰乱他。"这是一种完全沉潜在天性里、把什么都忘怀的精神境界，也是一种灵感迸发的精神状态。

"耐得住寂寞"的心理状态与佛教的"禅定"在精神专注这一点上有异曲同工之妙。"禅"者，静虑也，沉思也。"定"指专注于一境而不散乱，止息杂虑，安静沉思。佛教修行者认为：静坐敛心，专注一境，久之可达身心轻安，观照明净，可对本性及客观事物有深刻的洞察和明彻的理解。同样，只有"耐得住寂寞"，保持"心理平衡"，才能心无旁骛，专心致志，"好学深思，心知其意"，在治学上有所建树。

当然，绝不能把矢志于事业、专心于治学的精神面貌和心理状态，与参禅打坐、面壁修炼等量齐观。提倡"耐得住寂寞"，没有丝毫"禅意"，不是要求像佛教那样跳离三界，避开红尘，四大皆空，万念俱灭，心中无物，六根清净。提倡"耐得住寂寞"，保持"心理平衡"，并不排斥与外界的撞击交流，也不回避内心的思想斗争。唯其有不平衡才有平衡，平衡是由不平衡转化而来的，是通过矛盾斗争达到的和谐境界。

这种和谐的"心理平衡"状态，深受中华民族传统文化的影响，折射出中华文化深层结构——文化心理结构的影子。具体到张庚本人，他虽然从青年时代起就投身于无产阶级革命运动，加入了中国共产党，在党的长期教育培养和马列主义熏陶下，接受了辩证唯物主义和历史唯物主义的世界观和方法论，但是，他既是共产党人，又是文人学者。传统文化对于他的品格、气质、心理、思维方法，不可能不产生一定的影响。中国传统文化是以儒学为标志的，同时又掺入了黄、老、庄、佛（禅宗）因素，构成了既入世又出世，既内倾又外倾，既矛盾又和谐，既感性又理性，既具象又抽象，蕴含丰富的文化氛围，它笼罩、制约、塑造着每个中国人（特别是文人）的文化心理。张庚从小就受到传统文化的浸润濡染，后来他所从事的又主要是根植于传统文化的民族艺术，从而使他所受传统文化熏陶并与传统文化相适应的气质和心理因素很容易凸显出来。他那稍稍偏于"内倾型"的心理性格，那冷静的理智，那凝神专注的治学精神，不都显示出传统文化的神韵吗？

当然，人是具体的、复杂的、变异的，人的内心世界是第二宇宙，浩渺无边，极为丰富。从矛盾运动的规律来看，平衡和谐是相对的，不平衡才是绝对的。张庚并非餐霞饮露、弃绝人寰，也难以做到心如古井，微波不兴。在漫长而曲折的人生征途中，他肯定有自己的欲望、躁动、矛盾、困惑、痛苦。然而，由于他把自己的生命、情思融入了戏剧事业，又将戏剧事业和无产阶级的革命运动结合在一起，这样就找到了自己的位置和归宿，有了人生的根基。革命的责任感和立德、立言、立身的人生价值观念，鼓舞激励他在坎坷曲折的征途中磨炼意志，锻炼筋骨，排除杂念，保持平衡，奋力追求。因此，心理平衡，既是一种健康的心态，又是一种高度的人生历练和道德修养。

当然，由于时代、环境不同，个人际遇、禀赋、气质等方面存在差异，治学心态各有不同，不可强求一律。不过，"耐得住寂寞"，心无旁骛，保持心理平衡，的确是张庚治学的经验之谈，值得玩味总结、借鉴学习。

二、科学的治学途径——感知、感受、感悟

学术界许多人认为：中华民族是一个善于直观的民族，一个善于领悟的民族。我国传统的国学，不大热衷于抽象的本体论探讨，而注重于人的修养、生活情趣和人生哲学的研究。对人对事，不长于进行枯燥冗长的理论分析和细密烦琐的逻辑推理（当然并不绝对，老庄、魏晋玄学例外），而比较喜欢采用即兴随感、直抒胸臆的方式，进行直观感受式的整体把握。

一般说来，我国的这种传统思想习惯偏重于经验形态。其优势是往往能够敏锐地透过现象，领悟捕捉到深刻的哲理和精髓；其弱项在于不易构筑宏大复杂的理论体系。但事情并不是绝对的，不能仅仅从外部形态上对东西方

理论评优劣分轩轾，而应看其是否揭示了客观规律，有没有广度和深度。

张庚的戏剧学具有中国的气派和风采，他对戏剧艺术是通过感知、感受、感悟的方式进行整体把握的。感知包括感觉和知觉，是认识的初级阶段，即列宁所说"生动的直观"。一般心理学告诉我们：感觉是人脑对直接作用于感官的客观事物的个别属性的反映，是知觉的基础。知觉则是对事物完整形式及所包含的某种含义和情感的把握。感觉和知觉是认识客观世界的第一步，并且是必不可少的一步。没有感觉和知觉便不能形成记忆、想象、思维等一系列复杂的心理过程。没有感知的直接经验，就无法"知道实物的任何形式，也不能知道运动的任何形式"（《列宁全集》十四卷 第319页），因而也就无从认识世界，获得知识。

感知也是保持心理平衡的必备条件，只有通过感知与客观世界保持直接联系，不断地从感觉器官获得客观世界的材料，才能维持自己在环境中的正确方向，并保持主观与客观环境的平衡。张庚从不躲在象牙之塔，云山雾罩地清谈玄论。他具有感知的迫切愿望和强烈的参与意识。他组织剧社，领导剧运，改革戏曲。他讲课、编书、创作剧本、编写刊物，并参加导演、演出活动，想方设法贴近戏剧艺术生产的流程，始终没有离开过戏剧艺术的实践，一直关注着戏剧艺术的现状。他的视线穿越古今中外，他的足迹遍及天南海北。他运用视觉、听觉、动觉、静觉（平衡觉），以及时间、空间、距离、立体、方位等知觉，对戏剧进行了生动而直观的把握。

在感知的过程中，张庚占有了大量丰富的感性材料，掌握了戏剧（曲）的形式、要素及其运动轨道，并发现了许多亟待解决的问题。他不肯浅尝辄止，很快进入以感觉、知觉、表象为基础的高级认识阶段。他或者对戏剧（曲）各要素、各环节如文学、音乐、舞蹈、美术、导演、表演、编剧、观众等进行掰开揉碎、鞭辟入里的剖析，或者把戏剧（曲）的各要素、诸特征综合起来进行研究，或者将中国戏曲和西洋歌剧、芭蕾舞剧、印度梵剧、希腊戏剧进行比较，在对比中找出异同。但他从不生硬地引进域外名词或概念，不用牵强附会的演绎来代替自己的分析。总之，他通过分析、综合、比较、概括，总结戏剧的规律，探求中国戏剧艺术的审美特征。

张庚的戏剧理论是他在戏剧实践中感知、思考的结果，是他力图全方位地观照戏曲的记录。他不是为理论而理论，总是力图从较广的视角和较深的层次回答实践提出来的问题，解释生动丰富的艺术现象。他的理论不是花拳绣腿的空壳，而是真砍实凿的干货。打开他的文录、专著，可以发现所涉及的内容是如此广泛而全面：从戏剧的萌芽到戏剧的未来，从古老剧种的整理到探索性剧目的尝试，从戏曲到话剧、歌剧、舞剧、电影，从艺术生产到流通消费，从创造主体到审美主体……虽不能说他对每一环节、每一因素都十分精通，但像他那样史论兼通、案头舞台两擅的大家的确是凤毛麟角。

更令人肃然起敬的是张庚具有优良的学风，他治学勤奋，思路清晰，逻辑严密，不轻下断语，不故作惊人之笔。文风质朴，信达简明，明白畅晓，说理深入浅出，从不为文而文，笔下生花。读他的书和文章，有一种"绚烂之极，归于平淡"的感觉。

张庚的戏剧理论并不是凝固不变的过去式完成体，而是带有鲜明指向和独特色彩、不断发展完善的不定式。但这并不是说张庚的戏剧理论根本还不成体系，仍处于即兴随感式的经验形态。其实，张庚的戏剧理论很早就显示出高瞻远瞩、大而化之的特色，常常高屋建瓴地捕捉住带有指导意义和宏观视角的大问题，总结出具有规律性的理论成果。如关于戏曲起源的多元复合性、关于戏曲形成年代的界定、关于戏曲艺术的综合性及以表演为中心的论述、关于剧诗说、关于戏曲艺术美学特征与物感说的关系、关于戏曲艺术的人民性、关于戏曲遗产的继承与革新……都包含着真知灼见，带有很强的理论色彩，无一不是建构戏曲理论大厦的重要支柱，应该说张庚已经建立起了比较系统完备的戏剧理论体系。

张庚一贯反对教条主义、主观主义、狭隘功利主义的研究作风，坚持实事求是的态度，对具体问题进行具体分析。他努力运用辩证唯物主义和历史唯物主义观点，将阶级分析和历史主义结合起来，将道德感和历史感结合起来，力戒僵死、片面、孤立地看问题。持论不过苛过峻，反对满纸"溢美溢恶"之词，去夸饰而求本色，戒矫情而守真性。如对解放区戏剧运动的总结，对戏曲程式及形式美的评价，对清官形象、对农民起义造反行为的论述，对鬼魂形象的分析，对洪深《农村三部曲》、曹禺《雷雨》以及《法西斯细菌》和《茶馆》的评价等，都体现出这种实事求是、敢说真话的态度。

张庚知识广博，经验丰富，在他的戏剧理论中，不仅表现出思维的逻辑性、流畅性和灵活性，而且表现出思维的直观性。他善于进行直觉思维。直觉思维的概念是近代才提出来的，一经提出，便被普遍采用。所谓直觉思维，就是未经逐步分析便对问题的答案迅速地做出合理的猜测、设想或突然领悟的思维。如果说自然科学史、发明创造史的每一页几乎都留下"直觉"的印记的话，那么，艺术科学更不能排除直觉思维。艺术感觉包含着很大的直觉成分，即洞察力和顿悟能力。张庚的戏剧理论所表现出来的思维直觉性，就是将直观感性的观察和深刻的理性思维结合起来的结果。

　　直觉思维是一种创造性思维，具备顿开茅塞的功能。当思维活动在有关某个问题的意识边缘持续活动，脑功能处于最佳状态时，旧神经联结会突然沟通，形成新的联系。张庚的戏剧理论便经常出现这种情况，不断迸发出悟性的火花，提出"超前性"的远见卓识。譬如，早在20世纪30年代，他就提出"话剧民族化和旧剧现代化"这个带有方向性的大问题。50年代戏改之初，他就觉察到剧目危机的苗头，主张新编剧目和传统整理剧目并举，呼吁培养戏曲编剧作家以解决青黄不接问题。他还提出了允许"话剧加唱"存在的现实问题、纵向继承和横向借鉴问题、艺术团体的管理问题……所有这些，迄今仍是我们经常谈论的话题和需要解决的问题。到了80年代，针对戏曲危机的加剧和民族虚无主义思潮的泛滥，张庚又做出戏曲艺术尚处于自己发展史前期的判断，坚信人类未来的艺术必将是东西方文化精华的融汇，坚信具有东方艺术特色的戏曲艺术必将在世界文化撞击、渗透、交融的大趋势下，进一步发挥自己的生命力，保持独特的艺术价值。在对戏曲艺术前景迷惘、失望、悲观的氛围中，张庚的声音显得格外响亮而自信，有着巨大的鼓舞力量。

三、不衰的治学动力——使命感和忧患意识

　　张庚早就对戏剧事业以身相许，20世纪50年代中后期，可以说是他戏剧生涯的黄金时代。那时，他正年富力强，精力充沛，思想敏锐，宏论滔滔，光采逼人。尽管政治化、"左"倾化思潮时有干扰，各种庸论、空论、怪论盛行，张庚却不时发出不合时宜的真言，提出独到的见解，使人看到文艺理论界有识之士不去追风逐浪的本色。

　　我常想，如果当时他能像斯坦尼斯拉夫斯基、丹钦柯、布莱希特那样，有自己的实验基地，可以亲自从事舞台实践，那么，他肯定会有更加重大的理论突破，产生更加重大的理论成果。如果他的主体意识不被压抑，理论个性充分展现，没有十年浩劫的摧残，张庚的戏剧学理论肯定是另一番景象。

难能可贵的是，张庚屡经磨难而初衷不改，壮志弥坚。"文革"后复振雄心，再展宏图，以强烈的使命感，继续对戏曲艺术进行钻研，并且殚思竭虑，运筹帷幄，制定长远艺术规划。一方面加紧罗致培养人才，训练精锐，组织戏曲学史论队伍；一方面组织攻关，开展拳头项目，刷新戏曲科研水准，填补戏曲史论研究空白，希图在这雄厚的基础上建构戏曲学及戏曲理论的巍峨大厦。到今天为止，这个系统工程正有条不紊地进行，并已取得一批重要成果。

张庚治学态度严谨、审慎、冷静。在戏曲危机声中，他没有惊慌失措。面对新思潮、新观念的冲击，也没有产生失落感。他密切地关注戏曲现状，贪婪地学习新的知识，不断深化对戏曲的理解和认识。他承认戏曲艺术在一定历史时期内所呈现出来的封闭性，承认戏曲艺术与新时代的审美要求存在着差距，他也清醒地意识到当前戏曲队伍所存在着的弱点和局限性。十年浩劫造成的断裂更使他心头产生了紧迫感，充溢着忧患意识。独树一帜的戏曲艺术自有其发展规律，在一个相当长的历史时期内，不会从地球上消亡。但振兴戏曲、革新戏曲的道路还相当漫长，充满了艰难和曲折。如果没有切实可行的方略和政策，没有一支过硬的队伍，势必会放慢振兴戏曲的进程。这对于把身心融入戏曲事业的张庚来说，当然是十分痛心的事情。就在"非典"肆虐的日子里，张庚还经常和郭汉城通电话，探讨民族戏曲艺术的现状和未来，切磋着久藏心中的行动计划。由于视力不断下降，无法看书、写字和观摩，张庚十分苦恼。不顾家人的劝阻，急于住进医院做白内障摘除手术。可见，直到生命的最后时刻，他都在为戏曲艺术的现状和未来操劳。

张庚无怨无悔地把毕生精力、智慧、才华献给了民族戏曲艺术事业，他一生的戏剧活动称得上是波澜壮阔，因此有人称他为"世纪戏剧老人"。张庚的出现不是偶然的，离不开时势的造就、环境的影响、个人的追求和努力。如何从考察时代风云、挖掘民族文化心理出发，总结张庚的艺术人生，全面评估他在我国戏剧发展史上的功绩、作用、地位、影响，探寻他的治学精神，乃是我们晚学后辈责无旁贷的责任，本文不过是抛砖引玉而已。

2004 年 10 月

（原载于《张庚学术研究文集》，中国戏剧出版社，2005 年 1 月）

"功崇惟志,业广惟勤"
——贺丁长荣画展开幕

欣闻长荣将在省会南京举办大型个人画展,心中有说不出的高兴和激动,深深地为他感到骄傲和自豪。种瓜得瓜,种豆得豆,一分耕耘,一分收获。好人好报,丝毫不爽。一切是那么出人意外,又是那么顺理成章。

我和长荣是同乡、同学、同桌。两家仅数里之遥,共同就读于高中。1963年高考临近时,我在毕业体检中查出患有活动型肺结核,只好休学留级,所幸得到及时治疗,病灶很快转为硬结稳定状态,不再具有传染性。学校准许我回校复读,按时参加1964年的高考。回校后,我被安排和长荣同桌,直到毕业。

肺结核当时还是谈虎色变的疾病,我虽然已不具传染性,但不少同学还是心有余悸,避之唯恐不及。而长荣同学却从来没有一丝一毫的躲避、嫌弃、厌烦情绪,对我十分关照。由于老师、同学的关心,班级的温暖,同桌的和谐,心情愉快,我的身体日渐好转,迈过了人生的一道坎,并考取了梦寐以求的北京大学中文系。

从此,我回家很少,与高中同学联系不多,只是偶尔听到长荣的消息。听说他因画宣传画而遇到麻烦,被打成"现行反革命分子"。为生计他怀揣几支画笔独闯青海、河西走廊、新疆卖画糊口。直到进入21世纪,才听说他的绘画渐成气候,已从家乡寓居南京,被誉为"金陵画鱼人"。2007年他到北京大观园办个人画展时,恰逢我出差在外,未能恭逢其盛,但很荣幸地得到他的画作。虽然我是个地地道道的绘画外行,也深感他的笔墨技法大有长进,已登堂入室,气势不凡,不可小觑。近年来,他在南京风生水起,声誉日隆,并经常应邀进京,或到全国各地军政机构和企事业单位作画,在人才济济如云如雨的画坛上有了自己的一席之地。

在我们读高中的时节,有一位从北京下放到敬安中学的老师叫江枫毅,曾任北京美术电影制片厂美工车间主任，精于书画，有得天下英才而育之的古道热肠。在那个漠视人才、泯灭个性的极左思潮肆虐的年代，他发现有绘画天赋的丁长荣，十分欣喜，颇为怜爱，夸赞长荣的画有白石之风，并给长荣起了个笔名：皓石。"皓"者清白明亮也，意思是比白石还要白，希望丁长荣的绘画有所建树，追步国画大师白石老人，做一名像白石老人那样的艺术大家。这对于一个刚刚开始人生道路的年轻人是多么巨大的鼓舞和鞭策。高山仰止，景行行止，虽不能至，心向往之。从此，丁长荣心目中有了人生的奋斗目标。

然而天有不测之风云，人有旦夕之祸福，人生犹如一场戏剧，意外与突变经常会在不经意间降临。有一天，长荣为一个单位画毛主席像，画成之后，便和几个朋友在画像前合影，没有注意到照片中搭在画像前的架幕，有两根成交叉状的竹竿，在毛主席画像前的下角投射出一个"×"的阴影，这本来是光学原理造成的阴影，却被别有用心的人利用，给他扣上"恶意攻击伟大领袖"的大帽子，于是这个不可多得的绘画人才转眼间就成了"现行反革命分子"。

本来蒸蒸日上的丁长荣从此步入人生的炼狱。生活没有保障，艺术大师的梦想如海市蜃楼般缥缈虚无。破衣烂衫，奔波劳碌，有家难回，路在何方？在最困窘的时刻，江枫毅老师的教诲回响在他的耳旁。因此，不论多么艰难，长荣从没有轻生或与世沉浮的念头，他从来也没放下画笔。在独闯青海、新疆、戈壁、河西走廊的那些艰苦岁月，他不仅把绘画作为谋生手段，而且看作为百姓服务的能耐。大西北的苍茫雄浑，使他"苦其心志，劳其筋骨，饿其体肤，空乏其身，行拂乱其所为，所以动心忍性，增益其所不能"（《孟子》）。借此开阔了胸襟，磨炼了意志，也丰富了绘画语言，提高了绘画技能。长荣徜徉于绘画天地间，以转益多师、集思广益、取法乎上的准则，草根自励，苦中求乐，自得其乐，乐何如哉。

是金子早晚会发光，是人才总要脱颖而出。厚积薄发，水到渠成。经过50多年的积累，长荣的艺术梦想终于在晚年绽放出绚丽的光彩。2003年，他的一幅《富贵有余》获得世界华人书画大赛一等奖。从此，独特的"丁氏鱼"从苏北农村游向四面八方，冲出国门，畅游世界。长荣实现了华丽转身和质的飞跃，由基层画家蝶变为专业画家，迈进艺术殿堂。几年来他多次在南京、北京、乌鲁木齐等地举办个人画展,每次展出百幅精作。同时出版了《金陵画鱼人》、《皓石画集》、《丁长荣画集》,特别最近又出版了花鸟画系列丛书《大家讲坛——丁长荣画鱼》(北京工艺美术出版社出版)。他的作品被全国多地军政机构和企事业单位收藏。作品及简历被收录于《中国名家名作典藏》、《中国艺术博览》、《中国艺术传世宝典》、《国际和平书画展全集》等多种书刊。长荣的美术作品被全国多个著名馆所收藏,如"南京十竹斋"、"北京东方阁美术馆"、"北京大观园博物馆"、"乌鲁木齐美术馆"、"江苏省国画院"、"福州梅峰宾馆"(部队)、"南京东宫大酒店"、"乌鲁木齐王子饭店"、"北京行宫国际酒店"等。长荣自称"痴"老汉,正是对作画的痴迷和执着才使他有了今天的成就。

　　长荣的花鸟主要取向于吴昌硕、齐白石、潘天寿、任白年、李苦禅等大师,并转益多师,广泛临摹,博采众长,逐步形成兼工代写的格局。既不像徐渭那样张扬、淋漓,也不像八大那样别致、冷峻,以清逸、秀润、华兹之笔墨,吸收天地间阴阳五行之精气,通过花鸟虫鱼形象的塑造,寄寓自己的思想感情,表现特定的审美情趣。

　　长荣一专多能,翎毛花卉、山水人物全都拿得起来。花鸟画中,最钟情于鱼。他虽然未必会有庄子那样奇特不羁的遐思,但在他的文化基因和潜意识里深藏着人类特别是中华民族对鱼的情感。其实"鱼"的历史比"人"的历史还要久远,中国人对鱼的兴趣由来已久。新石器时期就有大量鱼纹图形装饰,西安半坡遗址出土了距今六百多年绘有或写实、或抽象鱼纹的大量彩陶。先秦时期的《山海经》中有很多关于"鱼"记载。庄子之后,"鱼"经常出现于文人墨客的诗文之中。"江南可采莲,莲叶何田田。鱼戏莲叶东,鱼戏莲叶西。鱼戏莲叶南,鱼戏莲叶北。"(乐府《江南曲》)"细雨鱼儿出,微风燕子斜。"(杜甫《水槛遣心》二首)"绕池闲步看鱼游,正值儿童弄钓舟。一种爱鱼心各异,我来施食尔垂钓。"(白居易《观游鱼》)"江上往来人,但爱鲈鱼美。"(范仲淹《江上渔者》)脍炙人口的诗篇,表达出人与鱼之间有着多么密切的关系。

　　鱼不仅是中国诗画里的"模特儿",还是中国花鸟画炙手可热的重要题材。古往今来曾出现过不少画鱼高手。南朝《齐谐记》记载了画鱼能手徐邈。北宋宫廷画院有画鱼专家徐白、徐易。清代的朱耷、恽寿平、高其佩、边寿民、李方膺、虚谷等无不擅长画鱼。近代以来，大写意画家齐白石、潘天寿、李苦禅、吴作人，小写意画家陈树人、汪亚尘、吴青霞均有鱼的佳作。当代画家潘觐缋（1917—2007）鱼画活脱，亦俗亦雅，有"江淮画鱼人"的美誉。朱贵成（阿贵）尤擅工笔鲤鱼，戏水争食，神态各异；生动活泼，形似神飞；动若狂龙，静如甜女。

但是在多姿多彩的画鱼世界里，无论是宋代宫廷画派，以及后来的大写意画派、小写意画派，还是工笔画派，能像长荣这样洒脱果断、笔墨简练、栩栩如生、写意传神、一笔而鱼成者实属偶见。画鱼之难，难在画出鱼游水中的神态。能表现出鱼在水中悠游的样子才算体会入微。而要达到这种境界，画家必须具备高绝的技法。长荣善于捕捉鱼的整体性和动态性，不拘于一鳞一甲的细节，他笔下的鱼气韵生动，趣味盎然，"妙在似与不似之间"（齐白石语）。长荣画鱼不画水，以鱼的姿态暗示水的存在。计白当黑，以虚写实，以空白为水，达到虚纳万境、无中生有的至高境界。正如他的一幅题画词所云："此图没画水，其中亦有浪。"长荣画鱼还有超越时空的自由想象，写意画鱼，泼墨绘花，如王维《袁安卧雪图》之雪里芭蕉，他经常将不同季节、不同环境的碧桃、芙蓉、莲花、牡丹同绘于一景，色彩丰富，画面和谐，但又不追求色彩的繁缛，避免了俗艳。

长荣的画鱼继承了花鸟的笔墨传统，具有良好的水墨悟性；青年时打下素描、油画的功底，将西洋画技移步于墨光水色，丰富了处理色墨的手段。他的画墨色和谐，不滞不涩，浓淡相宜，干湿搭配，冷暖相宜，笔势灵动，动静对照，意境优美。往往寥寥几笔，轻轻点染，鱼儿便跃然纸上，逼真生动，达到形真、意得、神似的艺术效果，且充满墨韵意趣。难怪行中有人称赞丁长荣的画鱼颇有白石老人画虾之风神。

长荣坚持"外师造化，中得心寰"，注意观察，重视写生。游目骋怀之际，每有会意，辄解衣磐礴，振笔速写，挥毫而画，忘乎所以。为了画好鱼，他不仅在家里养了鱼，而且经常到河塘池边垂钓，陶醉于桃花流水、鹭飞鱼肥的江南风光，随时记下鱼态鱼性的印象。故有人形容他"天天在河岸观察，日日在墨海里垂钓"。日久天长，长荣发现水中的游鱼只见其头和脊而难见其尾，所以画鱼尾时尽量少用笔墨。经过反复的揣摩和练习，为了更好地体现水中游鱼的动态，他发明了令人叫绝的"一笔画鱼"的技法，实现了画鱼史上画鱼技法的重大突破。

所谓"一笔画鱼",是指用一笔就画出一条鱼的形体,不再蘸墨复笔。因为第二笔调出的色彩不可能和第一笔完全一样,若是同一条鱼用两笔画出,就可能破坏整体感,失去一气呵成的神韵。长荣从实践中体会到,一笔画鱼的关键是要掌握好笔中的水分和墨色,水多了鱼在水中游动的变化就不清晰;水少了,变成干笔、枯笔,就缺少了鱼游水中的感觉。他巧妙运用传统的无骨水墨的笔墨技法,力求形、神、动、透、简的统一,使写意鱼质感独特,动感极强,形神统一,从画面中透出大自然的无限丰富和勃勃生机。

耳听为虚,眼见为实。2012年盛夏,笔者在离朝阳公园仅有一箭之地的北京行宫国际酒店偌大的画室里,亲自目睹了长荣画鱼的全过程。只见他卷发披拂、精神矍铄,在画案前款款站定,澄心静虑,意在笔先,神思专一,气定神闲地探身提笔,濡墨润毫,然后聚精会神地伏案悬肘运腕,用粗笔侧锋在宣纸上轻抹慢展,一气呵成,顷刻间一条条活蹦欢跳的鲤鱼就跃然纸上。随着他的笔锋移动,鱼儿或聚或散,或浮或潜,或埋首摆尾顺波滑行,或争食戏水腾跃嬉闹,无不灵动活泼,栩栩如生,引得周围观赏的人一片赞叹。

长荣从不自视甚高,以画家自居,而乐闻人称他"金陵画鱼人"。他的花鸟画选材大众化,通俗化,不怪不险,不冷不涩,草根本色,平民情怀。他乐此不疲地以鱼为题作画,表明他对鱼产生了一种文化意义上的感悟。传统的中国花鸟画视梅、兰、竹、菊为"四君子",称松、竹、梅为"岁寒三友",郑板桥画石、竹,寓有骨、有节、有香之意,徐悲鸿画马抒定国安邦之心,普通老百姓爱鱼,鱼代表吉祥、和美、丰收、喜庆,雅俗共赏,老少咸宜。"鱼米之乡"、"鱼水情深"、"吉庆有余(鱼)"、"鱼跳龙门"这一系列与鱼有关的话语,寄托着黎民百姓对和谐社会、美好未来的热烈向往与虔诚祝愿,这便是丁长荣画作的指导准则。

长荣的画鱼,重视其中的生命意义、象征意象。譬如以游鱼配紫藤,题"紫气东来";游鱼配莲花,题"连年有余";游鱼配牡丹,题"富贵有余";鱼群配古梅,题"铁骨生春";游鱼配菖蒲,题"湖上风光故乡情"。从长荣笔端流淌出来的一幅幅、一张张形态各异、妙趣横生的鱼画,不仅是画家对时代、对社会、对人民的回报,也是他状物写心的文化载体和精神寄托,具有浓郁的民间色彩和丰富的文化内涵。

梨园界常说："台上三分钟，台下十年功。"长荣一笔画鱼的绝技和绘画业绩的得来绝非偶然。"功崇惟志，业广惟勤"（《尚书·周书》）。崇高的功业，有赖于伟大的志向；辉煌的成绩，靠的是辛勤不懈地努力。长荣从少年时代起就迷醉于图画，读高中时得到伯乐江枫毅先生的赏识和栽培，立下献身绘画的宏愿大志。不论人生如何艰难困苦，坎坷曲折，甚至大难临头、生死考验，长荣都怀揣梦想，矢志不渝。他不靠别人的恩赐，也不靠抖小机灵，而靠自己数十年如一日的不倦探索和勤奋劳作。人勤春来早，人勤春长驻。如今已年逾古稀的他，依然精神矍铄，充满创造活力。"垂头自惜千金骨，低首仍有万里心。"（郝经《老马》）祝愿长荣同学人长寿，艺长青，宝刀不老，佳作不断。

（原载于《大家讲坛·丁长荣画鱼》，北京工艺美术出版社，2012年）

有感于刘心武"续红"

作为一名中国古典小说的业余爱好者,我的关于《红楼梦》和"红学"的知识和观点,主要来自正统的主流渠道。所以对刘心武"揭秘"红楼的"秦学",在知之未详的情况下便情感化地予以抵制和排斥。对于刘心武的"续红"之举,更是不假思索地报以一哂。但是,近日通过翻检相关资料,我感到事情并非那么简单。对于刘氏的"秦学"和"续红",可以有不同的意见,但赞同应有赞同的根据,非议亦须有非议的道理。知己知彼,方可置喙。离开实事求是的细致具体的分析,难免简单、武断、粗暴。

《红楼梦》是经典,"红学"是"显学",不专属于某个人或某些人。在这个众声喧哗的时代,刘心武有权进入这个"共享领域空间",发出自己的声音。痴迷于《红楼梦》的他本着"多歧为贵,不取苟同"的精神,揭秘探佚,不乏精彩之处,既深化了"索隐"派的观点,又丰富了红学研究。当然,对于刘心武所建立的"秦学分支"的方法、材料、观点,也可以提出质疑,进行探讨、争鸣,这样才有利于营造健康的学术氛围。

刘心武大胆"续红"也是可以理解的。处在相对宽松和自由的环境下,作家理应拥有选择和驾驭题材、内容、样式、风格的自由。既然从《红楼梦》诞生之日起,其续作就层出不穷,作为作家、红学研究者的刘心武当然也有"续红"的权利。俗话说:是骡子是马,牵出来遛遛。刘氏的"续红"究竟是成功还是失败,需要经过广大读者的检验和时间的考验。黄金早晚总会发光,瓦釜雷鸣难以长久。现在消息刚刚发布,书还没有读过,社会舆论就"冰火两重天"地炸了窝,岂非空对空的臆测和妄评?我们当然期盼刘本能超越高本,使所续部分与原作水乳交融,成为一个完整鲜活的艺术生命。但续作不能是强弩之末的补白,而应是牵动全身的再创造。老实说真担心续补后的《红楼梦》过分致力于索隐探佚,谨毛遗貌而失神,连60分及格线都达不到,应了"狗尾续貂"、"佛头着粪"的"谶语"。

刘心武先生已经成为开场的"续红"大戏的主角,但他又一再自谦地称自己为"边缘人"。有趣的是这个"边缘人"却偏偏热衷于到万众瞩目的风口浪尖"弄潮"。他口头上表白说:"我就一个退休老头,凭着兴趣干点事,不必惊动那么多人。"既然如此,为什么不将心血结晶沉淀打磨,藏之名山,传之后人?笔者注意到他在接受采访时所说的话:"我想过,书一旦上市,我的苦日子又来临了!"欣慰之意、得意之情溢于言表。怀揣着这样的动机和心态,恐怕是很难"进入曹体"的,与"千红一哭,万艳同悲"的《红楼梦》的"精、气、神"更显得格格不入。

我们不反对刘先生成为"红学"大家,但更希望他能发扬《班主任》、《钟古楼》的锐气,创作出怀抱生活、关注人生的披肝沥胆之作!期盼他像但丁、歌德大师那样,用弥满的精力打磨锤炼出《神曲》、《浮士德》那样的民族心史!"揭秘"、"探佚"之类,作为忙中偷闲的调剂足矣,似乎不值得倾注全部心思和如此大的精力。

(原载于《光明日报》2011年3月18日)

雅韵唱和

小 序

辛卯暮春初夏之间，台湾大学著名学者、教授曾永义先生在台湾《联合报》发表散文《流苏胜雪·花事多少》，并赋诗一首。之后，曾先生将他的文章和诗作分别寄赠大陆同行及诗友，"求其友声"。5月4日我从外地归来，打开邮箱，顷见曾先生发来的《流苏胜雪·花事多少》诗文。浏览之际，顿觉清丽宜人，花香沁脾。寄寓遥深处，又似浓酒酽茶，点点滴滴入肺腑。诚少见之美文也！庄子有蝶鱼之辩，古人常以花喻人，面对曾文不觉恍然有人欤！花欤之叹也。今日，先生又转来宏图君之倡议及唱和诗，一时不禁气急息蹙，浑身冒汗，盖因鄙人素无染指律绝、填词度曲之素养雅趣也！然欣逢此文坛佳事，焉有沉默失语之理？只好赶鸭子上架，附庸风雅一番，也依韵和上一首。格律韵味之既无，大白话顺口溜而已。献丑！献丑！贻笑方家！

  周传家敬和曾永义先生咏流苏诗：
  霜飞雪砌[①]藻精神，宜暖宜寒曷妒春？
  鹤发酡颜弥矍铄，快意人生倍清新。
  天涯望断迎曙晓，栏杆拍遍意难陈。
  程门立雪犹可待，[②]博情雅趣期茶身。[③]
  注①：流苏，喜光亦耐阴，喜暖也耐寒。暮春初夏，满树白花，如覆霜盖雪。
  ②两岸学人均称曾先生为"酒党党魁"，不论是学识，还是酒量，曾先生均是吾师。
  ③在曾先生学术研讨会上，笔者曾以"博雅情趣"概括他的生命状态。以他如此心胸，米寿、茶寿均可期也。
  附一：
  曾永义先生的诗文《流苏胜雪·花事多少》

雅韵唱和

今年4月4日，年届古稀，却觉得比从前关注周遭的花朵。回顾这即将"卸任"的春天，我居然"临老入花丛"。

首先令我惊艳的是台大办公大楼左侧的两巨盆梅树，年初即冲破寒流，将五出花朵着满枝头，玉骨冰清，扬扬得意地将阵阵幽香扑人鼻息。二月初，我居住三十八年的长兴宿舍庭园，傍着大楼的几株山樱，像往年一样，陆续绽放花朵，引来哺蕊的小翠鸟，成群结队、啁啁啾啾地跳跃着。这几株山樱，忽地花开满树，火红如伞，也蓦地零落满地，狼借尘埃。这时校园生态池附近的羊蹄甲花，也相将相迎似的，以紫色的光彩摇曳路旁，成双作对的喜鹊呱噪地穿梭飞舞。我呼朋引伴郊游时，政大后山的桃林也开启三分酡颜，只是绿肥红瘦，未见灼灼其华。母亲在红叶山庄手植的香蕉园旁边，那棵孤独的李树，也"输人不输阵"的展露霜白。往日读岑参诗，不太明白他何以用"忽如一夜春风来，千树万树梨花开"来形容胡天八月的飞雪，而今我终于在猫空的林谷中看到满树如堆雪的梨花。猫空山上那著名的"杏花林"，总在它行道边成排的樱花"火灭灯熄"之后，才将它那布满新枝条，如惺忪醉眼般的苞蕾摊破开来，于是纷纷然接二连三的，争先恐后的，雪白的、粉白的、浅红的、血红的，都像穿着百褶裙的舞女，娇娇艳艳的，随著"东君"的歌韵起舞。于是"满山尽是赏花人"。

二三月间台大开学不久，校园很快成了"杜鹃花城"。椰林大道两旁的园圃衬着嫩绿光辉的樟木林而开满的五颜六色杜鹃花，一气呵成的"壮观"，比起杜丽娘眼中"遍青山啼红了杜鹃"，应当各有千秋，只是输她"荼蘼外烟丝醉软"。而三月下旬，杜鹃花事渐了之际，校园又掀起一番亮丽，那是"流苏胜雪"。

台大罗斯福路碉堡式的校门，挨着戏剧系旁边，有一株覆盖面颇大的流苏。据说它是校园许多流苏的母株。三四月之交，它就从茂密的绿叶中，冒出如繡针般的白花。开始时，针状白花一根根勉力地争出绿叶，有如我知命之年鬓角儿初染秋霜一般。紧接着花针堆繡编织，快速地与叶色抗衡，好似我花甲之年，头顶着斑白那样。而今我届满古稀，眼前流苏胜雪，也宛然如我满头银白的发色。

记得业师张教授清徽（敬），当年以一头霜雪与流苏争辉，成为校园耀眼的"风景"。老师的人格风范学养如在，而我，今又如何呢？我却兴起殷勤地访问校园的每一株流苏来。

我在老樟木前、傅园里、洞洞馆旁、医务室边,都看到焕发神采、笑倚东风的流苏。而以思亮馆前侧那三株最为洋溢,它们鼎立相依相傍,相得益彰,那灿烂的光华,简直向你飞临。可惜它们都非"身处要津",都像空谷幽兰、涧户芙蓉,乏人瞻顾,恐怕只有"纷纷开且落"。而新生大楼前面,两座电机工程馆巷子的流苏都成行成列,它们却和普通教室、课外活动中心、兽医馆那几株一样,只因"不向阳",而显得难于沐浴春天。我真为校门口那株流苏高兴,它和斜相对的那丛杜鹃,都明白自身作为台大门面的"地位",都懂得以最亮最美的姿韵领袖同侪而展现群伦。

校门口这株流苏也触动我为贱降写下一首诗:

流苏胜雪灿精神,华盖亭亭倚暮春。
似我白头还矍铄,能谁绿酒见清新。
灯前昧色三分晓,笔下情思任意陈。
学术千秋焉可待,逍遥宇内百年身。

末句就是我常说的"人间愉快"。诗境不衰飒,应当得助于胜雪的流苏。即此也使我想起去年及门曾丽芬,送给我的瓷版彩绘《盛开流苏》,正是以校门口这株为蓝本。她这株彩绘瓷版的盛开流苏,运笔极为潇洒、意趣极为盎然地将全然绽开的丰神展现出来。我视之如拱璧,因为我拥有一株其韵胜雪、永不凋谢的《盛开流苏》。

附二:大陆同人师友和诗

1. 徐宏图教授 敬和曾永义教授咏流苏诗

小序:作为曾永义教授咏流苏诗的倡和者,我既欣慰又惭愧。欣慰的是,借我之砖引来众人之玉,不断有学者应和之;惭愧的是,自己的诗没有写好,深为汗颜!既称"和诗",就不可离原诗本意太远,曾教授诗的原意:借"临老入花丛"、"饮酒仍海量",起兴作比,抒发诗人虽年届古稀,然壮心不已;孜孜以求,志在千里;夜以继日,乐此不疲;人生何快乐,逍遥过百岁!这是何等洒脱而又积极的人生观!我正是感此而和之,唯才情所限,未能写好。昨晚发稿后,又苦思了许久,虽仅改几个字,却捋断多根须。直至写下

"鹤发童心存壮志,花丛酒肆诵清新"两句才稍安,然后入睡。学术研究太辛苦,望借和诗以放松,恳请更多同人响应,更期后来者居上,读到更多的佳作。徐宏图 五月八日于杭州

> 流苏缀雪焕精神,笑倚东风几度春。
> 鹤发童心存壮志,花丛酒肆诵清新。
> 著书熟虑推新意,立说精思破旧陈。
> 学界剧坛皆巨擘,煌煌大著已平身。

2. 王廷信教授(南京东南大学艺术学院)

小序:我是南京东南大学艺术学院教师王廷信,曾先生大作已阅,感意味深长。徐宏图教授倡议亦绝佳。然本人愚陋,无才唱和。明赴台,颇有感慨,故抓耳挠腮,写了几句,请曾先生一哂:

> 斗胆和曾永老一首
> 年届古稀意自浓,习常花儿倍有情。
> 枝头梅香款款来,山樱点点似火红。
> 羊蹄甲女舞相迎,流苏含笑如雪生。
> 曾经先生怀永义,而今桃李报瑶琼。

3. 黄坤尧教授(香港中文大学)

> 奉和曾永义教授盛开流苏诗
> 一树繁花醉入神,流苏倚雪掷青春。
> 黉宫古道匆匆过,舞榭歌台幕幕新。
> 戏乐迷离通治乱,词章丝缕待敷陈。
> 斜阳古柳壶中趣,彩绘丰华自在身。

4. 周传家教授(见上)
5. 山西师大黄竹三教授 2011年5月6日

步韵奉和曾永义先生咏流苏诗
一生著述见精神，老入花丛意争春。
堪与流苏夸雪白，还同山紫竞清新。
梨园学问惊侪辈，菊部诗思入梦陈。
峡海相连情未已，颂君百岁逍遥身。
（注：山紫，映山紫，即杜鹃花，曾先生文中咏及。）

6. 王安葵教授　5月6日

小序：2011年5月北京举行昆曲入选联合国教科文组织人类口头和非物质遗产代表作十周年纪念活动，两岸学者共赴盛会。因步曾永义兄《流苏胜雪·花事多少》韵以志庆，并赠永义兄。

草木复苏花有神，南天北国共迎春。
十年昆曲跋涉路，一代英才境界新。
场上情深千载梦，席间义重五粮陈。
萧萧白发何须论，锦绣文章可等身。

7. 庄永平教授　5月7日

小序：因我不是搞文字创作的，只是很喜欢古典文学。至于写诗也只能一试。想把曾先生钟情于昆曲的现象写入诗中，为教授七十大庆助助兴。请曾先生指正。以原韵写作如下：

　　　　祝曾教授七十大庆
温良俭让一文人，　　　和蔼可亲著等身。
《拜月》《西厢》活龙现，《牡丹》《白兔》最精神。
天涯有榭君传曲，　　　海内无人不识君。
学术精研果累累，　　　德高望重世人尊。
（"文人"如用"文翁"似乎好一些，但韵有些相差，不知可否？）

8. From：Zhuang Yongping

Sent：Tuesday，May 10，2011 9：08 AM

To：曾永义

Subject：Re：唱和诗稿

曾教授：昨日忽感和诗犹有未尽，今步您诗韵再作一首，请您指教。

    步韻奉和曾永义先生詠流苏诗
   砚台磨墨抖精神，提笔文章又一春。
   虽已白头体健朗，几杯黄酒肚清新。
   骋行万里谱新曲，奔涌情思肆意陈。
   著作等身功已就，千秋事业百年身。

9. 杜桂萍教授（黑龙江大学）

Sent：Tuesday，May 10，2011 10：23 AM

To：曾永义

Subject：回复：恭祝曾先生大寿，敬和诗歌一首。以此为准。杜桂萍

    敬和曾先生诗
   北国夏月沐风神，鸿章巨手两岸春。
   提携何止门下子，推扬屡见境界新。
   学博敢为荆荒拓，识高能谁雅俗陈。
   快意花朝寿因酒，健笔浓情自在身。

10. From：xmyegen（厦门大学陈世雄）

Sent：Tuesday，May 10，2011 8：26 AM

To：曾永义

Subject：Re：唱和诗稿

贺 永义兄七十大寿，用俄文作诗一首，同样是八行：

  Летит серебристый самолет
  В необъятный континет родной

У окошка с улыбкой сидит

Знаменитый профессор седой

Летит серебристый самолет

Через пролив голубой

Перелетные птицы летят осенью

А он—в каждый сезон видится с тобой

大意是：

第一段：

一架银白色的班机在飞翔

飞向祖国大陆，一望无边

坐在窗边的旅客正在微笑

他是一名著名教授，白发苍苍

第二段：

一架银白色的班机在飞翔

飞过蔚蓝色的海湾

候鸟南飞只在秋天

他却每个季节都来和你相见

永义兄：写七律对我来说实在太难，平仄摆不平，索性写一首俄文诗，押韵押得很好，可惜，一旦译成中文就不押韵了，如果改成押韵，意思就不准确。拙诗可以请台大著名的欧茵西教授打分。愚弟世雄上

11. From：xinzhi16（郑州大学张大新）

Sent：Tuesday, May 10, 2011 10：59 AM

To：tsengking@hotmail.com

Subject：奉和曾先生兼贺党魁七十大寿张大新

读曾永义先生《咏流苏》诗，心向往之。谨步韵奉和，兼贺"党魁"七秩大寿：

含英咀蕊童心在，远绍旁搜七秩春。

白发满头称党魁，觥筹交错俨如神。

酒酣笔落摇五岳，兴至胆张唱九钧。
待到诗翁贺百岁，携壶跨海醉良辰。

        小弟：大新于古汴
      辛卯四月八，西历 5 月 10 日也

（原载于台湾《联合报》，2011 年 5 月 2 日）

附录：周传家著作及论文目录

一、著作目录

1. 《吕后》，与蔡子谔合作，河北人民出版社，1979 年。

2. 《中国戏曲故事》（4 册），河北人民出版社，1981 年。

3. 《岳雷扫北》，河北人民出版社，1983 年。

4. 《李玉评传》，中国戏剧出版社，1985 年。

5. 《明清戏曲珍本辑选》，与孟繁树合作，中国戏剧出版社，1985 年。

6. 《新花部农谭》，花山文艺出版社，1991 年。

7. 《中国古代戏曲》，商务印书馆，1991 年出版，1996 年再版，台湾、香港商务印书馆 1993 年出版。

8. 《戏曲编剧概论》，主编，浙江美术学院出版社，1991 年。

9. 《独特的魅力》，与平海南合作，八一出版社，1994 年。

10. 《我看京剧》，与崔长武合作，中国戏剧出版社，1994 年。

11. 《长安菊话》，花山文艺出版社，1995 年。

12. 《新编古典戏曲名著故事丛书：牡丹亭》，新华出版社，1995 年。

13. 《谭鑫培传》，河北教育出版社，1996 年，1998 年再版。

14. 《中华全史·清代艺术卷》，与张树英合作，人民出版社，1994 年。

15. 《蓟门曲藻》，花山文艺出版社，1997 年。

16. 《一代宗师》，与吴江共同主编，京华出版社，1998 年。

17. 《漫画资治通鉴》，与高荣斌、方怡合作，河北教育出版社，1999 年。

18. 《现代学术史·文艺》，与居其宏合作，台湾文教基金会，2000 年。

19. 《梨园英华》，与刘文峰合作，中国经济出版社，2000 年。

20. 《古代戏剧及剧作》，台湾万卷楼出版公司，2000 年。

21. 《中国古典戏曲经典丛书》（12 册），主编，华夏出版社，2000 年。

22. 《戏曲经典精品》第三卷，主编，山东齐鲁书社，2001 年。

23. 《丰盛文集》，主编，北京燕山出版社，2001 年。

24. 《北京戏剧通史》（三卷本），主编，北京燕山出版社，2002 年。

25. 《小剧场戏剧论稿》，与薛晓金、杜剑峰合作，北京燕山出版社，2006 年。

26. 《东篱采菊集——近现代戏曲散论》，"台湾国家出版社"，2008 年。

27. 《粉墨春秋——中国人不可不知的戏曲故事》，天津人民出版社，2008 年。

28. 《打开京剧之门》，与张永和、钮骠、秦华生合作，中华书局，2009 年。

29. 《戏曲概论》，台湾文津出版社，2009 年。

30. 《风雅京华》，朱耀廷主编《北京文化》丛书之一，与张静文、于嘉合作，中华书局，2010 年。

31. 《中国读本：中国古代戏曲》，中国国际广播出版社，2010 年。

32. 《四海一人，伶界大王——谭鑫培》，上海古籍出版社，2013 年。

33. 《中国京剧图史》（上、下两卷本），主编，北京出版集团、北京十月文艺出版社，2013 年。

二、论文目录

1. 《试论李玉传奇的思想倾向》，《河北学刊》1983 年第 4 期。

2. 《明珠熠熠映幽兰——马兰鱼学艺片断》，《陕西戏剧》1984 年第 3 期。

3. 《近代戏曲史研究方法刍议》，《戏曲艺术》1984 年第 2 期。

4. 《和谐之美——中国戏曲民族特色浅探》，《剧艺百家》1986 年第 3 期。

5. 《梆子剧目探源》，《戏曲艺术》1986 年第 4 期。

6. 《白莲教和梆子戏》，《戏剧艺术》1987 年第 2 期。

7. 《三吴才人领袖　苏门传奇班头》，《艺术百家》1987 年第 4 期。

8. 《巾帼何须让须眉——梆子戏女英雄谱赞》，《戏曲艺术》1987 年第 4 期。

9. 《坚实的足迹——〈秦腔剧目初考〉评述》，《当代戏剧》1988 年第 1 期。

10.《让戏曲走向银幕》,《当代戏剧》1988 年第 3 期。

11.《张庚戏剧理论所显示的心理情感特证》,《戏曲艺术》1988 年第 2 期。

12.《保持健康、自由的心态》,《剧本》1988 年第 9 期。

13.《变革戏曲不能无视戏曲艺术规律》,《当代戏剧》1989 年第 2 期。

14.《戏曲编剧理论的反思与更新》,《戏曲艺术》1989 年第 2 期。

15.《〈戏曲编剧概论〉(教材连载之四)——戏曲人物形象塑造》,《戏曲艺术》1990 年第 1 期。

16.《深沉凝重的人生乐章——〈两个女人和一个男人〉观后》,《光明日报》1990 年 6 月,2007 年 9 月 18 日蒲藤的日志.网易博客转载。

17.《生活中的人和戏曲中的人》,《剧本》1990 年第 10 期。

18.《戏曲人物的捕捉与设置》,《剧本》1990 年第 12 期。

19.《暮鼓晨钟响耳畔——忆和效倚兄最后一面》,《戏曲艺术》1990 年第 4 期。

20.《〈戏曲编剧概论〉(教材连载之七)——戏曲文学风格的多样化追求》,《戏曲艺术》1990 年第 4 期。

21.《诗人的剧 剧作家的诗——郭启宏剧作印象》,《中国戏剧》1991 年第 5 期。

22.《戏曲人物形象塑造的拓展与深化》,《剧本》1991 年第 3 期。

23.《戏曲人物塑造的美学追求》,《文艺研究》1991 年第 2 期。

24.《在丰富的乐章和声中突出主旋律》,《剧本》1991 年第 12 期。

25.《悠悠往事费评说——〈秦淮烟云〉掠影》,《中国电视》1992 年第 1 期。

26.《焕发出诗意美的光辉——新编戏曲刍谈》,《剧本》1992 年第 3 期。

27.《欲为社稷荐国宝 肯将衰朽惜残年——赞〈王鼎尸谏林则徐〉》,《中国戏剧》1992 年第 8 期。

28.《邯郸记》,《当代戏剧》1992 年第 4 期。

29.《说不尽的李白——话剧〈李白〉断想》,《学习与研究》1992 年第 10 期。

30.《探得风雅无穷意 谱就甐甈绝妙词——浅谈昆曲本〈琵琶记〉的改编》,《中国戏剧》1993 年第 4 期。

31.《且慢致最后的注目礼！——与李洁非同志商榷》，《上海戏剧》1993 年第 3 期。

32.《评戏人语》，《当代戏剧》1993 年第 4 期。

33.《黄花虽瘦倍精神——戏曲电视剧〈人比黄花瘦〉印象》，《中国电视》1993 年第 5 期。

34.《由戏剧团体体制改革引起的思考》，《剧本》1993 年第 5 期。

35.《格高调雅意深沉——越剧〈西厢记〉成功原因初探》，《中国戏剧》1993 年第 12 期。

36.《笑洒舞台为人生——喜剧艺术刍谈》，《戏剧文学》1993 年第 6 期。

37.《锡剧之光——薛明笔下的姚澄》，《戏曲艺术》1993 年第 3 期。

38.《梆子腔和说唱艺术》，《戏剧（中央戏剧学院学报）》1994 年第 1 期。

39.《"蛮子汉卿"郭启宏》，《文化月刊》1994 年第 2 期。

40.《杨家将和杨家将梆子戏》，《戏曲艺术》1994 年第 2 期。

41.《别光看热闹　要学看门道——戏曲欣赏漫议》，《求是》1994 年第 15 期。

42.《男旦雌黄》，《戏剧（中央戏剧学院学报）》1994 年第 4 期。

43.《侃侃男旦》，《中国京剧》1994 年第 6 期。

44.《借旧章出机杼　寓冷峻于激情——话剧〈天之骄子〉浅析》，《大舞台》1995 年第 2 期。

45.《傩——导源于巫术的鬼文化》，《河北学刊》1995 年第 6 期。

46.《难得的艺术精品——京剧〈曹操与杨修〉》，《中国戏剧》1996 年第 1 期。

47.《铁板铜琶唱英雄——〈秋瑾〉印象》，《中国电视》1996 年第 4 期。

48.《荀艺三论》，《戏剧之家》1996 年第 3 期。

49.《振兴京剧刍议》，《求是》1996 年第 17 期。

50.《面具——缪斯家族的成员》，《戏剧文学》1996 年第 9 期。

51.《〈司马相如〉三题》，《中国戏剧》1996 年第 10 期。

52.《说长论短议〈胡笳〉》，《中国戏剧》1997 年第 1 期。

53.《回归·适应·超越——新编京剧连台本戏〈狸猫换太子〉的启示》，《中国电视戏曲》1997 年第 1 期。

54. 《从海派到新海派》, 《戏剧》1997年第2期。

55. 《剪不断理还乱的师徒情结——程长庚与谭鑫培师徒关系新探》, 《戏曲艺术》1997年第3期。

56. 《同心同志筑"同仁"——京剧〈风雨同仁堂〉印象》, 《前线》1997年第11期, 第一作者。

57. 《谭鑫培与佛有缘》, 《中国电视戏曲》1997年第6期。

58. 《谭鑫培启示录——写在谭鑫培诞辰150周年之际》, 《戏剧》1998年第2期。

59. 《涛似连山喷雪来——元代戏曲赏析》, 《艺术教育》1998年第3期。

60. 《戏曲电视剧漫笔》, 《大舞台》1998年第6期。

61. 《用行动实践庄严的承诺》, 《文艺报》1998年3月24日。

62. 《书艺惊南粤, 墨缘系五州》, 《文艺报》1998年6月30日。

63. 《传统戏剧的反叛》, 《新剧本》1998年第6期。

64. 《我赞成这种内装修》, 《戏剧电影报》1998年10月15日。

65. 《为了不应忘却的纪念》, 《一代宗师——谭鑫培诞生150周年纪念文集》, 北京市文化局、北京市艺术研究所、湖北省艺术研究所、武汉市艺术研究所, 1998年12月。

66. 《我们需要的是真诚与潇洒》, 《艺海》1999年第1期。

67. 《含英咀华——序〈中国古典戏曲经典曲目〉丛书》, 《戏曲艺术》1999年第2期。

68. 《不朽的形象　崇高的精神——京剧〈范仲淹〉礼赞》, 《中国戏剧》1999年第10期。

69. 《小剧场戏剧面临的问题》, 《光明日报》1999年2月19日。

70. 《引人深思　发人深省》, 《戏剧电影报》1999年1月11日。

71. 《谈小剧场戏曲》, 《光明日报》1999年2月19日。

72. 《凝至悲壮　浪漫飘逸》, 《戏剧电影报》1999年9月14日。

73. 《有声有色, 气象万千》, 《新剧本》1999年第6期。

74. 《画龙记——妙趣横生的寓言》, 《文艺报》1999年10月25日。

75. 《京剧: 世纪之交的回眸》, 《人民政协报》1999年11月24日。

76. 《暗香浮动花枝俏——北方昆剧院"三下锅"演员史红梅的艺术历程》, 《中国戏剧》2000年第3期。

77.《不可多得的喜剧精品——观昆剧〈西园记〉有感》,《中国戏剧》2000 年第 5 期。

78.《从〈西厢记〉到〈红娘〉》,《戏曲艺术》2000 年第 3 期。

79.《呼唤新的道德观念》,《文艺报》2000 年 10 月 19 日。

80.《"都市新评剧"亮出旗帜》,《光明日报》2000 年 12 月 14 日。

81.《赏心悦事牡丹亭》,《中国戏剧》2000 年第 1 期。

82.《淡妆浓抹总相宜》,《北京音乐周报》2000 年第 3 期。

83.《赏不尽的风月,说不完的李渔》,《北京人民艺术剧院院刊》2000 年第 6 期。

84.《人口戏剧成了气候》,《光明日报》2000 年 11 月 19 日。

85.《都市评剧亮出旗帜》,《光明日报》2000 年 12 月 14 日。

86.《不可多得的喜剧精品》,《中国戏剧》2000 年第 5 期。

87.《天籁、地籁、人籁的交响合奏》,《张君秋纪念文集》,中国戏曲学院,2000 年 10 月。

88.《京剧呼唤新的文化精神》,北京社科院历史所编《北京古都风貌与时代气息研讨会论文集》,北京社科院历史所,2000 年 11 月。

89.《愿乞新意匠 百炼成精品》,《中国京剧》2001 年第 2 期。

90.《京剧电影纵横谈》,《戏剧》2001 年第 2 期。

91.《气势磅礴的剧 激情澎湃的诗》,《中国戏剧》2001 年第 9 期。

92.《悠久的历史 永恒的魅力——就中国昆剧艺术被联合国教科文组织列为"非物质遗产"谈起》,《中外文化交流》2001 年第 5 期。

93.《缘何风景这边独好》,《河北日报》2001 年 4 月 20 日。

94.《辉煌的实验》,《文艺报》2001 年 5 月 10 日。

95.《书香·兰馨·氍毹风光》,《中华读书报》2001 年 6 月 13 日。

96.《昆剧属于未来、昆剧属于全世界》,《兰(中国昆剧研究会会刊)》昆剧列为人类文化遗产国际研讨会,2001 年 5 月。

97.《男旦雌黄》,《丰盛文集》,北京燕山出版社,2001 年 12 月。

98.《形象的戏曲文化史——〈中国戏曲文化图典〉述评》,《戏曲艺术》2002 年第 1 期。

99.《喻世·警世·醒世——小剧场戏曲〈偶人记〉印象》,《中国戏剧》2002 年第 3 期。

100. 《老戏新演 老戏精演》,《大舞台》2002 年第 2 期。

101. 《批判与创造的统一 继承与创新的结合》,《文艺报》2002 年 7 月 11 日。

102. 《形象的当代昆剧史》,《中国文化报》2002 年 7 月 16 日。

103. 《戏曲文化精神漫议》,《戏曲艺术》2002 年第 3 期。

104. 《戏剧应该追求什么样的功利?》,《文艺报》2002 年 10 月 31 日。

105. 《戏曲不能和电视"离婚"》,《文艺报》2002 年 11 月 21 日,第一作者。

106. 《22 岁的回顾与思考——中国戏曲电视剧回顾》,《中国电视》2002 年第 12 期,第一作者。

107. 《从"三岁看大,七岁看老"说起……》,《河北教育》2002 年第 12 期。

108. 《说不尽的刘罗锅》,《新剧本》2002 年第 2 期。

109. 《形象的戏曲文化史》,《戏曲艺术》2002 年第 1 期。

110. 《继承与创新的结合,批判与创造的统一》,《文艺报》2002 年 7 月 11 日。

111. 《二十一世纪民族戏曲发展趋势争议》,《文艺论坛》2002 年第 1 期。

112. 《清风徐来 向阳花开——评戏曲电视剧〈大树参天〉》,《中国电视》2003 年第 5 期。

113. 《重现古都之初的遗址公园》,《光明日报》2003 年第 6 期。

114. 《略论戏曲艺术的听觉之美》,《戏曲艺术》2003 年第 3 期。

115. 《校园戏剧——小剧场戏剧的劲旅——大学生戏剧节综述》,《中国戏剧》2003 年第 10 期。

116. 《我所看到、感受到的〈张协状元〉》,《昆剧〈张协状元〉评论集》,中国戏曲学会,2003 年 6 月。

117. 《北京的昆曲艺术》,《北京联合大学学报(人文社会科学版)》2004 年第 1 期。

118. 《小剧场戏剧的美学定位》,《戏曲艺术》2004 年第 3 期。

119. 《一直关心着我、惦记着我的人走了……——悼念张庚老师》,《中国戏剧》2004 年第 5 期。

120. 《莫道人行远》,《光明日报》2004 年 7 月 14 日。

121. 《小剧场戏剧的特质》,《当代戏剧》2005 年第 1 期。

122. 《漫议京剧〈廉吏于成龙〉》,《中国京剧》2005 年第 2 期。

123. 《树碑立传颂脊梁》,《光明日报》2005 年 5 月 20 日。

124. 《品牌剧目——成功的徽章》,《戏曲艺术》2005 年第 3 期。

125. 《借奥运东风 展京剧魅力》,《北京观察》2005 年第 12 期。

126. 《京剧艺术源远流长》,《北京观察》2005 年第 12 期。

127. 《京剧个性化时代的开启者——王瑶卿》,《中国戏曲学院研究所·京剧的历史、现状与未来暨京剧学学科建设学术研讨会论文集》(上册),中国戏曲学院研究所,2005 年 12 月。

128. 《他山之石 可以攻玉——从音乐剧的走红看戏曲改革和粤剧创新》,《南国红豆》2006 年第 2 期,第一作者。

129. 《论民族戏曲的活态保护》,北京联合大学北京学研究所、北京联合大学北京文化史研究所、首都博物馆编《北京学研究文集 2006》,2006 年 11 月。

130. 《民族戏曲的活态保护》,《当代戏剧》2007 年第 2 期。

131. 《问京剧之舟谁主沉浮——关于京剧接受主体的思考》,《文史知识》2007 年第 8 期。

132. 《论民族戏曲的活态保护》,《北京联合大学学报(人文社会科学版)》2007 年第 3 期。

133. 《打拼出一片戏曲山河——姜朝皋剧作四题》,《剧本》2007 年第 12 期。

134. 《戏剧学基础理论研究的重大收获》,《光明日报》2007 年 11 月 16 日。

135. 《清末民初的社会变革和京剧改良》,《北京市社会科学界联合会、北京师范大学·和谐社会:社会建设与改革创新——2007 学术前沿论丛(下卷)》,北京市社会科学界联合会、北京师范大学,2007 年 5 月。

136. 《黄河儿女的风采》,《光明日报》2008 年 12 月 12 日。

137. 《人生因英雄而美好——中外戏剧人物巡礼》,《大舞台》2008 年第 6 期。

138. 《浩思越千载 彩笔谱春秋》,《中国文化报》2008 年 11 月 15 日。

139. 《敦煌——取之不尽的艺术宝藏》，《中国文化报》2008年3月22日。

140. 《天然风韵 本色自然》，《中国文化报》2009年12月26日。

141. 《不朽的形象 崇高的精神——京剧〈范仲淹〉礼赞》，《中国戏剧奖·理论评论奖获奖论文集》，中国戏剧出版社，2009年6月。

142. 《关于京剧文化传统性与现代性的粗浅思考》，《中国戏曲学院·京剧与现代中国社会——第三届京剧学国际学术研讨会论文集》（下），中国戏曲学院，2009年10月。

143. 《呼唤梅兰芳的艺术精神》，《前线》2010年第8期。

144. 《言之有物 持之有据——戴申新著〈中国戏曲习俗〉》，《中国京剧》2010年第11期。

145. 《戏剧文学性浅论》，《中华艺术论丛》2010年第10期。

146. 《地方戏曲宜分途发展》，《中国文化报》2010年8月13日。

147. 《不是文学 胜似文学》，《文艺报》2010年6月25日。

148. 《民族文化自信——开掘京剧文化的现代价值》，《北京联合大学学报（人文社会科学版）》2010年第1期。

149. 《什刹海及周边地区民间文化艺术圈初探》，《建设世界城市 提高首都软实力——2010北京文化论坛文集》，2010年。

150. 《不知疲倦的歌者——读乔布英诗集〈心潮〉》，《鄂尔多斯文化》2011年第6期。

151. 《戏曲名导"一统江湖"要不得》，《光明日报》2011年11月9日。

152. 《当代北京的社区故事》，《北京日报》2011年9月1日。

153. 《古典美与现代性的兼容并重》，《艺术评论》2011年第2期。

154. 《感受张庚先生的学风和文风》，《戏剧丛刊》2012年第4期。

155. 《"为时而著、为事而作"的好戏》，《人民日报》2012年5月11日。

156. 《保持滇剧精粹》，《中国文化报》2012年11月29日。

157. 《丁长荣画鱼》，《中国文化报》2012年11月20日。

158. 《艺海藏珠老蚌 梨园不老青松——姜凤山先生速写》，李恩杰、舒展主编《梅华琴香姜凤山》，中国戏剧出版社，2012年10月。

159.《"深泽"不养池中之物，鲲鹏展翅洪波涌起——我所知道的曹涌波及他的戏剧创作》，《曹涌波剧作选》，花山文艺出版社，2012 年。

160.《韩世昌——北方昆曲的旗帜和灵魂》，《戏曲艺术》2013 年第 S1 期。

161.《谔谔之士　赤子之心》，《光明日报》2013 年 3 月 14 日。

162.《音容宛然说戏梦，铿锵激越唱戏魂——纪录片〈京剧〉为京剧写真》，《艺术评论》2013 年第 7 期。

163.《王国维"道器合一"的文史治学》，《中国社会科学报》2014 年 1 月 27 日。

164.《美哉，爱神！悲哉，爱神！——点赞锡剧〈一盅缘〉》，《艺术评论》2014 年第 11 期。

165.《家国情怀和女性意识的交响迭奏——京剧〈穆桂英挂帅〉礼赞》，《戏剧丛刊》2014 年第 5 期。

166.《大境界 大追求——喜看评剧〈城邦恩仇〉》，《艺术评论》2014 年第 7 期。

167.《自尊自重即高贵——喜看河北梆子〈北国佳人〉》，《艺术评论》2014 年第 3 期。

168.《姜朝皋的人品和戏品》，《剧本》2015 年第 2 期。

169.《为君扶天下，救国于水火》，《中国艺术报》2015 年 5 月 15 日。